世界的裂隙穿过诗人的心脏

耿占春　刘文飞　高兴　主编

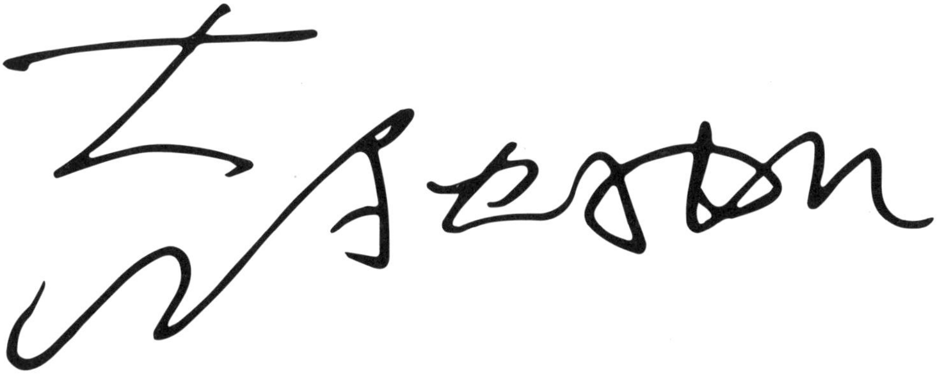

吉狄马加长诗

《裂开的星球》《迟到的挽歌》

评论集

四川文艺出版社

图书在版编目（CIP）数据

世界的裂隙穿过诗人的心脏 / 耿占春，刘文飞，高兴主编.—成都：四川文艺出版社，2021.5

ISBN 978-7-5411-6006-6

Ⅰ.①世… Ⅱ.①耿… ②刘… ③高… Ⅲ.①诗歌评论—中国—当代—文集 Ⅳ.①I207.22-53

中国版本图书馆CIP数据核字（2021）第080814号

SHIJIE DE LIEXI CHUANGUO SHIREN DE XINZANG

世界的裂隙穿过诗人的心脏

耿占春　刘文飞　高　兴　主编

出 品 人　张庆宁
特约编辑　赵晓梦　张峻源
责任编辑　周　轶
封面设计　张　军
版式设计　史小燕
责任校对　段　敏
责任印制　桑　蓉

出版发行　四川文艺出版社（成都市槐树街2号）
网　　址　www.scwys.com
电　　话　028-86259287（发行部）　028-86259303（编辑部）
传　　真　028-86259306

邮购地址　成都市槐树街2号四川文艺出版社邮购部　610031
排　　版　四川胜翔数码印务设计有限公司
印　　刷　成都紫星印务有限公司
成品尺寸　169mm×239mm　开　　本　16开
印　　张　24.25　字　　数　400千
版　　次　2021年5月第一版　印　　次　2021年5月第一次印刷
书　　号　978-7-5411-6006-6
定　　价　78.00元

目 录

第一辑：诗人的手艺

国内名家评论长诗《裂开的星球》

第二辑：老虎与瘟疫

国外名家评论长诗《裂开的星球》

第三辑：挽歌或预言

国内名家评论长诗《迟到的挽歌》

第四辑：回忆与原宥

国外名家评论长诗《迟到的挽歌》

附 录

第一辑

诗人的手艺

国内名家评论长诗《裂开的星球》

一个中国诗人的声音

——读吉狄马加的长诗《裂开的星球》

◇ 骆寒超

在抗击新冠肺炎疫情处于白刃相见的日子里，一个中国诗人向世界发出了自己的声音。他就是彝族诗人吉狄马加。在刚出版的《十月》2020年第4期上，我读到了他完稿于今年4月中旬的抒情长诗《裂开的星球》，副题是“献给全人类和所有的生命”。单从这个副题也可以感到：诗人企图作一场全景式的抒情。

全作可分三个部分。先是一个类似于序曲的开篇，大面积地展示了时疫这个人类“古老的冤家”从沉睡中醒来，踏破国界、肆虐全球的情景，全人类迎来一场不见硝烟的抗疫战争。诗中指出，这场“抗疫谁也休想置身事外，必须携手合作”，至于“在镜头前为选举而表现”的那些真理的谎言者，则是在犯罪。这个序曲是文本的逻辑起点，由此推演出三场属于正题的抒唱。一是诗人提出警告：我们已生活在一个“裂开的星球上”。“在这里”，不仅人类自身的进步与倒退尖锐地对立异存着，并且人类与万物之间生态的平衡也遭到了破坏。特别是后者，由于人类“踏入别的生物繁衍生息的禁地”，对它们进行“侵扰和破坏”，已埋下了“隐患”。人类虽有强大的创造性开拓能力，但由于并非“超人”，还是虚弱的，即使“肉眼看不见的微生物”也会“让我们败于一场输不起的隐形战争”。其次，诗人进而指出：现实摆在这里，我们虽处在一个时疫肆虐全球的时候，却可以看到全人类已开始心连心起来：“意大利的泪水模糊了中国眼睛”，“伦敦的呻吟让西班牙吉他呜咽”，这可是个有利趋势，使地球村进入人道主义主张高于意识形态的时候。于是诗人发出呼吁：一定要尽全力来“缝合我们已经裂开的星球”。那么如何“缝合”呢？这就有了第三方面：祈求人类从此要善待自然，更要善待自己。这三场论辩式的抒情过后，诗篇也就进入众生万物和鸣式的尾声。诗人展望抗疫前景，满怀信念地唱道： “我不知这明天会发生什么，但我知道这个世界将被改变/是的！无论会发生什么，我都会执着而坚定地相信——/太阳还会在明天升起，黎明的曙光依然如同爱人的眼睛……”

以上所作介绍使我们有理由肯定：这确是一首全景式抒情诗。并且在我看来，这个长达500行的诗文本，还突出地显示着如下三类抒情品格：

第一，这当然是一场抗疫抒情，它的抒情对象是对人类“古老的冤家”——时疫的肆虐进行的抗击。吉狄马加在这方面的抒情视野是相当开阔的。他没有把新冠肺炎病毒的肆虐和我们的抗击局限在某一个地区——比如武汉或湖北，而表现为全球性。诚如诗中所说：这个“古老的冤家”是“从一个城市到另一个城市”，“跨过传统的边界”，“跨过有主权的领空”而即便“最先进的探测器也没有发现它诡异的行踪”地在恣意横行着；也表现为展开这场“抗战”的全人类性，诚如诗中所说：现在的情况是“把一场本可以避免的灾难带到全世界了”，此刻这场“近距离的搏杀”正在悲壮地展开，它“不分国度，不分种族，无论是贫穷还是富有……”。如果要发出一份战争宣言书，那么正在战斗的人们——“我们”，立即会“签写上一个共同的名字——全人类！”这些抒写使我们获得了一个印象：不能轻视这场“抗战”的酷烈，战线的漫长，它具有这样一个特点：“这是曾经出现过的战争的重现，只是更加危险可怕。”诗篇这样写，无疑凸显了吉狄马加全球视野的抒情胸襟，其警钟长鸣之声是既阔大又深远的。

第二，这也是一场政治抒情。这些年政治抒情在诗坛有点边缘化了。其实政治像空气一样，每个人都无法脱离它，只要是一个有社会责任感的人，生活每时每刻都在等待他的政治表态。在面对全人类“抗战”的大时代，每个国家，每个群体，乃至每个人，都会有这样那样的政治表态。吉狄马加以对时代风云变幻的敏感，注意到抗击时疫在国际上存在着两种态度：出于以人为本的全球一体化和出于私利的单边主义。为此，他在诗中率先宣告自己的态度：“如果公民的安全是由每个人去构筑”，那么“我”所选择的是“对集体的服从而不是对抗”！立足于这一态度，他向四个方面展开政治抒情。其一是提倡精诚团结，携手合作。诗中说：面对这场全人类的“抗战”，选择的路只有一条：“保护每一个人的生命”而团结起来。诗中就这样宣称：“在这时，人类只有携手合作”。显然，这是针对单边主义的发声。其二，反对空谈自由，助长分裂。诗中针对某些霸权国家奢谈各国抗疫自由的高调义正词严地说：不能“用抽象的政治诠释自由的含义”。还借此插入一个意象化的实例，“倒了柏林墙，但为了隔离，又构筑了更多的墙。

墙更厚更高。”以此来揭露奢谈自由其实是为了达到分裂目的的阴险用心。其三，决不嘲笑邻里，指责他国。诗中说：在这个“消毒水流动国界”、时疫肆虐全球的处境下，我们面对的是一个“旁观邻里下一刻轮到自己”的现实，“嘲笑别人而又无法独善其身”的现实。特别是针对某些国家无端嫁祸中国的指责言论时他还用机智语言发声说：“当东方和西方再一次相遇在命运的出口”，做着“左手对右手的责怪”，那是愚蠢的，因为这“并不能制造出一艘新的挪亚方舟，逃离这千年的困境”。其四，力挺和而不同，不搞封闭。这就是针对某霸权国家搞抗疫单边主义做正面规劝了。吉狄马加的政治抒情是有原则的，采取了为我们国家在世界政治舞台一贯以倡导为主的那种态度，所以在诗篇接近尾声时这样倡导：“不用去问那些古老的河流，它们的源头充满了史前的寂静/或许这就是最初的启示：和而不同的文明都是它的孩子。”这其实是原初世界同在性的一个现实说法。正是这“和而不同”，也就派生出另两个主张：“不能选择对抗，一旦偏见变成仇恨，就有可能你死我活”，“不能选择封闭，任何材料成为高墙，就只有隔离的含义”。这一来，一场抗击新冠肺炎病毒的抒情，也就完整地升华为面对今日世界的政治抒情了。

第三，这更是一场生态抒情。可以这样说：地球生态的和谐遭到严重破坏导致时疫肆虐，成了这首诗的特定视角；从这个视角出发展开的全方位抒情，也就成了最大的特色。我们提倡的和谐是建立在生态平衡上的，这实指众生万物间的一种默契。人类自从成为众生万物的主宰，也就横行而不加节制起来，破坏了自然世界这种默契关系，以致出现了一些如同这首诗里所说的：“海豚”以集体自杀“来表达抗议”，拒绝了人类对冰川的访问。作为彝族诗人，吉狄马加有他的“种族记忆”，对万物间的默契特别敏感。他在《一种声音》一文中就说过：“我写诗，是因为我们在探索生命的意义，我们在渴望同自然有一种真正的交流……”这表明他对默契式的交流遭到破坏十分敏感。因此，在诗中他满怀悲慨地说：“哦，当我们以从未有过的速度/踏入别的生物繁衍生息的禁地，/在里面砍伐亚马孙河西岸的原始森林/让大火的浓烟染黑了地球的肺叶/人类为了所谓生存的每一次进步/都给自己的明天埋下了致命的隐患！”而这场新冠肺炎病毒的肆虐，在他看来，就是埋伏多年的“隐患”一次总爆发。因此他沉痛地向世人呼吁：“善待自然吧！善待与我们不同的生命。请记住：/善待它们就是善待我们自己，要么万劫不复！”这可是醒世之声。我相信：它将在人类良知的心灵世界流荡得辽远。

值得指出的是，由这三方面的抒情有机组合而成的文本整体，我们若再加以概括，当可以见出：这首抒情长诗其实是通过抗击时疫这一具体的抒情对象，向我们作了一场有关人类命运共同体的抒唱。在全球范围抗击新冠肺炎病毒，不言而喻是涉及人类命运的事；在抗击中走全球一体化还是走单边主义的选择，也自然涉及人类命运；至于在这场全球“抗战”中获得了领悟——善待自然，捍卫生态和谐，从长远的角度看，更是涉及人类命运的。吉狄马加正是以这场“抗战”为逻辑起点，对我们党和国家倡导建立人类命运共同体的政治决策作形象化表述，这是一个中国诗人为此而发出的应和之声。

《裂开的星球》是一首政治抒情诗，是和艾青的《向太阳》、贺敬之的《放声歌唱》一样的大政治抒情诗，其抒情境界宏观壮阔。可以说这是此作具有的抒情高度极重要一个方向，因为它较成功地实现了“献给全人类和所有的生命”这个审美理想。

《裂开的星球》也可以说是一首本体象征诗。吉狄马加显然把握到了一个艺术奥秘：必须让抒情对象后面隐藏有大哲学，也就是说通过抗击时疫这一表层事象而能透视到隐于更深层处的奥秘——涉及国际政治路线的、涉及万物生态和谐的、更涉及人类命运共同体的重大命题。而能够达到这样的审美效果，在我看来，就是超越就事论事的现实主义、直抒胸臆的浪漫主义而作本体象征艺术的追求。这样一类艺术表现策略对政治抒情诗写作而言，特别值得提倡——为了超越写作这一类诗时易发生的弊端：就事论事，直白言说。

吉狄马加从咏唱大凉山步入诗坛开始，到如今发表了这首长诗，是经历了一个转折——或者说拓展过程的。如果说这个过程可以以新旧世纪的交替为界来划成两大阶段，那么从20世纪80年代后期开始写诗到世纪末止，他写的诗基本上以大凉山地区为背景，抒唱了相对时空中彝族人民的生活变革；而21世纪以来，他的抒情空间则扩大了，开始对世界发出一个中国诗人的声音。这声音的最高音阶出于这阶段的几首抒情长诗：抒唱民族文明建构的《大河》，抒唱精神文明建构的《致马雅可夫斯基》和抒唱生态文明建构的《我，雪豹……》。这三首抒情长诗有机地组合在一起，可称之为人类文明建构三部曲。而《裂开的星球——献给全人类和所有的生命》，则是这个三部曲的综合，一场宏观抒情的延伸，具言之，即星球本体文明建构在绝对时空中的展现。

由此说来，诗人吉狄马加这首近作是具有开拓新诗新境界的美学意义的——无论对诗人本身或者中国诗坛，都是如此。

2020年7月5日写于杭州

浙江大学求是村寓所

〈作者简介〉

骆寒超，浙江诸暨人，1935年出生，作家、研究员、教授、博士后导师。1957年毕业于南京大学中文系。曾在文艺界从事文学评论工作多年，任浙江省文联文艺理论研究室主任。1988年初晋升为研究员，同年底调入浙江大学，转评为教授。曾任浙江大学中文系主任，浙江大学文科指导委员会副主任，浙江省政协第五、六、七届委员。系中国作家协会会员，中国诗歌学会理事。1991年起享受国务院政府特殊津贴。出版有《艾青论》《中国现代诗歌论》《新诗创作论》《骆寒超诗论集》《骆寒超诗论二集》《艾青评传》《新诗主潮论》《20世纪新诗综论》《论新诗的本体规范与秩序建设》《中国诗学·第一部·形式论》等专著十余种，2010年由人民文学出版社出版十二卷本《骆寒超诗学文集》，2017年由上海人民出版社出版两卷本《骆寒超诗论选集》。其中，《中国现代诗歌论》获浙江省第二届哲学社会科学优秀成果一等奖，《骆寒超诗学文集》获教育部第六届高等学校科学研究成果（人文社会科学）二等奖。诗学研究之余，也写诗。曾出版诗集《伊甸园》、《三星草——汉式十四行诗300首》、（与人合集）、《白茸草》。现居杭州，主编大型新诗季刊《星河》。

读长诗《裂开的星球》

◇ 李发模

读长诗《裂开的星球》，多壮阔的立意和哲思啊！没有一个废字。都说“伴字如伴虎”，面对这长诗的中华虎——吉狄马加，我愿是虎的山高水远！

这是一首充满宇宙信息，覆盖人类思索的长诗。字字句句事关人类灵魂、世界利益。长诗告诉我们，面对举世疫情和政治割据，人类只有携手合作，否则是自杀！

在各民族多元文明中，我们都是精神的兄弟，相互援助的同志。

“文明与进步。发展与倒退。加法与减法/这是一个裂开的星球。”怎样让人心不再撕裂？长诗中独特的论述，几多奇思妙语让我折服！（当然，其中也有拖沓，尚须打磨。）

我一直认为，诗之传承，除了线形伸延，更需辐射状思考。诗不讲理，却又在情理之中。长诗不畏散文化，但内在音律千万别忘了“纲举目张”。诗行句式的长短，不忘最为“人道”的行进，方可打开读者驰骋的空间。

是的，从该长诗中可看出：一人一家一国一世界，进出都要打开心门，否则，胸怀将成为坟墓。我们都在时空的笼中，若再互设圈套，只在“自以为是”中转动一人一家一国乃至一世界，没有出发的四面八方，怎跨出世纪的门槛？

长诗中，诗人的提问让人沉思：“这个星球创造了我们/还是我们改变了这个星球？”“当裂开的星球在意志的额头旋转轮子/……无处不在的光从天宇的子宫里往返”……这些古贤与现代科教追问的思考，我们该怎样回答？

我曾说过，人不怕你怕人，怕的是他人怕你。嘴给别人一条路，行进会还你一双脚。诗言志，情的提炼离不开语言，正如刀嘴在宰杀邪恶的过程中，谁不曾错“杀”过人？做一个诗人要接地气、天气，升华人气。尤其是写长诗，更考人学识、阅历和格局。悟知境界之上是素质，那才是真诗人。读长诗《裂开的星球》，让人隐隐撕心裂肺……又时时承受诗人哲思的重锤……该怎样疗治受伤的人文与自然，解开当今纠结，真是一道难题，真需要各民族各国共同合作，共赢发展。这东方给出的药方，从该长诗透出的信息，诗人的所思，对于这个星球，也许有一定药效。

吉狄马加的写作，总给人一种探秘时空的大思考，他真的像一匹马，矢志负重超前着！

2020年7月1日于遵义家中

〈作者简介〉

李发模，一个退休还写诗的老汉。心脏搭桥安支架，几次险些死去，后来才知阎王爷也很累，趁他老爷子休息，我钻了几回空子。他一生气，要我到120岁时，再设桃花坎。深知文字是岁月，诗歌是生命文化，还活着，就还债吧，自己保佑自己！

拯救星球和生命的挽歌

——吉狄马加长诗《裂开的星球》给我们的启示

◇ 峭　岩

显然，面对星球的命运发声，是个大主题，它关乎全人类，又联系着每一个生命个体。所以，诗人在副题上标出：献给全人类和所有的生命。诗歌是一个时代的烙印，诗人便是这个时代的骑士。驾驭与呐喊，以智慧的目光、哲学的语言、前卫思想，为一个时代证言，却是诗人的学识、气度、胆量所决定的。

无疑，《裂开的星球》（见《十月》2020年第4期）这部长诗是直面现实的。诗人站在人类发展的高度，站在哲学的高度，审视肆虐半年之久、席卷全球、决定人类命运的"新冠肺炎之战"。对于常态下的人们来说，现实掷给我们的心理压力太沉重了。尤其是以互联网为纽带的时代，统领着生活的方方面面，全球一体化、人类命运共同体的理念和践行，大踏步走进世界舞台中心。而在地球的另一面却不停地导演着战争、贸易战，以及在共同面对疫情严峻时刻却卷起的种族歧视风暴。把善良的人类逼近生命的边缘，逼近思考的高处：完美圣洁的星球不能撕裂，保卫星球就是保卫自己!

诗歌从来不回避现实，不苟且懦弱而独居安乐。诗人的所有勇气在于他发现了什么，又指出了什么。在"地球和人类一同戴上口罩"的独特风景面前，诗人扼腕而沉思，《裂开的星球》就是在这样的大背景下产生的。

诗的潜质与意志，在这里有了酣畅淋漓、哲学意义上的表达。题旨是星球，其实是我们浩瀚无边、伸手可触的烦琐的生活。说的是全人类的话题，其实就是我们生命个体的自己。诗人大胆地把星球、人类、生命与毁灭、抗争、自由的现实对接起来，营造出一种强烈的诗意效果，从而使庄严的主题有了宏大的期许和前展。

"是这个星球创造了我们/还是我们改变了这个星球？//哦，老虎！波浪起伏的铠甲/流淌数字的光。唯一的意志。"这是本诗的眼睛，也是主旨的定位。诗人以此开头，又以此结尾，不难看出其匠心所在。有了这样的诗意指向，其后的思路一一展开。

“就在此刻，它仍然在另一个维度空间/以寂灭从容的步态踽踽独行”“不是我们每一个人都有明确的罪行/当天空变低/鹰的飞翔再没有足够的高度/天空一旦没有了标高/精神和价值注定就会从高处滑落/旁边是受伤的鹰翅”。宏大的空间拓展，情绪的神性弥漫，词语的幻化情景，把我们引领到一个别样的、充满理想图腾的诗意空间。

关于吉狄马加的诗歌，在一次诗会上我曾说过这样的话：他牢牢扎根于本民族的文化基壤，坚守本民族的图腾意识。虎的始祖命脉，鹰的犀利凌厉，火的热烈光芒，成就了他作为诗人的独特存在。虽然他位居高处，身处汉文化及多元文化的交织中，但却独立而从容。融合与汲取，比较而强大，使他有了广阔的视野和游刃有余的诗歌经验。

这部长诗的开头和结尾都有这样的诗句：“哦，老虎！波浪起伏的铠甲/流淌着数字的光。唯一的意志。”其实，这并不突兀，正是虎的意象图腾，囊括了这部长诗的全部内涵。在彝族的史典《梅葛》中，有这样的记载：“造天造地是按照天神格兹的旨意上山打杀一只猛虎，用老虎的四根大骨做撑天柱，用老虎的肩膀作东西南北支柱，才把天撑起来，这样才使天地稳定了。”也有说虎是彝人的始祖，“形成了天地间万事万物后，可无人类居住，于是神祖五兄弟请天神格兹从天上撒下三把雪，落地变成了三代人，即独眼人、竖眼人、横眼人。在这里，虎成为创造天地万物的神祖，一旦有了虎，世间一切无法解决的难题都迎刃而解了”。这样说来，虎是吉祥、美好的化身，又是祛邪除恶的化身。一切恶在虎面前都将化为乌有。此时，诗人呼唤虎的重现，就不难理解了。

无疑，主题是宏大的，然而捕获它、完成它，则需要花大气力。我这样设想，在案头上，诗人调动了全部的诗意储备，又发动了词语的家族，冲上了诗歌高地，播种出葱郁的诗歌乔木。诗人一一叩开现实的大门，又一一给予诗的诠释。处于今天的星球是怎样的？它的未来又是怎样的？我们——人类的命运何在？“从一个城市到另一个城市/从一个国家到另一个国家/它跨过传统的边界/那里虽然有武装到牙齿的士兵/它跨过有主权的领空/因为谁也无法阻挡自由的气流/那些最先进的探测器也没有发现它诡异的行踪。”这是新冠肺炎病毒的诗化陈述，显然，东方和西方再一次相遇在命运的关口。

诗人看到了恒河、密西西比河，看到了横亘大地的黄河以及大大小小的河流，它们在忧郁，在沉默，在流泪。诗人发问：“能不能/告诉我，当你们咽下厄运的时候，又是如何/从嘴里吐出了生存的智慧和光滑古朴的石头？”

残酷的现实是严峻的。“是走出绝境？/还是自我毁灭？/左手对右手的责怪/并不能制造出一艘挪亚方舟/逃离这千年的困境。”诗人疾呼：“这是一次属于全人类的抗战/不分地域/如果让我选择/我会选择保护每一个生命/而不是用抽象的政治去诠释所谓自由的含义。”因为“最卑微的生命任何时候都高于空洞的说教”。“在此时，人类只有携手合作/才能跨过这道最黑暗的峡谷”。

至此，诗人亮出匕首，面对世态万象一一发问：“那些在镜头前为选举而表演的人”“让鹦鹉变成了能言善辩的骗子”在伊朗人民背后插刀的人……并发出这样的忠告：“哦，同志！你羊驼一般质朴的温暖来自灵魂/这里没有诀窍/你的词根是206块发白的骨头。”洞彻心扉的词语直指我们的内心。诗的剑锋光芒一览无余。

长诗是智慧的较量。500行长诗一气呵成，是何等的功力。不分章节，不标一二三，而是依赖思想情感的波动，以关键词承载承上启下的书写桥梁。

比如：“哦！文明与进步。发展或倒退。加法和减法。——这是一个裂开的星球。”在这之后，诗人选择了这样的接续：“在这里货币和网络连接着所有的种族/巴西热带雨林中原始部落也有人在手机上玩杀人游戏/……在这里人类成了万物的主宰/对蚂蚁的王国也开始了占领。”深度的开掘，不同性质不同手段对星球的破坏与不敬，在33个“在这里”排比句里得到了充裕的展示，情思与忧患包裹，依次展开，步步递进。波浪式地推进，又不失跌宕起伏、反复回旋的诗意效果。

这之前都是罗列式，而之后则是结论式：“任何贪婪的破坏者/都会陷入恐惧和灭顶之灾/所有的生命都可能携带置自己于死亡的杀手/而人类并不是纯粹的金属/也有最脆弱的地方/……也许会让我们败于一场输不起的隐形的战争/……我们没有权利无休止地剥夺这个地球/……善待自然吧/善待与我们不同的生命/请记住！/善待它们就是善待我们自己/要么万劫不复。”

还有下一节的开始：“哦，人类！这是消毒水流动国界的时候/这是旁观邻居下一刻就该轮到自己的时候……”接着，“这是地球与人都同时戴上口罩的时候/……这是大地、海洋和天空致敬生命的时候/……这是鹰爪杯又一次被预言的诗人握住的时候……”“这是……”的排比句同样用了40个。句句掏心，咄咄逼人，直击要害。

虽然没有章节的分割，却层次分明，我们发现在情节展开、转换的途径上，诗人都有语言的明确提示，在长诗的书写上是个奇迹，又是一个成熟的先例。

长诗《裂开的星球》所给我的启示是多方位的，又是立体的。而塑造独立的、具有个性特色的作品，恐怕是诗人共同的夙愿。走上一个高度的关键不是技巧的问题，重要的是格局的确立和新的发现。格局的大小只诞生在政治磨炼和学养修为之后，而出彩的语言则是观察、概括的功力之所在。往往一个陌生的、贴切的词语，把一首诗的成色提升了。这在《裂开的星球》里俯拾皆是：“被切开的血管里飞出鸽子。”“只有一次机会，抓住马蹄铁。”“让耶路撒冷的石头恢复未来的记忆。”“在方的内部，也许就存在着圆的可能。”等等。

我曾经说过：“天才的诗人总是把天上的彩虹和地上的石头搅拌，砌成人类的诗歌之墙。”无疑，吉狄马加就是这样的一位诗人。我是说，诗人不应墨守成规而自缚，诗人要打开自己，广纳万象，从中寻找自己的思维空间和语言方式，更好地完成伟大新时代赋予我们的重任！

2020年7月1日急就疫情防控中

〈作者简介〉

峭岩，解放军出版社原副社长兼编审，曾任解放军艺术学院文学系主任、政委。中国作家协会会员、《中国诗界》总编、中国作协作家书画院副院长、国际诗人笔会（第十九届）执行主席。出版有多部诗集、传记《走向燃烧的土地——魏巍》和《峭岩文集》十二卷等五十余部。曾获“中国首届新国风杰出诗人奖”，第十五届（昆明）国际诗人笔会授予的“中国当代诗人杰出贡献金奖”，新诗百年全球华语诗人评选杰出贡献奖，享受国务院政府特殊津贴。

反对裂开

——吉狄马加《裂开的星球》阅读札记

◇ 敬文东

新型冠状病毒肆虐全球，与之相应而起的，则是有关抗击疫情的新诗作品。这批作品数量庞大，密布于微信朋友圈、微博，然后，再出没于各种报章杂志。它们带着作诗者的忧愁、焦虑、恐惧、迷茫，甚或绝望。诗者，“言志”也，“缘情”也，本是中国诗学的老传统；“饥者歌其食，劳者歌其事”，既可以被称为作诗者的本来之“志”，也算得上作诗者的“情”之附丽。新诗当然也可以“歌其食”“歌其事”，但让新诗及其现代性成立的条件，却远不止于此。

这首先是因为承载言志抒情的古诗的媒介，早已大相径庭于承接现代经验的新诗的载体。前者被习惯性地称作古代汉语，后者则被目之为现代汉语。相比较而言，古代汉语具有成色较浓的封闭性（而非心胸狭窄的排他性），它和天圆地方的“天下”概念正相般配；唯有佛教东传，才配称历史上对这种语言进行的最大规模的冲撞和考验，但最终以古代汉语的大获全胜而收束：它在轻描淡写之下，将对方纳于自身，进而丰富了自身在表达上开疆拓土的能力。现代汉语可谓之为古代汉语的浴火重生。经过科学化和技术化的洗礼，现代汉语具有极强的分析性能；相对于倡导天人合一的古代汉语，现代汉语对外部世界具有更为强劲的欲望。在帝国主义的船坚炮利之下，古代汉语再也没有从前那么幸运，一败涂地取代了曾经的大获全胜。被古代汉语悉心滋养的中国人，被迫睁开眼睛看世界；关起门来直抒胸臆，已经不足以表达复杂多变的现代经验。因此，不乏封闭特性的古代汉语，必须全方位向世界打开自身。否则，鲁迅担忧的“中国人要从‘世界人’中挤出”，就并非没有可能；毛泽东忧虑的中国被开除球籍，也并非没有可能。就这样，“世界”不讲道理地取代了“天下”。所以，现代汉语打一开始，就必须放眼世界，但尤其是放眼“世界”这个概念带来的现代经验，而不单是情感；要知道，佩索阿（Fernand Pessoa）早就告诫过：“一个新神只是一个新的语词。”单靠直抒胸臆那般去“歌其食”“歌其事”，尚不足以支撑起新诗那必须传达现代经验的文学体式。由此出发，或许能更好地理解吉狄马加为什么要在其长诗《裂开的星球》中如是发言：

哦！幼发拉底河、恒河、密西西比河和黄河，
还有那些我没有一一报出名字的河流，
你们见证过人类漫长的生活与历史，能不能
告诉我，当你们咽下厄运的时候，又是如何
从嘴里吐出了生存的智慧和光滑古朴的石头。

这些古老的河流，既是文明的发祥地，也是人类兴衰史和荣辱史的见证者；它们缄默无言，但在重经验、重分析的现代汉语的“只眼”中（而非重情志、重综合的古代汉语的念想中），却“足智”而绝不愿意“多谋”。密西西比河自不必多说，因为它原本就是现代性和全球化的主要推动者；幼发拉底河与恒河，见证了寄存其身的国度如何从前现代嬗变为现代，怎样被裹挟进全球化；黄河则无疑目睹了古代汉语脱胎换骨为现代汉语的全过程，目睹了后者如何将中国融入人类命运共同体、世界大家庭，这个曾经不怀好意取代了“天下”的异质者。是现代汉语塑造了《裂开的星球》；因此，那个感叹之“哦”牵引出来的诗句，就不能被简单地认作宛若古诗那般，仅仅是在“饥者歌其食，劳者歌其事”。仔细辨识，便不难发现：“哦”引发出来的，乃是唯有从当下回望古代，才可能从古代找到对当下富有启示作用的宝贵经验，有关人类生死存亡的经验，虽然从表面上，好像是在直抒胸臆。这经验，亦即“生存的智慧”，还有“光滑古朴的石头”，不是那些不朽的河流随身自带的，而是放眼看世界的现代汉语发明出来的；不同腰身的语言发明不同腰身的世界，攫取不同性状的经验。因此，这经验只能是现代经验；“生存的智慧和光滑古朴的石头”带有现代汉语给予它的特殊情感、特殊的抒情方式，却不能被单纯和清澈的“情志”二字所完全概括。

在老谋深算的麦克卢汉（Marshall McLuhan）看来，地球村或全球化意味着：“多元化时间接替了大一统时间。今天，在纽约美餐、到巴黎才感到消化不良的事情太容易发生了。旅行者还有这样日常的经历：一个小时前，他还停滞于

公元前3000年的文化中，一个小时后，他却进入了纪元1900年的文化了。”麦氏功夫了得，言下当然无虚。事实上，新型冠状病毒正是以他预言的方式，以他总结出来的旅行线路，在全球快速传播；在传播过程中，还不断如曾子“吾日三省吾身”那般自我更新换代，类似于在纽约美餐在巴黎消化不良，也有类于公元前3000年的文化一下子被提升为纪元1900年的文化。全球化不一定意味着有福同享，但肯定意味着有难同当，至少倾向于有难同当。这最终必将导致《裂开的星球》中那个不祥的断言：“这是一个裂开的星球！”吉狄马加因之而有言——

> 它（即病毒——引者按）当然不需要护照，可以到任何一个想去的地方，
> 你看见那随季而飞的候鸟，崖壁上倒挂着的果蝠，
> 猩红色屁股追逐异性的猩猩，跨物种跳跃的虫族，
> 它们都会把生或死的骰子投向天堂和地狱的邮箱。
>
> 它到访过教堂、清真寺、道观、寺庙和世俗的学校，
> 还敲开了封闭的养老院以及戒备森严的监狱的大门。
> 如果可能它将惊醒这个世界上所有的政府，死神的面具
> 将会把黑色的恐慌钉入空间。红色的矛将杀死黑色的盾。

现代汉语是新诗的唯一媒介。因此，新诗的任务，乃分析性地处理现代经验；分析性的首要素质，是冷静、冷静和冷静。《裂开的星球》将新型冠状病毒肆虐全球的可怕情形，给如此这般不动声色地描摹了出来（“它当然不需要护照”“它到访过教堂、清真寺、道观、寺庙和世俗的学校”）。而唯其冷静，才更能体现现代汉语与生俱来的意志，继而为新诗带去坚定的心性、强劲的力量；同时，将病毒的可怖及其危害程度尽可能客观地呈现出来（“它们都会把生或死的骰子投向天堂和地狱的邮箱”“死神的面具/将会把黑色的恐慌钉入空间。红色的矛将杀死黑色的盾”）。这可不是面容清澈的“歌其食”所能为；其体量，也远在“歌其事”的营业范围之外。分析性除了对冷静、客观有极强的要求外，还对细节有特殊的嗜好。理由十分简单：既然是分析，就得首先针对局部说话，不能一开始就将目光贸然投向整体——整体才是唬人的；而局部之和，往往会大于整

体，恰如欧阳江河在某首诗中之所说：“局部是最多的，比全体还多出一个。”建筑大师路德维希·德罗（Ludwig Mies Van Der Rohe）则有言：“魔鬼在细节中（Devils are in the details）。”对于现代汉语的分析性而言，它的力量以及它给新诗带来的力量，也在细节上。古诗的力量基本上不源于细节，更主要地出自比兴和意象。在长诗《裂开的星球》中，细节可谓比比皆是：

当智者的语言被金钱和物质的双手弄脏，我在20年前就看见过一只鸟，从城市耸立的

黑色烟囱上坠地而亡，这是应该原谅那只鸟还是原谅我们呢？天空的沉默回答了一切。

……

此时我看见落日的沙漠上有一只山羊，

不知道是犹太人还是阿拉伯人丢失的。

冷静和细节能够保证新诗在面对错综复杂的现代经验时，展示它理应展示的强劲力量；更重要的是，有它们担保、坐镇和助拳，《裂开的星球》不仅获取了有别于古诗那样的成诗方式、路径和纹理，也小心翼翼地避免了对疫情的消费。这是因为细节和冷静不仅带来了认知上的客观化（“我在20年前就看见过一只鸟，从城市耸立的/黑色烟囱上坠地而亡”），还导致了态度上的克制性，不夸张，不滥情，更不搞骇人听闻那一套（“此时我看见落日的沙漠上有一只山羊，/不知道是犹太人还是阿拉伯人丢失的”）。众所周知，全球化的后果之一，就是消费型社会的出现，以及它的扬扬自得。在人类的地球村（global village）时代，一切物、事、情、人，莫不成为可以用于消费的对象。无须波德里亚（Jean Baudrillard）提醒，器官完整、功能正常的人都知道，“性本身也是给人消费的”。管仲治齐，曾置“女闾七百”，征夜合之资以充国用，国人对此早已耳熟能详；梭伦（Solon）为筹措军费，竟然建立国家妓院，营业处设在爱神庙中，也是人所共知。甚至连人与人之间的关系，也是可以消费的什物，恰如钟鸣在一首名为《关系》的诗作中说过的那样：“但蚂蚱性急，时辰不多，更愿直接地‘消费关系’。”臧棣则乐于这样写道：“对美貌必须实行高消费/这已经没有秘密可言：

像今年的通胀指数。”（臧棣：《神话》）出于完全相同的道理和逻辑，包括海啸、地震、新型冠状病毒在内的一切灾难，都可以被新诗征用为消费的对象。忽视灾难的细节，聚焦于疫情的唬人的整体，不过是大而化之地为写诗而写诗，它空洞、抽象，看似宏大，实则干瘪、无物；弃冷静而代之以多情、滥情直至煽情，不过是借灾难以成就一首首表面多泪实则寡情无义的诗篇而已。

在《裂开的星球》中，有这样一行不幸一语成谶的诗句：在“今天的地球村，人类手中握的是一把双刃剑”。重客观和细节的现代汉语成功地将中国带入了全球化，入住了地球村，但也逃无可逃地成了一把“双刃剑”；别的暂且勿论，仅就它在新诗写作中的表现，就足以说明这个严重的问题。重视细节能让新诗显得感情克制，避免了消极浪漫主义的滥情、少年式的小伤感，以及对诗意和远方的肆意索取。但过于重视细节，以至于陷入对细节和场景的罗列，甚至沦陷于无休止的铺陈，则让新诗啰唆、絮叨，口水连篇，像极了长舌妇。这样的例子，实在是屡见不鲜（此处恕不点名）。冷静能让新诗仔细、准确地捕捉细节，将细节纳入语言的平常心，并用日常口吻说出细节及其隐藏起来的含义，避免了肉麻和情感乖张。但冷静过度，则容易让本该主脑的新诗（古诗则主心）陷入唯脑的境地，最终走向抽象和无情（而非寡情）。这样的案例，更可谓比比皆是（此处恕不举例）。《裂开的星球》在避开消费疫情的险滩后，也避开了长舌妇的身份、抽象无情的境地：

> 当我看见但丁的意大利在地狱的门口掩面哭泣，
> 塞万提斯的子孙们在经历着又一次身心的伤痛。
> 人道的援助不管来自哪里，唉，都是一种美德。

作为声音性叹息的视觉性记号（sign），“唉”乃是古代汉语的根本之所在。古代汉语对待万事万物直至深不可测的命运，都倾向于也乐于采取叹息而不是反抗的态度，正所谓“存，吾顺事；殁，吾宁也”。阮籍“尝登广武，观楚、汉战处，叹曰：‘时无英雄，使竖子成名！’登武牢山，望京邑而叹。于是赋《豪杰诗》”。很显然，《豪杰诗》乃叹的展开，叹乃《豪杰诗》的实质。吕叔湘早已揭示了实质和展开之间的亲密关系：“感叹词就是独立的语气词，我们感情激动时，感叹之声先脱口而出，以后才继以说明的语句。”不无漫长的展开，不过是对简短的实质给出的说明。经由文化遗传，感叹，这种珍贵的气质，得以驻扎于现代汉语；《裂开的星球》则因忠实于这种气质，既没有走向无情和抽象，也将长舌妇的身份抛到九霄云外，还因其诚恳和诚实不忍心轻薄地消费灾难。很容易看出来，在《裂开的星球》中，“唉”对被裂开的星球有深深的担忧，对可能到来的去全球化，则有难以言说的遗憾。尽管如此，面对古代汉语独有的悲悯情怀，“唉”的态度是对之自觉地继承，有意识地守先待后。

吉狄马加是一位用汉语写作的彝族诗人，其诗作中的悲悯情怀很有可能不仅仅源自古代汉语，还有部分性地出自彝族典籍；珍贵的彝族典籍和古代汉语两相交会，也许才是悲悯情怀的真正来源。很多年前，《裂开的星球》的作者就曾盛赞过本民族“圣经”级别的宝典，也就是那部伟大的《勒俄特依》：“我好像看见祖先的天菩萨被星星点燃/我好像看见祖先的肌肉是群山的造型/我好像看见祖先的躯体上长出了荞子/我好像看见金黄的太阳变成了一盏灯/我好像看见土地上有一部古老的日记/我好像看见山野里站立着一群沉思者/最后我看见一扇门上有四个字：/《勒俄特依》。”（吉狄马加：《史诗和人》）《勒俄特依》是一部宣扬爱和团结的宝典，是对悲悯的声音化和文字化；它在致力于呼唤最大公约数的世界，反对旨在分裂人类的去全球化。由此，《裂开的星球》更愿意将新诗理解为歌颂，而不是仇恨；理解为赞叹，而不是抱怨和愤怒；理解为追求同一性，而不是追求貌似多元的分裂与割据。由此，从古代汉语潜渡而至现代汉语的“唉”，得到了《勒俄特依》的热情加持；所以，《裂开的星球》有理由如是发言：“孤独的星球还在旋转，但雪族十二子总会出现醒来的先知。/那是因为《勒俄》告诉过我，所有的动物和植物都是兄弟。”在“唉”的帮助下，《勒俄特依》有能力让《裂开的星球》相信：“左手对右手的责怪，并不能/制造出一艘新的挪亚方舟，逃离这千年的困境。”有了这等理念，现代汉语的强大意志，那浴火归来的伟大语言，就有可能被新诗控制在适宜的境地：既不左，也不右；既不过于冷静和重视细节，也不失却冷静和适度地关注细节。但它刚好能够表达西克苏（Helene Cixous）称赞过的那种希望，一种头骨上仅剩一丝肉星的希望。如此这般的现代汉语最终帮助《裂开的星球》发出了反对裂开的呼声：

无论会发生什么，我都会执着而坚定地相信——
太阳还会在明天升起，黎明的曙光依然如同爱人的眼睛
温暖的风还会吹过大地的腹部，母亲和孩子还在那里嬉戏
大海的蓝色还会随梦一起升起，在子夜成为星辰的爱巢
劳动和创造还是人类获得幸福的主要方式，多数人都会同意
人类还会活着，善和恶都将随行，人与自身的斗争不会停止
时间的入口没有明显的提示，人类你要大胆而又加倍小心。

2020年4月23日，北京魏公村

〈作者简介〉

敬文东，1968年生于四川剑阁，文学博士，现为中央民族大学文学院教授，有多种学术著作、小说集、诗集和随笔集出版，获得过第十六届华语文学传媒大奖年度批评家奖（2018年）。

警告与劝诫，从星球的系统性链条看过去

◇ 燎　原

《裂开的星球》是作者基于眼下全球性的流行病毒，关于人类与星球、人类与星球上的整个物种系统，以及人类与自身，总体关系和终极命运的追问与思考，并以一位现代诗人的全球性视野和万物平等价值观，给出自己的答案。

它是一首焦虑的当下之诗，又是一首冷峻的拷问之诗，一首站在诸如彝族的《查姆》等古老创世史诗和中外文化典籍中，带有神谕意味的劝诫之诗。

> 我在20年前就看见过一只鸟，从城市耸立的
> 黑色烟囱上坠地而亡……
>
> 任何预兆的传递据说都会用不同的方式，我们部族的毕摩就曾经告诉过我。
> 这场战争终于还是爆发了，以肉眼看不见的方式。

在这只坠亡之鸟神示的预兆之后，作者对随后而来的这场疫情，作出了这是一场“战争”的严酷指认。的确，自第二次世界大战之后，就这场病毒的流行范围、感染和死亡人数而言，无疑相当于一场全球性的战争。但它却突破了传统的战争定义，因为它并不是人类利益集团之间的相互残杀，而是四分五裂的人类面临一个共同的对手：一个看不见抓不着，却又无孔不入使整个人类陷入瘫痪与恐慌之中的对手。这是自认为无所不能的人类空前的狼狈。

追查这一病毒的起源和寻找对策是科学家们的事，相信灾难总会过去，届时人类将会再次以胜利者的名义证明自己。但在诗人的眼中，它只是人类经历的无数灾难中，又一次的重大灾难，而灾难总是如影随形地跟随着人类，那么，这其中的致命性根源到底何在？从原理上讲，不搞清这一问题，人类必将再一次地重

蹈覆辙，以至万劫不复。应该说，这正是这首长诗的写作起因。在这里，一位现代诗人重又回归到部族时代的古老角色，担负起追根溯源和寻找出路的使命。

因此，当我们孤立地猜测这场病毒的具体来源时，作者给出的描述远比我们想象的更触目惊心——我们赖以生存的这个星球，已经是一个危机四伏的“裂开的星球”。而这场病毒，只是这个星球系统性因果链条上，一次爆发性的恶果，大量的隐患早已伏藏。首当其冲的，便是人类对大自然贪得无厌的索取造成的地球生态系统的毁坏。为此，作者站在地球全景的视角，作出了不厌其详的细节举证：“在这里为了保护南极的冰川不被更快地融化，海豚以集体自杀的方式表达抗议”“在这里人类成了万物的主宰，对蚂蚁的王国也开始了占领。/几内亚狒狒在交配时朝屏息窥视的人类呲牙裂嘴”“当狮群的领地被压缩在一个可怜的区域/作为食物链最顶端的动物已经危机四伏/黄昏时它在原野上一声声地怒吼”“雪豹自由守望的家园也越来越小/那些曾经从不伤害人类的肉食者/因为食物的短缺开始进入了村庄”……

横遭肆虐的地球不会说话，却会以自己的方式作出表达。这一表达经由诗人通灵的耳朵听懂之后再翻译过来，就是“任何物种的存在都应充满敬畏/对最弱小的生物的侵扰和破坏/也会付出难以想象的沉重代价”。是的，这就是我们这个星球系统性的因果链条：今天的这场病毒，正是人类对自己的恣意妄为付出的代价。

但极具讽刺意味的是，人类对地球是这么干的，它也并没有放过自己：人类相互之间的以邻为壑和战争仇恨，弱势族群罹受的主权剥夺以及贫穷与饥饿，战火中流离失所的妇女和儿童……而随着现代科技文明的不断发展，古老的和升级换代版的人道灾难仍持续蔓延：“在这里再没有宗教法庭处死伽利略，但有人还在以原教旨的命令杀死异教徒”“在这里货币和网络连接着所有的种族。巴西热带雨林中最原始的部落也有人在手机上玩杀人游戏”“乘夜色吉卜赛人躺在欧洲黑暗的中心，他们是白天的隐身人”“在这里每天都有边缘的语言和生物被操控的力量悄然移除/但从个人隐私而言，现在全球97.7‰的人都是被监视的裸体”……

从人类对于地球和自身已经造成的这两种灾难看，它与眼下的这场病毒灾难其实毫无区别。只不过眼前的这场灾难危及每一个体，且直接要命，所以让人恐怖；而另外的灾难并非不要命，它与这场病毒互为因果，并潜滋暗长地围剿着人类，但人类中的每一个体，只要不大祸临头，就会认为事不关己，甚至乐于隔岸观火。这无疑是与要命的病毒同样可怕的病毒。

那么接下来，我们便无法不面对这样两个问题：人类与它赖以生存的这个星球究竟是什么样的关系？人，又到底是一个什么样的物种？这也正是贯穿于这首长诗中，作者终极性的反复追问：

> 是这个星球创造了我们
> 还是我们改变了这个星球？

这个问题似乎并不难回答。我们当即就可给出同时肯定的答案：既是这个星球创造了我们，又是我们改变了这个星球。但随之，这个追问哲学性的复杂开始显现：既然人类是这个星球创造的生命体，那么双方之间又是什么关系？是相互依存的生命共同体呢，或星球仅是供人类享用的物质载体？如果改变星球是为了人类更美好的生存，这种改变又以什么法则为依据，其尺度和边界又在何处？反过来，创造了人类生命的星球，对于它的创造物是否持有必然的行为规则约定？突破这一约定后又会如何？

关于这一系列问题，我们首先可以确认的是，人类改变星球的确是为了更美好的生存，并且它已部分地实现了自己的目的；但我们看到的另外一个结果正如前边的大量举证，它让星球和自己同时陷入灾难。这也就意味着，人类对于星球的态度仅仅只是利用，为了这一目的，它在改变星球的过程中什么办法都想到了，但唯独没有想到尺度和底线，没有想到它还有必须遵守的规则约定。因此它也就难以明白，一次次的大难临头，正是星球的至高之手，对于其毁约行为的惩戒。在另外的语境中，这种惩戒又被称作神的震怒，或者直接就是“天谴”！

因此，紧接着的一个问题就是，人到底是一个什么样的物种？它拥有这个星球所有物种中的最高智商，它什么道理都懂，它还知道敬畏神明，每当灾难降临时它都会“苍天呀、大地呀”祈求神灵的保佑。然而，它在这个星球上依然肆无忌惮。这显然涉及人性的根本症结。对此，诗作中有一个极为刺目的表述：“不是我们每一个人都有明确的罪行”，然而，我们却是被那只类似于星球法老式的神秘老虎，一直紧紧盯视的“善恶缠身的人类”。没有“明确罪行”的另一面，便是“隐性罪行”不言而喻的存在，也就是“善恶缠身”。这是一个极为重要的表达，一个包含了自审性质的人类自查结论。正是这一自审的带入，穿透了人性魔障中的一个死结：迄今为止我们对这个世界上所有问题的指责，都是指向他人，从来都不会带入自己，不会认为自己有问题。尽管他们乐于宣称一场雪崩的到来，每一片雪花都不是无辜的，但从那种发现了真理般的得意口气看，这话只是在指说别人，只是为了表现自己高人一等的洞察力，而所有雪花中的任何一朵，都不包括他自己。

这正是人性中最大的魔障，来自人类天性中一个先天性的死结：以自我为中心的利己主义思维和习性。在对地球的态度上，它奉行人类中心主义；在族群与族群、族群与个人、个人与个人的利益关系中，它永远是以我在之群的我自己为轴心。尤其是在这个由强势集团掌控的世界，尽管他们发明了无数的高尚道德律令，并在通常情况下乐于表达这种高尚，但一到关键时候，他们信奉的则是社会丛林法则。既是在这场大祸当头的共同灾难中，正在上演的剧本仍是对于他者各种口实的指责。

聪明绝顶的是人类，执迷不悟的也是人类；发明了雪崩论的是人类，唯独把自己撇除在雪花之外的也是人类。

当穷尽性的追问最终仍指向一个死结，作者显然已忧心如焚，为此展开了多种角度上晓以利害的劝诫和警告：

> 当东方和西方再一次相遇在命运的出口
> 是走出绝境？还是自我毁灭？左手对右手的责怪，并不能
> 制造出一艘新的挪亚方舟，逃离这千年的困境。
>
> 哦，人类！这是消毒水流动国界的时候
> 这是旁观邻居下一刻就该轮到自己的时候
> 这是融化的时间与渴望的箭矢赛跑的时候
> 这是嘲笑别人而又无法独善其身的时候
> …………
> 就是在这样一个时候，就是在这样的时候

哦，人类！只有一次机会，抓住马蹄铁。

而对于人类之于星球的关系，作者在一连串的忠告中又发出了这样的终极性的警告：

但是人类，你绝不是真正的超人，虽然你已经
足够强大，只要你无法改变你是这个星球的存在
你就会面临所有生物面临灾难的选择
这是创造之神规定的宿命，谁也无法轻易地更改

的确，虽然人类早已认为自己无所不能，但只要它仍然从属于这个星球，就必须遵守这个星球的规则和约定，这是“创造之神规定的宿命”。而作者在这里包括整首诗篇中发出的这种声音，在我们已经习惯了的当下诗歌语境中，听起来无论如何都有些恍惚。它是一首用现代汉语书写的诗篇，但其主体基调中又杂糅了诸多陌生的、仿佛来自几个大陆丛林山地的古老声调——其故乡大凉山彝族毕摩（祭司）式的神谕声调，南美大陆印第安人忧郁的声调，非洲黑人族群通灵式的声调。而整首诗篇中密集的意象群表明，作者虽然与我们处在同一个时代，却并不完全处在同一个“现场”，虽然他的现场也包括我们这个此在的现场，但其神魂更多的则是沉浸于以上的现场和语言系统中——那是现今这个星球上仅有的，世世代代的原住民和他们的山林神明一体化的现场；人能清晰地听懂神的语言，因而随时校正自己并得到神佑的自足性现场。而在这一时空，人的语言编码系统则以抵达“天听”接受垂训为唯一法则。在这一指向上，它是明确的、唯一的，毫不含混的。而我们流行的现代语言——无论汉语或是英语，已经在不断的智能软件加载中，充满了诡辩的、强词夺理的、怎么说都行的利己主义圈套。也许正是基于这一点，作者才以这种来自神谕的箴言和启示录式的古老语言系统，在这样一个特殊时刻发出警告和劝诫。

2020年7月6日下午，威海

〈作者简介〉

燎原，当代诗歌批评家。威海职业学院教授。昌耀诗歌奖评委会主任。著有诗集《高大陆》以及《海子评传》《昌耀评传》等专著多部。主编《神的故乡鹰在言语——海子诗文选》《我从白头的巴颜喀拉走下——昌耀诗文选》等。获第三届泰山文艺奖文学评论奖、第五届中国桂冠诗学奖、星星诗刊2016年度诗学奖、第六届扬子江诗学奖等奖项。

为灾难中的人类作出诗的代言

——读吉狄马加长诗《裂开的星球》

◇ 向云驹

吉狄马加长诗新作《裂开的星球——献给全人类和所有的生命》（刊于《十月》2020年第4期）是他的最新诗作，也是这个世界的诗人在疫情期间写给仍然在疫情中挣扎的世界的最新诗作。自从今年年初新型冠状病毒肺炎疫情大暴发以来，虽然也有一波又一波的诗潮汹涌，但是在疫情后果不明、疫情走势不明、疫情性质不明的情况下，诗歌的肤浅、应景、瞬息性就不可避免。在疫情期间各种关于诗歌的议论中，可以看出，人们渴望诗人拿出力作把经历中的此一世纪之变予以诗化，而且对已有的诗作并不能够完全满意。问题在于诡异的新冠病毒为人类制造的麻烦一点也看不见结束的苗头，它的狡猾诡秘不断让人类瞠目结舌，不要说诗人失语失能，就是哲学家、政治家、战略家、医学家、经济学家、外交家、艺术家、媒体从业者、政要、学者、律师，几乎没有不投入到对疫情的思考中来的，但是我们不是依然没有满足或者满意他们的言论，我们的思想不是依然像当前的疫情没有明朗一样深陷困惑之中不能自拔吗？随着疫情对人类的影响的深刻性日益显现，尽管病毒依然神秘诡异，一如世卫组织总干事谭德塞所说，新冠病毒诡异莫测远远超过人类的想象，人类医学远远没有认清它的真面目。我们的思想对疫情产生的影响也处在众说纷纭、莫衷一是之中。当然一些事实已经浮出海面：病毒正在飞速进化，而人类正在大步退化。

这个时候，谁能为人类代言？难道不正是具有预见和神谕的诗歌？人类的诗歌有过这样的功能史，人类也对诗歌有这样的期许。而阅读吉狄马加《裂开的星球》后，我想，这正是我们等待的对疫情世界或世界疫情做出诗判断的具有神性诗意的诗歌杰作。

《裂开的星球》这个诗作标题就是当下世界经过病毒感染和疫情流行后的最本质的改变的语言抵达。这个世界原有的裂隙、分隔、区离、阻碍不是在疫情中得到缝合弥补，而是在不断加深之中；新生的断裂像地震一样瞬间撕开无数大口，东方与西方、文明与文明、制度与制度、国家与国家、意识形态与意识形态、种族与种族、人类与动物，越来越多的裂口被撕开。全球化的地球正在让每一条沟通和缝合全球往来的道路和关联都退化为分裂的伤痕。这个星球正在和已经裂开！于是诗人的诗句从古老的神话找到天神的谕示。诗的开篇从讲述人类与地球的关系设问，然后找出一个古老的彝族神话给出的答案。在古彝族的典籍、古歌、神话中，地球是由彝族的图腾老虎创造和推动的。这就是世界的起源（《查姆》）。这是虎的宇宙观，也是虎推动的地球。虎是彝人的图腾，确定的是人与动物的血缘关系。世界与生命、人类与动物这两对关系确定了世界的基本结构。当我们不能用科学的智慧和技能去解释神秘的新冠病毒的时候，或许回到古老的神启中才能知晓这个病毒带来的新世纪是为了什么又究竟是怎么一回事。“那永不疲倦的行走，隐晦的火。/让旋转的能量成为齿轮，时间的/手柄，锤击着金黄皮毛的波浪。/老虎还在那里。从来没有离开我们。/在这星球的四个方位，脚趾踩踏着/即将消失的现在，眼球倒映创世的元素。”世界的改变是由于“人类被善恶缠身”，天空在降低，“智者的语言被金钱和物质的双手弄脏”！

后面的诗行包括了以下主题：战争，绝望，乱世，裂开，面对，危机，地球，缝合。

所有主题的展开都是诗式的展开。在战争主题中，诗人指出或者说认同人类此一次与病毒的遭遇和博弈是一场战争。疫情的暴发就是战争的爆发，是人类“惊醒了古老的冤家”“数万年的睡眠”，然后人类自己又处于无处可逃的境地。这场战争是超乎寻常的世界大战——世界级的规模，震惊世界的烈度。它的性质有四：一是“一场特殊的战争，是死亡的另一种隐喻”；二是人类处于束手无策的绝境，人类东西方犹如左右手在互责，却不能制造挪亚方舟“逃离这千年的困境”；三是“古老而又近在咫尺的战争”，不是核战，又似历史反复上演；四是全人类的抗战，“人类只有携手合作/才能跨过这道最黑暗的峡谷”。这场战争如此古老又如此古怪，它和所有的死亡一样，足以令人绝望：“哦，本雅明的护照坏了，他呵着气在边境那头向我招手，/其实他不用通过托梦的方式告诉我，茨威格为什么选择了自杀。/对人类的绝望从根本上讲是他相信邪恶已经占了上风而不可更改。”在绝望之际，诗人让古老的生命法则像一条大河一样注入人类命运的脉搏，他的诗句预言着我们的命运，“哦！幼发拉底河、恒河、密西西比河和黄河，/还有那些我没有一一报出名字的河流，/你们见证过人类漫长的生活与历史，能不能/告诉我，当你们咽下厄运的时候，又是如何/从嘴里吐出了生存的智慧和光滑古朴的石头？”

在一定意义上，人类与病毒的战争是一个高于人类的宇宙法则在判断人类生存的是非。但是这场战争更复杂的性质在于它引发了人类自身的乱象和乱世。一个诗人对这个现实的诗判断跃然而出：“哦！文明与野蛮。发展或倒退。加法和减法。/——这是一个裂开的星球！”这个裂开的判断像打开了诗人想象和语言的闸门，33个排比句式的“在这里……”如海啸般汹涌而来，撞击和淹没了读者全部的感官！他的典型句式是这样的：“在这里电视让人目瞪口呆地直播了双子大楼被撞击坍塌的一幕。/诗歌在哥伦比亚成为政治对话的一种最为人道的方式。//在这里每天都有边缘的语言和生物被操控的力量悄然移除。/但从个人隐私而言，现在全球97.7‰的人都是被监视的裸体。”每一个“在这里……”句式都表征一种世界、星球裂开的状况，包括网络的悖论、都市原始人、被人类睥睨的动物、人工智能、脱欧的怪状、极地雪线上移、人口与粮食、动物濒危、玻利维亚危机、俄罗斯的白酒与诗歌、维基解密与阿富汗战争、加泰罗尼亚人公投、中美贸易战、古巴和印度的全球化窘态、国际货币基金组织、社会福利与绝对贫困、恐惧的诗歌长大成树、纽约股市、被焚烧的5G信号塔、伽利略与杰佛逊（一个被焚、一个屠杀印第安人）、柏林墙的拆与美墨边境墙的建，等等。面对如此乱象与乱世，诗人发出了沉重的叹息：“哦！裂开的星球，你是不是看见了那黄金一般的老虎在转动你的身体，/看见了它们隐没于苍穹的黎明和黄昏，每一次呼吸都吹拂着时间之上那液态的光。/这是救赎自己的时候了，不能再有差错，因为失误将意味着最后的毁灭。”他警告人类，死神正与全人类战斗，“一场近距离的搏杀正在悲壮的展开”。因为我们大面积、大范围、大规模地闯入了“人类禁地”，人类的狩猎和屠宰使“从刚果到马来西亚森林对野生动物的猎杀/无论离得多远，都能听见敲碎颅脑的声响”。但是，正在敲响的世纪警钟告诉我们：“对最弱小的生物的侵扰和破坏/也会付出难以想象的沉重代价。”为了描述和状写人类自己使自己陷落的危急时刻，诗人再一次开启想象和比喻的天才之门，用急急如律令般的40个“这是……时候”的排比诗句（行），将上下五千年、纵横两万里的符号、信息、象征、历史、现实、现场、现在与彝族古老的祭司、神枝、黑石、牛角号、鹰爪杯、马蹄铁等神示意象相穿插、互喻、互文、并置，昭示着一场亘古未见的灾难正召唤我们的良知。“这是旁观邻居下一刻就该轮到自己的时候/这是融化的时间与渴望的箭矢赛跑的时候/这是嘲笑别人而又无法独善其身的时候/这是狂热的冰雕刻那熊熊大火的时候/这是地球与人都同时戴上口罩的时候/这是天空的鹰与荒野的赤狐搏斗的时候/这是所有的大街和广场都默默无语的时候……”这个时候，人类的选择必须回到地球的立场。诗人毫不吝啬自己的赞美，对地球的神性存在和至美至善给予讴歌。他再一次召唤彝族女天神：“哦，女神普嫫列依！请把你缝制头盖的针借给我/还有你手中那团白色的羊毛线，因为我要缝合/我们已经裂开的星球。”地球像人类的颅骨，它的裂缝，只有神授的针线才可以缝合。要解决人类整体面临的问题，任何从一个民族、一个国家、一个政党、一个制度、一个文明出发的救赎都是徒劳无功的。事实证明，人类恰恰在最需要团结的时候，令人震惊地空前地走向了分裂：互相甩锅、退群、群龙无首、内部撕裂、种族歧视、经济制裁、贸易壁垒、傲慢与偏见，人类似乎越来越不懂得“在方的内部，也许就存在着圆的可能”，“让大家争取日照的时间更长，而不是将黑暗奉送给对方”，“这个星球的未来不仅属于你和我，还属于所有的生命”。诗人最后重拾常识，把它们作为缝合地球和人类分裂的一根根针线，比如减碳、绿色、环保、救贫、就业、和平、平等、开放、创造、劳动、爱、施予、保护动物、共识、和而不同等等。他把这些冷冰冰的概念和日常现实全部都转换成诗的叙事、诗的语言、诗的形象，让它们产生剧烈的视觉效果，建构起诗的想象空间：“我不知道明天会发生什么，但我知道这个世界将被改变/是的！无论会发生什么，我都会执着而坚定地相信——/太阳还会在明天升起，黎明的曙光依然如同爱人的眼睛/温暖的风还会吹过大地的腹部，母亲和孩子还在那里嬉戏/大海的蓝色还会随梦一起升起，在子夜成为星辰的爱巢/劳动和创造还是人类获得幸福的主要方式。”

《裂开的星球》写作完成于今年4月中下旬，那时新冠病毒还在肆虐，某国的“我不能呼吸”事件尚未暴发，中国的局部疫情反弹还未出现，病毒的狡猾和人类的进退失据都还在深化和一一展开中。如今，全球确诊正在跨越千万关口，死亡正逾50万，而人类的团结似乎遥遥无期，裂开还在加剧和加速。在人们还存在普遍的困惑和深度的迷茫之时，这首长诗给予我们灵魂的震撼和惊悸。哲学家用深刻的思想揭示存在的本质，但是存在已经在本质上改变，所以迄今为止的哲学家（包括以“历史的终结”著名的美国思想家福山）都在疫情面前显得言说困难和不得要领。而诗人吉狄马加虽然没有用集束的概念定义灾难、定义病毒、定义疫情、定义巨变，但是他用想象，用神谕，用意象，用情绪，用无边的比喻和联想，把我们带入宇宙辽阔的时空和人类多样的历史，用寓言启示生活，用神话预言未来，用死亡批判现实，用诘问考究我们的成见，用物种的起源昭示人类的命运。他反复追问的是：“是这个星球创造了我们/还是我们改变了这个星球？”他让我们带着这个问题透视疫情的发生和后果，参悟不可预测的疫情结果，从而看透和洞彻整个事件的所有可能性。当然，这首名为《裂开的星球》的长诗，也是此次亘古未见的人类灾难的一座思想的纪念碑和诗歌的墓志铭。

2020年6月27日端午节之际于北京

〈作者简介〉

向云驹，男，土家族，现任中国文艺评论家协会副主席，中国文学艺术基金会副理事长兼秘书长，享受国务院特殊津贴专家。北京师范大学京师特聘教授，天津大学特聘教授，中国文学艺术界联合会全国委员。曾任中国艺术报社社长、中国民间文艺家协会秘书长、中国文联文艺资源中心主任、中国作协理论评论委员会委员。著有《中国人文地理与生态美学》《非物质文化遗产学博士课程录》《非物质文化遗产若干哲学问题及其他》《草根遗产的田野思想》《中国少数民族原始艺术》《中国少数民族审美意识史纲》以及诗集《眼睛是身体的乌托邦》等十余部著作。曾获中国文艺评论奖著作类一等奖、文章类一等奖，两次获得中华优秀出版物奖，诗歌获《人民文学》等主办的全国诗歌大赛二等奖，新闻作品曾获中国新闻奖，杂文作品曾获人民日报奖、北京杂文奖，曾获中国作协民族文学山丹奖等。系国家版权战略研究专家组成员，住房和城乡建设部中国传统村落保护工程专家委员会成员，中国摄影家协会学术指导委员会委员，中国曲艺家协会学术指导委员会委员。曾获首都民族团结进步先进个人。

大诗的复归与人类的希望

◇ 邱华栋

大诗或曰长诗，一直是卓越的诗人追求的写作巅峰。

我个人更喜欢大诗这个概念。长诗往往只是形容一首诗的长度，但大诗，则在概括一首诗内容的博大丰厚和体量的雄浑庞伟。我们很容易扳着指头数出一些现代杰出诗人所写下的大诗：T.S.艾略特的《荒原》、奥克塔维奥·帕斯的《太阳石》、巴博罗·聂鲁达的《大地上的居所》、马雅可夫斯基的《穿裤子的云》、阿赫玛托娃的《安魂曲》、庞德的《诗章》、沃尔科特的《奥麦罗斯》、卡赞扎基斯的《新奥德赛》、威廉·卡洛斯·威廉斯的《佩特森》（四卷）、塞弗里斯的《画眉鸟号》、埃利蒂斯的《理所当然》等，这些大诗，篇幅短的有数百行，长的则有数千行乃至上万行。这些著名的大诗，在语言的精微性和复杂性上，在诗歌篇幅的长度、内容的厚度和表现的难度上，都有诗学意义上的绝佳呈现，是以语言为生命的诗人在文明层面上的最高表达。

上述这些大诗人所写下的大诗，有的偏重于叙事，承继人类史诗的原型故事元素，如卡赞扎基斯的《新奥德赛》，就是对遥远的史诗《奥德赛》的当代回音；沃尔科特的《奥麦罗斯》也是这样，它还有一个副题叫作“安德列斯群岛：史诗片段”。威廉斯的《佩特森》更是以四卷的篇幅，诗性呈现美国一个小镇的人类学意义上的史诗景观，拓展了“史诗”在当代英语诗歌中的形式感和内涵。塞弗里斯的《画眉鸟号》也是对希腊神话的应答和回声，埃利蒂斯的《理所当然》更是在古希腊和古罗马神话元素和史诗传说中寻找到了现代意识的接口，带给我们20世纪的最新诗意。

有的大诗长于抒情，如聂鲁达《大地上的居所》，激情澎湃，气势恢宏，感情的力量如滔滔江河顺流而下，将读者裹挟其中，一览无余。有的大诗文体十分复杂，如艾略特的《荒原》，它是叙事、抒情、寓言、哲思的结合变体，呈现出英语现代诗概括人类境况的丰富性和可能性。有的大诗，具有高度的形式感，如马雅可夫斯基的《穿裤子的云》，阶梯诗的节奏和造型，将俄语诗歌带入到一个全新的境界。

有的大诗，有着极其丰厚的文化人类学、神话学的内涵和背景，如帕斯的《太阳石》，是建立在阿兹特克文明和神话传说之上的当代表达，贯通古今，将西班牙语现代诗勾连起了古老的文明精神的源流，开启了一代诗风。有的则深入到当代人的精神处境中，描绘一个时代的精神图谱，如阿赫玛托娃的《安魂曲》，将俄罗斯人沉郁的精神境况和个人悲剧体验结合在一起，成为一个时代的灵魂画像。

中国新诗百年史中，也有一些诗人尝试写下了长诗或大诗。我们比较熟悉的当代诗人的作品，有海子的《太阳·七部书》，可惜，全稿并未完成，海子就身死了。台湾诗人洛夫的《石室之死亡》和《漂木》可以说是他的大诗代表作。因此，仔细梳理总结汉语百年新诗史中的大诗或长诗的成败经验，也是很迫切的事情。因为大诗的写作，是一个诗人写到一定时候的写作高度的体现，是诗人诗艺的最高水平。可能有的诗人一辈子都写不出一首大诗，就是由于其气势、气魄不足，生命体验和知识准备不充分的原因。

当代诗人中，吉狄马加近年来接连写下多部长诗，如他的《我，雪豹……》《不朽者》《迟到的挽歌》《献给妈妈的十四行诗》《大河》《致马雅可夫斯基》《献给曼德拉》等，有近十部之多，构造出他宏伟的精神世界，呈现出别开生面的大诗气象。大诗，往往是一个诗人一生的凝思，并通过相当大的篇幅，来呈现生命状态和语言瞬间碰撞出的火山喷发般的巅峰表现，有时候，大诗杰作的出现，甚至是灵感乍现、失不再来的。

《裂开的星球》是吉狄马加的一首近作，是一首可遇不可求的大诗。它发表在《十月》杂志2020年第4期上。这首诗有500多行，主题深广，切近当下全球新冠疫情或后疫情的世界境遇，这是中国诗人最为难能可贵之处，就是对当代世界境遇问题的回应。在全诗中，他的深切关怀和不断追问，带给了我们对人类命运的思索；这首诗气势恢宏，意象繁复，宛如长练当空舞，又如滔滔江河一往无前，读下来，唤起了我当年阅读奥克塔维奥·帕斯的长诗《太阳石》、聂鲁达的长诗《马楚比楚峰》的新奇感和恢宏博大感。这在我阅读汉语诗歌的经验中，是非常少见的。

吉狄马加这首大诗的出现，显示了他远接人类各民族史诗的伟大传统，近承20世纪以来现代诗歌的大诗传统，既是史诗的当代变体，也是大诗文体在汉语诗歌中的强劲再生，是中国新诗百年史中出现的令人惊喜的收获。

阅读任何一个诗人集合了他大半生生命体验和文化经验所写出来的一首大诗，我们应该抱着敬畏的心情来对待，净手、静心是必须的。大诗的写作非常耗神。我还记得，我上大学的时候写过一首200多行的长诗，当我写下了最后一句的时候，我已经耗尽了精气神，几乎要晕倒了。大诗的写作过程中，诗人的精神处在高度紧张的状态里，要消耗巨大的能量和氧气，是一个人的生命体能的耗散，非常费神。而诗人是语言的炼金术士，是语言的打铁匠。对于诗人来说，每一行诗、每一个字，都是殚精竭虑的，要反复锤打的，是非常用心用力的。因此，大诗并不好写。相对于长篇小说的叙述松散度来说，大诗，其写作的质量就犹如中子星的密度，在极小的篇幅和体积之内就有着极大的质量，仿佛一立方厘米的体积，就能洞穿地球的表面。

面对吉狄马加的大诗《裂开的星球》，首先，我们可以从这首诗的形式和节奏上来感受它、接近它。每一首诗，都有自己的语调和呼吸节奏，诗歌的调性带有音乐性，这种音乐性是语言形成的。语言构成了音符的功能，帮助我们阅读和切分整部长诗的内在构成。我读《裂开的星球》，就找到了阅读这首诗的呼吸节奏。

按照这首诗所自然形成的山脉起伏般的节奏感，我把它分成7个部分，也就是7段。这是我自己阅读这首大诗的自然分段，也可能是这首诗的潜在结构。需要说明的是，吉狄马加并未加以分段，我是依照我自己的阅读体验，按内容本身形成的节奏感来划分。这就像是一条大河的不同的河段，共同构成了一整条河流一样。大河上下，有发端宁静如小河潺潺的段落，有宽阔平静的深河河段，有激流跳荡的险段，也有蜿蜒曲折、回环往复的河段，最后，又收到一点之上，奔流入海。这些河段成为首尾相连的大河结构，成为一首诗九曲回肠的丰富景观。

那么，在《裂开的星球》这首大诗中，我看到不同语言中诗歌形式的集大成。汉语律诗、英语十四行诗、阿拉伯悬诗、东欧合组歌、希腊箴言体、日本汉俳、波斯柔巴依、彝族神话史诗等多种语言中的诗歌形式的内化和外化，变形和重新组合，在这首长诗中都有呈现。这是吉狄马加对世界诗歌的多年学习，将世界诗歌的营养，融化到自己的语言和血液里的结果。

我所分段的这首大诗的第一段，是全诗的前14行。可以把这第一段看作是一首十四行诗。起首四句是：

是这个星球创造了我们
还是我们改变了这个星球？

哦，老虎！波浪起伏的铠甲
流淌着数字的光。唯一的意志。

这四行诗也可以是四言绝句，也可以是一首柔巴依，也可以是箴言体，在全诗的结尾再度重复了一遍，完全一样，成为首尾相连、循环往复的生生不息的结构。这是我们理解这首大诗的关键。

在第一段的14行诗句中，诗人用彝族的古典创始神话史诗《查姆》中对地球的形容，拉开了全诗的序幕。这使得这首诗具有了神话史诗的背景深度。在彝族史诗《查姆》中，人所居住的大地是一个球体，在这个巨大球体的四个方位上，分别有四只老虎在不断走动，扯动了地球这个球体并使之转动，使得地球永不停息地旋转着，生生不灭。这是彝族人对老虎的古老崇拜。在他们的创世史诗《查姆》中，太阳是老虎的眼睛，老虎的骨骼化身为大地和群山，老虎身上的毛发化为了森林和草地，身上的斑纹演化为海洋，肠子变成了江河。因此，地球是老虎幻化而成的。彝族人如此形容人类所居住的地球，显示了他们先天就具有和自然相通的理念，尊敬大自然，崇拜大自然。

吉狄马加对当代世界的真切关怀，在这首大诗的第一段14行里，鲜明地点出了人类的现实处境。看吧，在不断旋转的球体之上，人类此刻的命运，正在被创世时代的老虎的双眼所注视，人类被善恶缠身，被病毒袭击，处于紧张的状态中。由此，这首大诗展开了它波澜壮阔的呈现，如同金黄的老虎的斑纹那样变幻多端，耀眼无比，同时，具有语言的高蹈气势。这第一段的14行，宛如智者站在高处审视，并像宣叙调那样高声颂唱，引导出全诗的滔滔江河。

我把这首大诗的第二段，划分为约51行。从第15行开始，一直到“但请相信，我会终其一生去捍卫真正的人权/而个体的权利更是需要保护的最神圣的部分”这两句为止。在第二段，我们可以看到，诗句明显变长了，就像是大河起源，从高原奔涌到一片高地海子的宽阔水面，像是从三江源抵达了青海湖一般。这一段，是对人类所处的新冠病毒肺炎所导致的当下境况的描述，是病毒袭击人类，不断在一个个人类的居所、空间掠过的全景描述，是人类对病毒来袭的对抗性反应的描述，是对当下疫情后可能迎来的一个分歧和分裂的时代的想象性描述。

在这一段中，彝族古老的创世神话史诗《勒俄特伊》中的观念出场。在这首史诗中，曾说到人类创世的时候，有6种流血的动物，6种无血的植物，一共是12种动物和植物，叫作“雪族”，构成了地球世界的基本生物。因此，人类和其他动物、植物都是有血缘关系的亲兄弟。从这种古老彝族原始的创世神话中对地球上动物和植物之间兄弟关系的基本描述，到现今全球化紧密联系的时代，这样的广阔的联系，让我们看到了古老的神话并未失效，甚至还有着鲜明的当代意义。

当前的世界，人类面临着核威胁、病毒威胁，全球化经济、文化发展极度不平衡、安全事务受到挑战、文化差异需要抚平，人类更需要通力合作，因为人类是一个命运共同体。我们曾看到在聂鲁达、帕斯和马雅可夫斯基当年写下的大诗中有着这样的关切，如今，在吉狄马加的笔下，这样的高度再度出现了。不同的是，吉狄马加站在了新的历史时间的节点上，站在新时代的维度上，对人类的共同境遇和命运进行了全方位的描述。这一段，是起首的宣叙调和十四行诗之后的铺排段落，是深化全诗主题的领衔的段落。

全诗的第三大段，我是从“在此时，人类只有携手合作/才能跨过这道最黑暗的峡谷”开始算起。这一段起承转合，进入到人类如何携手合作，以及为什么需要携手合作，携手合作面临了什么样的困难，全部做了诗意的呈现。这一节的诗行约有38行，有2行一段的，也有1行一段，4行一段，更有7行一段，呈现了呼吸的节奏，对应人类诗歌史上各种表现形式的韵律、节奏和音节。我们能够看到吉狄马加高超的诗艺表现，他能将各种节奏和形式在这一段中融合起来。

我们看到，千百年以来，人类在追求现代性过程中的很多面孔，本雅明、茨威格、但丁、塞万提斯、陶里亚蒂、帕索里尼、葛兰西、胡安·鲁尔福、巴列霍这些文化名人、巨匠纷纷出场，地理学意义上的地球景观缓缓拉开了幕布，从幼发拉底河、恒河、密西西比河到黄河，从欧洲到亚洲再到拉丁美洲，无数作家、诗人在百年大历史中，在人类追求现代性的艰难旅程中，对所处境遇的疾呼和承担，在这一段得到了充分展现。吉狄马加认为，人类必须要携起手来，必须要互相沟通，必须要面对共同的困难，因为绝望和希望并存，因为“这里没有诀窍，你的词根是206块发白的骨头”，也就是人本身，是最大的希望所在。人文主义精神是维系人类命运的绝佳骨骼，我们必须回到对生命价值的肯定，对人自身骨骼的构成——206块骨头这一全人类生命个体基本骨骼结构上，来看待我们现实的处境和未来的走向。

全诗的第四大段，是整部大诗的高潮部分，从“哦！文明与进步。发展或倒退。加法和减法。——这是一个裂开的星球！”开始，每一小段2行长句子，一连33个“在这里”振聋发聩，气势磅礴。33行起首一致的诗行，整齐而恢宏，就像是连珠炮一般，呈现出跌宕起伏、层层递进的风貌，让我们目不暇接，让我们在词语闪光的击打和喧哗的听觉中，体会到了诗歌本身所可能达到的语言风暴。第四段结束，整首长诗或者说这首大诗，在篇幅上接近一半。

随着诗行的铺排，我们看到了这首大诗不断给我们展现出作为命运共同体的人类境况。在这里，就是在这个分裂的星球上，世界并不是平的：

不仅有高山峡谷、高原平原，还有暗礁、岛屿和海沟，国际货币体系、巴西亚马孙热带丛林、手机上的杀人游戏、吉卜赛人和贝都因人新的生活方式、几内亚狒狒、人工智能、英国脱欧、南极冰川融化、海豚自杀、“鹰隼的眼泪就是天空的蛋”、粮食危机、马尔萨斯人口理论、纽约曼哈顿的红绿灯、玻利维亚牧羊人的凝视、俄罗斯人的伏特加、阿桑奇与维基解密、阿富汗贫民窟的爆炸、加泰罗尼亚人的公投、爱尔兰共和军和巴斯克分离主义活动、摩西十诫、中国的改革开放、瓦格拉和甘地的奋斗、世界银行与耶稣、社会主义与劳工福利、全球移民、希腊诗人里索斯在监狱里写诗、“9·11”时间、虚拟空间是实在界的面庞……全部纷纷涌现，同时空并置。在这个裂开的星球上，33个“在这里”的排比句，滔滔不绝，连绵不断。这一节一共70多行诗句，一泻千里，将我们面对着的、我们身处其中的这个分裂的星球的状况，做了精微描述，有诗人吉狄马加对全球局势的忧虑和关切，更有他对中华文明的价值肯定和赞许，于是：

哦！裂开的星球，你是不是看见了那黄金一般的老虎在转动你的身体，

看见了它们隐没于苍穹的黎明和黄昏，每一次呼吸都吹拂着时间之上那液态的光。

这是救赎自己的时候了，不能再有差错，因为失误将意味着最后的毁灭。

我划分的这首大诗的第五段，是以四大段、136行的规模，逐渐增加着诗歌在结构上的重量，在语调上的加速度，在质量上的抛射感，在语言密度上的挤压和情感上的最终释放，这一段读起来让人喘气，让人目不暇接，让人头晕目眩。比如，以40个连续的判断句“这是……”来进行清晰的对人类境况的分析研判，最终，“哦，人类！只有一次机会，抓住马蹄铁。”

马蹄铁是让马蹄不再受损、减少磨损的保护用具。人类也需要保护自己的马蹄铁，这就像是某种难得的机会一样，人类并没有更多的时间窗口能够抓住保护自己的马蹄铁，只有一次机会，就看你能不能抓住了。

第六大段，是这首大诗的收束部分。在第四段、第五段大量的铺排、雄鹰高飞般的铺陈之后，我们尽享这首诗歌本身的语言的绚丽多姿，品赏摇曳无穷的词语盛宴和无上的思辨之光。我感觉诗人在写这些句子的时候，一定是瞬间生成的，是他生命经验和语言的瞬间相遇，是不可重复，失不再来的。这就是诗歌创作的最高秘密，诗人有着天籁般的语言，有着神秘的使命，能够将全部的生命经验瞬间和语言相撞产生的火花捕捉，加以定型。

全诗的第六段，以“是这个星球创造了我们/还是我们改变了这个星球？”作为这一节的起首两句，对全诗的主题进一步深化，这一节中，彝族创世史诗中出现的女神普嫫列依出现了，她有一根缝合受伤的头盖的针和白色的羊毛线，诗人要求把它借给他，借以缝合裂开的星球。

第六大段80多行，分为两大节，将这个星球的分裂和弥合的可能，再度进行了展示，并导向了真正的希望，那是人类更大的希望：“人类还会活着，善和恶都将随行，人与自身的斗争不会停止/时间的入口没有明显的提示，人类你要大胆而又加倍小心。”

《裂开的星球》这首大诗的第七段，是最后的结尾，也是重新的开始，和第一段中的起首四句，是一样的：

“是这个星球创造了我们/还是我们改变了这个星球？/哦，老虎！波浪起伏的铠甲/流淌着数字的光。唯一的意志。”

于是，经过了峰回路转、千回百转和波浪起伏，经过了豹子斑纹般绚丽的语言铺排和展示，全诗收尾的这四行诗与起首的四行诗对应起来，首尾相连、500行的大诗成为一个循环的空间结构，并将主题再度强化，让我们看到了世界最终依旧在转动，那虎皮豹皮波浪起伏般的斑纹，流淌着宇宙内在规律的意志。这样的结构，也就是吉狄马加在向帕斯的《太阳石》致敬，帕斯以起首和结尾的六句完全相同，形成了拉美文化史诗循环的时间和空间，而吉狄马加以四句首尾对应，体现出这首大诗的从容和成熟。

《裂开的星球》这首大诗经得起反复阅读，也需要进行更多的阐释。这其中，注释也很必要。其包含的大量文化信息，以语言密码的方式高强度呈现，是一首可以不断进行解读的大诗。这首诗以全景观呈现、密集丰沛的意象、热切关切当下人类共同命运的视野，重申生命价值，展现中华文化内核，以黄金凝练般的语言，将心灵火焰和岩浆般的热情与古老史诗、神话相呼应，并内在地运用了人类多种语言中的诗歌形式，融汇构造成一首充满了人类呼唤未来希望的大诗，体现出继承和复活大诗传统的格局，为我们带来了汉语诗歌的新景象，可以说是一首罕有匹敌的、可遇不可求的杰作。

2020年9月26日于北京

〈作者简介〉

邱华栋，1969年生于新疆昌吉，祖籍河南西峡。16岁开始发表作品。被免试破格录取到武汉大学中文系。曾任《青年文学》主编、《人民文学》副主编，鲁迅文学院常务副院长。现在中国作家协会工作。文学博士，研究员。曾获得第十届庄重文文学奖、《上海文学》小说奖、《山花》小说奖、《广州文艺》小说奖、北京老舍长篇小说奖提名奖、中国作家出版集团优秀编辑奖、茅盾文学奖责任编辑奖、《小说月报》百花奖优秀编辑奖、萧红小说奖优秀责任编辑奖、《人民文学》林斤澜小说奖优秀作家奖、《十月》李庄杯短篇小说奖、《作家》“金短篇”小说奖、《小说选刊》中骏杯双年奖短篇小说奖、郁达夫小说奖短篇小说奖、《长江文艺》2017—2018年中篇小说奖等奖项。

生存的忧虑

——评长诗《裂开的星球——献给全人类和所有的生命》

◇李　骞

著名诗人吉狄马加的长诗《裂开的星球——献给全人类和所有的生命》（见《十月》2020年第4期，以下称《裂开的星球》），是一首因疫情对人类生存秩序的破坏、对人的生命的掠夺，以及后工业文明对地球环境破坏而进行理性反思的优秀诗歌。诗人以一种大气磅礴的睿智，对全人类生存深处的生命意识进行拷问。作品既源于现实，致力于对疫情给人类带来的灾难进行深刻的透视，更超于现实，对人类文明的源头作了想象式的赞颂。毋庸讳言，《裂开的星球》是近年来中国诗坛上一首哲学意涵厚重的鸿篇杰作。

温故知新，止于至善，是中国文人理解生命价值的人文情怀。吉狄马加的这首长诗开篇写道："是这个星球创造了我们/还是我们改变了这个星球？"诗人提出了人类与人类赖以生存的地球之间的两极关系的重大哲学命题，到底是地球创造了人类，并给予人类自由生活的空间，还是人类的过度开发索求改变了地球的属性？如此深沉的追问，体现了诗人高度的忧患意识。地球与人类的改变和被改变的关系，揭示了人类生存的终极意义，如果人类过度地破坏自然生态，那么我们是否还能够诗意地栖居在这个星球？正如诗人所言："天空一旦没有了标高，精神和价值就会从高处滑落。"人类无穷无尽地向地球索取，超过了这个星球所承受的能力，被撕毁的星球就成为人类的最后归宿。"当智者的语言被金钱和物质双手弄脏"时，裂开的不只是人类生存的星球，更是人类生存价值意义的彻底毁灭。《裂开的星球》通过地球外部环境的形象叙事，深切地表达了诗人对人类生存境遇的思虑，是诗人对当下人生的深度体验与哲学思辨的艺术结晶。尤其是对地球外表环境的绝望之情，更使这首长诗具有极其深广的人类悲剧情怀。疫情"从一个城市到另一个城市，从一个国家到另外一个国家"，无须"护照"就可以自上而下地进入每一个国家的城市和乡村，甚至整个社会的生命细胞。"这是一场特殊的战争，是死亡的另一种隐喻。”肆虐全球的疫情已经成为人类生存的主要矛盾，这是一场无影无形的人性之战，是比核战争更可怕的人类灾难。“它当然不需要护照，可以到任何一个想去的地方”，它将带给不同的国家、不同的民族、不同地域的人民以死亡的威胁。甚至“如果可能它将惊醒这个世界上所有的政府，死神的面具/将会把黑色的恐慌钉入空间。红色的矛将杀死黑色的盾”。这场突如其来的疫情，是对人类的生存处境前所未有的挑战，这一场看不见的战争，充分展示了人类生存压力下人的意志力量，而如何战胜疫情，将是考验各国政府是否关爱人民生命的重要标杆。诗人以其哲学的思辨力量，描述了疫情之下，作为存在者的人类在面对这场来势凶猛的灾情时，每一个地球人都无法回避也不能回避的社会历史责任。因为“这是曾经出现过的战争的重现，只是更加的危险可怕。/那是因为今天的地球村，人类手中握的是一把双刃剑”。人类生存的命运就掌握在人类自己的手中，怎样战胜自我，重新回到人类生存的文明源头，这是诗人对人类当下的生存境地所进行的哲学思辨。

在地球上自由而幸福地生存，这是人类的共同理想，也是一切存在者所向往的目标，当这个理想受到后现代文明发展的影响而无法实现时，人类的生存发展就会付出沉重的代价。“哦！文明与进步。发展或倒退。加法和减法。/——这是一个裂开的星球。”“裂开的星球”已经成为人类生存的客观环境，如果再不及时停止对地球的无节制开发，那么“贝都因人在城里建构想象的沙漠，再也看不见触手可摘的星星。/乘夜色吉卜赛人躺在欧洲黑暗的中心，他们是白天的隐身人”。在所谓后工业文明迅猛发展的背景下所发生的病毒疫情，不管身处哪个区域，也不论是什么肤色的人，都会感受到生存的艰难。人作为星球上的存在个体，不论是自我本体的内在精神，还是作为单个的人，活着的核心价值就是对自由意志的肯定。然而，一旦存在的个体对星球的环境进行非人的掠夺时，“人”的意志便会沉入空虚，美好生存的环境就化为乌有。所以诗人发出了“善待自然吧，善待与我们不同的生命，请记住！/善待它们就是善待我们自己，要么万劫不复”的警告。可是，在人类生存的这个星球，“人类为了所谓生存的每一次进军/都给自己的明天埋下了致命的隐患/在非洲对野生动物的疯狂猎杀/已让濒临灭绝的种类不断增加”。存在的“人”本来完全掌握自己的命运，但是，却要对外在社会生存环境进行惨无人道的“进军”，而“每一次进军”的结果都是给人类生活的明天埋下了死亡的隐患。不管是无穷无尽的开采，还是“对野生动物的疯狂猎杀”，其实都是在将人类送进地狱之门。因此，诗人用誓词般的诗句证明一个生存的真理：在这个星球上的每一个生命，都在以其自身存在的方式证明“裂开的星球”终将使人类付出艰辛的努力，甚至于生命。作为个体的“人”虽然行动是自由的，但作为存在者的人类却无法摆脱外在处境的限制，而且自由的意涵不是随心所欲，而是需要单个的人通过自我的努力去完成道义上的使命。只有由每一个单个的人组合成人类的共同体，才能阻止星球的裂开。所以诗人坚定地相信：

这是一次属于全人类的抗战。不分地域。
如果让我选择，我会选择保护每一个生命，
而不是用抽象的政治去诠释所谓自由的含义。
我想阿多诺和诗人卡德纳尔都会赞成，因为即便
最卑微的生命在任何时候也都要高于空洞的说教。

这不是一个人的战争，也不是一个民族的战争，而是生存在这个星球上的每一个人都必须参与的或突显或隐蔽的战斗。只有“保护好每一个生命”，人类才会最终保护好自己，才能够抵达人类生存的终极目标，实现肉体与灵魂的不朽。而用“抽象的政治去诠释所谓自由”则是虚伪的、阴暗的、非人性的，即使是哲学家阿多诺和诗人卡德纳尔在世，也会赞成对每一个生命的保护，而不会同意“空洞说教”的所谓“自由”之下，任疫情的感染不断攀升。在长诗《裂开的星球》中，诗人吉狄马加始终坚守人类共同抵抗疫情的生存理念，坚信只要存在者的人“不分地域”，协同作战，在疫情横行的处境中寻求人类的自我救赎，人类就会摆脱疫情带来的焦虑。就算是“最卑微的生命”也能重新找回自己，让“人”的生命意义从外在环境的桎梏中释放出来，实现人类和平共处的生存目标。

如何面对“裂开的星球”，如何面对疯狂生长的疫情，诗人提出了“在此时，人类只有携手合作/才能跨过这道黑暗的峡谷”。这无疑彰显了整个人类必须为自己的存在而进行人道主义的合作，人类才能够击败疫情，才能修补好“裂开的星球”的真谛。只有跨过“黑暗的峡谷”，人类才能避免万劫不复的毁灭，实现生命价值的永恒。《裂开的星球》将现实生活中的真实叙事转化为理性思维

的具象传达，诗的主题内蕴已经远远超越了诗人所要谴责的疫情事件本身。诗歌中关爱生命的情结，关于环境保护的呐喊，关于人类重新思考生存方式的警醒，是《裂开的星球》深厚而博大的诗学意涵，这种大美的诗的旨意，始终闪烁着宽阔而深远的美感力量，不愧为我们这个时代的杰出诗篇。已故著名诗评家陈超说："诗是与现实生存对称的另一种高于我们生命的存在形式。"（见陈超《生命诗学论稿》第17页）《裂开的星球》就是一首高于人类生命存在的诗，作品以诗性的语言深情地呼唤人类善待自己生活的家园，"缝合我们已经裂开的星球"，并预言只要我们回到理性的文明的源头，人类的明天就如同"大海的蓝色还会随梦一起升起"。正是基于对人类、对人类赖以生存的唯一的星球环境的哲学思考，诗人豪情万丈地写道：

> 曾被我千百次赞颂过的光，此刻也正迈着凯旋的步伐
> 我不知道明天会发生什么，但我知道这个世界将被改变
> 是的！无论会发生什么，我都会执着而坚定地相信——
> 太阳还会在明天升起，黎明的曙光依然如同爱人的眼睛
> 温暖的风还会吹过大地的腹部，母亲和孩子还在那里嬉戏
> 大海的蓝色还会随梦一起升起，在子夜成为星辰的爱巢
> 劳动和创造还是人类获得幸福的主要方式，多数人都会同意
> 人类还会活着，善和恶都将随行，人与自身的斗争不会停止
> 时间的入口没有明显的提示，人类你要大胆而又加倍小心。

人类的希望之光正沿着生命的通道"迈着凯旋的步伐"朝着我们走来，虽然"我不知道明天会发生什么"，但是世界已然改变。被改变的世界并不可怕，只要人类共同争取"人"自身存在的独立性，实现全人类的互相包容，珍惜大家共有的地球资源，人与自然和平共处，人与人、人与社会的对立冲突和睦消解，那么，尽管人类生存的星球已经裂开，但"太阳还会在明天升起"，母亲和孩子依然生活在平静的家园，"劳动和创造还是人类获得幸福的主要方式"。有创造，"人类还会活着"，而且永远活着。只要"大胆而又加倍小心"地直面人性的缺陷，捍卫人类的生命价值，这个星球的每一个黎明都将充满无尽的爱。

长诗在现代工业文明的背景下，运用诗歌的综合想象力，颂扬了人类文明源头。通过对人类起源的回溯，探寻人与宇宙各物种之间和谐相处的关系，力图证明新冠疫情是全人类必须共同面对的敌人。诗人首先从彝族的虎文化图腾崇拜着笔，描写了彝族神话中虎与彝族文明的关系，叙述了远古时代自然与人之间的相互选择和融洽。诗人深情地写道：

老虎还在那里。从来没有离开过我们。
在这星球的四个方位，脚趾踩踏着
即将消失的现在，眼球倒映创世的元素。
它并非只活在那部《查姆》典籍中，
它的双眼一直在注视着善恶缠身的人类。

《查姆》是一部用老彝文记载、并广泛流传的彝族古典创世史诗。该史诗讲述了彝族传说中万物的起源，记录了彝族先民与天地、日月、风雨、雷电、树木同根同源的传说。虽然人类进化到了后工业文明时代，但是，由于对地球的无节制发掘，这个养育了全人类的星球正在面临着“裂开”的危险，如何修复“裂开的星球”，让人类生活的空间更加幸福自由，诗人特意通过彝族文明的书写，试图找到人类自我救赎的药方。“老虎还在那里”注视着人类的发展，它的“眼球倒映创世的元素”，它并不只是“活在那部《查姆》典籍中”的传说。作为彝族文明源头的象征符号，“它的双眼一直在注视着善恶缠身的人类”。图腾时代，是人类与动物、植物同一性的诉求表达，其存在方式是假定人类与自然之间有着和谐的亲密关系。长诗《裂开的星球》通过早期人类文明的溯源，证明星球的“裂开”是因为后工业时代人类自动放弃了与自然的亲近关系，并将这种原生态的和睦关系变成了占有与被占有的“特殊战争”。“在这里人类成了万物的主宰，对蚂蚁的王国也开始了占领”。这样对自然的无限制掠夺，只会令人类的生存面临一次又一次的灾难。因此，诗人用诗唤醒试图“改变了这个星球”的人类，“其实每一次灾难都告诉我们/任何物种的存在都应充满敬畏/对最弱小的生物的侵扰和破坏/也会付出难以想象的沉重代价”。对自然界任何物种的每一次破坏，都会致使生物结构发生逆转，哪怕是“对最弱小的生物的侵扰和破坏”，人类的生存也会付出“沉重代价”，这样的破坏只会加快我们生存的这个星球“裂开”的速度。诗人在诗中多次描述人类早期的文明，以一种警句式的叙述笔法，回顾了人类始祖创造的文明，这样的叙写，既具有文化的深度，也有着诗的时代活力，凸显了长诗深厚隽永的意味。

人类！你的创世之神给我们带来过奇迹
盘古开天辟地从泥土里走出了动物和人
在恒河的岸边是法力无边的大梵天
创造了比天空中繁星还要多的万物
在安第斯山上印第安创世主帕查卡马克
带来了第一批人类和无数的飞禽走兽
在众神居住的圣殿英雄辈出的希腊
普罗米修斯赋予人和所见之物以生命
它还将自己鲜红的心脏作为牺牲的祭品
最终把火、智慧、知识和技艺带到了人间

在人类发展的历史上，众多的“创世之神”都为人类文明的衍变“带来过奇迹”。正是因为东方女娲的不懈努力，“从泥土里走出了动物和人”；有了印度教的创造之神大梵天，“比天空中繁星还要多的万物”才与人和平共处地生存于地球；有了南美古印加人的创世之神帕查卡马克，这个富饶的星球才诞生了“第一批人类和无数的飞禽走兽”；普罗米修斯是希腊神话中最具智慧的神明之一，他不仅创造了人类，“赋予人和所见之物以生命”，甚至为了人类的文明发展“将自己鲜红的心脏作为牺牲的祭品”，最终给人类带来了火，还教会了人类许多生存的知识和技能。诸位创世之神的功勋再一次告之人类，“裂开的星球”并不可怕，只要人类“善待与我们不同的生命”，善待我们生存的星球，“太阳还会在明天升起”，疫情也一定远离人类。

长诗对人类文明的想象性描写，不是一种简单的回到原始神话的语言空转，也不是想象的泛美赞颂，而是立足当下的人类生存的现场，从精神领域言说“裂开的星球”背景下，人类眷恋生命的存在焦虑。总之，《裂开的星球》是关于人类的整个生命与精神历险的忧郁吟唱，表达了诗人对人类生存困境的质询。作品从不同的视角关注全人类在“裂开的星球”上的存在现状，展示了作者从个体生命出发进而对人类生存情景的诗意想象。这首长诗是关于全人类和所有生命的审美认知，更是吉狄马加关于人类生命哲学的本真精神的具体表达。

〈作者简介〉

李骞，又名阿兹乌火，彝族，云南镇雄人。20世纪60年代出生。中国作家协会会员，云南省作家协会原副主席，中国文艺评论家协会会员，云南省文艺评论家协会原副主席，中国当代少数民族文学研究会副会长，云南当代文学研究会副会长，中国少数民族文学学会常务理事，中共云南省委联系专家，“四个一批”人才，云南民族大学二级教授，中国现当代文学、文艺学硕士研究生导师，民俗学博士研究生导师。在《文学评论》《当代作家评论》《民族文学研究》《文艺报》《文艺争鸣》《当代文坛》《小说评论》等刊物发表学术论文七十多篇，在《人民文学》《诗刊》《民族文学》《西北军事文学》《边疆文学》《滇池》等杂志发表小说、诗歌、散文一百多万字，出版（或主编）《作家的艺术世界》《现象与文本》《立场与方法》《20世纪中国新诗流派研究》《新诗源流论》《诗歌结构学》《彝王传》《快意时空》《中国现代文学讲稿》《当代文学27年》《大学语文》《文学昭通》《当代文学与昭通》《大乌蒙》等各类文学著作五十余部。作品五次获云南省哲学社会科学优秀成果三等奖，国家民委文学与社会科学二等奖，《现象与文本》获第七届全国少数民族文学创作（文学理论与评论）“骏马奖”。

寻找诗性的挪亚方舟

——吉狄马加长诗《裂开的星球》的一种解读

◇ 蒋登科　蒋雨珊

2014年，吉狄马加在长诗《我，雪豹……》的末尾写道："但是我相信，那最后的审判/绝不会遥遥无期……！"2020年的春天，这种深沉的指控变为"这是救赎自己的时候了，不能再有差错，因为失误将意味着最后的毁灭"的疾呼。诗人当然不是预言家，却以虔诚的使命意识孤独行走，用审视的目光穿透表层现实的雾瘴直抵人心。吉狄马加发表于《十月》2020年第4期的长诗《裂开的星球》，是诗人以星球之民的身份，向人类献出的现实主义的痛心陈词和理想主义者的激情誓歌。

非典型"抗疫诗"

新冠疫情笼罩下，诗歌因体量轻巧、便于抒情成为人们在灾难中压抑已久的情感的出口，一时涌现出许多"抗疫诗"。这些作品旧体、新体兼备，但大多逃不出致敬医护人员、歌咏人民坚强意志、赞美人民相互扶持、鼓舞未来生活信心的模式，大多属于应景之作。虽然也有诗歌对人与自然关系进行反思，但短制的篇幅和写作意图的调和使结果难如人意，同质化的生产也难免令人在艺术上感觉疲乏。在"后疫情时代"，《裂开的星球》一诗的出现无疑为诗坛吹来一阵劲风。

在碎片化阅读时代，长诗是不太讨巧的创作方式，500行的长诗负载的信息量巨大而庞杂，何况诗中还嵌入彝族和西方的神话典故以及各类政治隐喻。在象征意味十足的序章之后，读者才被揭晓这是一首有关疫情的诗，但它又显然不能简单归于"抗疫诗"的范畴，或是单纯当作政治抒情诗来审视。吉狄马加敏锐捕捉疫情下的各种生存、文明冲突，并没有花费大量的篇幅纠缠于疫情本身，诗人看到的是这个星球隐现的裂痕，关注疫情牵动的人类命运。

这也是《裂开的星球》一诗区别于其他抗疫诗作的重要特质，即"大诗"的体量和气魄。罗振亚曾为吉狄马加的“大诗”作出妥帖的定义，“是说其相对而言多执着于生存、自由、尊严、生态、命运、死亡等‘大词’追问，主旨宏阔严肃，架构气势恢宏，用语沉稳庄重，境界雄浑，情绪充沛，一切都暗合着世界范围内史诗的规范和要求，可谓另一种意义上的‘史诗’”[①]。因此，《裂开的星球》中疫情并不是诗的主体，而只是作为一个导火线、触发剂，诗人的目的是将读者目光引向更深层的思索——“这是一场特殊的战争，是死亡的另一种隐喻”“这是一次属于全人类的抗战”。

瘟疫肆虐的星球，诗人敏锐地观察到这里充斥的各种政治谎言、价值崩落、文明对峙，危机四伏的荒野上东西方再次相遇在命运的出口，而“左手对右手的责怪，并不能/制造出一艘新的挪亚方舟，逃离这千年的困境”。那么，如何才能造出一艘21世纪的挪亚方舟呢？“裂开”的前提是一体，人类命运共同体的概念是诗的核心之一，吉狄马加以诗歌缔结全人类的宣战书，唤醒人们尊重生态。“哦，人类！”这是诗中最常出现的感叹与呼吁，吉狄马加以诗人的名义呼唤：“在此时，人类只有携手合作/才能跨过这道最黑暗的峡谷。”立意的高远和视野的开阔，尤其作品中展现的对人类命运的关切和对地球共有文明的守护，使得这首长诗形成了一种丰富而厚重的交响，诗歌关注现实的方式由此获得拓展。

生命意识驱动的使命感

诗人注视已经裂开的星球，当然是出于对人类命运的忧虑，出于激发人类自救意识的目的，凸显生命高于一切的价值取向，这样的理念在开篇已体现在抽象政治释义下的“自由”和“保护每一个生命”的抉择中。早前的访谈中吉狄马加就明确表示，面对人类的危机时刻，“诗人不能缺席，更不能逃避这样的现实。我们的诗人和我们的诗歌，必须义无反顾地去见证这个时代，必须站在人类道德和良心的高地，去审视和书写当下的人类生活，我相信诗歌的存在和我们的诗歌，必将是人类通向明天的最合理、最人道的理由”[②]。2018年，与温茨洛瓦的对谈中，吉狄马加

---

① 罗振亚：《方向与高度——论吉狄马加的诗歌》，载《当代作家评论》2018 年第 2 期，第 168 页。

② 吉狄马加、王雪瑛：《个体的呼唤、民族的声音与人类的意义——关于吉狄马加诗歌创作的对话》，载《南方文坛》2017 年第 3 期，第 46 页。

再次提出“我们所写的作品，除了个体存在的内容之外，诗人是否还有一种责任，在诗人的主体性之外，诗歌作品也能反映出人类的普遍价值”[①]的思考。从《一个猎人孩子的自白》《有人问》《敬畏生命——献给藏羚羊》，再到长诗《我，雪豹……》《裂开的星球》，沉甸甸的作品证实了诗人“义无反顾”的使命意识并不是空口漫谈，而是一以贯之的执着信念。

更值得注意的是，吉狄马加既对个体的人充满人道主义关怀——“最卑微的生命任何时候都高于空洞的说教”，也对人类以集体的名义所体现出来的“罪行”供认不讳。星球之上的生命不仅仅是人类生命，诗中更大篇幅展现出对自然的敬畏。南极冰川融化、极地雪线上移、海豚集体自杀……控诉人类对其他生物的生存空间的挤压、剥夺，而“凡是人迹罕至的地方，杀戮就还没有开始”。相比《我，雪豹……》中以雪豹为第一抒情主体的生态批评，《裂开的星球》因立足于新冠疫情暴发的现状而体现出了更为开阔的视野，并且具有恶果回溯的意味，震撼与警醒效力也就更加强烈。

诗人试图调动人类历史上相似的惨痛记忆，大瘟疫曾经改写古代雅典帝国历史，在中世纪消灭过超三分之一的欧洲人口，还在殖民时期杀死过千百万印第安土著，“其实每一次灾难都告诉过我们/任何物种的存在都应充满敬畏/对最弱小的生物的侵扰和破坏/都会付出难以想象的沉重代价”，在历史与现实的往返映照间立下一面谨防覆辙重蹈的警示牌。

谁是这个星球的主人？长诗一开头就进行了追问：“是这个星球创造了我们/还是我们改变了这个星球？”诗人将这个疑问——或者说是选择——抛向每个阅读者。我们是这个星球的被创造者，也刷新着这里的创造。回溯青铜时代、蒸汽时代，科技文明迸发着“数字的光”，让人类一直以来享受着生物链顶端的霸主优越感。诗人企图用犀利的诗笔击碎幻梦，告诉习惯主宰的人类“你绝不是真正的超人”。于是长诗更像是面对整个星球居民的演说，我们生活的此处正在发生什么，我们将要面对什么，我们应该携起手来去做什么。诗人将塞萨尔·巴列霍引为自己“精神上真正的兄弟”，可见以写“人类的诗篇”为己任，有着先驱者

① 吉狄马加、托马斯·温茨洛瓦、刘文飞：《用语言进行创新仍是诗人的责任和使命——吉狄马加与温茨洛瓦对谈录》，载《世界文学》2019年第2期，第299页。

的胆识与壮怀，是优秀诗人不可或缺的人性根基和生命意识，正是这样的使命感驱动着他去仰视宇宙之大观，俯首星球之创口。

三位一体的抒情

《裂开的星球》无疑是一首目的感强烈的作品。不单是因为诗中常出现感叹句、呼吁口吻，更重要的是诗人没有隐匿自身，而是直接站出来，有强烈的“我”的生命感悟、文化思考与价值选择，“如果让我选择，我会选择保护每一个生命，／而不是用抽象的政治去诠释所谓自由的含义”“我尊重个人的权利，是基于尊重全部的人权……我会终其一生去捍卫真正的人权”“不能选择封闭”“不能选择对抗”；“我”还通过自己的生命观、价值观提出了对未来社会的设想：“我们弥合分歧，但不是把风马牛都整齐划一”，让世界充满平等、充满个性的自我等。从全诗的结构看，“我”抛出疑问又自我回答，“我”执笔痛斥又振臂呼喊，呈现出一个喷薄的自我，也形成了长诗在情感逻辑、思维逻辑和文本结构上的整一性特征。

吉狄马加多次表明对自己民族的热爱与虔诚，他称彝族文明为自己的精神疆域，并把它视为自己诗歌独特风格与内在特质的根本，“在这个许多人认为无法再写传统意义上的抒情诗的时代，我依然承接了光荣的抒情诗的传统，这不是我比别人高明，而是我的民族古老的文化选择了我”[①]，这种“被选择”的宿命论实际上透露出民族文化已经成为吉狄马加心中不可颠覆的崇高信仰。诗人以全人类的名义向病毒和分裂宣战，他要缝合这个“已经裂开的星球”，借的是彝族创世神话女神普嫫列依手中缝制头盖的针与线。回到自己的诗歌深虬的根系汲取力量和底气，吉狄马加落笔宏放，由个体指向全人类，再由本民族指向世界所有族裔，他将毕阿什拉则的火塘视为世界的中心，放声“让我再回到你记忆中遗失的故乡，以那些最古老的植物的名义”。常出没于诗中的那只充满象征的“老虎”也源自彝族典籍《查姆》，在这部古老的创世史诗中，我们的星球永恒的转动，

---

① 吉狄马加、王雪瑛：《个体的呼唤、民族的声音与人类的意义——关于吉狄马加诗歌创作的对话》，载《南方文坛》2017 年第 3 期，第 44 页。

依赖于四个方位不停走动的四只老虎，老虎也是彝族极为重要的图腾崇拜，此外还有彝族神话史诗的创世英雄支呷阿鲁、文字传承者毕摩等。诗人以民族的古老文明为圆心，试图撬动一种共同情感。

虽然彝族文明是哺育吉狄马加创作的乳汁，但长诗中诗人并未固守于自身民族的一隅，秉持了“既与自身的文化传统保持高度的和谐，同时出色地表现了人与人、人与自然的和谐，表现了一个自洽于其固有文明的诗人对人的世界和自然万物的深邃理解以及由这理解所生发的深沉的爱”①的一贯面目。诗中不断出现的彝族神明的名字，与5G信号塔、英国脱欧、维基解密、智能工程等现代名词仿佛来自两个不同世界，突兀又妥帖地在诗意空间中流转，但它们勾连古今，折射未来，在不断变化之中找到了一些恒定不变的元素，宛如诗人所指向的分裂又一体的星球。

《裂开的星球》所涉及的文明元素虽繁多，但不难看出诗人信奉一种切近起源的文明的力量，除了彝族创世史诗，还提到盘古开天地和女娲的泥人、印度教的创造之神大梵天、南美古印加人的“大地制作者”帕查卡马克、“幼发拉底河、恒河、密西西比河、黄河”这些孕育人类智慧文明的源流。在诗中，吉狄马加随手摘取地球上各族文化的成果，叶赛宁、茨威格、奥威尔《1984》、第五纵队等频繁出现的那些凝结着异国文明的名词，对普通读者有一定的阅读阻拒，但也在某种程度上平衡了自我意志抒情下诗的“藏”与“露”。除了那些值得被铭记的名字，塞万提斯的子孙、叙利亚的孩子、玻利维亚的牧羊人，这样的群像脸孔在诗行中一闪而过，更不用说那些轰动国际的热点事件。一首诗的体量要容纳世界的丰富性，也就难免面临意象拥堵的危险，这也许是诗人为完成星球之歌所必须做出的“舍”“得”之选。

在《十月》杂志《致读者》短文中，吉狄马加自述创作目的，同时也是为这首星球之歌作了简明易懂的序曲：“这场疫情所带来的国家间的关系、地缘政治的关系、不同族群的关系、不同价值体系的关系、不同经济体的关系，实际上都已经被深刻的重塑……为了促进全人类的和平、进步与发展，我们要用诗歌去打破任何形式的壁垒和隔离，要为构建一个更加公平、合理和人道的世界做出我们的

---

① 西渡：《守望文明——论吉狄马加的诗》，载《青海社会科学》2011 年第 5 期，第 123 页。

贡献。”结合《裂开的星球》一诗，不难发现诗人想要表达的内蕴是宏大而深刻的，在诗歌中需要一种富有弹性的方式来容纳这种深厚，于是诗人选择用个体的喉咙，依靠民族的力量，向着世界发出声音，去唤醒这个危机中的星球，以三位一体的抒情串联起诗歌的脉络。

锐意构形的变奏实验

或许是为呈现一气呵成的畅快，或许是为控诉分裂的主题服务，作为一首500行的长诗，《裂开的星球》没有采用任何分节标题或是序号。但诗歌的层次依旧分明，这主要是通过内容与情绪环环相扣的递进，和几段加粗的关键诗行的设计达成的。在长诗的体式、结构的设计上，吉狄马加进行了一次语言形式与情绪载入的变奏实验。

全诗可分为四段乐章来解读。由“是这个星球创造了我们/还是我们改变了这个星球？”的疑问开启序章，紧接着，那只来自《查姆》的“老虎”和20年前“从城市耸立的/黑色烟囱上坠地而亡”的鸟，为整首诗的开篇蒙上一层神秘主义的晦涩意味。当“哦！古老的冤家”现身时，读者才顿悟，原来朦胧的象征序帘后，内核是人们当下最为关注的疫情话题。同时，这也是诗中第一个感叹式诗句出现，诗人的情绪开始由序章的沉思进入波澜状态。在这第二乐章，定义了“这是一场特殊的战争”之后，诗人随即指出出路——“人类只有携手合作/才能跨过这道最黑暗的峡谷”。“毕阿什拉则的火塘，世界的中心！”诗人以古老文明作为力量支撑点，仿佛一位站上高台的祭司，此三小节成为情绪逐渐升至顶峰的过渡或是借力点。

直到“这是一个裂开的星球！”的宣告发出，诗歌进入情绪爆发的顶点，至此拉开最为激越的第三章主旋律的序幕。33节同样以“在这里”开头的排比揭开飞速前进的文明之下的各种冲突，来揭示各种裂痕的存在：在这里货币和网络几乎无处不达将人类缠绕在一起，土著妇女们已穿行于互联网，却仍裹着头巾微笑；全景敞视的社会里人人都在裸奔；有人继续打开“门”也有人想将“门”关上……诗人反复强调“在这里”和“这是……的时候”，即是强调这些事情都与我们每个个体紧密相连，任何人都无法独善其身，于是发出一份宣战书，签署上全人类的名字。

“是这个星球创造了我们/还是我们改变了这个星球？”再一次出现，诗人就以彝族女神的名义借来缝合之力，许下美好的期望，进入向往未来的氛围。

最后，全诗又回到起点处的疑问和那只永不停歇的老虎，形成一个圆满的结构，情绪又落回沉淀的空间。当然，《裂开的星球》几乎都使用了长句，面临着散文化对诗味的挑战，但也正是因为这种需要憋着一口气才能读完每个诗行的写法，将心灵回应与生理感受糅合在一起，给我们提供了一种新的体验。经历沉重思索——激烈呼吁——抒缓畅想——回归沉思的四重变奏，文本在情绪展开的方式上完成了一次特殊的建构，在一定程度消解了长诗可能的烦闷与枯燥危机。

《裂开的星球》的副标题为“献给全人类和所有的生命”，足以见出诗人的“野心”。写长诗并不一定意味着就成大诗，诗的体量、形式、内蕴、格局等多重向度考验着一位诗人。这首诗本身也呈现了一种“裂开的气质”：沉重与激昂、斥责与悲悯、理性与神秘、科技文明与部族文明，自诩的“超人”与微生物的战役等对冲无处不在。瀑布般涌来的意象，大段同体式的句子排列成节，一种澎湃的诗意吻合向一切生命献诗的气魄。细读之下，感觉它具有艾略特的《荒原》的风度：大量用典，大幅跳跃，将人类命运牵连在一起……这样的诗是很难解读的，它需要读者具有大量的知识和艺术储备，需要读者对人类及其命运具有深刻的关切，更需要读者对诗歌艺术的创新具有开放的关注和接受。我们不敢说，吉狄马加在这首诗中完全做到了，但他对人类命运的关切是真诚的，他对长诗艺术的尝试是用心的、严肃的。这样的诗人值得我们关注和尊敬。当然，一首诗歌的力量难以填补星球的裂痕，也无法阻挡末日的洪水，但诗人用文字为人类寻一艘方舟的使命意识本身，便赋予了这个星球诗意。

2020年8月7日于重庆之北

〈作者简介〉

蒋登科，四川巴中恩阳人，文学博士，中国作家协会会员，美国富布莱特访问学者，西南大学中国新诗研究所教授、博士生导师，西南师范大学出版社副社长，兼任重庆市作家协会副主席、重庆市北碚区作家协会主席。主要从事中国现代诗学的教学与研究工作，并长期从事期刊、图书的编辑出版工作，系重庆市中国现当代文学专业学术带头人。出版新诗研究著作近20种，主持国家社科基金项目2项、教育部及省部级项目多项，多次获得重庆市社科研究优秀成果奖、重庆文学奖、重庆艺术奖等奖项。

蒋雨珊，重庆大足人，西南大学中国新诗研究所硕士研究生。

新诗介入公共现实的一种方式

——论吉狄马加新作长诗《裂开的星球》

◇ 罗小凤

新诗与现实的关系是自新诗诞生伊始便纠缠不清的一个重要诗学问题，由于其密切关涉诗歌的发展生态与路向，因而属于一个老生常谈却常谈常新的话题。21世纪初，当文学界广泛掀起“重返现实”的文学热潮时，诗歌界中“重返现实”“介入现实”的呼声亦颇为热切。但对于新诗如何介入现实，诗歌界和学界一直未形成共识，属于一个言人人殊莫衷一是的话题。事实上，“现实”的内涵具有多重性，既包括政治现实、社会公共现实，亦可指个人化的日常生活现实。21世纪以来，不少诗人着力于反拨20世纪80年代末90年代初开始盛行的以日常生活现实为书写对象的个人化写作、私语写作，试图“寻求诗歌重返社会、文化中心的可能路径”[①]，以重新建立诗与公共现实的关系。所谓“个人化写作”，主要以个人日常生活与个人情感、心绪为书写内容，虽然所书写的对象亦可归入“现实”范畴，却是属于个人化甚至私密化的日常生活现实，正如梁平所指出的“忽略了诗歌作为一种文学形式的社会责任和社会担当”[②]。近年来，随着各种灾难、公共事件、重大社会问题的出现，不少诗人自觉主动将诗笔聚焦于公共现实，积极处理诗与公共现实的关系，吉狄马加无疑是一个典型代表。

面对2020年新型冠状病毒肺炎这场席卷全球的公共卫生事件，不少诗人踊跃写诗，创作出数万首“新冠诗”，掀起一场引人注目的“抗疫诗潮”。吉狄马加亦于2020年4月5日—16日创作长诗《裂开的星球——献给全人类和所有的生命》[③]。不过，他并非局限于此题材单就新冠肺炎而作诗，而是以其为触发点和基点，将其与人类所遭遇的其他灾难进行联想并置。而且，吉狄马加不是对各种灾难进行

① 张桃洲：《1990年代诗歌“遗产”——新世纪诗界观察札记》，《理论与创作》2010年第4期。
② 梁平：《诗歌：重新找回对社会责任的担当》，《星星诗刊》2006年第1期。
③ 吉狄马加：《裂开的星球——献给全人类和所有的生命》，《十月》2020年第4期。

现象性描述、实录性呈现或情感性宣泄，而是以自己的视角和自己的表达方式对其进行“重塑”，将现实关怀提升至人文关怀与人类观照的层面，并平衡公共现实与个人体验、同声歌唱与个人话语之间的关系，形成了吉狄马加介入公共现实的独特方式。

一、现实的“重塑”

尽管近年来“返回现实”“介入现实”的呼声颇为激烈，正如梁鸿所分析的：“‘重返现实主义’正在形成强大的理论呼唤，对当下的文学批评格局和文学创作产生重要影响。”[①]然而，需要厘清的是，“现实”的内涵具有复杂的多重面孔，不仅于不同年代一直在发生迁移与变化，在同一个年代其所指涉亦各有千秋。在中华人民共和国成立后至20世纪80年代之间的很长一段时间内，“现实”主要指政治现实，在当时的时代语境下文学与现实的关系所指涉的主要为文学与政治现实的关系；而自20世纪80年代开始，“现实”的内涵得到扩展，不再单指政治生活，而逐渐将个人生活纳入“现实”范畴；自20世纪90年代开始，文学中的“现实”则转向个人化的私人生活与精神领域，主要指涉个人日常生活琐碎与小情绪小感伤；进入21世纪后，“现实”的内涵出现分化，一方面指涉个人日常生活现实，一方面囊括社会公共现实。正如杨春时所意识到的：“以往的误区是，把现实仅仅当作国家政治领域或者公共社会领域，因此文学对现实的思考就限于某种意识形态的表达。实际上，现实即人的社会存在是一个广阔的领域，它除了指政治生活和公共社会以外，还包括私人生活领域以及精神生活领域。”[②]诗人刘春亦曾谈及他对“现实”的理解：“‘现实’这个词极具复杂性和包容性，并不只有改革开放、打工生活、种族冲突、六方会谈、炒股传销等等才是现实，它同样包括了一个人的精神生活和看待世界的方式。”[③]由此可见，“现实”在不同人眼中所指涉的内涵不尽相同，既包括特定年代所指的政治现实，亦包括个人日常生活现实，还包括公共的社会现实。而且，值得注意的是，进入诗歌的“现

① 梁鸿：《“重返现实主义”与中国当代文学的发展》，《现代中国文化与文学》2007 年第 1 期。
② 朱水涌、杨春时、俞兆平等：《文学：面对现实思考》，《东南学术》2002 年第 1 期。
③ 刘春：《朦胧诗以后》，第 256 页，北京：昆仑出版社，2008 年。

实”并非现实生活中所呈现的“现实”本相，而是一种经过诗歌语言进行表达的“现实”，梁鸿认为，“没有所谓客观的现实，只有主观的现实”[①]，因为任何现实一旦经过语言的过滤，所谓的“现实”便成为主观审查后所剩观念中的现实或语言表达中的现实，与客观存在的“现实”本身存在一定差别。因此，诗歌中的“现实”事实上是经过诗人个人眼光志趣的过滤、主观审查和艺术加工后的“现实”。故而，面对现实，不同的诗人做出了不同的回答与应对，如郑小琼大力倡导以诗歌“见证”时代与现实，她指出：“一个没有勇气见证现实世界中的真相的写作者，肯定无法把握活在这种真实的现实生活中的人的内心。文学是因为人而存在，它应该关注人的丰富性，而‘见证’意识正说明了写作者在贴近了人，贴近真实的人，而不是虚构的人，想象的人。”[②]可见，她将是否具有见证意识作为一个真正诗人的重要素质，在她看来，文字对现实是“无能”和“脆弱”的，无法介入现实发挥实际作用，但可以作为见证而记录一代人的生活与情绪。但在灾难面前，“见证”只是对灾难记忆的一种记录。对此谢有顺认为，只有灾难记忆转化成一种创伤记忆时才具有意义。因为灾难记忆属于事实记忆，它所面对的是一个一个具体的事实，这种事实之间的叠加可强化情感的强度，却难以触及灾难背后的心灵深度；而创伤记忆是一种价值记忆，是存在论意义上的伦理反思，它意味着事实书写具有价值转换的可能，写作一旦有了这种创伤感，物就不再是物，而是人事，自然也不仅是自然，而是伦常。[③]这种将灾难记忆转化为创伤记忆进行书写的过程其实是来源于现实却超越现实、对现实进行重塑的一种方式。臧棣则提倡“发明现实”：“诗人的最根本的信念还是应相信诗有能力发明新的现实。通过发明新的现实，通过展现差异的现实来强化现实的差异，以抵消历史中‘平庸的恶’试图强加给我们的那个唯一的现实。”[④]显然，这种“发明现实”的姿态是在发现现实、记录现实和见证现实的基础上超越现实而对现实进行重塑后构造出的一种新的现实，这种“现实”才属于诗歌中的现实。由此可知，“现实”是客观存在的，以其本来的样貌存在于人们生活之中，但每个人所看到的“现

① 梁鸿：《文学如何重返现实——从“梁庄”到“吴镇”》，《名作欣赏》2015 年第 34 期。
② 何言宏、郑小琼：《打工诗歌并非我的全部》（访谈），《山花》2011 年第 14 期。
③ 谢有顺：《苦难的书写如何才能不失重？——我看汶川大地震后的诗歌写作热潮》，《南方文坛》2008 年第 5 期。
④ 臧棣、茱萸：《必须记住：诗矛盾于现实——臧棣访谈》，《山花》2013 年第 22 期。

实”却并不一样，是经过观看者的主观过滤和选择后的另一个“现实”。而在此基点上所描述出来的“现实”更不一样，因为不同的人所采用的描述方式、修辞策略和表达水平各不相同。同样，面对同样的灾难，每个人所看到的“灾难”的样貌并不一样，所呈现与表达出的“灾难记忆”各不相同。因此，诗歌中的“现实”是经过诗人主观情感、观念过滤和选择后以个人化的表达方式所呈现出来的“现实”，而非原本的“现实”本身。

对于如何处理诗与现实的关系，吉狄马加亦一直在思考，他所秉持的姿态是积极面对与思考社会上涌现的各种社会现实，并将之纳入诗歌范畴对现实进行重新整合与重塑。近年来，吉狄马加一直都在关注环境与生态危机、世界和平与发展、底层和弱势群体的生存状态以及人类之外的各种生命体和存在体，这些均属于公共现实范畴。而在2020年新型冠状病毒肺炎暴发后，疫情成为促使他思考人类灾难、星球裂开的触发点。毋庸置疑，疫情属于全球化的公共现实，不少诗人纷纷提笔书写疫情，如张执浩的《封城记》、红铁的《危城》《隔离》、罗秋红的《一只蝙蝠跑进客厅》、熊曼的《声音从这座城市消失了》、张况的《做一个冷静的思想者》、向北的《今天的诗》等，都是对疫情的一种实录、见证与思考。然而吉狄马加并非对疫情进行照相式照搬、刻录或原生态摹写，其《裂开的星球》中全诗未见“新冠”“肺炎”“病毒”等字样，亦未如其他“新冠诗般”热衷于歌颂“雷神山”“火神山”或抗疫英雄，也没有以感伤或煽情式的语言对罹难者进行哀悼，而是隐晦地书写疫情，将其视为“战争”：“这场战争终于还是爆发了，以肉眼看不见的方式”“从一个城市到另一个城市，从一个国家到另一个国家，/它跨过传统的边界，那里虽然有武装到牙齿的士兵，/它跨过有主权的领空，因为谁也无法阻挡自由的气流，/那些最先进的探测器也没有发现它诡异的行踪。”可见，吉狄马加跳脱出疫情本身而以一种“审视者”的姿态对疫情进行“考察”。而且，其诗笔并不停留于此，而是在聚焦疫情这场看不见的战争时让思绪纵横捭阖，回顾历史上人类曾遭遇过的瘟疫：“这是曾经出现过的战争的重现，只是更加的/危险可怕。”“它侵袭过强大的王朝，改写过古代雅典帝国的历史。/在中世纪，它轻松地消灭了欧洲三分之一还多的人口。/它还是殖民者的帮凶，杀死过千百万的印第安土著。”如此，吉狄马加将疫情置放在人类历史的长河与坐标系中进行考察参照，对“疫情”进行了虚化处理，并由此作为触发点，联想追溯到人类历史上所遭遇的各种灾难。他所说的“灾难”不是任何一种具体的灾难，而是各种灾难综合后的一种人类之灾，他将之视为导致星球裂开的问题根源，这构成了吉狄马加对灾难现实的一种重塑与重新发明，由此避免了对疫情的原生态实录和同质化书写，形成了吉狄马加独特的“介入现实”的路径。值得注意的是，吉狄马加还曾在疫情刚暴发时创作过一首题为《死神与我们的速度谁更快——献给抗击2020新型冠状病毒的所有人》的诗，诗中对新型冠状病毒侵袭下人们的生存状态、心理感受和死亡进行了关注与直接呈现，属于见证式写作。而相比之下，《裂开的星球》已将疫情虚化为“裂开的星球”所呈现出的诸多问题形态之一，无疑是对前一首诗中情感的沉淀、升华和对灾难现实的一种“重塑”，显然是一种介入现实却超脱于现实的诗歌现实、文学现实。

二、从现实关怀到终极关怀

蒋述卓曾将作家的人文关怀分为两种层次：一种是对人的现实关怀，即对人类生存处境和具体现实环境的关心、人性的困境及其矛盾、人对自由平等和公平公正公义的艰难追求以及人类的灵肉冲突等；一种是对人类的终极关怀，即追求人类生存的意义、死亡的价值、人的全面和自由的发展以及人的精神追求等[①]。显然，吉狄马加的诗既怀有现实关怀，亦具有终极关怀，此正为他关注与介入现实的独特姿态。

“现实关怀”一直是吉狄马加诗歌创作的重要主旨，他关注人类命运和整个世界、宇宙出现的重大问题与灾难，关注人类与所有生命的生存状态，均属于“现实关怀”层面。在《裂开的星球》中，吉狄马加对人类历史上发生过的战争、杀戮、种族歧视、滥砍滥伐、生态危机、全球气候变化、恐怖袭击、病毒肆虐、死亡、雪线上移水位上涨、野生动物被猎杀等各种社会问题与灾难都进行了“现实关怀”，由此他得出结论：“这是一个裂开的星球！”并告诫与呼吁人类：“这是我们的星球，无论你是谁，属于哪个种族”“我们都应该为了它的活力和美丽聚

① 蒋述卓：《现实关怀、底层意识与新人文精神——关于“打工文学现象”》，《文艺争鸣》2005年第3期。

集在一起”“这是救赎自己的时候了，不能再有差错，因为失误将意味着最后的毁灭”。可见，吉狄马加所思考的不仅仅是疫情与疫情下的中国或世界，而是整个星球；而且，他所思考的不仅仅是新冠疫情下的星球，而是人类历史上所有灾难下的星球。不唯如此，吉狄马加还对如何救赎“裂开的星球”提出了一系列设想与畅想，如“让我们从肋骨下面给你星期一/让他们减少碳排放”，是对全国低碳出行日的呼吁；“让昨天的动物猎手，成为今天的素食主义者”则在吁求人类禁止猎杀。显然，这是吉狄马加以疫情为基点对人类生存现状和整个星球存亡的现实关怀。

事实上，“现实”已成为21世纪以来诗歌写作的一个关键词，打工诗歌、底层诗歌、及物写作、灾难诗歌等都指向“现实”，强调诗与现实的关系，但事实上大都已被现实绑架，过于强调对现实的原生态摹写，这些诗虽是对现实的反应与呈现，但难以超脱于现实，这正是不少灾难诗歌陷入模式化、同质化倾向的关键所在。因此，如果仅仅停留于“现实关怀”层面，诗歌的意义与价值是不无局限的。现实关怀虽然关乎人类切身具体的生存状态，却属于较低层次的关怀，只有抵达终极关怀的诗歌才具有永恒的价值与意义，因为终极关怀属于超越人类具体生存状态而直抵人作为一种存在体的意义和价值层面。笔者曾打过一个比方：“如果诗歌缪斯之神居住在七层高塔上，那么现实关怀就是第一层，终极关怀则是第七层，如果诗人不能把自己诗歌中的现实关怀从第一层次提升到终极关怀的第七层，诗歌的意义显然是有限的，诗人发出的声音传播的距离也是有限的。”①因此，真正优秀的诗歌需要从现实关怀提升到终极关怀，探及人作为存在的本体论意义与终极价值。

疫情暴发后，不少诗人纷纷投笔书写抗疫诗，既有呈现封城、隔离感受的，如张执浩的《封城记》、李少君的《读封城中的武汉友人诗作有感》，亦有歌颂抗疫英雄的诗，如黄亚洲的《李兰娟团队的刀尖，多么凌厉》、孙晓娅的《其心若兰——致敬李兰娟院士》、程步涛的《唱给疫情防控阻击战一线的歌》等，以及陆健《我想象》、李元胜《没人想在二月死去》、骆英《有的人活着》、梁平《与万物和解》等书写疫情感受的诗，黄亚洲还创作出抗疫诗集《今夜，让我的

① 罗小凤：《被现实绑架的新世纪诗歌》，《文艺评论》2016年第6期。

心跟随你们去武汉》，这些诗无疑都是对疫情的现实关怀，但大都是将疫情作为一种诗歌题材与书写资源而进行的实录、见证式书写，而未能更深入触及疫情背后复杂的人生面相和人性深度，属于现实关怀却未能抵达终极关怀的层面。吉狄马加的高明之处在于，他并不满足于现实关怀的层面，如打工诗歌、底层写作、草根诗歌、地震诗潮、新冠诗潮等诗歌般进行见证式书写，而善于从第一层跃升至第七层，对人类生存的意义、价值，人的全面和自由的发展以及人的精神追求等终极性问题进行思考。如他在诗中思考“人权”问题：“我尊重个人的权利，是基于尊重全部的人权，/如果个人的权利，可以无端地伤害大众的利益，/那我会毫不留情地从人权的法典中拿走这些词，/但请相信，我会终其一生去捍卫真正的人权，/而个体的权利更是需要保护的最神圣的部分。”可见，吉狄马加在诗中主张真正的人权，主张平等、放弃分歧，在对人权与个体权利之关系的思考中对“真正的人权”的渴望。同时，他对“自由”问题进行了深入思考：“如果让我选择，我会选择保护每一个生命，/而不是用抽象的政治去诠释所谓自由的含义。”他还在诗中呼唤“平等”：“让平等的手帕挂满这个世界的窗户，让稳定/与逻辑反目。”显然，吉狄马加的诗所抵达的层面不仅仅是“现实关怀”与灾难见证的意义与价值，不仅仅在于“立此存照”，而在于探寻人作为一种存在体的终极意义，正如他在《致读者》中写道的：“在这样一个人类正在经历最艰难的时刻，诗人和诗歌更应该承担起引领人类精神的崇高使命，要把捍卫自由、公平和正义作为我们共同的责任。”“为了促进全人类的和平、进步与发展，我们要用诗歌去打破任何形式的壁垒和隔离，要为构建一个更加公平、合理和人道的世界做出我们的贡献。”[①]可见，吉狄马加所关注的对象超越了一般的现实层面，更多的是对人类的和平、进步与发展，对自由、公平和正义的呼吁与渴望，是对人类终极意义的追寻与思考，具有与其他疫情诗不同的意义与价值。正因如此，吉狄马加在诗中由疫情而联想到整个“星球”，一开篇便发出疑问：“是这个星球创造了我们/还是我们改变了这个星球？”这句诗在全诗中共出现三次，每一次都是振聋发聩的叩问，属于一种终极之问。而他对于灾难的思考是将人类放在漫

① 吉狄马加：“十月杂志”微信公众号，2020年6月25日。（《致读者》在纸刊《十月》2020年第4期发表《裂开的星球——献给全人类和所有的人》时未收录。）

长的历史河流中展开的："哦！幼发拉底河、恒河、密西西比河和黄河，/还有那些我没有一一报出名字的河流，/你们见证过人类漫长的生活与历史，能不能/告诉我，当你们咽下厄运的时候，又是如何/从嘴里吐出了生存的智慧和光滑古朴的石头？"显然其所思考的是人存在的终极意义与价值。不惟如此，吉狄马加还善于跳出灾难，他在诗中没有列举死亡人数，没有沉湎于悲愤之中，而是拷问创伤的来源与救赎路径，将灾难作为人类的教训，是跳脱出灾难本身对灾难价值的思考，实现了谢有顺所言的要从事实走向价值。灾难书写大都属于情感宣泄或灾难记忆的实录，而吉狄马加却是以创伤记忆为基础的存在性书写，已跳脱出灾难并审视灾难，从而对人类的存在论意义进行追问。吉狄马加在诗中所塑造的"老虎"意象便是他跳出灾难本身并审视灾难的一个"替身"。"老虎"是吉狄马加继"雪豹"意象后塑造的又一经典意象。在诗中，"老虎"是一个寓言般的存在，富有隐喻意味。这个意象来源于彝族典籍《查姆》，吉狄马加认为，"这个星球的四个方位有四只老虎在不停地走动，而正是因为它们不断迈动的脚步，才让这个星球永远没有停止转动"[①]，因此他在诗中所塑造的"老虎"形象是一个威严、神圣的"神灵"："在这星球的四个方位，脚趾踩踏着/即将消失的现在，眼球倒映创世的元素"，"它的双眼一直在注视着善恶缠身的人类"，这只"老虎"是超脱于人类以及整个星球之外的一个"审判者"形象，是超越人类世界的一个外在审视者，带有终极关怀的目光，本身构成吉狄马加处理灾难与公共现实的一个"代言"或"替身"，亦成为他从现实关怀上升到终极关怀的一个隐喻，呈现出吉狄马加介入现实的一种独特姿态。

三、公共现实与个人体验的平衡

在各种灾难发生后，阿多诺的名言"奥斯维辛之后写诗是野蛮的"被反复引用。事实上，阿多诺并未如此直接地下论断，而是说"奥斯维辛之后，甚至再多写一首诗，也是野蛮的"，其所意指的是，如果音乐、诗歌这些文明的精华与大

---

① 吉狄马加、张杰：《吉狄马加创作500余行长诗〈裂开的星球〉"用一首诗来回答时代"》，"封面独家"，2020年7月2日。

屠杀的野蛮行为之间存在着辩证关系，那么“奥斯维辛之后”的我们依旧在那里低吟浅唱、写景抒情，仿佛什么也没有发生，就只能是欺骗、虚伪和野蛮①。阿多诺的观点所指并非不能写诗，而是不能“低吟浅唱、写景抒情”，他所否定的是在灾难发生后不宜进行个人化的、私人性的吟唱和抒情。但诗歌介入现实的方式并非只有对个人生活与情绪的吟唱与抒情，还可对公共现实进行发声。而且，阿多诺自己后来亦对其说法做出修正：“长久的痛苦当然有获得表达的权利，就如被折磨的人不得不吼叫……所以，说奥斯维辛之后不能写诗或许错了。”②笔者认为，在重大的社会事件面前，诗人应有介入现实的使命与责任，正如吉狄马加所言，“诗人是人类永远的良心”③，因此诗人应该对这些社会事件和灾难发声。相对于20世纪90年代诗歌书写的“自我”与“个人化”倾向，近年来的不少诗人如蓝蓝、臧棣、郑小琼、翟永明、张执浩等都纷纷将公共现实纳入自己诗歌写作范畴。

如何让诗歌进入公共空间介入公共现实，而不陷入假大空的宏大抒情泥淖，是诗歌在处理公共现实时需要注意的重要问题。笔者认为其关键在于如何对公共现实进行个人化处理，达成公共现实与个人经验之间的平衡。任何发生在公共领域的公共现实都需要经过个人的感受、体验才能转化为文字进入诗歌作品，这个过程需要极具“个人化”的体验和“个人化”的传达，这种经由双重“个人化”之后的“现实”还能还原“公共现实”，同时又不落于宏大抒情，需要诗人具有不一般的把握力和平衡力。对此阿伦特曾指出，“还是有许多东西无法经受在公共场合中他人始终在场而带来的喧闹、刺眼光芒；这样，只有那些被认为与公共领域相关的，值得被看和值得被听的东西，才是公共领域能够容许的东西，从而与它无关的东西就自动变成了一个私人的事情”④，因此，公共现实如何在经过个人体验后依然被转换为公共经验并具有公共性，如何让诗歌在公共现实与个人体验之间形成平衡，成为诗人需要处理的重要问题。程一身曾将现实分为“外现实”和“内现实”，他认为应该“在外现实与内现实、大现实与小现实之间达成平衡，

---

① 单世联：《黑暗时刻：希特勒、大屠杀与纳粹文化》（下），第1040页，广州：广东人民出版社，2015年。
② J.希利斯·米勒：《共同体的焚毁：奥斯维辛前后的小说》前言，南京：南京大学出版社，2019年。
③ 吉狄马加：《创作谈：诗人是人类永远的良心》，《延河》2013年第7期。
④ [美]汉娜·阿伦特著，王寅丽译：《人的境况》，第33页，上海：上海人民出版社，2017年。

并使它们形成一个统一的整体：用小现实见证大现实，用内现实呈现外现实”[①]，这种方式其实就是试图达成个体体验与公共现实之平衡的一种探寻路径。在处理诗与现实的关系上，不同的诗人采取的方式不同，艾青“重新感受和想象了中国大地的苦难与希望”，“九叶诗派”则重新体认“诗与公共生活的密切关系”，寻求“整个时代的声音”与“深切的个人的投掷”的双向互动，从而“在个人与时代关系中找到一种平衡”[②]。吉狄马加可谓21世纪的艾青，他积极面对社会公共现实，并努力寻求个人经验与公共经验之间的平衡，曾创作出一系列关注公共现实而不落入宏大抒情窠臼的优秀诗歌。面对疫情，他以个人化体验为基点“重新感受和想象”人类世界的苦难和希望，试图达成与公共经验的平衡，从而构成其介入现实的独特方式。

疫情既是人类灾难，亦是每个人的个体悲剧；既是病毒带来的公共卫生灾难，亦是一种每个人所遭受的苦难。在谢有顺看来，苦难都是由一个人、一个人的苦难叠加而成的，伟大的同情也是由一个人一个人的同情累积而成，正如朱迪斯·米勒所指出的：“大屠杀意味着的不是600万这个数字，而是一个人，加一个人，再加一个人……只有这样，大屠杀的意义才是可理解的。”[③]由此谢有顺提出疑问：“如何才能从一种浅表的事实记忆里走出来，真正去理解‘一个人，加一个人，再加一个人’的个体创痛？”[④]这一疑问所关涉的是如何处理集体创痛与个体创痛的关系问题。笔者认为这种处理需要将公共书写建立在个体体验的基础上，在书写疫情和人类灾难等公共现实时，诗人需要从个体体验出发，从个体创痛出发，由此呈现的公共现实才更为真切和深入。吉狄马加面对疫情，巧妙地将公共现实与个体体验进行结合互嵌。在《裂开的星球》中，他由疫情这种人类正遭遇的毁灭性灾难而联想到人类历史上所承受的其他灾难，均关涉人类命运的重大事件和公共问题，是以诗的方式回答“当下世界所面临境遇的种种疑问”。在诗中，吉狄马加将“人类”视为“共同体”，对整个人类命运进行观照，他写道：“我们将签写上这个共同的名字——全人类！”他对“人类”的姿态是客观而超

---

① 程一身：《当代诗中的现实元素与结构分析》，《海燕》2013年第12期。
② 王光明：《现代汉诗的百年演变》，第312页，石家庄：河北人民出版社，2003年。
③ 转引自舒衡哲：《第二次世界大战：在博物馆的光照之下》，《东方》1995年第5期。
④ 谢有顺：《苦难的书写如何才能不失重？——我看汶川大地震后的诗歌写作热潮》，《南方文坛》2008年第5期。

乎人类的，不仅在诗中对人类的各种历史贡献进行回顾，还对“人类”进行反省与告诫：“人类，你绝不是真正的超人，虽然你已经/足够强大，只要你无法改变你是这个星球的存在/你就会面临所有生物面临灾难的选择。”可见，吉狄马加所秉持的是一种“人类立场”，关注人类问题，并试图为人类的自我救赎寻找可能路径。不唯如此，吉狄马加还将“人类”与其他生命形态、非生命形态和生态环境进行关注，所关注的是整个“世界”和“星球”，正因如此，他将《裂开的星球》的副标题定为“献给全人类和所有的生命”，囊括了他对全人类和所有的生命及其所生存的外在环境的关注，超越了物种、地域、国界而站在“世界”的高度与视角观看与思考。然而，吉狄马加并非采用一种假大空的抒情范式，而是立足于个体感受与个人经验的基础上，如他呈现裂开的星球里被现代文明破坏的各种生态而带来的生态危机时，他写到他在20年前曾看见过一只鸟“从城市耸立的/黑色烟囱上坠地而亡”，无疑是一种纯个人经验。标题“裂开的星球”亦是一种个人化的想象，“星球裂开”本是一款休闲益智手游，亦有穿越玄幻小说《国王世界》中曾写到“星球裂开”的情节，但就目前而言，“星球裂开”或“裂开的星球”显然纯属于个人想象与幻想，存在于玄幻世界中，吉狄马加将这种情景作为其长诗的标题，无疑是将其作为诗中的核心意象。吉狄马加用这一意象与场景以警示人类，他在诗中写道：“哦！文明与进步。发展或倒退。减法和减法。/——这是一个裂开的星球！”吉狄马加在此传达出星球的裂开是由于文明与进步、发展或倒退、加法和减法等人类世界运行规则导致的，由此呈现出生态危机、原始森林被破坏、野生动物被滥杀、智能工程裹挟人类世界、冰川融化、海豚集体自杀、种族歧视、战争、恐怖袭击等种种人类问题，显然，这些规则与问题都属于全人类的公共现实，但吉狄马加却将其纳入“裂开的星球”这一极为个人化的想象之中。吉狄马加便是如此，善于如辛笛般将“人民的忧患溶化于个人的体验之中”[①]，将集体之痛与个体之痛交织在一起，让个人的投掷与整个时代的声音形成互动。可以说，吉狄马加对人类重大问题与灾难的思考都是以个人体验为出发点，将社会现实、公共现实以个人化的体验与方式进行表达，处理好了诗与时代、现实，个体命运与人类命运的关系，由此达成个体经验与公共经验之间的平

① 辛笛：《〈辛笛诗稿〉自序》，第4页，北京：人民文学出版社，1983年。

衡，形成吉狄马加处理现实题材的独特策略。

四、“同声歌唱”与个人话语之间的调谐

抗疫诗虽然数量庞大，但大都模式化、同质化，成为一种彼此复制、抄袭、跟风的“同声歌唱”，而失去个人话语。正如张堂会所指出的，“诗人在对现实疫情的介入当中没有自己的选择、抵抗，个人话语淹没在集体的喧嚷之中”，“每个诗人好像都从一个独立的‘个体’变成了复数的‘武汉人民’‘湖北人民’‘中国人民’，诗歌的抒情主体让渡给了‘祖国’‘人民’‘历史’等抽象的名词，出现了大量滥俗抒情的诗句”[①]。其实，不惟抗疫诗如此，书写汶川地震、冰灾、旱灾、洪灾、动车事故、战争、恐怖袭击等各种灾难的诗大都属于这种“同声歌唱”。

不可否认，由于在灾难中任何人都被纳入“人类”的命运中，正如英国诗人约翰·邓恩所言，“谁都不是一座孤岛，任何人的死亡都使我受到损失，因为我包孕在人类之中。所以，别去打听丧钟为谁而鸣，它为你敲响”[②]，因而诗人秉持“人类”视角立足于整个“人类”立场进行书写，是诗人所应有的基本姿态与立场。但不少诗人因此而采用一种集体代言式的书写方式，在诗中将自己视为“人类代言人”，以一种至高无上的语气与姿态进行呼告，如地震诗歌中的“我们的心朝向汶川/我们十二亿双手向汶川去”（邹静之：《我们的心——献给汶川的血肉同胞》），“我们”成为人民、民族的代言；叶浪《我有一个强大的祖国》中的“我”则成为其对“祖国”的重构。对此，李祖德曾指出，从汶川地震诗歌中可以看到，“诗歌的抒情主体再一次回归到时代的‘大我’”[③]。疫情发生后，不少抗疫诗如许秋来的《我希望》、苏米的《表白》、廖玉娥的《期盼》等都将个人化人生体验变成了共性化情感，话语形态和精神内涵都过于类同化与模式化，情感与思维指向过于单一，无一例外地书写大同小异的伤痛、悲哀、同情、奉献、救援

---

① 张堂会：《灾难的文学记忆与审美救赎》，《当代作家评论》2020 年 3 月 18 日微信公众号。

② 转引自姚余栋:《梅花与牡丹——中华文化模式》,第 167 页,北京:中国金融出版社,2014 年版。

③ 李祖德：《苦难叙事、“人民性”与国族认同——对当前“地震诗歌”的一种价值描述》，《文艺理论与批评》2008 年第 4 期。

等。然而，群体性的同声歌唱与情感宣泄只是暂时的，只有真正面对自己内心和灵魂的诗才能发挥其作为“诗”的意义与价值。因此，如何处理同声歌唱与个人话语之间的关系显得尤为重要。

如何将关涉整个人类的公共现实以个人化方式而非同声歌唱的方式传达出来，其关键在于诗人的艺术转换能力。笔者认为，诗人需要抛开集体的“同声歌唱”，在个体声音与集体声音、个人话语与公共话语之间寻找平衡点。吉狄马加面对灾难一直秉持人类视角，在他看来，诗人应该“真正写出人类的命运，使自己的作品具有普遍的人类价值”①，他所关注与书写的是“人类”以至整个星球的命运。但难能可贵的是，他并未“同声歌唱”，即使面对具有毁灭性并覆盖每个人的严峻疫情形势，吉狄马加并未全景式记录全民抗击新冠病毒的壮举，没有热情讴歌抗疫英雄，没有列举疫情下罹难者人数与惨状，而是保持自己独特的声音和个人化表达。他在《裂开的星球》中的很多表达都极富个人色彩，如“上海的耳朵听见/佛罗里达的脚趾在呻吟”“打开的每一瓶可乐都能/听见纽约股市所发出的惊喜或叹息”。显然，这些隐喻、通感、拟人手法都是极富个人化色彩的表达，而非集体代言式或同质化书写。吉狄马加善于用个人化“隐喻”传达其公共认知，如在呈现强者欺凌弱者的罪行时，吉狄马加写道：“此时我看见落日的沙漠上有一只山羊，/不知道是犹太人还是阿拉伯人丢失的。”“山羊”无疑是弱者的一个隐喻，吉狄马加在此将恃强凌弱的公共话题置放在个人化视角下，赋予“山羊”以弱者的隐喻意义，颇具个人化色彩。如前所提及的，“老虎”亦是吉狄马加创造的又一个极富个人色彩的隐喻。老虎本是一个体态雄伟强健而凶猛、威武的动物形象，但吉狄马加将之纳入诗中作为诗歌意象时祛除了其危险、凶猛的形象内涵，而赋予其如神灵般神圣、威严的意蕴，显然是个人化的独创。尤其是吉狄马加对老虎眼睛的刻画颇具有隐喻和神话意味：“眼球倒映创世的元素”“它的双眼一直在注视着善恶缠身的人类”，无疑是独属于吉狄马加的意象构造手法。而且，吉狄马加还善于抓住一些具有经典性而震撼的细节呈现其对公共现实的态度，如“在这里羚羊还会穿过日光流泻的荒原，风的一丝震动/就会

① 吉狄马加：《我的诗歌，来自我熟悉的那个文化——在全国青年文学创作会议上的发言》，1986年12月31日。

让它竖起双耳，/死亡的距离有时候比想象要快。野牛无法听见蚊蝇/在皮毛上开展的讨论”。本是要批判人类对野生动物的野蛮猎杀，吉狄马加却用羚羊、野牛等外界的敏感、惊恐等细节的刻画呈现人类对野生动物世界的侵犯与破坏。吉狄马加还善于将一些重大社会事件进行漫画化处理，如“在这里纽约的路灯朝右转的时候，玻利维亚的/牧羊人却在瞬间/选择了向左的小道，因为右边是千仞绝壁/令人胆寒的万丈深渊”，“在这里当极地的雪线上移的时候，湖泊的水鸟/就会把水位上涨的消息/告诉思维油腻的官员。而此刻，鹰隼的眼泪/就是天空的蛋”。这种漫画化笔法亦是吉狄马加个人的一种独创手法，或许与其钟爱简笔画具有一定关联。由此可见，吉狄马加在诗中虽然善于书写公共现实，但并未掩盖其个人性，其诗中的公共性都是在其个人对公共现实的个人化感知基础上，以一种“私人的然而普遍的说法”对个体经验进行转化。在《裂开的星球》中，吉狄马加以“我”的情感与“我”的语气传达他对人类与所有生命以至整个星球的关怀，但其诗中的“我”与郭沫若、贺敬之、郭小川等诗人笔下的“我”不同，不是大写的我，不是代言人的姿态，而是作为一个生命个体从个人的真切感知出发对人类与星球的观照，诗中所穿透的是个体“我”的声音，属于奥登所言的公共领域里的私人面孔。如“我们部族的毕摩就曾经告诉过我”“那是因为《勒俄》告诉过我，所有的动物/和植物都是兄弟”“如果让我选择，我会选择保护每一个生命”“哦，本雅明的护照坏了，他呵着气在边境/那头向我招手，/其实他不用通过托梦的方式告诉我，茨威格/为什么选择了自杀”等诗句中的“我”都是诗人个体之“我”，而非作为集体代言人的“大我”，均是极富个人化色彩的个人声音。郭沫若、贺敬之、郭小川等诗人笔下的“我”大都是人民或民族代言人，如郭沫若《女神》中“我”虽曾被不少学者阐释为自我、个我，但事实上与《天狗》中的“我”一样，所代表的是“大我”的声音，是一个代表民族声音的“大我”：“那个从自我的声音中绽放出来的是代表民族精神解放的‘大我’，在此已被异化为‘我们’——被个人崇拜思想束缚的‘万民’代言人。”[①]然而，吉狄马加笔下的“我”所代表的却是吉狄马加作为个体存在的“我”，是与其他诗人相比拥有独特个人经验的独特的“我”。

① 王尚文：《后唐宋体诗话》，第 72 页，北京：中国社会科学出版社，2011 年。

显然，吉狄马加突破了抗疫诗的同质化、模式化倾向，没有做集体发声的“领唱”，而是跳脱出“同声歌唱”的魅惑，秉持自己独特的个体话语，个性化地传达了自己的个人化认知。

狄德罗曾指出：“什么时代出诗人？那是在经历了大灾难和大忧患以后，当困乏的人民开始喘息的时候。”[①]毋庸置疑，吉狄马加是一直对人类大灾难和大忧患进行关注与书写的伟大诗人，其长诗《裂开的星球》不仅对当下正在发生的疫情进行了现实关怀与回应，还将其上升到对人类以至整个星球的终极关怀与观照，并在公共现实与个人体验、同声歌唱与个人话语之间寻找平衡，形成了一种“介入现实”的独特诗歌路径与方式，无疑对当下及未来诗歌写作具有重要的启示价值与意义。

〈作者简介〉

罗小凤，扬州大学文学院教授，博士生导师，扬州大学中国诗歌创研所所长；江苏省“双创人才”、江苏省“333工程”人才、江苏省社科优青，南宁市第六批特聘专家；主持国家社会科学基金、教育部人文社会科学基金项目等多项；获省级社会科学优秀成果奖一、二等奖多次。

① ［法］德尼·狄德罗：《论戏剧艺术》，引自伍蠡甫等编：《西方文论选》（上卷），第371页，上海：上海译文出版社，1979年。

做一个递光者

——读吉狄马加《裂开的星球》兼谈诗人的使命

◇ 林馥娜

在有造物主的地域，造物主说“要有光”，便有了光。而在没有造物主，或者说精神源头的神圣幽光已在现实中暗淡的时候，则需要具有光源性精神的递光者，来接续、传递神圣之光的火种，从而照亮我们的生活。

生活是多维度的，至少包括时间、空间、价值生活三个方面。人存在的期间、日常活动及所经历的环境是表层的，也即是狭义的社会生活；价值生活是人活着的价值、生存的意义及人类的终极追求。一个有使命感的诗人或作家，他所致力探索的也正是这个层面的生活，并同时让价值生活的光芒辐射到周围的人和事物中去，共同达到和谐圆洽的完整境界。[①]

在这个信息爆炸、众声喧哗的时代，《裂开的星球》这首500行的长诗，如何抓住读者的注意力？作者显然在结构建设上是下过功夫的。诗以设问揭开帷幕——“是这个星球创造了我们/还是我们改变了这个星球？”——就像抛出了一个辩论题，让你启动思辨的双轨，顺着草蛇灰线去追寻论点及论据。虎作为彝族风俗中驱灾迎祥的原始属性，在这里成为叙事的肇始，起一个源头性的象征作用；虎同时作为族群古典创世史诗《查姆》中的精神图腾，带着文化的观照，带着神性的眼球所洞察的“创世元素”，则成为作者举起的取种火把和借来的慧眼。

当前全球自然灾害频发，貌似与个体无关，因为“不是我们每个人都有明确的罪行”，但是正因“善恶缠身的人类”共同的能源、资源掠夺，使灰霾压顶，天空变低，而其本质正是因为人类价值坐标的失衡与缺失，无节制的攫取使地球生态失衡。到处出现的地陷、海啸等地质灾害是物理性的星球开裂，是大自然的自

---

① 林馥娜：《旷野淘馥——诗论卷》，广州：花城出版社，2011 年，第 58 页。

我修复赶不上人为破坏所出现的障碍；而不同政体利益、宗教及价值观所造成的开裂则是地球村的人文撕裂，所造成的是各自为政、闭关锁国，甚至引发战争。

随着量子学的发展，人类发现我们已知的物质质量只占宇宙的4%，其他的存在我们一无所知，无从了解。就像电影《神奇动物在哪里》①所呈现的情境，这个世界除了庸常的人与万物，还有魔法世界中的人，有暗物质和魔法动物界等肉眼中不存在，但又存在着的一切。所以，人与被掠夺的他者之间“这场战争终于还是爆发了，以肉眼看不见的方式”，微生物在全球长驱直入、无须护照，向人类进行无差别攻击。

科技的过度应用祸福相倚、因果相循，“在这里每天都有边缘的语言和生物被操控的力量悄然移除。/但从个人隐私而言，现在全球97.7‰的人都是被监视的裸体”。小众语言的荒废失传，生物基因被违反公序地人为敲去；大数据无所不在的监控收集，都是双刃剑，正如政治正确的尺度一般，各国都难以做到适可的范畴。作者说“我尊重个人的权利，是基于尊重全部的人权”这看是悖论，实则是以大爱为前提，唯有在公序良知的前提下，存异议，求合作，人类才能克服困难，共同前行。

“哦！幼发拉底河、恒河、密西西比河和黄河，/还有那些我没有一一报出名字的河流，/你们见证过人类漫长的生活与历史，能不能/告诉我，当你们咽下厄运的时候，又是如何/从嘴里吐出了生存的智慧和光滑古朴的石头？”从不同的人类文明史中，我们能否寻求并获得一种世界通行的生存智慧与朴素的真理？“治大国，若烹小鲜”②，东西方文化假如以做菜来做一个简化比拟的话，东方会说“加盐适量”，更倾向于大而化之的整体大局与接受度的拿捏，偏向个性经验的建立；而西方则会直接告知“加盐N克”，更具备可操作的普遍性，形成规范。这决定了东方因在变化中解决问题而使人无从遵循，而西方则容易因究真而钻牛角尖。由此我们可以提炼出一个通行性的做法，以N克（东方的适量，也包含着这部分）为基准，再按个体口味、族群习惯微调盐量，达到各得其所。这个“N克”是一个共性的提取，正如作者所说出的：“人道的援助不管来自哪里，唉，都是

① 英国导演大卫·叶茨执导，J.K. 罗琳编剧的奇幻冒险电影，讲述了神奇动物学家纽特·斯卡曼德离开霍格沃兹魔法学校后，为了寻找和保护神奇动物而来到纽约期间所发生的一系列冒险故事。

② 老子：《道德经》。

一种美德。”这种可以超越政治、国界、族群的基准，是共同的价值生活，不管时代、现实生活如何变换，价值生活是恒在的部分，诗性精神在其中建构、伫立。

诗人自古以来具有胸怀天下的博爱，如杜甫，既有心系家国之心，又存怜悯敬恕之德；《裂开的星球》副标题为“献给全人类和所有的生命”，作者正是对此有所传承与发扬。而诗之为诗者，是在灵魂寒冷的季节，葆有一把火的温暖与希望。陈寅恪先生秉持的“独立之精神，自由之思想”正是其诗性喷薄之光，人因顶天立地的浩然之气而神圣，灵魂因相互知遇而温暖。作者在诗中也坦言：“我精神上真正的兄弟，世界的塞萨尔·巴列霍，/你不是为一个人写诗，而是为一个种族在歌唱。/让一只公鸡在你语言的嗉子里吹响脊柱横笛，/让每一个时代的穷人都能在入睡前吃饱，而不是/在梦境中才能看见白色的牛奶和刚刚出炉的面包。/哦，同志！你羊驼一般质朴的温暖来自灵魂，/这里没有诀窍，你的词根是206块发白的骨头。”精神上的薪火相传不分时空，不分疆界，共同的词根骨殖，凸现出挺起脊梁的承担意识。

“文明与进步。发展或倒退。加法和减法。/——这是一个裂开的星球！……在这里羚羊还会穿过日光流泻的荒原，风的一丝震动就会让它竖起双耳，/死亡的距离有时候比想象要快。野牛无法听见蚊蝇在皮毛上开展的讨论。//在这里纽约的路灯朝右转的时候，玻利维亚的牧羊人却在瞬间/选择了向左的小道，因为右边是千仞绝壁/令人胆寒的万丈深渊。”失去约束的黑科技；人类对其他物种的侵占与对不可再生资源的无限猎取，所有的逆规则、逆自然规律的进步都是对文明的伤害，使人类走向危险的深渊，而我们正是其中的一员。正如阿米亥的诗所抒写：“人不得不在恨的同时也在爱，/用同一双眼睛欢笑并且哭泣/用同一双手抛掷石块，并且堆聚石块，/在战争中制造爱并且在爱中制造战争。//憎恨并且宽恕，追忆并且遗忘/规整并且搅混，吞食并且消化——/那历史用漫长年代/造就的一切。”[①]而那些人为的，出于政治、集团利益而做出的丑行，更是在阿桑奇的披露中震惊人心。作为革命化身的格瓦拉与作为和平变革符号的圣雄甘地被以各自的目的奉为圭臬，种种的撕裂与混乱充斥着这个星球不同角落。

“在这里有人想继续打开门，有人却想把已经打开的门关上。”这个门包括

---

① ［以色列］耶胡达·阿米亥著，凌丽君、杨志译：《人的一生》。

国门，也包括网络之门，而暂且抛开意识形态不说，最为直观的是，这个世界在产业链上已形成了相互依存的整体，一台电脑需要多个来源的配件才能完成整体组装，互相隔绝只会造成生活的困扰与引起资源的更严重浪费与紧缺。疫情更是任何“墙”所无法隔绝的，人的意志与自然规律的博弈在此时不得不处于劣势，诗人呼吁：“这是人道主义主张高于意识形态的时候……这是巴别塔废墟上人与万物力争和谈的时候/就是在这样一个时候，就是在这样的时候/哦，人类！只有一次机会，抓住马蹄铁。”在历史的关键时刻，我们如何去做选择，这个选择将影响着我们的未来。人作为地球上的一分子，与万物无疑是相辅相成、唇亡齿寒的关系，我们唯有弥合裂缝、搁置分歧，“唯有现实本身能回答它的结果……或许这就是最初的启示，和而不同的文明都是它的孩子/放弃3的分歧，尽可能在7中找到共识，不是以邻为壑/在方的内部，也许就存在着圆的可能，而不是先入为主/让诸位摒弃森林法则，这样应该更好，而不是自己为大……人类还会活着，善和恶都将随行，人与自身的斗争不会停止/时间的入口没有明显的提示，人类你要大胆而又加倍地小心”。面对困难，人类唯有抱持起命运共同体的宽宏之心，又心存必要的敬畏，求大同存小异，才能在现实中争取和谐共存，共同繁荣。

《裂开的星球》可说是疫情诗，也可说是生态诗，但绝不仅止于此，它有更为超拔的精神高度，试图在中外文化典籍、多种族文明的融合中追寻光芒，集光成束，用以照亮晦暗不明的脚下之路，并保留在善忘的人类的记忆中。表现出作者借助诗性力量，洞察过去与现在的关联，并用以辅助未来的努力与雄心。这样的努力并非不可为，因为共同的记忆与文化融合的认同会让人们更紧密地团结起来，而不像建立在随时可变的利益之上那般易聚易散。“当东方与西方再一次相遇在命运的出口/是走出绝境？还是自我毁灭？左手对右手的责怪，并不能/制造出一艘新的挪亚方舟……”这里以左右手形容东西方，正是指出现代世界的依存关系，这种集光的努力是为面对下一次不可避免的挑战筑好命运共同体的防线。诗写者及诗论者因为其感性触发与理性抒写的互相交融，往往对社会价值偏差及伦理缺失具有领先的敏感，故标识及树立起一个精神的标尺，在多元甚至芜杂的现状中建构起具有审美向度的价值体系，从而辐射到更广阔的社会中去，是诗者的使命。一个时代的文化乃由一个个觉醒的个体与各界有识之士共同努力与建构所形成，扩大诗意的感知群体，让诗性力量推动人文的脚步，让每一个有独立人格的个体发出人性之光，形成一个文化光束，洞穿侵占心灵旷野的各种黑暗，让诗的光芒在传递中照亮我们的人生。

《裂开的星球》侧重于思想的表达，却并不轻慢表达的技巧，除了首尾的呼应，中间设置了三个以加粗字体标识的节点，起到承前启后、沟通上下的连接作用，使诗思在现实主义与浪漫主义间穿梭，在叙事与抒情中往返。而“哦，老虎！波浪起伏的铠甲/流淌着数字的光。唯一的意志”，以头尾往复的呼应，用以隐指天道轮回，并在结构上形成和谐圆洽的闭环，这对于长诗来说，是对结构完整性的完成。同样的两句诗，在开篇作为神谕性启示被作者置于设问句之后，引出古老神性的火种；而到了最后，它成为全诗的结尾，火种已通过传承者的接续，而形成了数字化的光，由光纤的波段从网络传向世界，传递着铠甲般坚韧的诗性意志。这是对开篇设问的接续，也是对问题的有力回答。

2020月07月19日于旷馥斋

〈作者简介〉

林馥娜，原籍广东揭阳，现居广州。中国作家协会会员、广东作家职称评审委员会专家库评委、广东作家协会诗歌创作委员会委员、广东省文艺评论家协会会员。作品发表于《世界文学》、《人民文学》、《诗刊》、《中国作家》、《星星》、*THE PAPER NAUTILUS*等国内外刊物、高考模拟试卷及中央电视台科教频道，部分作品被译成英、俄、韩、蒙等文字。出版有《我带着辽阔的悲喜》《旷野淘馥——诗论卷》等诗歌、理论、散文集7部，参与主编评析大型书系诗文集3部。曾获首届国际潮人文学奖、《人民文学》征文奖、广东省有为文学奖等诗歌、理论、散文奖。

《裂开的星球》的责任、担当和新史诗精神

◇李　瑾

诗歌即人，这是我在《谭诗录——实然非实然之间》中的核心观点之一，奥登也说："真实的人用诗说话。"时间隧道进入2020年，一场亘古未见的新冠肺炎疫情肆虐全球。其间，被撕裂的不只是病患者的躯体，还有人与人甚至国与国之间经由二战后全球化浪潮建立起的合作和信任。吉狄马加作为一个有广泛国际影响的诗人，显然不能对人类命运共同体受到疫情及"人为"冲击的现状坐视不理，他以诗人的责任和担当，拿起手中的笔，直面"一场输不起的隐形的战争"。必须指出，对诗歌的捕捉和获取，是诗人这个"发光体"对生存问题的一个觉醒和反思过程，这种觉醒和反思在结果上颇为契合加缪所说的："与其说我是一个作家，不如说我是一个随着自身的激情和忧虑而创造神话的艺术家。"以我浅疏之推测，吉狄马加的艺术追求在于，他要用诗歌这种"心有意味的形式"发出中国铿锵有力的声音，亦即在人类命运共同体受到威胁之际主动承担起呼吁秩序重建的责任。

2020年4月，因疫情而"封闭"于家的吉狄马加完成了500行的抒情长诗《裂开的星球》，在这部副题为"献给全人类和所有的生命"的宏大诗作中，吉狄马加的逻辑进路是，"一场特殊的战争，是死亡的另一种隐喻"的疫情从沉睡中醒来，肆虐全球，"这是一次属于全人类的抗战。不分地域"。尽管我们生活在一个"裂开的星球上"，但"我们都应该为了它的活力和美丽聚集在一起，拯救这个星球与拯救生命从来就无法分开……我要缝合我们已经裂开的星球"。而"缝合"的基础是，人类命运共同体之下的全人类自由公民是心连心的，"意大利的泪水模糊了中国眼睛"，"伦敦的呻吟让西班牙吉他呜咽"。那么，如何让"裂开的星球"恢复"圆"状？在吉狄马加笔下，一个和谐、共通的价值观被提出来了："让一个人成为他们的自我，让自我的他们更喜欢一个人，让趋同让位于个

性，让普遍成为平等。”在作品一开头，吉狄马加面向浩渺的宇宙提出一个设问：“是这个星球创造了我们，还是我们改变了这个星球？”随着情感逻辑的推进，《裂开的星球》以“精神口吻”的方式或者说以普世精神提炼的形式给出了答案：“这个星球的未来不仅属于你和我，还属于所有的生命。”也就是说，吉狄马加将这个星球的命运与人的命运密切纠葛起来，由此对当前所面临的严重的文化、价值冲突和自我认同危机做出了反拨性回响。

对吉狄马加这部长诗的解读已有多篇佳作现世，这里已没必要再去做具体的文本分析。我只想就《裂开的星球》中隐含的新史诗精神予以概括性阐释。个人曾经提出，自中国第一部诗歌集《诗经》以来，中国就建立了在文体和观念上与西方史诗迥然不同的史诗范式。也就是说，中国的史诗描写的主角不是个人而是人民，题材不是神话的而是现实的，其在内涵上是一种建立在历史事件、人物、场景基础之上的弘扬一个国家或民族主体文化和精神的文学样式。这意味着，中国的史诗不是创世史诗、英雄史诗，而是文明史诗、现实主义史诗，颂唱的是人民群众和他们展现出来的集体英雄主义和文化精神。毫无疑问，吉狄马加的《裂开的星球》虽然表现的是“世界视野与人类情怀的诗性表达”，但在本源上也是中华文明面对全球化分裂这一重大现实问题的特色性关注和回答，他是以汉语的、民族的、本土的关切去理解、把握时代与现实提出来的人类正在承受的种种灾难。按照吉狄马加自己的说法：“在这样一个人类正在经历最艰难的时刻，诗人和诗歌更应该承担起引领人类精神的崇高使命，要把捍卫自由、公平和正义作为我们共同的责任，对一切以排他为目的的法西斯主义、种族主义以及不同类型的恐怖主义我们都要发出强烈的抗议之声，为了促进全人类的和平、进步与发展，我们要用诗歌去打破任何形式的壁垒和隔离，要为构建一个更加公平、合理和人道的世界做出我们的贡献。”

国家主席习近平曾指出：“这个世界，各国相互联系、相互依存的程度空前加深，人类生活在同一个地球村里，生活在历史和现实交汇的同一个时空里，越来越成为你中有我、我中有你的命运共同体。”吉狄马加的上述自我供陈显然是一个诗人在地球村、命运共同体受到侵犯时的“中国之声”的艺术化代言。这里要回望的是，1993年，亨廷顿发表《文明的冲突》，三年后又推出《文明的冲突与世界秩序的重建》，亨氏引起轩然大波的“文明冲突论”认为，冷战结束后世界形势发生重大变化，建立在意识形态之上的国家之间的冲突将会被不同文明之间的冲突所取代，“文明的冲突是对世界和平的最大威胁，而建立在多文明基础上的国际秩序是防止世界大战最可靠的保障”，针对冲突，亨廷顿说，“文化认同的答案确定了该国在世界政治中的位置、它的朋友和它的敌人”，按照他的说辞，文明的种类是一个国家在世界秩序中定位的基本依据，会对国家间政治、经济关系产生重大影响，文化共性促进合作，而文化差异则加剧冲突。且不论亨廷顿的论证过程是否严密、科学，其理论框架中暗含了以西方文明涵盖其他文明的设定——而这正是星球“裂开”的问题根源所在，这种“裂开”本质上是指世界上一些所谓大国不再有统一的有关全球经济社会发展的价值观或者共识，而是谋求符合自身利益的全球贸易、金融和政治规则的过程，也即是吉狄马加在诗中所说的“在这里他们要求爱尔兰共和军和巴斯克人放下手中武器，却在另外的地方发表支持分裂主义的决议和声明”。

毫无疑问，史诗是民族精神的结晶，是人类在特定时代创造的高不可及的艺术范本，是特定历史时代的产物，每一部史诗都是具体历史的和具体民族的。这意味着，史诗是建立在民族文化之上的一种能够提升和强化民族精神和国家认同的“宏大叙事”。诗人李少君曾说：“诗人总是成为感知时代的先锋，诗歌总是成为时代的号角和第一声春雷。”当新时代新世情带来新机遇新变化又产生新难题新矛盾之际，诗人无疑会也应秉持历史责任感和时代使命感，按照习近平主席所说的“在继承中转化，在学习中超越”，创作更多体现中华文化精髓、反映中国人审美追求、传播当代中国价值观念特别是符合世界进步潮流的新史诗。故而吉狄马加“这个星球是我们的星球，尽管它沉重犹如西西弗的石头，假如我们能避开引力站在苍穹之上，它更像儿童手里的气球，不是我们作为现象存在，就证明所有的人都学会了思考，这个时代给我们的疑问，过去的典籍没有，只能自己回答，给我们的时间已经不多，那是因为鼠目寸光者还在争吵”这一诗音，是中国提供给“裂开”的星球的“救世方案”的形象表达，也就是说，在“抗战”中吉狄马加这个个体诗人的担当其实是中国式担当在文化上的一个缩影。

扎根民族，立足时代，面向人民，拿出积淀着中华民族最深层的精神追求、代表着中华民族独特的精神标识的优秀作品，是史诗创作必然取向，也是主体自觉、文化自信在一个人民诗人创作上的应有反应。通常会把诗歌理解为关于历史的想象，也就是说，诗歌是以现时思维将人置放在“未来”这个场域中进行讨论的，其中预设了“路在哪里”的问题。《裂开的星球》无疑是日新月异的时代、火热的社会实践、恢宏的时代旋律中针对正面临着的严重生存危机的完善的生命意志的自由表达，一如吉狄马加所写“我想阿多诺和诗人卡德纳尔都会赞成，因为即便最卑微的生命任何时候都高于空洞的说教”。比尔·盖茨曾在一封公开信中说新冠病毒是一次“伟大的纠错”：“病毒提醒我们，人都是平等的，无论我们的文化、宗教、职业、经济状况，或是一个人有多么出名。在病毒眼中我们都是平等的，也许我们也应该平等对待他人。”《裂开的星球》表达出的新史诗精神是一种文化认同，这种认同不仅是对我们当下时代的认同，也是对国家和民族未来的认同，更是通过和新时代伟大历史进程同频共振，将人民在文化和精神层面团结起来，故而吉狄马加“劳动和创造还是人类获得幸福的主要方式，多数人都会同意人类还会活着，善和恶都将随行，人与自身的斗争不会停止，时间的入口没有明显的提示，人类你要大胆而又加倍小心”的吟咏，实际上是个人强烈的历史意识和不朽的“家国天下”精神共鸣的结晶，也是为时代写作、为人民写作、为世界——这个星球写作的产物。

2020年9月于北京

〈作者简介〉

李瑾，男，山东沂南人，历史学博士。曾在《人民文学》《诗刊》等刊物发表作品，并入选多种选本，获得北京市第五届“文萃北京”群众文学奖一等奖、东丽文学大奖、长征文艺奖、李杜诗歌奖、2018年中国诗歌网十佳诗人、2018年华西都市报·名人堂十佳诗人、第三届海燕诗歌奖、第五届《中国诗人》成就奖、2019年华西都市报·名人堂十佳诗集等奖项，出版诗歌集《落雪，第一日》《黄昏，闭上了眼》《人间帖》《孤岛》，散文集《地衣——李村寻人启事》，评论集《纸别裁》，学术专著《谭诗录——实然非实然之间》《未见君子——论语释义》等多部作品。

人类命运共同体的深情咏叹

——品读吉狄马加长诗《裂开的星球》

◇ 刘笑伟

《裂开的星球》（原载《十月》杂志2020年第4期）是中国作家协会副主席、著名诗人吉狄马加在全国人民打响新冠肺炎疫情阻击战期间写就的一首抒情长诗。长诗发表后，引起了多个国家诗人和文化学者的关注，被迅速翻译成十余种文字。一首诗引起这样的关注，究其原因是人们从这首诗中，读到了对人类命运共同体的诗意咏叹。

吉狄马加是彝族诗人，他巧妙地将本民族的诗性传说作为长诗的开篇。在彝族的古老传说中，老虎具有特殊的创世纪般的意义：天神用虎的一根大骨做成擎天柱，于是天就稳定了；用虎头做天，虎皮做地，左眼做太阳，右眼做月亮，虎肚做大海……这个彝族“开天辟地”的传说，成为吉狄马加长诗的开头部分：“是这个星球创造了我们/还是我们改变了这个星球？/哦，老虎！波浪起伏的铠甲/流淌着数字的光。/唯一的意志。”“波浪起伏的铠甲”，这老虎的纹路充满时间性的寓意，昭示着人类共同的起源和全球化、数字化时代的到来。在这个充满希望和挑战的世纪，人类如何看待自身？人类现在在哪里、将要到哪里去？如何在充满纷争和考验的时刻，创造人类共同的美好未来？长诗从人类命运共同体的角度，留下了深刻的思考。

无疑，《裂开的星球》是一部具有国际视野和恢宏气象的诗作。而这一诗作的灵感源泉，正是人类命运共同体的理念。长诗以恢宏的气势、诗化的思维、充满穿透力的语言，直言人类所面对的共同挑战：“当智者的语言被金钱和物质的双手弄脏”，这是人类共同面对的物质化的世界与拜金主义的冲击。“这场战争终于还是爆发了，以肉眼看不见的方式”，人类还要共同面对突如其来的新冠肺炎疫情。除此之外，诗人还在长诗中列举了饥饿、战争、气候变化、生态危机、种族主义、恐怖主义、网络冲击、思想隔膜等人类共同面对的挑战，并且要“用诗歌去打破任何形式的壁垒和隔离”，“要为构建一个更加公平、合理和人道的世界做出我们的贡献”。于是，诗人告诉世界：“其实每一次灾难都告诉过我们/任何物种的存在都应充满敬畏/对最弱小的生物的侵扰和破坏/都会付出难以想象的沉重代价。”于是，诗人发出诗的呼吁：“这是我们的星球，无论你是谁，属于哪个种族/也不论今天你生活在它身体的哪个部位/我们都应该为了它的活力和美丽聚集在一起。”最后，诗人深情地预言：“我不知道明天会发生什么，但我知道这个世界将被改变/是的！无论会发生什么，我都会执着而坚定地相信——/太阳还会在明天升起，黎明的曙光依然如同爱人的眼睛/温暖的风还会吹过大地的腹部，母亲和孩子还在那里嬉戏/大海的蓝色还会随梦一起升起，在子夜成为星辰的爱巢……”诗人用诗的语言道出了这样的真理：人类社会应该成为一个休戚与共、风雨同舟的大家庭。让和平代替战争，让沟通代替对抗，让爱与阳光代替恨与阴霾，这是一个诗人对人类命运共同体理念的深情诠释和由衷赞美。

优秀文艺作品反映着一个国家、一个民族的文化创造能力和水平。吸引和启迪读者需要好作品，推动中华文化走出去也必须有精品力作。吉狄马加曾说过，“新时代诗歌应该适应时代的变化，在新的历史条件下创造出新的诗歌、新的美学”。一部优秀的文学作品，仅有思想性是不够的，还必须具备非同寻常的艺术感染力。长诗《裂开的星球》艺术魅力在于诗意的澎湃与流淌。整部长诗宛若一条气势磅礴、奔流向前的大河，时时闪烁的诗意，犹如波光粼粼的水面，让读者在感受到奔腾不息的语言力量的同时，品味到震撼心灵的诗意之美。比如，在写到人类共同抗击新冠肺炎疫情之时，一行行充满哲思与文化含量的诗句，如蓄势的江水喷涌而出：“这是城市的部落被迫返回乡土的时候/这是大地、海洋和天空致敬生命的时候/这是被切开的血管里飞出鸽子的时候/这是意大利的泪水模糊中国眼睛的时候/这是伦敦的呻吟让西班牙吉他呜咽的时候……”一长串排比句，有“砯崖转石万壑雷”般的语言力量，更有“四弦一声如裂帛”的艺术感染力。

长诗《裂开的星球》的艺术魅力还在于蕴含其间的作家的格局与视野。毋庸讳言，《裂开的星球》是一部具有国际视野的长诗。其内容，写出了全人类共同的感受与期盼；其诗艺，也汲取了众多国际性诗人的精髓。阅读这部几百行的长诗，读者可以感受到惠特曼的粗犷，艾略特的深邃，聂鲁达的雄浑，帕斯的深情，以及马雅可夫斯基的战斗性。仅诗中提到的国际性诗人和文化人物就有20多位，展现了诗人宏阔的国际视野。自朦胧诗之后，中国现代诗中普遍存在着“小众化”“西方化”“形式化”等问题，缺少了与时代的共鸣，对中国精神的倾情书写，以及对大众生活的关注与感知。因此，现代诗越来越缺少大的格局与气象。长诗《裂开的星球》的出现，与诗人近年来创作的另外几部长诗，如《致马雅可夫斯基》《大河》等一道，为中国诗坛注入了一股强劲的动力。诗人吉狄马加说：“我始终相信，明天依然会来临，而人类的眼睛将会看到一个已经被改变的世界，仍然是人类生生不息的生命的家园。”这是一位中国诗人，对人类命运共同体的坚定信心与美好祝愿。长诗《裂开的星球》的引人关注，更加印证了只有以强烈的现实主义精神和浪漫主义情怀，观照人民的生活、命运、情感，表达人民的心愿、心情、心声，才能创作出在人民中传之久远的精品力作。

2020年9月于北京

〈作者简介〉

刘笑伟，现任《解放军报》文化部主任，系中国作协全委会委员、中国报纸副刊研究会副会长。先后出版《歌唱》《刘笑伟抒情长诗选》《震撼世界的和平进驻》《情满香江》《边走边看》《中国道路》《强军强军》《家·国:“人民楷模”王继才》等15部著作。作品多次获全军文艺新作品奖、全军文艺优秀作品奖、《解放军文艺》年度优秀文学作品奖等军内外文学奖项。

世界视野　人类情怀

——读吉狄马加长诗《裂开的星球》

◇ 王士强

没有人想到2020年会过得如此紧张、纠结、心神不宁，突如其来的新冠肺炎疫情改变了一切。年初疫情刚爆发时，人们惊呼“SARS又来了”，那时没人想到在中国这次疫情的规模会达到SARS的十倍以上，更没人想到，它会遍布全球二百多个国家和地区，短短几个月之内感染者达到千万以上、死亡数十万人，而更严峻的是，截至目前疫情仍在继续甚至局部失控，它最终何时停止、如何停止仍未可知。对于每一个人而言，这都是“严重的时刻”，因为疫情对所有人的生命都构成了威胁、挑战，这是一个全人类的问题。人类来到了一个生死存亡的重要关头，我们所赖以生存的地球也因人的价值理念、社会组织模式等方面空前复杂的矛盾冲突而面临撕裂、破碎的危险。吉狄马加的长诗新作《裂开的星球》（发表于《十月》2020年第4期）是对新冠肺炎疫情的观照，也是对当下语境中地球、人类、文明等的整体性观照，显示了宽广的世界视野和博大的人类情怀。

作为一位具有广泛国际声誉和影响的中国当代诗人，吉狄马加的诗歌作品具有很高的辨识度，构成了一个丰富、奇异而独特的艺术世界。吉狄马加诗歌中有着多重的文化身份：其一，他是彝族人，他的诗有着鲜明的民族特征，与彝族的历史、文化、现状等均有密切关联，他是一位民族诗人；其二，他在中国，用汉语写作，他的诗扎根于中国本土，关注时代与现实，关切大地与苍生，他的思想与审美都是中国的，他是一位中国诗人；其三，他具有开阔、开放的世界视野，他有对东西方多种文明的深入理解，有对当今世界的总体性思考与把握，他是一位世界诗人。可以说，正是这种民族性、中国性、世界性的三位一体成就了今日作为著名诗人的吉狄马加。而《裂开的星球》无疑也体现了上述特点，包含了诗人最新的思考、探寻与发现。

全诗的开头提出了一个“天问”式的问题：“是这个星球创造了我们/还是

我们改变了这个星球？”这里面最重要的或许并不是我们能给出一个怎样的答案——事实上给出一个简单的、非此即彼的答案也是没有意义的——而在于将“星球”与“我们”并置所提出的问题本身。这是一种开放式、引人思考的张力结构，全诗实际上也正是围绕“星球”与“我们”所展开的。诗作开头部分的“虎”意象颇具象征意味：“哦，老虎！波浪起伏的铠甲/流淌着数字的光。/唯一的意志。”它让人想起英国诗人威廉·布莱克笔下的“虎”，两者都体现着明显的生命意志和人文属性，但它更可能的来源应该是来自本土、本民族，因为虎是彝族的原生图腾之一。在彝族的创世史诗《查姆》中，地球的四个方位有四只老虎在不停走动，故而形成了地球的不停转动，《裂开的星球》中写道：“老虎还在那里。从来没有离开我们。”“它并非只活在那部《查姆》典籍中，/它的双眼一直在注视着善恶缠身的人类。”“老虎”在诗中有着丰富的意蕴，它有时代表了超越性、形而上的“神”，有时代表了人类之外的其他生物，有时则代表了地球上的所有生物，或许可以笼统地说，它代表了一种生命意志。而这种生命意志，就当前而言，正面临着严重的生存危机。

随着科技的快速发展，人类“上天入地”“呼风唤雨”，看起来所向披靡、高歌猛进、无所不能。然而，“月满则亏，水满则溢”，人类目空一切、趾高气扬的时候恰恰也是危机积蓄力量、潜滋暗长的时候。吊诡的是，这次使貌若强大的人类付出惨重代价的病毒却是小而又小、肉眼根本看不见的，不能不说其中包含了宇宙间极为奥秘的辩证法。正是由于人类的过于强势、缺乏敬畏而造成了某种失衡，产生了疫情危机：“这场战争终于还是爆发了，以肉眼看不见的方式。//哦！古老的冤家。是谁闯入了你的家园，用冒犯来比喻/似乎能减轻一点罪孽，但的确是人类惊醒了你数万年的睡眠。//从一个城市到另一个城市，从一个国家到另一个国家，/它跨过传统的边界，那里虽然有武装到牙齿的士兵，/它跨过有主权的领空，因为谁也无法阻挡自由的气流，/那些最先进的探测器也没有发现它诡异的行踪。”这的确是一场战争。人类需要保护自己，应对这看不见的敌人的进攻，同时，也需要对自己的思维方式、行为方式进行深刻反思。

生命是可贵的，但面对生命的态度大有不同，有的人唯我独尊、冷血无情，有的人则尊重他者、和谐共处。吉狄马加的生命观体现出一位博大的人道主义者的襟怀：“这是一次属于全人类的抗战。不分地域。/如果让我选择，我会选择保护每一个生命，/而不是用抽象的政治去诠释所谓自由的含义。/我想阿多诺和诗人卡德纳尔都会赞成，/因为即便最卑微的生命任何时候都高于空洞的说教。”这里面体现着一位诗人的赤子之心，“每一个生命”都是生命，“最卑微的生命”也是生命，而生命，都是值得尊重、敬畏、呵护的，诗中所写的情形令人动容。其中也写到人权、个人与集体的关系：“我尊重个人的权利，是基于尊重全部的人权，/如果个人的权利，可以无端地伤害大众的利益，/那我会毫不留情地从人权的法典中拿走这些词，/但请相信，我会终其一生去捍卫真正的人权，/而个体的权利更是需要保护的最神圣的部分。”这其中关于个体权利与公众利益有着辩证而独到的理解，很大程度上它们不应是两相对立而是互为补充、互相成就的关系。只有这样人类才能成为一个有战斗力的群体，“在此时，人类只有携手合作/才能跨过这道最黑暗的峡谷”。

吉狄马加素来具有宽广的世界性视野，他不但对世界各地的作家、思想家、哲人的精神创造谙熟于心，而且对国际形势，对战争、动乱、贫困、疾病等的世界性议题也非常关注并有自己的心得与发现。这种世界性的题材与内容应该也是他的诗歌能够走出国门、产生国际性影响的重要原因。《裂开的星球》中，写到了幼发拉底河、恒河、密西西比河、黄河，写到了法西斯主义、种族主义、分裂主义，写到了犹太人、阿拉伯人、贝都因人、吉卜赛人，写到了南极冰川的融化、亚马孙河两岸原始森林被砍伐、非洲野生动物被疯狂猎杀……这已然是一个不堪重负、伤痕累累、岌岌可危的星球。在这样的情况下，的确需要一种“人类命运共同体”意识：“如果要发出一份战争宣战书，哦！正在战斗的人们/我们将签写上这个共同的名字——全人类！”

由此，人类与自然、与地球、与其他生物之间的矛盾关系凸显出来。吉狄马加对生态环境恶化等相关问题的关注和思考由来已久，数年前他的长诗《我，雪豹……》以濒临灭绝的雪豹的口吻展开述说，启人深思，令人感动，在其较早的诗歌《有人问……》中则直言不讳地指出：“毁灭这个世界既不可能是水，也不可能是火/因为人已经成为一切罪恶的来源！”在《裂开的星球》中，有着更为深入、集中的书写：“但是人类，你绝不是真正的超人，虽然你已经/足够强大，只要你无法改变你是这个星球的存在/你就会面临所有生物面临灾难的选择/这是创造之神规定的宿命，谁也无法轻易地更改/那只看不见的手，让生物构成了一个晶体的圆圈/任何贪婪的破坏者，都会陷入恐惧和灭顶之灾。”针对此种状况，诗人发出如此的吁请：“善待自然吧，善待与我们不同的生命，请记住！/善待它们就是善待我们自己。”这其中的思考非常深刻，达到了形而上、生命哲学的层面。

疫情对于人类而言是充满不确定性、各种矛盾与问题交织混融的时刻，“这是谎言和真相一同出没于网络的时候/这是甘地的人民让远方的麋鹿不安的时候/这是人性的光辉和黑暗狭路相逢的时候/这是相信对方或质疑对手最艰难的时候/这是语言给人以希望又挑起仇恨的时候/这是一部分人迷茫另一半也忧虑的时候……”人类需要高度重视起来才可能避免陷入万劫不复的境地：“哦，人类！只有一次机会，抓住马蹄铁。”既如此，是否诗人对于人类的前景持悲观态度呢？并不！他依然是乐观的，他是相信人类、相信生命、相信未来的。

诗中写：“我不知道明天会发生什么，但我知道这个世界将被改变/是的！无论会发生什么，我都会执着而坚定地相信——/太阳还会在明天升起，黎明的曙光依然如同爱人的眼睛/温暖的风还会吹过大地的腹部，母亲和孩子还在那里嬉戏/大海的蓝色还会随梦一起升起，在子夜成为星辰的爱巢。”这样的生活图景温馨、美好、富有诗意，未来仍然是值得期待的。当然，吉狄马加不但有浪漫主义的热情与感性，同时有现代主义的冷静与理性：“劳动和创造还是人类获得幸福的主要方式，多数人都会同意/人类还会活着，善和恶都将随行，人与自身的斗争不会停止/时间的入口没有明显的提示，人类你要大胆而又加倍小心。”这里面的热情与冷静、“大胆”与“小心”是同等重要的。

《裂开的星球》副标题是“献给全人类和所有的生命”，一定意义上，全诗也正是对“全人类和所有的生命”的礼赞。哪怕是处于非常困难的“至暗时刻”，也应该相信人、相信生命、相信黑暗的尽头必有光明。同样，当下的“星球”虽已有些“裂开”，但却并非不可缝合、不可修复，这是对人类的严峻考验，但绝非世界末日，应该相信人类是有足够的智慧找到应对方式的。不同的种族、不同的国家、不同的观念，以至不同的物种、不同的生命，应该努力找到一种共生、共存、共同发展的模式，实现“各美其美”“美美与共”。

2020年7月于北京

〈作者简介〉

王士强，1979年生，山东临沂人。文学博士，主要从事中国当代诗歌研究与评论。现为天津社会科学院文学研究所副研究员、北京师范大学文学院博士后、中国现代文学馆特邀研究员、《诗探索》编委。

吉狄马加诗歌的人类诗学与生命家园意识

——读长诗《裂开的星球》

◇ 刘建波　马绍玺

从四川大凉山走来的当下中国最具代表性和国际影响力的著名诗人吉狄马加，新近创作发表了长诗《裂开的星球》。全诗长达500行，深切关注肆虐全球的新冠肺炎疫情，并延伸到对人类面临的各种危机——战争、饥饿、恐怖主义、分裂主义等等。面对全球灾难和“裂开的星球”，诗人发出了“是这个星球创造了我们/还是我们改变了这个星球？”的诗学之问和哲学之思。长诗的现实性写作、思想性发声，以及宽阔的创作视野和宏大的叙事主题，实现了思想性和艺术性的高度统一。从吉狄马加近年来创作的长诗《我，雪豹……》《致马雅可夫斯基》《不朽者》再到《裂开的星球》，可以看出他驾驭长诗创作的高超技艺、秉持的诗学理念得到极大提升和成熟。关于吉狄马加诗歌创作的艺术特色和诗学价值，学界已有很多文章做了深入讨论，本文通过研读《裂开的星球》，从“裂开的星球”之病、“裂开的星球”之药、“裂开的星球”之生三个逐层递进的方面，分析长诗如何体现诗人的人类诗学和生命家园意识。

一、“裂开的星球”之病：从疫情到灾难

2020年春天，一场肆虐全球，至今还在蔓延的新冠肺炎疫情打破了世界的宁静。疫情成为诗人创作该诗的引爆点，只用了十余天时间就创作完成近万字的长诗。“这场战争终于还是爆发了，以肉眼看不见的方式。”病毒成为全人类共同的敌人，疫情防控阻击战从中国武汉打响，无数“逆行者”义无反顾，冲锋在前，舍小家、顾大家、为国家。全国上下团结一心、众志成城，同时间赛跑，与病魔较量。一幅幅不顾个人安危毅然投身战斗的生动图景、一个个治病救人的感人场面，成为人类灾难斗争史上可歌可泣的光辉篇章。为此，诗人以高度的责任感和

使命感，写下了自己的所见所闻、所感所思。

天空一旦没有了标高，精神和价值注定就会从高处滑落。旁边是受伤的鹰翅。

当智者的语言被金钱和物质的双手弄脏，我在20年前就看见过一只鸟，从城市耸立的

黑色烟囱上坠地而亡，这是应该原谅那只鸟还是原谅我们呢？天空的沉默回答了一切。

在物欲横流的现代社会，人类陷入了诸种困境：缺乏精神追求、价值观下滑、谎言满天、追逐金钱和地位、沉迷于物质享受、无所敬畏而为所欲为，人类文明的缺陷逐一暴露。疫情暴发，与人类的所作所为不无关系，其中人与自然关系的恶化，成为疫情发生的重要原因。“哦！古老的冤家。是谁闯入了你的家园，用冒犯来比喻／似乎能减轻一点罪孽，但的确是人类惊醒了／你数万年的睡眠。”人类是星球裂开的最大制造者。“打冤家”，原来是指民族地区因报冤仇而相互发生械斗，诗人以此比喻人类与星球之间的恶化关系——冤冤相报何时了。

这是曾经出现过的战争的重现，只是更加的危险可怕。

那是因为今天的地球村，人类手中握的是一把双刃剑。

全球化时代，通信、网络高度发达，各种关系交织成一张网，人类栖居之地变成了地球村，交通方便，交流快捷。然而，任何事物都有两面性，一旦人类不善待地球，双刃剑就将指向人类，人类必将自食其果。这次新冠病毒疫情传播速度快、感染范围广、防控难度大，对中国乃至全世界都是一次重大公共卫生事件。疫情不分国界、不分地域、不分种族、不分肤色，“从武汉到罗马，从巴黎到伦敦，从马德里到纽约”，扩散到世界各国。先进的医疗技术和检测设备还无法完全研究清楚病毒的来龙去脉，感染、死亡、抗疫，成为当前各国人民无法回避的现实。这场灾难再次向人类敲响了警钟：人与自然、人与动物必须和谐相处。

然而，人类既要利用自然、也要保护自然这类通俗易懂的道理，始终不被人类重视，甚至从不吸取教训。

抗疫主题的书写，离不开对疫情的反思。疫情只是人与自然关系恶化的一种具体表现。疫情之外，仍藏匿着诸多若隐若现的灾难。诗人透过疫情看到了人类文明发展的“辩证法”：当下人类的文明已不再是纯粹的文明，而是可能蕴含着野蛮；当下人类的发展已不再是纯粹的发展，而是可能包含着倒退。因为这是一个裂开的星球——人和人类的星球都生病了。诗人在长诗中将星球之病，即人类所面临的各种灾难做出分类和举例。一类是自然环境之病：南极冰川融化、亚马孙热带雨林被砍伐、非洲野生动物被猎杀等等；一类是政治操控的灾难：英国脱欧、加泰罗尼亚公投、法西斯主义、种族主义、分裂主义、恐怖主义、非正义战争、美国霸权等等；一类是智能工程带来的危机：杀人游戏、裸体监视、网络绑架和暴力等等。“在这里人类成了万物的主宰”，诗人一针见血地指出，星球之病源于人类的罪孽。“它虽然不是二十世纪两次世界大战的延续/但它造成的损失和巨大的灾难或许更大”。从新冠肺炎疫情到人类面临的其他各种灾难，都给生命健康、社会进步和人类文明造成巨大影响，让人类付出了沉重的代价。

其实每一次灾难都告诉过我们
任何物种的存在都应充满敬畏
对最弱小的生物的侵扰和破坏
都会付出难以想象的沉重代价。

疫情和灾难留给人类的创伤是惨痛的。“裂开的星球”之病需要治疗，教训本身也是最有效的治疗办法。敬畏生命，尊重生物，善待自然就是善待人类自身。

从生物种群的意义而言，人类永远只是其中的一种
我们没有权利无休止地剥夺这个地球，除了基本的
生存需要，任何对别的生命的残杀都可视为犯罪
善待自然吧，善待与我们不同的生命，请记住！

善待它们就是善待我们自己，要么万劫不复。

作为有责任、敢担当的诗人，吉狄马加在反思之后，痛定思痛、毅然决然为治疗“裂开的星球”之病而努力。

哦，女神普嫫列依！请把你缝制头盖的针借给我
还有你手中那团白色的羊毛线，因为我要缝合
我们已经裂开的星球。

普嫫列依是广泛流传于云、贵、川三省彝族聚居区的彝族神话史诗《支呷阿鲁》[①]中男性英雄神支呷阿鲁的母亲，是一位贞洁受孕的女神，也是彝族社会的裁剪之王，是彝族精神传统的象征。诗人要用裁剪之王的针和线去缝合“裂开的星球”，寓意要用行动和努力去医治“裂开的星球”之病。

二、“裂开的星球”之药：从彝族文化到人类文明

吉狄马加以寻药为名，一方面回到了彝族文化构筑的故乡世界，在史诗、神话和精神传统中找寻良药，用彝族文化的精华医治“裂开的星球”之病；另一方面，他从当下人类文明不再“文明”为起点，以广阔的眼界和宽阔的胸襟，回望古今中外的人类文明遗产，试图发挥文化的治疗功能，接续人类文明。因此，长诗写作呈现出彝族文化与人类文明交织互动的绚丽图景，二者一起成为诗人共治“裂开的星球”之药。

这首长诗，一开始就进入诗人熟悉的母族文化书写空间，为读者建构出完整的彝族文化世界，使整首诗呈现出浓郁的民族特性。“老虎”是该诗的一个重要意象。在彝族地方性知识体系中，相传老虎因力大、威猛，被格兹天神安排转

① 因各地彝语方言差异，云南称为《阿鲁举热》，贵州称为《支嘎阿鲁》，而四川称为《支呷阿鲁》，是创世史诗《勒俄特依》的主要组成部分。

动宇宙天地[1]，使人类生命以及宇宙世界得以运行，从而被彝族人视为神圣的灵物。彝族创世史诗中有诸多关于虎的神圣叙事，流传在云南楚雄彝区的《梅葛》记载："格兹天神说：'山上有老虎，世间的东西要算虎最猛，引老虎去！哄老虎去！用虎的脊梁骨撑天心，用虎的脚杆骨撑四边。'"[2]在彝族民间信仰中，老虎生前是森林之王、万兽之王，为威严和力量的象征，死后身体化身为宇宙万物，成为最重要的创世神之一。可见，老虎不仅是图腾崇拜物，还神化为彝族的祖先，具有族群认同、保护生命、避邪驱疫的作用。总之，老虎成为彝族社会的创世神、祖先神和保护神，老虎文化是彝族文化极具代表的象征。老虎意象不仅贯穿全诗，也成为解读此诗的重要线索。"它的双眼一直注视着善恶缠身的人类"，以神灵的身份时刻关注着人类的一举一动，包括善恶、罪行和其他。这些人类制造的罪孽，导致"裂开的星球"的疼痛。

家园是诗人诗歌创作的出发点，也是诗歌的旨归。从大凉山彝区走来的吉狄马加，彝族文化的精髓是其诗歌创作的养料和源泉。

毕阿什拉则的火塘，世界的中心！
让我再回到你记忆中遗失的故乡，以那些
最古老的植物的名义。

毕摩，彝族文化的集大成者和知识的传播者，是彝族社会中智慧、正义、大爱的代表；"火"是彝族人生活中的神圣之物，象征生命的旺盛。"火塘"是彝族家庭的中心，火不可熄灭，寓意火旺人聚。毕阿什拉则的火塘，不仅是个体的生活叙事，而且是世界的中心，代表人类正义、智慧和文明。诗人"我"以植物的名义回到母族的故乡，不是一次简单的身体还乡，而是寻找治病之药的文化返程。故乡的植物，是有血性的灵物。它们与人类血缘相连、同根相生，是人类的兄弟姐妹。彝族文化知识体系中有人与自然和谐共处的地方性知识，"我"回到

---

① 在彝族哲学思想中，先有东西南北四方，后又加入"小四方"（东北、西南、西北、东南），构成了"四方八面"的方位观，即彝族"八方观"思想。参见楚雄州彝族辞典编辑委员会编：《楚雄彝族自治州彝族辞典》，云南民族出版社，1998 年，第 305 页。

② 云南省民族民间文学楚雄调查队搜集整理翻译：《梅葛》，云南人民出版社，1959 年，第 9—10 页。

故乡，就是去重拾被人类遗忘甚至遗失已久的文化精髓——“所有的动物和植物都是兄弟”，诗人找到了这剂用彝族文化医治“裂开的星球”的良药。

海德格尔曾说：“诗人的天职是还乡，还乡使故土成为亲近本源之处。”[①]吉狄马加也曾自述过：“我有一片属于我的精神疆域，有一个已经延续了数千年的伟大的文明，有一群至今还保留着古老文化传统的人民。”[②]长诗中关于彝族文化的书写，尤其是诗人将最具民族文化代表的史诗、毕摩、虎、火等元素展现出来，不仅抒发了诗人对故乡和母族文化的挚爱和坚守，而且强调那是治愈人类面临的各种灾难的良药，是神圣而珍贵的。在诗人看来，可以具体使用彝族文化精华的这两剂药来医治“裂开的星球”之病。这主要体现为下面几点：

一是万物生而平等。“孤独的星球还在旋转，但雪族十二子总会出现醒来的／先知。／那是因为《勒俄》告诉过我，所有的动物／和植物都是兄弟。”流传在四川大凉山地区的彝族创世史诗《勒俄特依》讲道：“雪族子孙十二种，有血的六种，无血的六种。无血的六种是：草为第一种，……宽叶树为第二种，……针叶树为第三种，……水筋草是第四种，……铁登草是第五种，……藤蔓是第六种，……有血六种是：蛙为第一种，……蛇为第二种，……鹰为第三种，……熊为第四种，……猴为第五种，……人为第六种，人类分布遍天下。”[③]可见，在彝族传统文化中，植物、动物、人类是有血缘关系的亲属，共为“雪族”之后裔，同是一家人，没有杀戮，没有冲突，和谐相处。彝族文化中的地方性知识给了诗人答案——疫情暴发源于人类与自然关系的恶化。人、动物、植物是血脉相连的亲兄弟。人不是万物的灵长，也不是宇宙的主宰，而是平等众生的一员，对于彝族诗人吉狄马加而言，这也是诗歌创作理念的“圣经”。可见，诗人在长诗中倡导的生命家园意识已达到了巅峰。

二是敬畏生命。彝族史诗《梅葛》说：“虎头莫要分，虎头做天头。虎尾莫要分，虎尾作地尾。虎鼻莫要分，虎鼻作天鼻。虎耳莫要分，虎耳作天耳。虎眼莫要分，左眼做太阳，右眼做月亮。虎须莫要分，虎须作阳光。虎牙莫要分，虎牙作星

---

① ［德］海德格尔著，郜元宝译：《人，诗意地安居：海德格尔语要》，上海远东出版社，2011年，第87页。

② 吉狄马加、王雪瑛：《个体的呼唤、民族的声音与人类的意义》，《南方文坛》2017年第3期。

③ 冯元蔚译：《勒俄特依》，四川民族出版社，1986年，第31—37页。

星。虎油莫要分，虎油作云彩。虎气莫要分，虎气成雾气。虎心莫要分，虎心作天心地胆。虎肚莫要分，虎肚作大海。虎血莫要分，虎血作海水。大肠莫要分，大肠变大江。小肠莫要分，小肠变成河。排骨莫要分，排骨作道路。虎皮莫要分，虎皮作地皮。……虎肺莫要分，虎肺变成铜。虎肝莫要分，虎肝变成铁。”[①]老虎在彝族人心中是创世之神，宇宙万物均由其演化而成。诗人写道：“它的眼睛、骨头、皮毛和血脉的基因／那是我们的星球，是它孕育了所有的生命。”在彝族地方性知识体系中，宇宙万物都是由创世神孕育而成，人类只有敬畏创世神赋予的生命，才能获得恩赐和幸福。唯有敬畏生命，才能得到创世神灵的庇佑。“裂开的星球”之病，亦是人类之病。“我们都应该为了它的活力和美丽聚集在一起／拯救这个星球与拯救生命从来就无法分开。”只有敬畏生命，将星球之病与人类的生命一起医治，才能获得新生。

耿占春在评论吉狄马加诗歌时指出：“史诗对于吉狄马加来说，既是已经完成的文本，又是有待于创造的文本，它允许后来者的更新，犹如一种没有完成的救赎行为一样，犹如对原始创伤的救治一样。”[②]在这首长诗中，彝族史诗、神话、传说、文化意象等民族文化记忆，不只是彝族族群的集体记忆，还与疫情传播、抗击疫情、反思人与自然关系的现实书写相联系，成为西南彝族、中国乃至全世界共有的记忆风景，也是治疗“裂开的星球”的一剂良药。

吉狄马加诗歌的成功，在于他的写作从不拘泥于本民族文化的泥潭，而是以宽广的视野看到人类文明的历史长河以及文化的多样性。诗人深知，在全球化的今天，从肆虐全球的疫情到全世界人群面临的共同危机，各国人类已经是一个休戚与共、命运关联的“共同体”，你连着我，我连着你——人类共同面对“裂开的星球”之病。诗人以为，不仅要用彝族文化精华之药，也需要全人类共同拥有的文明遗产来医治。

> 哦！幼发拉底河、恒河、密西西比河和黄河，
> 还有那些我没有一一报出名字的河流，

---

① 云南省民族民间文学楚雄调查队搜集整理翻译:《梅葛》，云南人民出版社，1959年，第12—14页。
② 耿占春：《一个族群的诗歌记忆》，《文学评论》2008年第2期。

你们见证过人类漫长的生活与历史，能不能
告诉我，当你们咽下厄运的时候，又是如何
从嘴里吐出了生存的智慧和光滑古朴的石头？

至此，诗人以四川凉山彝族文化为圆心，中华文化为半径，描绘世界人类文明之版图。从故乡文化之根出发，走向远方，看到世界之变化：疫情、战争、全球气候变化、饥饿等，不仅给人类带来沉重灾难，也重塑了国家、经济体、地缘政治、价值体系等之间的关系，不亚于第二次世界大战之后的世界格局之变化。

哦！文明与进步。发展或倒退。加法和减法。
——这是一个裂开的星球！

瘟疫、战争、杀戮、饥饿、游行、示威、暴恐……不禁让人发问：人类社会步入了新的文明时代，但野蛮的思维和暴力的行径以及天灾人祸仍旧不断，这到底是时代的进步还是倒退？是人类文明和物质繁荣的增长还是减少？人类生存的星球伤痕累累、黯然落泪。这个“裂开的星球”，还是人类赖以生存的家园吗？至此，诗人的寻药书写，从彝族文化之药的转移到人类文明遗产之药。

长诗中，诗人列举了诸多人物：阿多诺、卡德纳尔、本雅明、茨威格、陶里亚蒂、帕索里尼、葛兰西、胡安·鲁尔福、塞萨尔·巴列霍、马尔萨斯、叶赛宁、阿桑奇、安东尼奥·马查多、里佐斯、哈贝马斯、杰斐逊、奥威尔、大梵天、帕查卡马克、莱特兄弟、亚当·密茨凯维奇，这一长串的人名，均是引领各国文学、政治、经济、哲学、思想、文化各项事业进步的领袖人物，为人类文明进步做出了重要贡献。从青铜到蒸汽机，从镭到核，从飞机到航天，从计算机到互联网……人类的智慧和创造成就了世界的文明与进步，也只有延续人类文明的遗产，才能拯救“裂开的星球”。减少碳排放、减少饥饿、减少战争和暴力……星球与人类命运与共，拯救星球就是拯救人类的生命、世界的未来。

正是因为这一切，我们才望着落日赞叹
只有渴望那旅途的精彩与随之可能置身的危险

才会有足够的理由相信明天的日出更加灿烂

诗人将人类文明遗产当作治疗“裂开的星球”良药之时，再次以新冠肺炎疫情的反思书写作为例证，进一步强有力地证明：人类面临灾难之际，需要人们心手相连、携手战斗，即通过“文化共同体”之药，战胜疫情和灾难，最终将人类文明延续与传承。

此刻一场近距离的搏杀正在悲壮地展开
不分国度、不分种族，无论是贫穷还是富有
死神刚与我们擦肩而过，死神或许正把
一个强健的男人打倒，也可能就在这个瞬间
又摁倒了一个虚弱的妇女，被诅咒的死神
已经用看不见的暴力杀死了成千上万的人
这其中有白人，有黑人，有黄种人，有孩子也有老人
如果要发出一份战争宣战书，哦！正在战斗的人们
我们将签写上这个共同的名字——全人类！

“文化共同体”之药对于诗人而言，不是空中楼阁，而是现实之花。人类文明是由各国人民共同创造、发展和传承而来，对人类社会发展起到重要推动作用。“人类！从那以后你的文明史或许被中断过／但这种中断在时间长河里就是一个瞬间。”一方面，诗人从人类文明的历时维度来谈，“裂开的星球”之病在人类文明长河中，犹如一个瞬间、一朵浪花，或许中断过文明，但这条文明长河生生不息一直将流淌向未来；另一方面，诗人从人类文明的纵时维度来看，在社会发展的每一个阶段，都由各国人类创造了文明，这些文明和创造者都对人类社会进步做出了贡献。在人类面临灾难和危机的当下，唯有携手合作、攻坚克难，用“文化共同体”之药来“灵魂附体”“治病疗伤”，继续创造人类新的文明。

三、“裂开的星球”之生：世界明天会更好

吉狄马加曾说：“我想通过诗既能表达一个个体生命的独特感受，同时它又能发出一个民族集体的声音，更重要的是我希望这一切都具有普遍的人类意义。”[①]在彝族文化和中华文明哺育滋养下成长起来的吉狄马加，并未停留于新冠疫情和人类灾难的书写，而是希冀通过诗歌发声、传递正能量。“这是救赎自己的时候了，不能再有差错，因为失误／将意味着最后的毁灭。”诗人的发声，不是空洞的政治说教，而是融入个人生命体验、民族文化浸染以及国家认同铸造的宣言。因此，长诗中关于“我”的各种选择，成为最形象最具体的发声内容。

> 如果让我选择，我会选择保护每一个生命，
> 而不是用抽象的政治去诠释所谓自由的含义。
> ……
> 如果公众的安全是由每一个人去构筑，
> 那我会选择对集体的服从而不是对抗。
> ……
> 我尊重个人的权利，是基于尊重全部的人权，
> 如果个人的权利，可以无端地伤害大众的利益，
> 那我会毫不留情地从人权的法典中拿走这些词，
> 但请相信，我会终其一生去捍卫真正的人权，
> 而个体的权利更是需要保护的最神圣的部分。

面对疫病的死亡威胁，每一个个体的鲜活生命都需要得到保护，诗人选择保护生命、服从集体和捍卫人权。从个体生命到集体安全再到人类人权问题，诗人在个体付诸努力和行动之后，再次以诗歌的名义发出强有力的共同宣言：

---

① 吉狄马加、王雪瑛：《个体的呼唤、民族的声音与人类的意义——关于吉狄马加诗歌创作的对话》，《南方文坛》2017 年第 3 期。

在此时，人类只有携手合作
才能跨过这道最黑暗的峡谷。

病毒无情，人间有爱。疫情防控，不单是中国或者哪个国家的事务。在全球经济一体化的今天，任何试图逃离或回避责任的政府和国家都无法保证人民的安全。在疫情肆虐，威胁人类健康和生命安全之时，只有世界各国人民携起手来共抗疫情，才是最明智的选择，也才能早日战胜疫情，恢复世界的安宁，维护人类社会秩序和延续人类文明。人类只有一个地球，各国共处同一个世界。“这个星球的未来不仅属于你和我，还属于所有的生命”。至此，诗人再次发出建构人类命运共同体的呼声，体现出长诗从彝族文化认同上升到中华民族认同再到人类命运共同体认同建构历程的逐层递进，即吉狄马加诗歌的人类诗学与生命家园意识建构的过程。

彝族有悠久的诗学传统，是一个用诗歌来思维的民族，在历史上曾经产生过举奢哲《彝族诗文论》、阿买妮《彝语诗律论》等著名诗人和诗歌理论著作，对后人的诗歌创作产生积极影响。彝族古籍文献和毕摩祭祀经典常用五言诗歌体表达对世界的看法和人类未来的思考。从长诗的结构来看，吉狄马加的写作明显受彝族传统诗学的影响。长诗从疫情事件出发，对人类灾难、人类创举、人类文明等做了诗意书写，有愤怒、责备、怜悯、希冀、呼吁，但均表达了诗人对人类未来充满信心，坚信世界明天会变好的愿望。

我不知道明天会发生什么，但我知道这个世界将被改变
是的！无论会发生什么，我都会执着而坚定地相信——
太阳还会在明天升起，黎明的曙光依然如同爱人的眼睛

善与恶并存，但善良终将战胜邪恶。人类社会的进步和人类文明的发展，就是在一次次灾难中前行而来。疫情终将过去，我们有理由和信心对未来生活充满期待，世界的明天会更加美好。

诗以载道，是中国诗学的传统。作为人类文明的书写者，吉狄马加在《致读者》中说：“要用诗歌去打破任何形式的壁垒和隔离，要为构建一个更加公平、

合理和人道的世界做出我们的贡献。”[1]诗人的使命要关注社会现实，书写真实世界，弘扬博爱、大爱精神，用诗歌的语言实现人类的交流对话。在经济全球一体化的今天，面对未来还会出现的各种问题，人类只有同心同德、同心同向、同心同行，携手共建人类命运共同体，才能共建、共享美好的家园。这是吉狄马加诗歌写作的终极目标。他做到了，并且显示出了榜样的力量。

至此，我们可以满怀信心地回答道：是我们创造了星球，改变了这个星球，并向着美好的明天走去。

作为人类社会文明书写的长篇史诗，彝族诗人吉狄马加的长诗《裂开的星球》关注肆虐全球的新冠肺炎疫情，并延伸到对人类面临的各种危机的反思。面对全球灾难，诗人发出“是这个星球创造了我们/还是我们改变了这个星球？”的诗学之问和哲学之思，并用诗歌语言给出了详尽答案。诗人对疫情的反思、对民族文化和人类文明的书写，体现了诗人长诗创作的人类诗学和生命家园意识。长诗还再次倡导建构“人类命运共同体”，体现出诗人的终极理想。诗人始终相信世界会越变越好，已经改变了的星球仍然是人类生生不息的生命和精神家园。长诗创作集现实性写作、思想性发声，以及宽阔的创作视野和宏大主题叙事，实现了思想性和艺术性的高度统一，呈现出民族风格、中华气派和世界格局，具有较高的诗学价值和人类意义。

〈作者简介〉

刘建波，彝族，云南楚雄人，云南师范大学文学院讲师、中央民族大学比较文学与世界文学专业博士研究生，研究方向为彝族文学与文化。

马绍玺，回族，云南腾冲人，云南师范大学文学院教授、文学博士、博士生导师，主要从事少数民族诗歌评论、中国现代文学研究。

---

① 吉狄马加：《致读者》，《十月》2020年第4期。

以诗人的手艺，缝合星球的裂纹

——吉狄马加《裂开的星球》读后感

◇李　南

全球性疫情改变了一切：生活方式、思维方式，消费方式……面对惨烈的现状，生与死这一终极问题再次让人们有了纵深化的思考。当诗人们被这突如其来的变故惊得目瞪口呆，丧失了言说能力之际，诗人吉狄马加以疫情为切口，开始了他的长久以来的思辨。初读《裂开的星球》，被诗中一股强大的气流裹挟，这种气流贯穿全诗，直到尾声也不曾减弱，酣畅淋漓，使读者大呼过瘾，在我们享受语言狂欢的同时，也涤荡了心灵的尘埃，再度调动了我们对长诗的阅读感受力。恰逢此时，我正在读沃尔科特的长诗《奥麦罗斯》，正好对长诗的阅读有了状态，《裂开的星球》进入了我的阅读视野。

这首诗体现出诗人吉狄马加对长诗的驾驭能力，多年来他积攒的诗歌写作技能在这首长诗中得以全面引爆。在这首诗中，诗人大胆尝试了修辞、形体的变化，使得这首诗丰富、复杂，形式与内容完美地融为一体，两节拍、三节拍、四节拍，直到全诗的后半部，由庞大的抒情气韵推动，诗人已经完全不能自已，这时，诗句在自动书写，以急促的弹奏取消了节拍形式，把读者带入了狂欢的节奏。

毫无疑问，这是一个世界主义者、人道主义者对我们生活的星球所发出的警示和呼吁。诗人追溯自己的彝族文明源头，进而衍射到全球的种族、国度、信仰、文明史、生态、科学、自然和艺术等生活、生存领域。诗人吉狄马加调动起日常所关注的点与面；既有对虚伪政客的无情讥讽，也有对贫苦大众的同情和悲悯，既有对科技进步的赞叹，也有对环境毁灭的忧思。诗人写道："那是因为《勒俄》告诉过我，所有的动物和植物都是兄弟。"诗中数次提到滋养他灵魂成长的彝族文明，正是这种教育哺育了诗人的自然情怀，他谴责了人类对食物链顶端动物的滥捕滥杀，呼吁人类善待动物、保护自然。诗人以古今中外的先贤智者为精神标高，与他们进行着跨越时空的交谈，从而获得了守护文明的力量和智慧。诗人吉狄马加以清醒的立场、大量的有效信息、繁多的诗意元素、深邃的思想洞见搭建起这首长诗的框架，在解构被奉为圭臬的时代，这些建构就显得尤为可贵。

作为前后呼应，诗人向人类提出的是一个终端性的宇宙之问："是这个星球创造了我们/还是我们改变了这个星球？"正是这种形而上的追问，制造了整首诗的回旋场，在这个具有外延性的命题下，作者进行了深入的思考，并在收放自如的同时，保持了诗与思的平衡关系。

能成就这样的大诗，我想，这是因为作者具备了如下三个条件：一、具有俯瞰整个人类星球的国际视野；二、具备了娴熟的艺术训练，气势如虹的长诗驾驭、把控能力；三、具有多年积累的文化底蕴，其深度、广度和厚度同时在诗中得以体现。

《裂开的星球》无疑是一首诗中之诗。这不仅仅是作者本身的艺术突破，也给当代诗坛贡献了一份宝贵的建设性文本。

2020年7月于石家庄

〈作者简介〉

李南，女，1964年出生于青海。1983年开始写诗，出版诗集若干部，现居河北石家庄。

诗与时代历史的研究

——吉狄马加的长诗《裂开的星球》阅读札记

◇成 路

《裂开的星球》是一部研究性的长诗——人性、政治和道德的时代历史研究。贝内代托·克罗齐在《诗，真理作品；文学，文明作品》里说，“在我们所要研究的问题上，要把诗和文学作为名副其实的历史学家在精神上所需要的东西加以培育”。因此，在阅读《裂开的星球》时，就不难理解诗人“试图来回答当下世界所面临境遇的种种疑问”是在将要进入历史的时代里，以诗学培育哲学精神——在这一文明的概念下，诗人“对思想的论证”，犹如军官在战斗正酣时发出吼叫，正如帕里尼所说的，这吼叫“使长得十分结实的耳朵也被震破”（贝内代托·克罗齐）。

之所以这么说，是这部“献给全人类和所有的生命”的诗，从引入一个彝民族秘史《查姆》的意象组—— 一个民族的精神史诗与创世神话相关的古老隐喻——黄金的老虎——“这个星球的四个方位有四只老虎在不停地走动，而正是因为它们不断迈动的脚步，才让这个星球永远没有停止转动”开始，就设置了一个宏大的背景，呈现人性的本真，从而对原罪的追认——“以肉眼看不见的方式”——心灵的罪与罚。

接着，诗人以呼唤的方略，“哦！古老的冤家。是谁闯入了你的家园，/用冒犯来比喻/似乎能减轻一点罪孽，但的确是人类惊醒了/你数万年的睡眠”引导出人类命运共同体的实例，以生存自然法则、文化相撞、科技灾难（核战争）、史学战例、哲学智慧（阿多诺、卡德纳尔、本雅明、茨威格）、权利和自由的阐释，以及人类确认的各民族母亲河——“哦！幼发拉底河、恒河、密西西比河和黄河，/还有那些我没有一一报出名字的河流”暗指了人类血亲的统一性。这时候，他以具实的象征——“打倒法西斯主义和种族主义在这个世纪的进攻。/陶里亚蒂、帕索里尼和葛兰西在墓地挥舞红旗”开始了表达对世界灾难的忧患和对世界罪行的叩问，借请出彝民族智者毕阿什拉则在召回人类古朴的温暖的灵魂，而适时地唱起共产主义的颂歌——“我精神上真正的兄弟，世界的塞萨尔·巴列霍，/你不是为一个人写诗，而是为一个种族在歌唱”。并在其后的几节诗里，陶里亚蒂、帕索里尼、葛兰西、塞萨尔·巴列霍四位共产主义先驱和人类学家胡安·鲁尔福以精神象征的出场，以此，可以说，吉狄马加是一位马克思主义诗人，他用汉民族语言（不时闪现彝民族典籍的光彩）表达对这个有缺点时代的一个民族诗人的思想观点——“裂开的星球”——“不要建在好的旧时代，要建立在坏的新时代”（瓦尔特·本雅明《反思》）。

在这里——“裂开的星球”的代词，诗人采用陈叙的方式，经过33次“在这里……”的意象转场，归拢了人类现代文明与原始文明的种族等诸多问题的巨大冲撞，有的是撕裂性的，从而揭示出进步与阻隔——心灵与制度的阻隔。正是在这样的时间当口——2020，岁在庚子。诡异的是，又是庚子。这个注定载入史册的年份用新冠肺炎这样另类的方式狠狠地抽打了我们这些“骄傲无知的现代人”（郑智化《水手》），且还要继续抽打下去的趋势。而我们，全球几十亿人，竟然也只能摊开双手表示无能为力，这对牛皮哄哄的“现代人”来说不啻为黑色幽默。

那么，我们真的就无能为力了吗？是的，医学界、生化界至今尚无良方。人类在进化，疾病也在进化，感觉是一个令人绝望的死胡同。即便如此，显然人类也不打算放弃。

人类面对疫情大流行，就显得格外苍白、平庸、无聊了。诗人何为？命题太大，让人难免有些摸不着头脑。但罗马不是一天建成的，总要有人默默前行，总要有诗人发出属于自己的“天问”。在这个时候诗人吉狄马加写下了《裂开的星球》。

诗人的“天问”是忧患，还有“这是救赎自己的时候了，不能再有差错，因为失误将意味着最后的毁灭”的惊醒和号召——“如果要发出一份战争宣战书，哦！正在战斗的人们/我们将签写上这个共同的名字——全人类！”这时候，吉狄马加以繁密的当代灾难史实意象，铺排的长句，浓墨重彩，强烈而深刻地表现主题和诗人的思想——要求人类善待自然，善待生命，善待自己——他以40个“这是……的时候”提出了诗学方案。也正是这些具体的实例意象，对作品思想的整体性、意义感、尊严感负有责任。

“当满足于一时成功的作家们大多沉溺于雕虫小技时；当天才躲避劳动，而鄙视庄严的古代文学典范作品成为一时风尚时，当诗歌不再是一种虔敬的工作，只不过是一件轻薄的事情时，——我们却怀着深深的敬谢之忱关注着一位把一生的最好年华骄傲地献给特殊的劳动、无私的灵感和建立丰功伟绩的诗人。”普希金高度赞扬俄国作家格涅吉奇翻译荷马的这句话，深得我心，用它形容我读《裂开的星球》时的感受也是贴切的。

诗人身在其中，他不躲入臆造的天堂，他不想逃避，也无意逃避。他用稍显粗糙但不失炙热的语言，把我们再次拉入我们正在经历的灾难之中，他用雄壮的嗓音告诉人们，他在任何时候都未失去对生活、人类及未来的信心。他在病毒面前保持着一种高度的乐观主义，一种对人类的最终胜利、它的文明和成就的确信。我认为，这就是另一种意义上的“疫苗”——在时间的进化历史中，诗人分拣出了涉及不同国家、不同民族断代的事件和代表人物——哲学的、政治的、军事的、经济的、文化的等诸多方面，开阔的视野容纳历史（神话）与现实、生命与灾难、微观与宏观，将这些庞杂乃至相悖的事物组合成了一个大的诗歌空间。或者从根本上说，这首诗表现了诗人对生命和自然宇宙的深度认知，对人类命运的自觉担负：

> 哦，女神普嫫列依！请把你缝制头盖的针借给我
> 还有你手中那团白色的羊毛线，因为我要缝合
> 我们已经裂开的星球。

进而，当阅读到“是这个星球创造了我们/还是我们改变了这个星球？”这两句追问的诗句时，我记起了在《自然》中，爱默生认为文字的物质性把我们指向一个可以称为“精神”的方向。他提出了值得考虑的三个原则：文字是自然事实的符号。具体的自然事实是具体的精神事实的象征。自然是精神的象征。追忆这三个原则，是因我看到了诗人在作品里对裂开的星球上存在而随时可能消失的历史（自然）事实的忧伤和人类的罪（或者说是疑似罪）的揭露，以15个“让……”诗句点燃愿望和思想的光辉，为诗歌增添了丰富的血肉组织，显得诗人的愿景色

彩瑰丽。

吉狄马加这位马克思主义诗人，他的诗歌，关于善恶观念、生死之理、自由民权、创造和掠夺（破坏）等等与“这个世界将被改变”联系在一起。改变是要战斗的：“哦，老虎！波浪起伏的铠甲/流淌着数字的光。唯一的意志。”老虎、铠甲、光、意志，在这首开阔宏大的命运交响曲里，打通时间的壁垒，将历史神话与现实世界熔铸一炉。炉火正旺，它是诗人的情感和哲学的光芒。

2020年7月19日于延安

〈作者简介〉

成路，1968年6月生于陕西洛川。灵性写作的探索者，编审。著诗集、诗学理论、非虚构作品等12部。荣获第二届柳青文学奖、中国首届地域诗歌创作奖、第八届中国·散文诗大奖、鲁迅文学奖责任编辑奖状、延安市有突出贡献专家等。中国作家协会、中国文艺评论家协会会员。

第二辑

老虎与瘟疫

国外名家评论长诗《裂开的星球》

时光在碾碎时针

——向吉狄马加及其诗作致敬

◇ [叙利亚]阿多尼斯　薛庆国 译

1

忧伤的字母，这今日世界的身躯，
其中时光在碾碎时针
在告诉日子：
“我和一颗星辰掷着骰子
我预言：药剂是否将成为疾病的诱因？
太空的邮差身披空气的丝绸
往返穿梭，它在传递什么？”

2

我在为万物披上面纱吗？然而，
我遮盖自己脸庞的
是爱情的纱巾，
还是神主的纱巾？
道路并非我的道路，步伐并非我的步伐
我该向一张面孔发问，
还是向一面镜子发问？
面孔何其少，镜子何其多！

3

此地或彼处，东方或西方
生命是否已成为臆想的迷宫？

天堂是否已将大门紧闭?

4

根柢，根柢的伤口，在字母的怀抱里

在呼唤和期待

对所谓“永恒”的叛逆

5

在死者和死者之间

还有人正在死去，为什么

杀手们遗忘了他的姓名?

6

我们终日劳作的痛苦书写的书籍

其中没有符号，没有音节

词语

在词语中繁衍

在荒漠中飘散

7

此刻，我信马由缰地翻阅，

目之所及皆是伤口：

星球在流血，被天启欺骗

8

灰烬在祝贺废墟

灰烬

忠实于自己的约定

9

诗篇能否拥抱存在
能否再次描绘存在的面容和皱纹？
诗的玫瑰在哭悼童年的朋友，在吟唱：
我只会凭借芬芳作战

10

大地怎么变成了一个声音
它只会道出自己的死亡？
天空怎么变成了一道血迹
在每一张脸庞流淌？

2020年10月末于巴黎

〈作者简介〉

阿多尼斯，原名阿里·艾哈迈德·赛义德·伊斯伯尔，1930年出生于叙利亚北部农村。毕业于大马士革大学哲学系，后在贝鲁特圣约瑟大学获文学博士学位。阿多尼斯迄今共创作了50余部作品，包括诗集、文学与文化评论、散文、译著等。阿多尼斯不仅是当今阿拉伯世界最重要的诗人、思想家、文学理论家，也在世界诗坛享有盛誉。评论家认为，阿多尼斯对阿拉伯诗歌的影响，可以同庞德或艾略特对于英语诗歌的影响相提并论。阿多尼斯对阿拉伯政治、社会与文化的深刻反思，也在阿拉伯文化界产生广泛影响。阿多尼斯屡获各种国际文学大奖，如土耳其希克梅特文学奖，黎巴嫩国家诗歌奖，马其顿金冠诗歌奖，意大利诺尼诺奖，法国让·马里奥外国文学奖，挪威比昂松奖，德国歌德文学奖，美国笔会/纳博科夫文学奖，中国青海湖国际诗歌节金藏羚羊奖、上海国际诗歌节金玉兰奖等。近年来，他还一直是诺贝尔文学奖的热门人选。

诗人的呼唤

◇［土耳其］阿塔欧尔·贝赫拉姆奥卢　邢明华　译

吉狄马加的语言，是河流、山川、草原和森林的语言。

是鸟儿、昆虫、花朵和树叶的语言。

是纪念最古老植物的名字时那磅礴的言语。

几年前在把他的诗歌翻译成土耳其语的时候，这人类之语，宇宙之声，澎湃大气的比喻和呼唤就早已令我深深折服。

胸腔里跳动的仿佛不是心脏，而是一个锻炉，能够肩扛一座火山的这位伟大的诗人，让我们再一次品读一部史诗。

宛如宏大的河流，海洋的波浪般波澜壮阔的成百行诗句，造就了这部史诗巨著。

如《荷马史诗》里蓝色波浪汹涌时，用目光指路的海豚们一样，诗人用独有的诗句，谱写了一部指引人类的救赎史诗。

我们生活在一个裂开的星球。

人类在善与恶之间，茫然不知所措。

左手不听右手所言的这样一个世界里。

如果要我们给诗人的比喻再添加一个的话，还可以是彼此相距最近的两个视觉器官，一双眼睛里，每一只眼睛注视着不同的方向。

中世纪的时候，欧洲人口的三分之一因战争而消亡；殖民主义曾经让成百万无辜的百姓被屠杀，过去的一个世纪被法西斯主义这个字眼所玷污，推倒的柏林墙被更加无法穿越的障碍取代：我们正生活在这样一个世界里。

今天这个裂开的世界里我们正处于所有人类都受到威胁的一场战争里。

这场战役无视人为设立的各种界限。

游移于千家万户，庙堂殿宇，不分异同、大小、国家、政府，陷所有于困境。

让东方和西方的命运之门彼此相连的一场宇宙之恶……

毫无疑问，当今人类努力抗疫的战争在诗中也有提及。但不仅止于此。

吉狄马加史诗中所描绘的，是从这场灾难的破坏出发，从原始时期至今，善与恶的宇宙之战。

文明与野蛮，进步与落后之战。

从地狱之门中，泪水流淌的面容，用双手遮盖的但丁，到二十世纪善良的斗士们，织就人类史诗的名字被一一纪念。

用《旧约》的语言叩问，沙漠里消失的羊羔主人是犹太人抑或阿拉伯人有什么关系……

洪水来临时，全人类如果不能携手合作，挪亚方舟如何能够造就，这拷问让主题升华。

史诗中的词语、比喻、成语俯拾皆是。

毫无疑问，发生的一切，不是每个人的过错。

可是天空下沉时，雄鹰无法高飞，翅膀会受伤；珍贵的拥有美德的一切翻滚下坠。

这是整个人类的损毁。

智者与诗人的言辞被黄金或其他捐赠污染的时候，那骄傲的鸟儿失去生命，又该指责谁？

史诗，对这些生活中的问题，所做的回答是“我们”……

我们每一个个体，对于所发生的和将要发生的都负有责任……

太阳每天早晨还会升起，照亮一天；夜晚的天空布满繁星；母亲与孩子嬉戏；勤劳的人们辛劳的成果布满大地。

用词语最简洁最朴素的意义体现真实的生活。

华丽的辞藻、高调的口号毫无必要，最朴素最简洁的意义，保护普通人的生活，保护这个人生……

吉狄马加的“裂开的星球”一诗，面向人类——充满焦虑的天空那沉默的发言人，向我们每一个人，再次发出了召唤，宇宙中我们所肩负的生活责任。

2020年7月19日于大岛

〈作者简介〉

阿塔欧尔·贝赫拉姆奥卢（1942—），出生于土耳其伊斯坦布尔。被誉为土耳其最伟大的当代诗人之一，同时也是杰出的作家、翻译家和文化活动家。1988年，布达佩斯的欧罗巴出版社以匈牙利语出版了阿塔欧尔的诗作选集。坚持诗作收集工作的诗人在这一时期出版了《本世纪土耳其诗歌精选集》（与奥兹戴米尔·尹哲合作）和《当代俄罗斯诗歌选集》。已出版《你是我的爱人》《献给西克梅特的美丽花环》《机械的眼泪》《诗的语言——母语》等几十部诗集。1995—1999年，阿塔欧尔担任了两届土耳其作家协会主席。2002年，诗人获得国际笔会土耳其作家协会颁发的“世界诗歌日”年度大奖。2008年获得俄罗斯国际普希金诗歌奖，还是欧洲诗歌与艺术荷马奖的获得者。

诗歌奉献了救赎

——评《裂开的星球》

◇［西班牙］鲁道夫·哈斯勒　赵振江　译

诗人吉狄马加，目前中国最有名也是国外最认可的伟大诗人之一，在这首题为《裂开的星球》的长诗中，为我们奉献了一曲具世界意义的宇宙之歌，一种对人类历史及其变化的深刻思考，以及在这关键时刻，人类和接纳我们的地球的关系，诗人以一个为诗作打开后续之门的问题开始：是我们创造了地球，还是我们不过是地球上的过客？

这是一首深刻的具有循环节奏的长诗，宛如扩散的波浪，一首诗像波浪一样，当人们向水面抛一粒石子，波浪便增长并漫延。当诗人发问时，一切都在动，一切都在抖，然后便是质疑。吉狄马加，一位资深作家，为我们奉献了这首诗，其本身是个整体，收放自如，就是说，其自身就是一本书，当它破茧而出，展示一种特定的生命和文化理念时，书中回响着我们所能构建的伟大主题，它使灵魂能够呼吸，对和我们共生、共享同一个地球的其他人寄予同情。创新尤其是表面的简朴，我们在其中渐渐进入一个多灾多难的世界，它使我们不再犹豫，我们必须重新考虑存在和参与的作用与形式，因为即使一个人觉得没有在破坏之路上与之合作，即使没有宣传鼓动，但我们毕竟是参与者。伴随吉狄马加表现其痛苦的流畅，他的痛苦也是所有人的痛苦，我们感到一种永恒的呼声，一定要发出集体的呼声，必须制止，我们必须制止一切非正义的行为。诗歌之声的深刻化作使人觉悟的有效工具。内心的跨越无可混淆，而诗人，对其自身的创造力充满自信，因而在他者中能自知，并为我们提供改变的可能。这首诗——《裂开的星球》，诗歌真正的作用在此完美地实现了，要重新思考令我们心悦诚服的一切并奉献选择的可能。

对于一个诗人，能做到这一点，所写的东西获得认可，无可替代，有深刻的个性，还有比这更大的追求吗？他的生活，阅历，环境，他的一切需求，都和他的写作融为一体。世界的再创造，远离黑暗，从第一行诗就强调，要表现那以自由方式的迫不及待的追求，远离各种倾向，但要镶嵌在打破所有界限的诗歌中：诗人寄希望于周期性运转、远离人为干涉的宇宙力量。干涉，在诗中显而易见，总具有破坏性。如同干涉时钟走动的指针：我们要干涉的是时间的进程。

这是和“根”的诗学对话，但没有框框，有问题，有可能性，当然，也有疑问，这永远是思考的起点和后续的变化。不是在固定中而是在游动中拥抱世界，直至获得完美的统一，吉狄马加审视文化的碰撞，审视人类不同文化理念的碰撞是否有利于我们的改善、我们的丰富，使我们都能吸收对方的长处，或成为破坏的起点。寻找那提前和我们离散的东西，如果说起初那些相关的元素是简单的，普通的，几乎是抽象的，它们很快就会变成复杂的，明显的，尤其是流动的。我们是不是进入了致命的危险了呢？诗人时刻在问，带着恐惧，但也带着希望。

这首诗的对话特征是明显的，尤其在于对“我”的解构：在他所说的和所表现的各种可能之间有一扇窗，通过它我们能观察并能看到自己。在人类的、地球的、我们感同身受的、生命延续不断的困难时刻，在这首宇宙的长诗中，诗歌奉献了可以拉住并考虑救赎的线索。

2020年7月于巴塞罗那

〈作者简介〉

鲁道夫·哈斯勒（Rodolfo Hasler），1958年出生于古巴圣地亚哥。曾在西班牙巴塞罗那做法语翻译。已经出版了九部诗集和两部诗歌合集。他的诗歌被收录进多本西班牙和拉美诗歌集中。他翻译了诺瓦利斯的全部诗歌作品，还有海涅和卡夫卡的短篇小说。1993年获巴塞罗那诗歌官奖，1997年获纽约奥斯卡·辛塔斯基金会奖，2016年获亚美尼亚埃里温诗歌节奖和第十二届克劳迪奥·罗德里格斯国际诗歌奖。

世界的裂隙穿过诗人的心脏

——论吉狄马加的长诗《裂开的星球》

◇［俄罗斯］维雅切斯拉夫·库普里扬诺夫　汪剑钊　译

世界从来没有陷入如此动荡的状态，它实际上已经病了。我们愈来愈经常地听到急迫的警告：世界会发生大变。新冠病毒席卷了全世界，让国境线成为虚设，它的意外流行再次引发了这样的警告。但是，世界应该怎样变化呢？世界将从这次震荡中获得怎样的经验呢？它会变得更好吗？或者，古老的民族利己主义能够获胜吗？各民族能变得更加有智慧，它们能更友善地相处吗？但是，在遭遇了诡诈和严重的威胁之后，居住于这个美妙宇宙的每个人的生活会变得更坚实和更有希望吗？为了让生命不至于毁灭，而是延续，这个唯一的星球上的我们能够和应该做点什么呢？针对所有的问题，政治家们在寻找答案，但首先是诗人们说出了自己的忧虑。太初有词，诗人得到了词的馈赠，他又与世界来分享自己的这份礼物，召唤、警告和预见的礼物。现在，中国诗人吉狄马加，这位在俄罗斯已由《黑色狂想曲·120首诗》闻名的诗人，又以自己一首新的长诗《裂开的星球》来与世界分享他的召唤、警告和预见的礼物。我们记得德国经典诗人亨利希·海涅曾经宣称，世界的裂隙穿过诗人的心脏。如今，地球这颗星球的裂变正穿过诗人吉狄马加的心脏。而他却希望以整颗心脏来消除这一裂变，疗治和修复我们的星球，缝合它的伤口。为此，他向自己民族——彝族古老的神祇发出了呼唤：

> 哦，女神普嫫列依！请把你缝制头盖的针借给我
> 还有你手中那团白色的羊毛线，因为我要缝合
> 我们已经裂开的星球。

这是一些强大的神祇，来自少数民族的彝族。重要的是，我们只能从注释中获知，因为我们在任何一部百科全书中都找不到它们的名字！所以，它们在这部

长诗中响起，犹如是圣礼的、秘密的语言中的咒语。是的，我们应该向我们的神话和我们童话中的善的魔法中的文化英雄求助，我们的邻居在自己的英雄和魔法的求助中为我们找到了出路。“我们不要将邻居想象成敌人”，当今天另外一些政治家在欺瞒自己的人民，在其他友好的民族中为自己寻找敌人的时候，高尚的诗人作出了建议。今天，我在互联网上找到了这样一段话：“5月份，美国和英国的情报部门记录了大量针对医疗中心的黑客攻击的信息。然后，情报机构提出，其他国家的间谍能够找到医治COVID−19病毒的疫苗的资料。国家反间谍和安全中心主任比尔−埃瓦尼纳说，在这些攻击中包括了来自中国的黑客。”而在此之前，这种缺乏证据的宣称也针对过俄罗斯的黑客们，其中包含了不少谎言、怀疑和虚假的报道！这就证明，在国家安全的极端状态下，无法测量相互之间的帮助，也不会分享自己的防护手段，只会制造障碍，而获取这些医学成果却需要通过偷盗的方式。他们借助信息传递的手段来扩散谎言和诽谤！这些天，在明斯克，独联体国家达成了一项协议，需要相互帮助、共同努力来与新冠病毒作斗争！但是，难道整个世界不是一个联合体吗？！

为着联合的目标，我们无须惊讶于诗人吉狄马加的中国式数位法，这种数位法与其他文化中的数位法也大部分一致：“让我们放弃3的分歧，/尽可能在7中找到共识！”未来主义诗人维利米尔·赫列勃尼科夫曾经把数字看作生活的魔幻推动者，他曾经说过：“我倾听你们，数字的气息……你们在宇宙脊椎蛇样的运动和秤杆的舞蹈中给出了——统一。你们让我理解了无数世纪……”不需要寄希望于轻易和简单地解决历史的方程式，按照俄罗斯的谚语来说，三棵松树就可以让你迷路。俄罗斯的另一则俗语说，七次为定。七——不仅是中国人的一个幸运数字。七——来自阴和阳，还有世界性的五种元素——火、水、土、空气和树木。我曾在莫斯科语言大学写过一篇毕业论文《论神秘的数字七》，同时还写了首诗《致七的十四行诗》：

在动词“我吃”中包含了“七”①。
七推倒了巴比伦高塔，

① 俄语的“我吃”（есмь）与семь（七）有相同的词根。

七重山[1]构成了世界首都的怀抱，
光明以七色在世人面前显现。

七——是月亮律的基础，
大地之秘隐藏在七重门背后。
创造之七天作为圣约被接受，
就像一粒种子[2]有着不变的运动。

经历七次测定，开始自己的劳作，
七级大风拭去你七层汗水。
请机敏地仰望一下七重的天空！

让我们拒绝冗长的梦呓，
充满智慧和魔法的数字七，
增加一倍，给了我们十四行诗！

吉狄马加在自己的长诗中为巴比伦塔（七层的）寻找着基石：“这是鹰爪杯又一次被预言的诗人握住的时候/这是巴别塔废墟上人与万物力争和谈的时候。”是的，正是在零散的语言中，我们努力寻求举行在裂变星球上的对话。我们抵御这些力量，它们“的脚趾踩踏着/即将消失的‘现在’，/眼球倒映创世的元素”。这是对强权世界的暗示，他们通过所有的媒体渠道向我们展示的并不是整个世界，而仅仅是被混淆了的、相互对立的“创世的元素”。最终，人类和每一个手无寸铁的人都无法准确地判断善与恶，但——被“善与恶所纠缠”。

而人类并不是纯粹的金属，也有最脆弱的地方
我们是强大的，强大到成了这个世界的主宰

① 相传，莫斯科最早就是依据七重山的耸立而建成的。
② 种子（семя）一词与“七”也有相同的词根。

我们是虚弱的，肉眼无法看见的微生物
也许就会让我们败于一场输不起的隐形的战争
从生物种群的意义而言，人类永远只是其中的一种

我只能从自己的角度寻找与这位中国诗人的共鸣。我同样希望在被“善与恶所纠缠”的人和生物性存在的铁面无情的规律之间的虚空中找到某种联系。难道我们不是已把自己当成了进化的顶峰，而在这个进化论的顶峰上，我们自身不是把无情的怀疑带给了世间万物？这样的结果不是恰好让光明熄灭了吗？我仿佛感到，正好在吉狄马加写下这首长诗的时候，我的头脑中也出现了这样的诗句：敌人的形象，最初的名字——就叫看不见的战争：

谁知道是怎样血腥的战争，
携带病毒控制着无血的微生物，
怎样一个无脸的状态
吞噬另一个无脸的状态，
既不丧失也不获取的状态，
但它们无须借助眼睛和耳朵，
都可以准确无误地测定
敌人的形象，
他既没有眼睛，也没有耳朵，
不论它们赢得怎样的胜利，
都没有嘴巴来喊出乌拉，
它们不是牺牲，
只不过是从一个子宫移到另一个子宫，
在我们的头顶为胜利
积攒恐惧，
粗心大意地
为自己的眼睛和耳朵调整理智，
不是寻找灵活与敏锐的、

恐怖而必需的
敌人的形象，
按照我们
自身恐怖的形象和映象。

诗人们努力工作，为的是我们的形象和映象不会令人望而生畏。全世界的诗人都是同声共气的。他们相互倾听，希望被聆听、被理解。在20世纪，我曾经有一位来自柏林的朋友，德国诗人海因茨·卡劳（1931—2012）献给我一首诗：

斯拉瓦[①]的方式

当我来自新西伯利亚的朋友斯拉瓦，
一个建设者，大学生和诗人，
应该做出一个决定，我们商议，
做一个建设者
或者工程师
（反正他肯定要当诗人），
或者说，他在寻思
关于中国的志同道合者，
总之，关于生命重大的事情，
它就在那里，我亲眼看到这一点，
仰面朝天躺在大地上，
为的是让人
以整个身体触摸到它。

有时，诗人斯拉瓦，
在西伯利亚，在赤裸的大地上

---

① 斯拉瓦是作者的名字“维雅切斯拉夫”的爱称。

很久做不了决定。经常
冻僵，脑筋迟钝，但还是那样，
我的俄罗斯朋友，斯拉瓦
仰天与大地对话，
就能够更好地思考。

我很喜欢斯拉瓦的方式。
因为，有时我们
躺在星球不同的点上
背靠着背，
我们亲密无间，
除了大地。
我们面对着同样的问题，
生活在同一个时代。

今天，一位中国诗人在自己的长诗中提醒我们："东方和西方再一次相遇在命运的大门口"，为了"寻找共同的出口"，没有联合，是不可能建造拯救的方舟的。需要明白这一点，"继续旋转"的整个地球已经拥有那样的方舟，但需要有人在这个浩瀚宇宙的波涛中来掌舵。

我很喜欢中国诗人吉狄马加创作的这首热爱和平的长诗。我十分认可和亲近他写下的这两行诗句：

那是因为《勒俄》告诉过我，
所有的动物和植物都是兄弟。

俄罗斯最伟大的学者、科学院院士弗拉基米尔·伊万诺维奇·维尔纳茨基，用人类的思维来判断地质的力量和理智的范畴——智力圈，难道不是这么写的吗？伟大的德国人弗里德里希·荷尔德林难道不对吗？他宣布，正是诗人们创设了历史，给了它以积极的记忆。

最后，我想套用一下我的德国朋友海因茨·卡劳的话语（世界上所有愿意成为朋友的诗人都是兄弟！）：我们在星球的不同点上，我们，我和吉狄马加——“面对着同样的问题，生活在同一个时代”。我们参与着唯一的地球的理性的和精简的改变。我们就这样一起去“缝补”我们裂开了的星球！

2020年7月19日

〈作者简介〉

维雅切斯拉夫·格列勃维奇·库普里扬诺夫（1939—），俄罗斯当代自由体诗歌的重要代表。出身于医生家庭，曾求学于列宁格勒海军武器工程学院，1967年毕业于莫斯科外语学院翻译系。20世纪60年代中期开始发表作品。迄今出版有十余部诗集，主要有《生活在行走》《家庭作业》《回声》《献给无名懦夫的纪念碑》《诗集》《歌唱与思索的课程》《时间的绿洲》《大地的天空》和《更好的时间》等。除创作外，翻译过德国、奥地利、英国、美国、瑞典等国的诗歌。曾获多种国际性文学奖，如1986年的意大利孔涅塞文学奖，1987年的欧洲文学大奖，1998年的马其顿国际诗歌奖等。他同时还是俄罗斯笔会中心成员、欧洲科学与艺术研究院院士。现居莫斯科。

吉狄马加
——裂开的星球

◇［塞尔维亚］德拉根·德拉格伊洛维奇　胡　伟　译

吉狄马加——作品被翻译得最多的中国当代诗人之一，写了一首长诗，或者更近于叙事诗，内容是关于我们的地球的，这颗星球创造了我们，而我们这些人每一天和每一个时刻都在毁灭和破坏它，且几乎全无悔意。

这首诗直面这一事实，直面新冠病毒肺炎对所有人生命造成的影响，它是一声疾呼，呼唤人类面对现实，面对他们世界的种种危险，认清他们对于这种无形而致命的病毒是多么的毫无防备，明白地球已经被分割、打碎、撕裂和自我毁灭到了什么地步，明白在这样的艰难时刻人们仍然不能或不愿团结起来对抗共同的敌人，打一场不宣而战的战争，而面对无形的敌人不分国界，不惧怕武装部队、原子弹和火箭弹。诗人说："这是一场特殊的战争，是死亡的另一种隐喻。"在这场战争中，他看见"东方与西方再一次相遇在命运的出口"，他们别无选择，只有共同寻找一条出路来拯救他们自己免于毁灭。

如果"所有的动物和植物都是兄弟"，为什么人类不该明白他们有共同的命运，他们也是兄弟呢？所有的人都该记住过去类似战争的悲惨经验，那时各种病毒和传染病从地球表面抹掉了数百万人的生命，而未来也不会有什么不同。诗人想知道，这为何不是人类在今天联手合作、展示彼此团结一致的绝佳原因。

在这首短时间内创作的长诗里，吉狄马加涉及往事，涉及神话，并向未来投以深沉的眺望。许多影响了历史进程的事件都在诗中寻找到一席之地，他提到了在时间中留下足迹的人们和他们的功业。他记得那些仍然陷在冲突与分裂中的国家和人民，他提到了南极急剧缩小的冰面，亚马孙丛林遭受的破坏，人类生存和地球所面对的生态威胁。他点出电视和网络，指明新科技如何既带给人类好处和有用的东西，又屡屡服务于毁灭。

诗人公开说："摩西从山上带回的清规戒律，在基因分裂链的寓言中系统崩溃。”这意味着这个文明可能要偏离轨道。我们曾希望柏林墙的倒塌会减少这个星球上的分裂，但我们即刻就面对着新的分裂和蓄意地执着于不同与不和，还有外界的经济压迫和全面压迫，这些将不可避免地导致新的悲剧。

人们继续劫掠这颗星球，甚至前赴后继。尽管如此，诗人还是说“人类！只有一次机会，抓住马蹄铁”。这将克服“已经裂开的星球”的心态，打破必将导致那些从历史萌芽时期就已经折磨过我们的世界的邪恶诱因和悲剧卷土重来的恶性循环。诗人确信，尽管事实上人们“成了万物的主宰”，但他们必将找到认清他们弱点的力量。无论国籍或肤色，他们必须找到联合起来的力量，因为这是他们拯救“活力和美丽”“拯救这个星球”的唯一途径。为了人类的生存，人们必须“重新认识”货币的力量和市场的力量，明白这颗星球并不只属于他们，也属于“所有的生命”。

这首诗值得一读。它会帮助我们看到每天是什么包围着我们，而我们常常浑然不觉。它会让世界的画面在我们面前更加真实，同样也让我们看到它的美好。它会或多或少地打开每位读者的眼界，迫使他们深思许多问题，并让他们转向那些也许会有答案的人。或许，它会帮助读者们头一次懂得，人类和地球上的万物之间的彼此依赖程度是何等之深，而许多人的命运又在多大程度上取决于所有人。这首诗会令读者们相信，所有人都必须认清他们的责任，所有人和所有国家都对共同的生活和命运负有责任。

尽管在读到我们这个世界的现实与分裂以及地球的毁坏时令人觉得苦涩，这首诗仍然是带着希望写下的，希望人类的词语不会永远白白说出，希望人类的词语应该也必须谈论人类似乎并未看见的真理，因为人类的未来与命运就取决于这些真理。即使那些领导世界的人中没有人或只有寥寥几人读了这首诗，诗人们也必须去写与地球上人类生存相关的重大问题。

在《裂开的星球》中，吉狄马加呼吁人们要更清楚地意识到，他们需要合作、人道主义和团结，需要反抗暴力，反抗其他一切威胁人类、威胁他们关于未来和幸福的梦想的手段和政策。

这首诗是一个关于我们的地球母亲和人类，以及世界未知的命运的伟大而动人的故事。它仿佛一条丰沛宽阔的河流，自诗人的心脏和灵魂中喷涌而出。

2020年7月20日于贝尔格莱德

〈作者简介〉

德拉根·德拉格伊洛维奇，1941年出生于塞尔维亚，著名诗人、作家和学者。毕业于贝尔格莱德大学，获得经济学硕士学位。从事多年文化和宗教研究工作，曾任塞尔维亚驻澳大利亚大使。现为塞尔维亚安德利奇基金会负责人。共出版十五部塞语诗集和两部散文集，其诗作先后被译为英语、德语、意大利语、罗马尼亚语、马其顿语和阿尔巴尼亚语。

如何去理解那些无法理解

◇［罗马尼亚］欧金·乌里卡鲁　丁　超　译

“在这里有人想继续打开门，有人却想把已经打开的门关上。”这句诗出自当代世界一位罕见的重要诗人吉狄马加的宏壮诗篇《裂开的星球》，它让我感到震撼，让我浮想深思。这正是让我们所有人赖以生存的世界目前所发生的情形。无论是个体还是群体，无论在国家间还是洲际的层面，莫不如是。全世界都确信自己有理由打开或关上交流的、认知的、未来的大门。我们正在目击这场自从人类出现以来的最低沉的利益冲撞，因为我们过去一直都认为，我们的星球有足够的慷慨，足够的宽广，足够的无谓，而能够对我们不以为然。随着时间的推移，人类社会成为生命世界整体中的一个越来越大的部分，人类成为一个太大的地球资源消费者，迫使地球本身开始出现反应。我们这个生物物种引发的失衡可以在我们的物种表现中愈加明显。地球也在用它潜在未知性的资源来回应人类的侵犯，而人类要么对此无知，要么对其故意无视。人类处在一个对自身有害的扩张过程，将地球以往熟悉和接受的平衡置于危险当中。令人无法相信的是，本应纠正自身对生命世界和养育我们所有人的地球的种种侵犯，但一些国家组织或利益集团却采取了最为可怖的生存方式，其表达就像船员在轮船沉没时发出的那句人们熟知的呼喊——各自逃生吧！不容置疑的真理是，在这场已经通报的灾难中，没有人能够自救。所有能做的就是一起拯救危船。

我用一种平淡无奇的讲述，简要归纳了吉狄马加这首让人痛彻心扉的长诗可传递的内容。他的诗完全是别样意境，同时表达的也是这种对理性、对休戚与共、对团结一致的呼吁。团结一致和休戚与共不仅仅是人与人之间的，不论他们是谁，都是地球上的生活者，而且也是与整个生命世界相关的。所有的生物，人类或非人类，都属于这个唯一的物质组织形式，在宇宙中独一无二，至少到目前是这样，它就是有生命的物质。自我意识的层次很多，甚至是无限的，但是我们共同属于这个宇宙的奇迹，它就是生命。我们生存的地球，目前是唯一有生命的天体。

吉狄马加以他巨大的诗歌表现力，创造出世界末日前的景象，直面的是被分裂的星球。地狱可能在任何时刻被召唤降临到地球，尽管没人希望它来。吉狄马加写道："此时我看见落日的沙漠上有一只山羊，/不知道是犹太人还是阿拉伯人丢失的。"这其实就是拯救所有人的办法——让我们去观望这个世界，抛开自己的眼前利益，去弄明白威胁来自何方。山羊的主人是谁不重要，这件财产的归属不重要，重要的是它的价值即刻就要丢失，要永远消亡。这是善意的忠告，它要有些人放弃嗜好、傲慢，尤其放弃利己主义，去理解真正重要的东西，即保护人和环境，宽容任何形式的生命，意识到尽管我们作为凡人生之有涯、但生命当恒久无涯的现实。这首诗贯穿着一种真切的抒情悲剧色彩，这在当下的诗歌中是罕见的，吉狄马加重新接续起从20世纪五六十年代开始就与20年代欧美诗歌中断的那种联系。另外，在诗中还闪现着埃内斯托·卡德纳尔或马查多，以及其他代表人类真正声音的世界诗人。除了这些伟大的世界诗人发现和弘扬的价值之外，吉狄马加还借助他自己民族彝族的神话，来分享他的祖先的浓缩经验。这并不是在刻意追求一种专有的审美，而是在阐述一个结论，人类的思想是一致的，只是表达不同而已。这种人类思想的统一性和复杂性正是全诗中富有力量的理念之一。正如善与恶的概念是人类进步的原动力一样。唯一需要讨论的问题是，人类是否可以允许相对的善生出绝对的恶。换句话说，少数派，尽管那么有价值，他们的善，又能否建立在多数派的恶之上呢，尽管后者看上去是那么庸俗。吉狄马加在他的交响诗篇中态度鲜明，善不可能属于所有人，但恶却会毫无例外地毁灭我们所有的人。

长诗《裂开的星球》中蕴含的形而上维度是不容置疑的，其中的现实主义维度亦然。吉狄马加在拉响警报，一个充满痛苦和眼泪的信号，一个呼吁在他人痛苦面前保持心灵敏感的信号。吉狄马加笔下的人不是出于生存考虑的自私者，而是出于同样考虑的慷慨之人。这是我们在第十一个小时应当踏上的路。从事情的发展来看，伟大的终结已经临近。留给我们的时间和办法已经不多。让我们此时此刻，在尚有少许时间而所有的路还没有堵死的时候，面对这些态势改变想法吧——诗人在告诉我们。在中东欧有一句流传甚广的名言，反映的是人们对一段痛楚真实的历史的思考："敌人已经破城而入，而这个时候哲学家们还在讨论天使的性别"——这是攻占拜占庭帝国首都、非凡的城市君士坦丁堡战役中的一个插曲。我们眼下发生的差不多就是同样情况，但所下赌注却大得多，这是一场拯救我们自身的星球的战役。一些政府和利益集团在称霸市场或政治控制的斗争中失利，而其间，由于它们的原因，人类被一种无法战胜的病毒流行病包围，目前是一种生命的断裂，而非生命的形式，它在明显减少我们找到通向未来的正确道路的可能，而且也在明显减少留给我们的时间。我们暂时不知道我们生活的准确钟点，但是我们知道剩下的时间已经有限。

吉狄马加用他的词语，温和、不安而又痛苦地告诫我们，要当心在地球这个城堡大门上听到的强烈撞击。为了能够听到这些声响，需要我们停止那些无意义无用处的喧闹，它们在堵塞我们的耳朵蒙蔽我们的视线，目的是让我们不能发现谁在拿桌上的最后一块馅饼或在呼吸最后一口空气！我希望伟大的诗人吉狄马加不是一位预言家，而是一位警惕而值得信赖的哨兵，正在发出警报，是动员我们、而不仅仅是为了让我们感到战栗的警报！这正是像吉狄马加这样一位真正诗人的使命。

2020年8月7日写于布加勒斯特

〈作者简介〉

欧金·乌里卡鲁，罗马尼亚作家。1990年起先后任罗马尼亚作家协会《金星》杂志社主编，罗马尼亚驻希腊使馆文化专员，罗马尼亚作家联合会书记、副主席、主席。外交部国务秘书等。出版了16部原创文学书籍，作品曾在圣塔伦（葡萄牙）和圣马力诺获奖，并获罗马尼亚科学院奖、作家协会奖。现为罗马尼亚著作权协会主席。

老虎与瘟疫：中国彝族诗人吉狄马加呼唤（重新）组装分裂的世界

◇［爱沙尼亚］尤里·塔尔维特　胡　伟　译

大约和21世纪的起始同步，随着他的祖国中国向更广阔的世界、向以数字/加密通信和产业为标志的科技进步的巅峰（重新）开放，吉狄马加（生于1961年）作为中国现代最为蜚声国际的诗人之一脱颖而出。他的作品被详尽地译成外文，包括大小语种，他在搭建中国与世界之间的文化桥梁和创意对话（因为他每年都在本国各地组织重要的国际诗歌节）方面的功绩着实令人惊叹。

他的诗歌作品的容积早已给人们留下深刻印象，确凿无疑地证明着，他作为一名对于世间众生、包括作为世界一部分的人类怀有强烈敏感的诗人思想家，有着强大而独特的声音与个性。而在当下这悲剧性的2020年，吉狄马加又写下了一首长诗，《裂开的星球》—— 一段以新冠病毒大流行引发的无形“世界战争”为出发点的有力的沉思。

吉狄马加的要旨是高尚的，具有深厚的人文主义色彩：这场瘟疫/大流行病的确切源头对于科学家而言仍是一个谜，而疫情这一限制情境却意味深长地揭示了当前全球严重的危机、犯罪和自我毁灭——如果世界尚能从中被拯救出来，那么唯一有希望的途径便是集合起全世界国家和人民的智慧与真诚的善意，同时要抑制住经济和政治精英的野心、他们念念不忘的自利之心，以及国家与超国家组织漫无边际的自负。换言之，单靠科学发展和技术手段阻止不了悲剧：我们急需的是同样巨大（当然，甚至更大！）的道德转变。

伟大的世界诗人们一直都拥有这样的梦想。有时他们被称为乌托邦主义者，人们责备他们失去了现实感。部分当今时代（后现代）的文化与人文科学已经从诗歌精神中移除，代之以繁殖秉着娱乐大众精神的因循守旧——这种娱乐精神又经世界各地的网络商业以真正的爆炸式加速传播。年轻人正在忘记何为爱，因为他们小巧的智能手机正以五花八门的方式向他们提供幻觉，仿佛爱是唾手可得的日常消费。在这些神奇的迷你装备的生产领域，世界超级信息技术生产商正在进行一场激烈的战斗。正如吉狄马加在《裂开的星球》中所说，那些能够生产和发行抵达最远的海洋的大多数“扣子”的人之间并没有道德上的区别。

然而，诗歌还活着，年轻人也仍在追寻真正的爱，有时候还能找到。区别的关键是什么？是美学，是创造力。科学产生的只是事实和统计数据。伟大的爱沙尼亚诗人尤汉·利夫（1864—1913）在他的一首思想诗（用他自己的话叫“片断”）中讽刺地影射道：“于是乎一些科学家证明——/习惯了它，战争就能更快地杀戮。/更妙的是，如此研究者激发了奇迹/一个寒冷如冰而另一个彻底失明。”（选自尤汉·利夫《雪花堆积，我在歌唱》，多伦多格尔尼卡出版社2013年版，尤·塔尔维特、哈·李·希克斯译）

反之，正如吉狄马加所解释的那样，“戈雅就用画笔记录过比死亡本身更触目惊心的、由死亡所透漫出来的气息”。

吉狄马加是一位重要的诗人，能够创造出直击美丽的隐喻。这些隐喻尤其出现在他献给自己的民族彝族——献给这个民族的过去和现在，以及它通过古老的史诗和智者毕摩传达的古代生命哲学——的抒情性与思想性兼备的诗歌里。可以说，通过以本民族彝族的世界观赞颂自然界的完整与神圣，吉狄马加自己已经成为一位毕摩，代表的是无数更小的民族群体，是他们的语言与文化，这些语言文化在经济全球化进程中的生存正经历着考验。他的声音是被考验者的声音，但完全不是绝望的声音。它收拢并抱持着以高原雪豹的存在和反抗为象征的道德力量（见吉狄马加2014年发表的诗作《我，雪豹……》）。

吉狄马加在他最新的创作中证明了他作为一名史诗型诗人的能力。这同他为世界上古老民族的史诗续写新篇的雄心有关，这些史诗中遍布的神话主要证明了自然的精神完整性，而人类在理想情况下应是这种完整性不可分割的一部分。不过，吉狄马加同样受到了西方新时期哲学史诗经典的巨大影响。

在现代西方史诗类诗歌形成的过程中，几乎不可避免地，较大的民族在先锋队伍中表现卓越。这是一场持续不断的为了自由的奋斗，在形式和世界观上都是。英国人威廉·布莱克，在启蒙运动和浪漫主义的交界写下了长篇的神话-哲学诗，在诗中他藐视传统的基督教堂的布道。为了解释他关于人类完全自由的主张，他力图背弃经典的希腊-罗马神话，并发明了他自己的个人神灵。

半个世纪后，美国诗人沃尔特·惠特曼，一位很大程度上自学成才的诗人，在西方文学界引发了一场真正的地震，因为他开创了几乎仅用自由体书写长诗和短诗的风格，不使用任何尾韵。他成了自一战以来流行于表现主义和其他先锋流派的诗歌形式解放的辉煌胜利中最伟大的先辈。此后所有写下史诗–哲学诗的伟大世界诗人们，以埃兹拉·庞德和艾略特为代表，都跟随着惠特曼的脚步。在西班牙语和葡萄牙语诗歌领域，西班牙人费德里科·加西亚·洛尔迦在惠特曼的直接影响下写出了他的自由体系列诗《诗人在纽约》（在诗人去世后于1940年出版），谴责金钱崇拜，向象征着大自然痛苦的抗议呼声的“美国黑人”致以敬意。最伟大的现代葡萄牙诗人费尔南多·佩索阿，“化装”成为阿尔瓦罗·德·坎波斯，写下了《向沃尔特·惠特曼致敬》，而他最广阔的史诗《消息》（1934年），是送给葡萄牙的历史命运以及他的国家要在极富创意的精神性上成为其他国家的榜样这一道德任务的爱国主义献辞。

此后，左翼智利诗人巴勃罗·聂鲁达特别在他最为广博的、史诗般的反帝国主义组诗《漫歌》（1950）中努力反映出拉丁美洲的过去，将这块大陆的未来同苏联领导的世界社会主义潮流联系起来。这类史诗里交织了越来越多的政治意蕴。

吉狄马加清楚地将相同的史诗——哲学诗样式移入了他的《裂开的星球》。某种程度上，它的原型是吉狄马加另一首较短的诗《回望二十世纪》（收录在2006年诗集《时间》中）。在这里，吉狄马加为20世纪引入了“双刃剑”的比喻，这个世纪发生了两次世界大战，而且在资本主义和共产主义两大基本敌对的意识形态体制之间存在严重分裂。这是一个反差和根深蒂固的对立的世纪。这是一个科学迅猛发展伴随着对自然和自然栖息地极其残忍的摧毁、贫穷和苦难在广大人民群众中蔓延的世纪，更不要提种族主义的耻辱、纳粹对犹太人的大屠杀以及斯大林肃反扩大化所带来的恐怖。

拥有相对有限的自然栖息地的“雪豹”可以被解读为拟人化的象征，例如吉狄马加所属的彝族，就置身于世界经济的全球主义者所倡导的经济全球化的背景下。与此对照，在《裂开的星球》里，吉狄马加为没有简单答案的人类之谜寻找到一种更加普遍的、哲学的胚胎符号。这种高度模糊的符号是古狄马加从威廉·布莱克的短诗《老虎》（作于1794年。也许是有史以来在国际范围内最为著名、翻译得最多的英文诗之一）里借来的。“老虎”作为一种诗歌符号，在最大程度上聚集了自然的（对称）美，同时也聚集了恐惧。布莱克自己也不能解开这个谜团，在这首诗全部的24行里，有整整20行是疑问句，一直没有答案。诗的终章（四行诗节）是首章的一个重复：“老虎！老虎！黑夜的森林中/燃烧着的煌煌的火光，/是怎样的神手或天眼/造出了你这样的威武堂堂？”它反复提及宇宙的维度与最初起源（上帝）的自然力量。

20世纪的意识形态预言已然凋谢了。西方后现代思想家已经试图在他们为永久的虚无主义的呐喊声中冲击昔日的“宏大意识形态叙事”。然而，他们未能竞争过源自人类文化的伟大诗歌意象。这些诸如布莱克的“老虎”等大量的意象，继续在所有领域内激发着真正的人类创造活动。吉狄马加承认，他并不把自己看作一位预言家。然而凭着一位优秀诗人思想家敏锐的洞察力，尤其是根据人类活动的道德后果，他指出了人类活动中一长串的痛处与焦点。他邀请他的读者更多地思考，而不是满足于在我们日常生活中操纵大众良知、经常被短命又自私的物质利益动机所刺激的肤浅外观。科学并不能幸免于这深不可测的陷阱。诚如吉狄马加所言，我们不幸生活在一个“智者的语言被金钱和物质的双手弄脏”的时代。玛丽·居里夫人可以梦想科学能扶贫济弱，但直到今天都没有人能证明这个梦想已经（或将会）实现。在同样的语境里，吉狄马加批判性地谈到当代那些全球学术界的知识分子，他们从理论上推测卡尔·马克思，同时又和资本主义的经济政治精英眉来眼去，试图保住他们自己个人的财富和福利，自己又与不平等的根本原因和任何可能推翻既定体系的具体社会行动保持距离。要评估任何独特的思想家对于世界历史的贡献，仅有理性的计算提供不了明确的标准。正如吉狄马加暗示的那样，举例来讲，这适用于托·罗·马尔萨斯的主张，即人口增长需要抑制，从而否定了未来人类的大部分生命梦想之美。

吉狄马加在批评缺少德行的科学的同时，认同了人类良知中一些重大变化的证据，因为自20世纪最后的25年以来，法西斯主义和种族主义思想已经遭受了重大的挫败。

尽管新的疫情“世界战争”是不同的、无形的，但吉狄马加认为，最有可能的是它仍然是由人类所引发的。世界根本没有从手中丢下20世纪的遗产——那柄“双刃剑”。吉狄马加在德国哲学家西奥多·阿多诺和尤尔根·哈贝马斯有关社会公平的思想中寻找支持。他也受到尼加拉瓜诗人神父埃内斯托·卡德纳尔这一榜样的启发（卡德纳尔不仅在他的诗中强烈抗议社会不平等和富人所犯下的罪行，而且建立了一个以诚实劳动和全员创新为宗旨的公社）。他提到了墨西哥人胡安·鲁尔福令人难以置信的创造力，鲁尔福在他的主要作品《佩德罗·巴拉莫》中成功地混合了生者与死者的声音，在他笔下艺术不再仅仅是艺术，而能令人真切感受到任何个体生命直面爱与死时的孤独。吉狄马加坦承他对伟大的秘鲁诗人塞萨尔·巴列霍怀有特殊的亲切感，巴列霍因为卑贱者和不幸的平凡人的生活而苦痛，他诗中痛苦的呼喊来自他赤裸的灵魂深处。

吉狄马加并没有将真实事物的状态简单化。他太清楚了，私利本能是人类与生俱来的，人的个体利益的越轨行为，永远都有转变成破坏力量、背叛集体公共事业、损害给予所有人平等的社会关怀的崇高梦想的风险。他明白瓦尔特·本雅明和斯蒂芬·茨威格自杀的原因，他们是知识分子和作家，身处最悲惨的历史时刻之一，其时独裁惑众、煽动种族主义的希特勒主义即将达成它罪恶的目标，代价是数百万无辜的性命，人们被杀死、被谋害，被投入悲惨的境地。

另一方面，只要个体同它历史上和社会上所属的集体相抵触，吉狄马加就拒绝接受任何形式的暴力，包括个体的暴力行为。人权，正如吉狄马加所主张的，不应当是任何人以他人为代价的特权，而只应是每一个人的平等权利。这也同样适用于国家间的纷争。例如，他提到了最近在一个欧洲的立宪民主国家发生的加泰罗尼亚“叛乱”情况。甚至不必去问20世纪初伟大的西班牙诗人安东尼奥·马查多是否会接受极端民族主义者的偏激行为。这样的措施显然也不会受到20世纪最伟大的加泰罗尼亚诗人之一、一位真正的加泰罗尼亚爱国者萨尔瓦多·埃斯普里欧（1913—1985）的赞同，他把西班牙想象成为一张完整的“公牛皮”（这个视觉形象源于欧洲地理图上西班牙的轮廓），上面所有的少数民族、他们的文化和语言都会平等地受到尊重、包容和支持。吉狄马加还清楚地表明了他对于英国“脱欧”的怀疑和忧伤，的确，“脱欧”行动尽管是保守党的胜利，却在另一半不列颠人当中留下了深深的伤痕和妨害，后者宁愿继续忠于欧洲的团结，而不是自私地图谋破坏。

吉狄马加的诗包含了21世纪初我们这个世界最为令人忧虑和苦恼的问题。这首重要作品的节奏建立在“双刃剑”的象征上——人类表面上的进步和变革的热情永远在长期后果的背景下畏缩并瘫痪。然而，诗的主旋律仍然是诗人对于人性中道德提升的能力的信念。他的信念从他本民族彝族以及祖国中国和其他国家的古代史诗、神话和智者的哲学中寻找到了支持和灵感。他的诗始终以爱和创造力的名义，受到现代最伟大的世界诗人们的祈望的启示和滋养，同时反对着毁灭的力量。这种真正高贵的精神存活在世界所有地方，不过吉狄马加特别提到了哥伦比亚，这个国家的诗人与国际诗人们同心协力，将麦德林市从声名狼藉的“世界毒品之都”变成了名副其实的“世界诗歌之都”。这对于人类关系重大。吉狄马加在他的诗中说得好：“诗歌在哥伦比亚成了政治对话的一种最为人道的方式。”

“剑”是开裂、杀戮与毁灭的技术工具的一个绝好象征，毫不夸张地讲，它被人们所操控的频率实在没有被男人们所操控的来得高。不管是单刃还是双刃，一把剑（像任何其他技术一样）可以成功地服务于单纯的防御和最凶狠的侵略。人类的另一半，历史上的女人，如果被准许自由和坦诚地发表意见的话，她们从来都反对暴力，一直都是家庭、孩子和老人的主要哺育者和照顾者。女人给予我们所有人生命，是人类生活和文化创造中关于爱的主要元素、灵感和象征。

吉狄马加在诗的核心部分描写了世界裂开/分裂的悲剧，这些主要都是由男人们煽动的，作品中谈及妇女的地方不多。但是，从我以往阅读吉狄马加诗歌的经验来看（尤其当我把吉狄马加重要的系列诗歌作品《时间》译成我的母语爱沙尼亚语时），首先打动我的是吉狄马加在由女性激发灵感的诗歌里的一大串抒情比喻中展现的诗歌才华。要接触到吉狄马加作为一位杰出的世界诗人、智者和优秀人物的本质，只要读一下以上所提的系列作品中的短诗就足够了，例如《母亲们的手》或者《唱给母亲的歌》。

在《裂开的星球》的结尾部分，吉狄马加向彝族神话中的女神普嫫列依（彝族英雄、部落创建者支呷阿鲁的母亲）讲话，请她把缝针借给他，用他的话讲，他要“缝合我们已经裂开的星球”。

最后，我要再次在吉狄马加和我们爱沙尼亚诗人尤汉·利夫之间找到哲学和诗意的“超越文化时空”的共同点。他们在敏感性和世界观上极为相似。在另一首思想诗中，利夫观察到：“野心撕裂了世界，/情感团结了世界，/爱让一切圣化，/在情感世界里团结大家。”（约1889年）这就是说，在理性观念刺激和煽动之下的野心，一旦离开良知、情感和灵敏度，少有能结出好果子的。只有在人类全部的创造才能的共生互惠中，在对自然与文化永远的尊敬中，在人类两性可信赖的创造性同盟中，才可能产生新的希望，让这世界的裂口和伤痕，能够在精心照料下，缓慢地愈合。

2020年7月30日

〈作者简介〉

尤里·塔尔维特（Jüri Talvet），爱沙尼亚诗人，翻译家，批评家，欧洲科学院院士，塔尔图大学比较文学系首席教授。1945年出生于帕尔努，1981年以来一直任教于塔尔图大学。其研究领域主要集中于英国哲学与西班牙文学，致力于英语国家、西班牙语国家与爱沙尼亚文学之间的交流与译介，出版了多种相关著作与译作。他的诗歌有鲜明的知识分子气质，将历史、文化与个人经验、情感融为一体。1997年，获得爱沙尼亚最高诗歌奖尤汉·利夫诗歌奖（Juhan Liiv Prize），曾受邀参加麦德林、巴塞罗那、科莫等众多国际诗歌节。

怀着一种特别的爱意

——论吉狄马加的长诗《裂开的星球》

◇［俄罗斯］维克多·克雷科夫　汪剑钊　译

著名的中国诗人吉狄马加在两年前发表过一首诗《这个世界并非杞人忧天》，启示录并不存在！“而我——又怎能不回到这里！”（If only...O if only that day could be kept from coming!）那时，他对此已产生了怀疑。

在他自己新创作的《裂开的星球》——一首献给人们和我们的星球之生命的长诗中，诗人指出，世界性灾难的威胁已变成了现实。他在诗中呼吁，各个国家和民族联合起来，共同在这场正运转于地球的看不见的生死战争中去拯救人类。在深刻认识和分析了当今世界的局势和实际已席卷了整个星球的新冠病毒大流行之结果的基础上，他认为，善与恶的斗争已达到最为尖锐的程度，在目前已出现了毁灭人类的现实性危险。

这个结论是由一名杰出的诗人、一个具有宇宙胸怀的思想家得出来的，他成长于一个古老的具有数千年文明历史的彝族文化传统，并且借助了彝民族许多世纪的生存体验，这种体验的根源可追溯到公元前十五世纪的新石器文明。吉狄马加同时还是中国一名成功的行政管理人员（在2006—2010年，担任青海省副省长），他掌握了大量关于现代世界的知识，而不是仅仅依靠公共卫生系统的通报。作为世界性的著名诗人，他访问过许多国家，可以直接观察世界上发生的各类事件。

在诗的分析部分，他出色地展示了这一点，陈述了许多人与人之间、民族与民族之间所抱持的、对待动物和植物世界的反人道的，甚至是野蛮的态度。作者谈到这个星球上人类的善与恶之平衡被打破了，它因此激发了与我们的世界平行生存着的无形的恶的精灵，诗人以讽喻的形式将它们称作“哦，老虎的种族！波浪起伏的铠甲”。诗人在反思发生于世界上的全球性灾难之危险时，回忆起人类的伟大代表，诸如荷马、卡尔·马克思、居里夫人和其他人。他坚持保护每一个体生命的必要性，借助阿多尔诺、塞萨尔·巴列霍、天才卡德纳尔、胡安·鲁尔福和其他与之气息相近的诗人与社会活动家。他仿佛出现了这样一种感觉：

当我看见但丁的意大利
在地狱的门口掩面哭泣，
塞万提斯的子孙们
在经历着又一次身心的伤痛。
人道的援助不管来自哪里，
唉，都是一种美德。

而“陶里亚蒂、帕索里尼和葛兰西在墓地挥舞红旗，呼唤着共产主义”①。诗人说道，造物主给了这个地球上的我们以生命，为这个人类提供了一切的必需品。数千年来的人类文明已达到了最高的水平。于是，人就觉得自己是最高的存在，拥有凌驾于所有生物之上的权力。为了利益和权力，野蛮地利用和毁灭有生命的和无生命的自然界之行为已经开始。为了守护自己的财产，房屋与房屋之间的栅栏和国家与国家之间的边境线都已经确立，唯有个人的院子被认为是自己的和需要守护的。

哦！文明与野蛮。发展或倒退。加法和减法。
这一切都意味着
——是一个裂开的星球！②

但在另外的一片土地上，任何破坏都是被允许的：

杰弗逊就认为
灭绝印第安人

① 此处，原诗仅为“陶里亚蒂、帕索里尼和葛兰西在墓地挥舞红旗”，没有文中的“呼唤着共产主义”。
② 此处，原诗为“哦！文明与进步。发展或倒退。加法和减法。/——这是一个裂开的星球！”

是文明的一大进步[①]

但是，我们生活在同一个星球上，在它的一个小点上发生的事情会在数千个其他地方引起连锁反应。今天，“上海的耳朵能听见佛罗里达的脚趾在呻吟”。

处死伽利略的宗教裁判所，
如今再没有那样的地方，
但还有不经审判就杀死异教徒，
遵奉的是先知的命令。[②]

人类已经打破了我们星球的平衡：南极洲的河流逐渐干涸，冰层也正在融化，“海豚以集体自杀的方式表达抗议”，森林在燃烧，沙漠和文明的失败正在形成。

在巴西砍伐亚马孙河两岸的原始森林
让大火的浓烟染黑了地球绿色的肺叶
人类为了所谓生存的每一次进军
都给自己的明天埋下了致命的隐患
在非洲对野生动物的疯狂猎杀
已让濒临灭绝的种类不断增加

造物主是否还能够使用对我们有益的东西来补充它们？或者它们是否在用正与我们做殊死搏斗的新冠病毒那样的微生物来填充自身？要知道，它们实际早就发动了不宣而战的战争了。你们应该还记得，柏林墙倒塌的时候，整个世界是多么地高兴啊！仿佛对所有人而言，自由已来临了！那么，如今呢？如今，无形的屏障又竖立了起来，为了活下去，我们不能，也没有权利再向任何地方挪动了！如

① 此处，原诗仅一行。
② 此处，原诗为“在这里再没有宗教法庭处死伽利略，但有人还在以原教旨的命令杀死异教徒。”

今，一切真相大白，人不是全能的，他没有能力修复那些被破坏和毁灭的东西。

为了地球上的每一个人、每一个生物和自然界，长诗的作者呼吁放弃所谓公文式的“人权”，停止以热爱打猎和对财富的欲求为名的对野生动物的杀戮。“到处可以听到颅骨破裂的咔嚓声，”他认为，“我们没有权利无休止地剥夺这个地球，除了基本的生存需要，任何对别的生命的残杀都可视为犯罪！”诗人提醒道，人是一个生物性存在，我们地球的毁灭也同样意味着其自身的毁灭。

回忆起祖先的遗训，谈论我们旋转着的谜样的蓝色星球，吉狄马加变得十分温柔，充满了想象力和隐喻的才能。怀着一种特别的爱意，他谈论着彝的民族象征，毕阿什拉则的火塘，妈妈对他吟唱的摇篮曲和讲述的关于毕摩的故事，对他宣读的关于金色老虎的神圣经文，这老虎守护着星球和在永远变化的世界中的善与恶的平衡。诗人幻想着“让我再回到你记忆中遗失的故乡，以那些最古老的植物的名义”。但世界是残酷的，星球裂开了。早经预言的无形的战争打碎了这星球，而人是其中的罪魁祸首。他实事求是地、坦率地、痛心地和愤怒地列举被“文明”驱逐出传统居住地的弱小民族的有害影响的例子，谈到国际货币基金组织和世界银行的所谓“援助”方案，结果导致了受援国的贫困化，受益的是“全球化”的商业，它们为着同样的目的与利益在破坏着地球的生物链。最后，有人打着捍卫民主和“人权”的名义，密谋推翻不受欢迎的政府，导致了局部性的战争和无节制地增长的移民潮，流向相对繁荣的欧洲国家，这非常危险地加剧了东方与西方之间的尖锐矛盾，等等。冠状病毒的大流行，最极端的检疫局势，尤其明显地说明我们的世界出现了分裂，它已站在了世界性灾难的前夕！

作为一个哲学家和彝族延续千年的独特经验的传承者，吉狄马加在基因层面上感受到了这一点，他作为一名诗人发出了感叹：

> 拯救这个星球与拯救生命从来就无法分开
> 哦，女神普嫫列依！请把你缝制头盖的针借给我
> 还有你手中那团白色的羊毛线，
> 因为我要缝合我们已经裂开的星球。

吉狄马加不仅是一名诗人，还是一个社会活动家。他呼吁所有的人团结起

来，采取紧急行动来拯救人类和地球，必须减少向大气层排放有害气体，给所有饥饿的人们以粮食，消除阴谋政治家的声音，通过谈判的途径，而不是通过战争来解决争议，拒绝所谓的“森林法则”和其他不正确的方式。他希望：

让耶路撒冷的石头恢复未来的记忆，让同时
埋葬过犹太人和阿拉伯人先知的沙漠开花
愿终结就是开始，愿空档的大海涌动孕期的色韵
让木碗找到干裂的嘴唇，让信仰选择自己的衣服
让听不懂的语言在联合国致辞，让听众欢呼成骆驼
让平等的手帕挂满这个世界的窗户
……

“让普遍成为平等，石缝填满的是诗”“让即将消亡的变成理性，让尚未出生的与今天和解”。这一切需要马上就开启，“给我们的时间已经不多，”他警告道，“这是巨大的转折，它比一个世纪要长，只能用千年来算”，最主要的是，“让参与者知道/这个星球的未来不仅属于你和我，还属于所有的生命。”他坚信：

人类的生命还将延续
劳动和创造仍将是
获得幸福的主要源泉①

从我的观点来看，在这首充满了艺术形象、寓言和隐喻的独特长诗中，作者全面地反映了我们世界承受着毁灭危险的危机状态。如果我们大家没有意识到这一点，不改变我们的生活的形象，不改变我们相互之间的关系和对地球的态度，我们就不可能联合到一起，就无法拯救我们的生命和我们美丽的地球。在这首长诗中，作者展现了当前我们生活中的全球化问题，这些问题在整体上对人类产生

① 此处，原诗为“劳动和创造还是人类获得幸福的主要方式，多数人都会同意 / 人类还会活着”。

了负面的影响，给我们的生存和地球的存在带来了威胁。所列举的问题很早就已引起了广大民众的关注，但它们第一次在诗歌中得到如此醒目和全面的呈现。

吉狄马加乐观地看待未来，他所提出的一些对处境的根本性改善也非常贴近更广泛的世界社会。长诗《裂开的星球》是我们时代的一部杰出的文学作品，在我看来，它对许多国家的政府部门、它们的区域性和世界性组织，包括联合国教科文组织和联合国，都具有实践性的意义。因此，我提议召开一次国际性的会议，会议主题就叫作“在吉狄马加的长诗《裂开的星球》的基础上探讨在地球上长期生存的问题及其解决的可能性”。我会推荐很多优秀的文学家，以及从事研究地球上人类生活问题的专家和学者来参加这个研讨会。在研讨这部长诗的基础上可以为前述组织准备出版一本由报告和论文组成的文集。

〈作者简介〉

维克多·克雷科夫，当代俄罗斯著名诗人。自1983年以后，一直在俄罗斯与奥地利两地居住。国际系统研究院通讯成员。1983—2000年，担任联合国驻奥地利与阿尔及利亚外交官、首席代表。诗人、随笔作家、记者、翻译。出版有七部诗集与随笔著作。国际笔会奥地利中心会员，俄罗斯作家协会会员，国际文学组织“道斯”（蜻蜓保护志愿者协会）成员，欧亚民族文学全体大会联盟双主席之一，俄罗斯驻奥地利诗歌俱乐部主席。

裂开的星球?

——读吉狄马加的长诗《裂开的星球》

◇［意大利］圭多·奥尔达尼　文　铮　译

《裂开的星球》是一个鲜明的标题，诗人吉狄马加仅以短短十几页的一首诗对其进行了具有决定意义的演绎，这是来自“中央之国”的、具有国际化的权威声音，也是一位终极现实主义对话者严肃的声音。一件篇幅不长的作品，但具有全面而积极的意义。这让人马上想起名满世界的但丁，或者，如果离现在更近一点的话，就是埃内斯托·卡德纳尔。阿里戈·博伊托的音乐，与瓦格纳的一样完整，但能够从中挖掘出与密西西比黑人爵士乐相似的成分，同时也能够启发各大洲的典型音乐，就像阿尔沃·帕特的音乐一样。我们面前的这首诗，将面粉和水、伦理和美学搅拌在一起，依据各种意义的和声原则，烘焙出民歌的白面包。对于我们这些敏感于但丁和彼特拉克——诗歌之峰的两道山麓——的人而言，捕捉到诗中的痕迹是显而易见、顺理成章的。吉狄马加足迹遍及全球，以历史为鳍，畅游于精神之渊。他叙述的自我是整个世界——它在我们每个人面前展开，我们反过来也在面对这个世界。宗教也披着它们的伪装和决定性的面纱而出现。童年帕斯卡小手中执着的风筝已经飞走，此刻正围着地球旋转，宛如不明身份的天体。超越了国界的希望与恐惧并没有表明身份的证件，也不会因高额的关税而停步不前，因为天空比大地要辽阔得多。今天地球上有很多谜题，其中也包括这个，就像购物袋中的食品，我们绝不允许其掺假。吉狄马加此作，不啻昭示与呼唤，使我们走向一种延续，而不是坠入深渊。这首诗犹如那些站在生活一边的人伸出的手，而绝非孱弱的虚无主义的召唤。此二者之间隔着一道峡谷，一条巨大的裂缝，似乎能把世界分成两半，甚至更多部分。这首诗又像悬在两个边缘之间的一条绳索，人们能够而且应该在保持平衡的状态下通过，也就是说要以走钢丝的方式，小心不要滑倒，要紧紧抓住那根仅有的平衡竿，这根竿子的两端无限延展，只有智慧才能使之平衡，这恰恰是我们无论如何也不能抛开的东西。这个星球的命运，也就是我们的命运，如同一根铁丝，童年的经历告诉我们：如果你把它完全折向一边，然后再折到另一边，如此反复，它就会逐渐升温，直到突然断裂。没有人会想着把一根折断的破铁丝焊接起来。在这首诗中，我似乎看到了与世界对话的时刻，它肩负着对地球的责任，从弗朗西斯科·阿西西的《太阳颂》到今天同名的通谕，它与前人的这些诗句遥相呼应。我们虽相隔万里，但透过诗歌这架望远镜的初级镜片，我们看见“如今意大利的眼泪遮住了中国的双眼。”世界上的贫富关系并不像古典的几何记忆，有着黄金分割般的和谐比例。相反，根据饥饿法则，这种并非不可或缺的比例残酷地显现出来。托马斯·马尔萨斯是这个星球有限历史中选出的主角。他时不时就被抛出来，就像出鞘的托莱多军刀一样令人生畏，甚至用以支持双方对立的观点，他业以成为我们同路的伙伴。难道假装什么都没发生就行了吗？与此同时，这位中国作家的诗作接踵而至，在我们身边爆发，温文尔雅却又无所不在地伴随着我们。吉狄马加此作，识与文皆备，从似乎是国际极端现实主义的最初征兆过渡到诗行开头词语的不断重复，再转到诗化的散文，辅以副歌式的叠句，这能使我们听到中世纪或拉丁乃至古希腊诗歌的韵律。此诗的写作手法凝聚了对时代及历史与人文的深刻认识。吉狄马加构筑的是人类意识与地球风险的结构：要么囊括一切，要么一无所有。如今，那些老掉牙的故事中常出现的狡猾角色已没有用武之地了。这首诗就是一种回归，这样的“故土”使自己的家园和往事重现在一个尤利西斯的眼前，这个尤利西斯似乎以一个更为实用的真理为名，摒弃了他那无聊的、尽人皆知的诡计。这片“故土”可以让每一个蹂躏世界的人再次见到他们的祖先和亲人。这些知性的文字的作者来自太阳升起的地方，他富于忧患，也怀着诗歌与人类的希望。这使我不禁要问：我们诗人有责任和义务拯救世界吗？不，我们无论如何也不是为人民立法的人，这是时代对我们的记忆，但我们是未来碎片和通向未来之路的知觉者，这才是我们的责任。这有点像不等伽利略造出望远镜，就已经了解太阳系的那些哥白尼们。同时，诗歌之责的新鲜空气就是我们的奥运会，让我们创建积极希望的新纪录。也正是在这里，我们很高兴见到了吉狄马加和他的作品。现在，有了他的启发和我们自己的创造，我们不禁想问：是这个星球使我们成为我们自己，还是我们以这种方式改变了它的样子？在千年之变的瓶颈中，我站在地球的视点上审视四周，这个视点险些让自己的话语沦为一种个人主义的、内在的坚持，而各国人民普遍的集聚，则越来越要求表现力的拓展。现在，在我看来，我们当中的一些人正在为本领域语义的扩展而努力，但自相矛盾的是，命名的对象却很少。面对大量充入新鲜氧气的圣像，人们已经能够开始对其进行视觉品味了。

2020年8月8日于米兰

〈作者简介〉

圭尔·奥尔达尼，1947年出生于意大利米兰，是“终极（临界）现实主义”诗歌运动的创始人，也是目前意大利诗歌界最蜚声国际的诗人之一。作品被翻译成西班牙语、英语、汉语、希腊语、阿拉伯语、乌兹别克语等。出版诗集《支配性思想》《全部的爱》《镜之日历》。主编有《当代诗选》《今日意大利诗选》《900首精选诗集》《处镜之光》《2016意大利年度诗选》等。阐释提出了“终极现实主义”的主旨思想：即在第三个千年，世界大部分人口已迁移到大都市。小小的自然界仍然存在于现实中，忠实地模仿而今占主导地位的（人造）物。在这一全景图式中，人与自身之间的距离——不可超越的终极——消除了，引起相似性的反转。起草发布了“终极现实主义”的诗歌宣言，并推动这一运动成为当下意大利最引人注目的诗歌现象。是米兰国际诗歌节的主要发起者和创办人之一。

弥合创伤

——关于吉狄马加的长诗《裂开的星球》

◇［克罗地亚］丁科·泰莱詹　胡　伟　译

在危机和灾难的年代——而且，恰当地讲，很少有年代完全免于危机和灾难——所有类型的艺术家们都在用不同的风格采取行动并做出反应。他们中有些人，审慎抑或随意地决定，不去应对眼下的现实和其中的问题，他们只是继续创造他们的宇宙，表达他们的梦想和感情；其他人试着含糊地、模棱两可地、间接地应对。而仍有一些人感觉到直接地、坦率地处理这些问题的冲动，毫无算计和迂回，力图发出明确的信息，从而在实际上进行着有意义的艺术冒险。当代中国诗人吉狄马加便是后者中的一员—— 一位有着可观的国际成就的艺术家，多个文学奖项获得者，诸多文学节的创始人，以及他所属的少数民族彝族的一位重要代表人物——至少在这个特殊的阶段，在2020年新冠肺炎全球大流行的情形下是如此。

那些直接并立即做出反应的人们当中有像舒勇这样的艺术家，在他新的公共艺术项目“每日一画”中，运用中国传统水墨风格，寻求通过描摹那些自1月26日以来就一直在第一线抗击致命病毒的人们，记录下疫情期间的生活是怎样的。或者，在文学界里，著名的诗人西川，在他的新作中既忧虑又讽刺地点评了局势。然而，在诗人群体当中，没有人，据我所知，至少在中国，目前为止似乎没有人像吉狄马加在他的长诗《裂开的星球》里那样，在2020年4月，也即是，仍处在疫情高峰期间，就写下如此开放、详尽、如有神助的诗意宣言。

在诗的开头，在将一系列事件同他本民族彝族的萨满传统连接起来的时候，诗人无比逼真地谈起了事件发生之前的预兆：“当智者的语言被金钱和物质的双手弄脏，我在20年前就看见过一只鸟，从城市耸立的/黑色烟囱上坠地而亡/……这场战争终于还是爆发了，以肉眼看不见的方式。”他接下来为这个情形下了一个绝佳的定义：“这是一场特殊的战争，是死亡的另一种隐喻。”但它也是“一场古老漫长的战争”。敌人遍布所有地方，渗透进所有东西和所有人，从而反常地令东西方团结起来；但东方和西方只有在理解与对话中自身真正地团结起来，才有可能最终在这颗“孤独的星球”上战胜共同的敌人，我们才能“跨过这道最黑暗的峡谷”。因为，即使我们在科技方面的连接和联系无处不在——例如，互联网，“让我们开始重新认识这个世界”——但最重要的连接却不知为何仍旧下落不明。当然，吉狄马加看见了这个敌人的前世化身的延续，从太初时期和古老年代，一直穿过中世纪到我们令人骄傲的现代。在他最新的诗里，也有一种延续，是诗人对于似乎同敌手正在壮大有关的世界与本地的生态问题所明示和直言的忧虑：“凡是人迹罕至的/地方，杀戮就还没有开始。”正如我们在吉狄马加先前所作的如此之多的诗歌中所看到的那样，他在这一点上将野生动物——从翱翔于四川峭壁上的雄鹰和几近灭绝的雪豹到非洲危在旦夕的狮子、北极地区的海豹和马来西亚的丛林动物——以及一切生物，都视为他正在流血的兄弟，并为它们的困境在我们时代里遍布这“裂开的星球”而哀悼；毕竟，这首诗是献给“全人类和所有的生命”的。

大体上讲，吉狄马加是旗帜鲜明的：“这是救赎自己的时候了。”“自己”在这里意味着：我们，人类，同这颗我们栖居的“裂开的”星球和其上所有生物，不可避免地、无一例外地分享着同样的命运，构成同一个“晶体的圆圈”。也许这该是我们记起德国诗人弗里德里希·荷尔德林在他的诗《帕特莫斯》中的著名箴言的时候了：“凡是危险所在的地方，也生长着拯救的力量。”这种给予援救、提供出路的力量或许源于实际的危险，让我们最终团结抵抗残忍的共同敌人，克服我们彼此所有的分歧，同时又让它们继续存在并清晰可辨。为了做到这一点，我们不仅必须认识到我们的力量，并且要看到我们在面对“让我们败于一场隐形的战争”的“肉眼无法看见的微生物”时致命的弱点。这是一种将人类置于毁灭和自我毁灭进程中的危险。与此同时，它又是一种“拯救的力量”和一次机会：人性面向世界的本质解释了人类对于世界的责任。如果我们深长思之，就会发觉不但我们是世界的一部分，而且世界“需要”我们来照顾它，人性，按照海德格尔对于荷尔德林箴言的评论，“需要并被用于真理要素的妥善保管”。这是在所有主要宗教和哲学传统里都能找到的寓意，在这里，在吉狄马加的作品中，它被复活了，用一种独特的、鼓舞人心的，而且，最重要的是，饱含诗意的方式去重述。

除了需要对吉狄马加最初缘起的文化熟悉到一定程度才能领会的一张古老与现代的象征和联想的密网，吉狄马加的诗中还有浩繁的引文和作者，其作用不仅是支持他的主张（如果此处我们可以谈论“主张”的话），而且还证明了他不仅对于中国文化传统，而且对于西方文学经典令人赞叹的熟稔，西方经典作家是他的对话者，而且，更是他的兄弟姐妹。我们几乎可以看见他们所有人，坐在同一张桌子旁，或聚会在帕特莫斯岛上，或沿着青海湖滨，在庐山脚下，或一起漫步在同一条曲折、狭窄的山路上，热情地交换着诗句和思想。他们来了，按出场顺序：荷马、西奥多·阿多诺、埃内斯托·卡德纳尔、瓦尔特·本雅明、斯蒂芬·茨威格、但丁、塞万提斯、帕尔米罗·陶里亚蒂、朱塞佩·贝托鲁奇（应为皮埃尔·保罗·帕索里尼之误——译者注）、安东尼奥·葛兰西、胡安·鲁尔福、塞萨尔·巴列霍、托马斯·罗伯特·马尔萨斯、谢尔盖·叶赛宁、安东尼奥·马查多、扬尼斯·里佐斯、尤尔根·哈贝马斯、托马斯·杰弗逊、乔治·奥威尔和亚当·密茨凯维奇。

但有一位诗人吉狄马加没有在这里提到，而他存在于这首诗的特色和内容之中，在它近乎史诗般雄浑的图景和表达里，在它彻底的诚恳和理想主义里，宛如触手可及——这位诗人的名字便是沃尔特·惠特曼。显然，我不是第一个察觉到这种惠特曼式风格的人；爱沙尼亚诗人尤里·塔尔维特在他的文章《老虎与瘟疫：中国彝族诗人吉狄马加呼唤（重新）组装分裂的世界》当中，已经写到了“相同的史诗-哲学诗样式”。样式也许并不完全相同，但我们绝对可以谈论一种深度的志趣相投，甚至当我们头脑中关于这两位诗人的背景知识有着根本的差异的时候。在吉狄马加的诗句里我们目睹了类似的朝着普遍意义的趋向，类似的人道主义寓意，类似的如椽巨笔，类似的对于国家命运的担忧，但首先是对全人类命运的担忧；我们甚至可以找到某些风格上的相似性。这只不过是全世界诗人之间负有盛名的手足情谊的又一例证。

在这篇陋文的开始，我提到了某些艺术家们为了展示他们的梦想和理想而必须要直面的风险，这些风险包括诗人被叫作幼稚的理想主义者、孤傲的乌托邦主义者和未来幻想家，诸如此类。而如果一个人真诚、坦率地祈求一个更美好的世界、祈求高尚的古老（甚至崭新）的真理，祈求他所见的美仍然在那里并且将一直在那里，那么除了一直以来所有遮蔽它们的行动以外，永远都会有试图通过称之为幼稚、不切实际而钳制这些祈求的声音。吉狄马加多年前在剑桥的一场演讲中简练地道出了他的诗人的、人道主义者的信条，他说："令人欣慰的是，正当人类在许多方面出现对抗，或者说出现潜在对抗的时候，诗歌却奇迹般地成为人类精神和心灵间进行沟通的最隐秘的方式，诗歌不负无数美好善良心灵的众望。"他解释说，这就是诗歌所能做的，一点不多，一点不少。诗人在这里是上文所述的拯救力量的代理人。他或她或许在公众场合的边缘，他或她或许是一个无力的、同词语打交道的证人，词语是他或她唯一的武器，但不管怎样，他或她的词语依然不可或缺。

"精英们尽皆缺少信念，而卑劣者/充斥了狂热的情感"，这是叶芝一百年前在一首也是关于1918—1919年流感疫情的诗中，写下（或曰预见）的名句。在叶芝写完这首诗前的数周内，他怀孕的妻子感染了病毒，几近丧生。顺便说一下，吉狄马加的英文译者梅丹理提出一个很好的观点，将19世纪晚期和20世纪英语文学领域里涌现的爱尔兰诗人们，那些为英语带来了巨大活力的作家和诗人们，特别是叶芝，同吉狄马加在中国诗歌——当然，还有世界诗歌——中的位置及贡献相比较。"尽管标准英语对于他们来说是一种借来的语言，"他解释说，"但他们能够令它焕然一新，或许因为爱尔兰强大的口头文学传统在他们中间培育了本土的文才的缘故……但这只是千万个少数民族背景的作家们为英语文学带来的充足能量和活力的一小部分。"尽管菁英们的确时常缺少信念，而卑劣者也着实充满着狂热的情感——假如少数人能够听见诗人的话语、能够真正遵从它们，那么救赎可能就即将到来了。

在开头和结尾，诗人都在这里提醒着我们："老虎还在那里。"

2020年10月于克罗地亚萨格勒布

〈作者简介〉

丁科·泰莱詹（Dinko Telecan），1974年生于克罗地亚萨格勒布。1999年毕业于萨格勒布大学英语语言文学系，目前在萨格勒布大学学习中文。已出版诗文集，其作品曾被译成多种语言。作为翻译家，丁科从英文和西班牙文翻译了70多本著作。2002年和2014年，丁科两次获得克罗地亚翻译协会的年度翻译奖。2006年获得萨拉热窝书展最佳非虚构作品翻译奖。2017年获得克罗地亚国家翻译奖。2013年获得罗马尼亚阿尔杰什库尔泰亚诗歌节欧洲诗歌奖。2014年获得印度特里凡得琅作家节荣誉奖。现为克罗地亚作协会员、克罗地亚文学翻译家协会会员。

最后的警告

——评吉狄马加诗歌《裂开的星球》

◇［波兰］卡利娜·伊莎贝拉·乔瓦　孙伟峰 译

一年前，世界停滞了下来。一切都和从前不同了。所有人都封闭在自己的国家、城市、住所里。我们害怕走到街上，害怕跟熟人握手、与朋友拥抱。我们认不出别人，因为每个人的脸上都戴着口罩，虽然这并不是一场狂欢节化装舞会。

国境关闭，大部分航空公司停运，火车和公共汽车取消班次。不久以前还稀松平常的事情，如今却变得无法实现。无法到温暖的国度度假，无法参加国际庆典和国际会议，甚至无法去看医生，因为诊所已经关门。谁是罪魁祸首？官方的说法是新冠病毒。但它从何而来，波及范围又为何如此之广？世界上有很多理论试图解释这个让人毛骨悚然的现象。但相对于从那些睿智的长篇大论、伪科学的文章中或各种阴谋论里寻找答案，我们更应该从自身寻找答案，分析人类过去这些年来的行为。或者也可以在伟大的中国诗人吉狄马加创作的诗歌《裂开的星球》里找到答案。

为了让我能够阅读这篇作品，我的朋友吉狄马加把它的俄语译文发给了我。读罢，我便决定将它翻译成波兰语，再写上几句评论。这篇美妙深邃而又包含多条线索的诗歌里有许多涉及历史的内容，既包括近现代和当代历史，也包括古代甚至远古历史。

《裂开的星球》是一篇述说当今世界和它的瑕疵，以及正在扩散的疫情的作品。它展现了许多个世纪以来，尤其是最近几十年来的人类活动。诗歌如童话般，以讲述世界起源的彝族古代史诗《查姆》典籍中不死的金虎踩踏地球开始：

老虎还在那里。从来没有离开我们。
在这星球的四个方位，脚趾踩踏着
即将消失的现在，眼球倒映创世的元素。

它并非只活在那部《查姆》典籍中，
它的双眼一直在注视着善恶缠身的人类。

然而读到后面几行时便能够意识到，它绝不是一篇用来哄孩子睡觉的平淡的传说。一只美丽而又骄傲的鹰突然出现，落进工厂烟囱里飘出的烟云中，失去了生命。随后还出现了彝族部落祭司毕摩，他早就预见了这场肉眼看不见的残酷的战争。只要我们望向窗外空旷街道上戴着口罩的人，就可以看到毕摩的预言。不用显微镜便无法留意到的病毒成了全人类共同的、看不见的敌人。它突然阴险地发起进攻，在它面前我们无处可逃，也无法将它拒之门外：

从一个城市到另一个城市，从一个国家到另一个国家，
它跨过传统的边界，那里虽然有武装到牙齿的士兵，
它跨过有主权的领空，因为谁也无法阻挡自由的气流，
那些最先进的探测器也没有发现它诡异的行踪。

诗人提到的画面中，有候鸟和躲在岩壁上的果蝠，有追逐异性的猩猩和跳跃的昆虫，它们的身上都带有病毒的萌芽，因为正是它们把“生或死的骰子”投向天堂或地狱。“它到访过教堂、清真寺、道观、寺庙和世俗的学校，还敲开了封闭的养老院以及戒备森严的监狱大门”。但正如作者断言的那样，这个敌人并不是凭空出现的。它一直都在地球上，已有数万年了。病毒和细菌藏匿在沙漠的沙子中，热带雨林最遥远的角落里，南极的冰雪中，野生动物的身体里。它们安静生活了数千年，构成长长的生物链中的一环。然而人类却用自己的行动激活了它们，迫使它们不再隐藏，为它们指明了方向。

哦！古老的冤家。是谁闯入了你的家园，用冒犯来比喻
似乎能减轻一点罪孽，但的确是人类惊醒了你数万年的睡眠。

新型疾病和大自然之间有着紧密的联系。砍伐森林和以其他形式改变地貌的行为让珍稀动物、鸟类和昆虫被迫离开自己的原始栖息地，转而栖息在人类改造

过的环境中。在这些人类创造的新环境中会出现新疾病，而亲密接触会使这些疾病传播到人类身上。人类感染的疾病有四分之三都来自动物，但实际上是人类的活动增大了感染的风险。很有可能是携带多种病毒的蝙蝠直接传染了人类，在被人类改变过的环境系统中，例如刚被砍伐过的森林和干涸的沼泽地中，它们更易将疾病传播给人类或其他动物。防控未来疫情的关键不是对大自然的恐惧，而是理解这样一个道理——是人类的活动导致了来源于动物的疾病传播和发展。新疫情可能出现在每一处人类侵扰自然的地方。因为亚马孙丛林和其他森林被迅速砍伐，南美洲是当前特别受到威胁的地方。当自然中从未相邻而居的不同物种被安置在同一环境中时，危险便会出现。这使得病毒能够从一个物种转移到其他物种身上。早在两年前，科学家就预料到下一个重大传染病将首先从亚洲出现，并由蝙蝠传播给人类，部分原因是这片大陆深受土地沙漠化和其他环境问题的影响。非洲也未能逃过人类的侵扰。人类在非洲屠戮动物族群，并不是为了获取食物，并不是因为饥饿，而仅仅是为了狩猎带来的快乐。我们烧光热带雨林，又让沼泽干涸。环境退化在不断加重，而那些财大气粗的公司破坏着地球，却不需要承担任何后果。

在这里人类成了万物的主宰，对蚂蚁的王国也开始了占领
……
哦！当我们以从未有过的速度
踏入别的生物繁衍生息的禁地
在巴西砍伐亚马孙河两岸的原始森林
让大火的浓烟染黑了地球绿色的肺叶
……
在非洲对野生动物的疯狂猎杀
已让濒临灭绝的种类不断增加
当狮群的领地被压缩在一个可怜的区域
作为食物链最顶端的动物已经危机四伏
……
在地球第三极的可可西里无人区

雪豹自由守望的家园也越来越小
那些曾经从不伤害人类的肉食者
因为食物的短缺开始进入了村庄

售卖珍稀野生动物增大了源自动物的疾病病毒的感染风险。近几年十分流行把蛇、乌龟、变色龙、猴子和其他野生动物作为宠物在家中饲养，这不仅是对那些被圈养在笼子里或动物饲养所的动物的残忍行为，也对人类造成了传染病威胁。许多大型湿货市场的卫生条件十分恶劣，违反各类标准，那里既出售已死的动物，也出售各种活物，同时也是真正的生物炸弹。由此可见，与地球上动植物界相关的人类活动，不仅会威胁到动植物，也会威胁到人类自己。

哦！文明与进步。发展或倒退。加法和减法。
——这是一个裂开的星球！

正在蓬勃发展的工业也在破坏着我们的星球。使用抑汗喷雾和靠氟利昂制冷的冰箱，燃烧煤炭和石油，还有焚烧森林，我们的这些行为都会导致全球变暖。而全球变暖则是南极冰川融化的原因，这又会使数十亿病毒在不久后被释放出来。西伯利亚永久冻土融化造成了许多额外的损失，还会进一步加速全球变暖。由此看来，人类那些意在改善自身生活水准的行为，反而造成了地球的枯竭。

过去就曾发生过许多疫情和大流行病，但它们却从未波及全球。交通运输业经历了令人难以置信的发展，也使得目前疫情的影响范围如此巨大。如今我们能在十几个甚至几个小时内轻而易举地到达远在天边的某个角落。飞机、高铁和公共汽车每天把上百万人从一个地方运送到另一个地方。而在疫情期间，它们也把病毒和乘客一起运送到别处。地球上已经没有安全的地方。

这是一次属于全人类的抗战。不分地域。

吉狄马加试图通过自己的诗歌《裂开的星球》告诉人们，想要控制住目前严峻的疫情形势，全球各国领导人就应该联合起来。只有共同携手抗疫，才能战胜这看不见的敌人。而时至今日，世界被分成许多派别：种族、政治或是宗教。

> 当东方和西方再一次相遇在命运的出口
> 是走出绝境，还是自我毁灭？左手对右手的责怪，并不能
> 制造出一艘新的挪亚方舟，逃离这千年的困境。
> ……
> 因为即便最卑微的生命任何时候都高于空洞的说教。

正如诗人解释的那样，政治家们讨论冷战，组织一届又一届选举，订立并不重要的法案，引导人们进行永无休止的无谓争论，而不是去处理最为重要的问题——人类的安全和保护地球上的所有生命。只有携手合作才能给现状带来预期的改善。无论是对现在控制疫情，还是未来拯救我们裂开的星球、避免后续可能更为严重的灾难，“我们都应该为了它的活力和美丽聚集在一起，拯救这个星球与拯救生命从来就无法分开”。

吉狄马加认为，人类及其身边的生命的利益就是最高的利益。他们都应该享有自由和安全：

> 我尊重个人的权利，是基于尊重全部的人权，
> 如果个人的权利，可以无端地伤害大众的利益，
> 那我会毫不留情地从人权的法典中拿走这些词，
> 但请相信，我会终其一生去捍卫真正的人权，
> 而个体的权利更是需要保护的最神圣的部分。
> ……
> 如果公众的安全是由每一个人去构筑，
> 那我会选择对集体的服从而不是对抗。

百十年来，全世界的学者都在努力捍卫这种安全。诗人提到了许多为全人类的利益和安全奋斗的智者的名字。他甚至提到了波兰女学者玛丽·斯科沃多夫斯卡-居里。而我们若是谈到人权，那么历史的书本便会告诉我们，为争取自由

而进行的斗争自古有之，只是没人真正得到了这份自由。当然，曾有一大批著名的革命家为人类的自由献身，终生为之奋斗。他们中的代表就有德国哲学家西奥多·阿多诺，尼加拉瓜诗人、神父、革命者埃内斯托·卡德纳尔，德国哲学家、马克思主义文学理论批评家瓦尔特·本雅明，意大利共产党创始人之一、国际共产主义者帕尔米罗·陶里亚蒂，意大利共产党创始人之一、马克思主义理论家安东尼奥·葛兰西，墨西哥小说家、人类学家胡安·鲁尔福，秘鲁印第安裔诗人、马克思主义者塞萨尔·巴列霍，英国教士、人口学家、经济学家托马斯·马尔萨斯，现代希腊共产党诗人、左翼活动家扬尼斯·里佐斯，德国哲学家、当代西方马克思主义主要代表人物之一尤尔根·哈贝马斯，英国小说家、社会评论家、著名小说《1984》以及被搬上银幕的作品《动物农场》的作者乔治·奥威尔，西班牙现代著名诗人、“九八年一代”主将安东尼奥·马查多，还有其他许多革命家不胜枚举。吉狄马加的诗歌里也可以找到这些名字：

> 如果让我选择，我会选择保护每一个生命，
> 而不是用抽象的政治去诠释所谓自由的含义。
> 我想阿多诺和诗人卡德纳尔都会赞成
> ……
> 打倒法西斯主义和种族主义在这个世纪的进攻。
> 陶里亚蒂、帕索里尼和葛兰西在墓地挥舞红旗。
> ……我精神上真正的兄弟，世界的塞萨尔·巴列霍，
> 你不是为一个人写诗，而是为一个种族在歌唱。
> 让一只公鸡在你语言的嗉子里吹响脊柱横笛，
> 让每一个时代的穷人都能在入睡前吃饱……

只有那些拥有自由和安全的人，将自己的力量团结在一起，才有机会拯救地球。团结一致才能够齐心合力战胜看不见的敌人，战胜那个正在全世界各国肆虐的敌人。而在消灭疫情之后，人类也必须共同努力，让我们的星球恢复健康，消除灾难带来的后果。吉狄马加并没有否认人类在地球上拥有美好生活的可能。虽然他描述了天灾人祸的严重性，但也指出了修正罪恶的道路。显然，只有人类能

够修复所有这些事件造成的损害。没有人能代替我们完成这件事，任何一个上帝或是神话英雄都不能。我们必须自己对抗病毒，然后自己拯救地球：

当灾难的信号从地球的四面八方发出
那艘神话中的方舟并没有真的出现
没有海啸覆盖一座又一座城市的情景
没有听见那来自天宇的恐怖声音
没有目睹核原子升起的蘑菇云的梦魇
没有一部分国家向另一部分国家正式宣战
它虽然不是20世纪两次世界大战的延续
但它造成的损失和巨大的灾难或许更大
这是一场古老漫长的战争，说它漫长
那是因为你的对手已经埋伏了千万年

因此，诗人向全人类发声，呼吁我们共同战斗，无论是现在还是将来。人类能够打赢这场战争，但前提是所有国家团结一致共同加入战斗。我们必须互帮互助，不以沉默和袖手旁观来回应邻国的求助与不幸。孤立有时是必要的，但应保持在一个特定的限度内。如果我们能够提供帮助，就伸出援手。我们要限制自己的需求，不能贪得无厌。

哦，人类！这是消毒水流动国界的时候
这是旁观邻居下一刻就该轮到自己的时候
这是融化的时间与渴望的箭矢赛跑的时候
这是嘲笑别人而又无法独善其身的时候

共同努力，就可以战胜疫情、拯救人类，也可以在此后消除掉破坏的痕迹。文明必定是一种恩惠，它让我们明白之前无法理解的事物，做许多有益的事情：

我们欢呼看见了并非想象的宇宙的黑洞

互联网让我们开始重新认识这个世界
时间与阶级、移动与自由、自我与僭越……

然而，就像吉狄马加在自己的诗歌里说的那样，重建这个星球的基础是对他人和其他一切生命的善意。我们应该从这些事情开始——“善待自然吧，善待与我们不同的生命，请记住！善待它们就是善待我们自己，要么万劫不复”。身为人类，如果我们学会善意和宽容、尊重他人和其他生命，就可以开启重建这个星球的进程。我们应该减少排放，完善污水净化，合理按需消费。我们应该让野生动物生活在自然环境中，而不是把它们囚禁在笼子里和我们的家中。我们不能随意砍伐茂密的森林或随意改道河流。让我们尊重彼此，尊重我们身边的一切。

是这个星球创造了我们
还是我们改变了这个星球?

吉狄马加创作《裂开的星球》这篇诗歌，并不是为了带给读者恐惧，而是为了向读者发出讯息和最后的警告。作品中展现的观点虽然令人感到恐惧，但同时又为我们带来了希望。我们还有机会扭转局势，拯救人类和我们的地球。这只取决于我们，取决于我们是否会如此行动。

〈作者简介〉

卡利娜·伊莎贝拉·乔瓦（Kalina Izabela ZioŁa），波兰诗人、文学评论家、翻译家。她曾经出版过14部诗集，其中包括：《遗忘之窗》、《在夜晚的边缘》（俄罗斯）、《黎明的另一边》等，其作品被广泛翻译成德语、塞尔维亚语、俄语、乌克兰语、英语、马其顿语、匈牙利语、世界语、亚美尼亚语、保加利亚语、塞尔维亚语、白俄罗斯语、意大利语、希腊语、法语、汉语和瑞典语。曾获得多项波兰及国际文学奖，是波兰20世纪60年代后代表性诗人之一。

关于吉狄马加的长诗《裂开的星球》的思考

◇［奥地利］赫尔穆特·聂德勒　胡　伟　译

需要做些什么才能摘下令我们视而不见、自以为是的镜片，从而能察觉到那些裂缝——那些据我们所知，地球极有可能从中滑下的裂缝呢？要怎样才能估算出幻想力量无远弗届的危险，代之以不可或缺的谦逊呢？有没有办法去懂得我们必须摆脱人类的傲慢可以主宰地球的想法呢？这种反思全球化的艰难任务必须果断地反对那些被广泛传播、长期抱持——因而也被珍爱——的态度：自愿皈依宗教的人们，喜欢将自己看作创世的君主，而另一方面，也有些人相信他们能将一切都归因到进化论上，自视为进化的巅峰。他们多半忽略了一点：他们不过是地球的儿女，地球是他们唯一可以随意支配的世界，然而，这种易得性不应当引发鲁莽的抢夺和傲慢的驱赶这类产生于过度欲望的行为，而应当带来生命与世界的和谐相处。世界构成了人类，人类有意或无意地设计了世界，这两种设计的变化过程通常并不立刻揭示出它们的结果。

到底需要什么样的反思，这个问题没有简单的答案。可以确定的是一些灾难，例如一场全球疫情，会带来改变。而这些改变能否持久很成问题。最近，一条突然开裂的缝隙看起来出乎意料：新型冠状病毒肺炎。病毒以不可思议的速度在全球传播，越过国土的疆界，袭击年轻人也袭击老年人，不分贫富一律侵害。病毒的猖獗化为一张世界的全面X光片，从骨骼到细胞彻底展示了人性。它令缺陷、摩擦、道德败坏、发育不良、罪恶和美德、失败和成功都清晰可见，显示出我们的恶鬼、我们的邪魔、我们的恩人，时而还有我们的天使，失去保护却发人深省的天使们。

突如其来地，我们清楚地看到，人们固守他们能在任何时间、任何地点处理任何事情、所有事情的想法已经太久了。相互矛盾的判断在过去和现在都引人注目。一些科学家所推荐的事情被其他人拒绝，认为是可想象到的最可憎恶的胡话，而一些政治家认为需要做的事，却被其他人认为是危及国家及其制度的犯罪。无论预期如何，许多地区的正常社会生活突然间陷入停顿，城市和地区被隔离，航班暂停，一些工厂不再生产。也许即使那些从不疲于幻想世界末日景象的人也未能料到这样的事件。既不是喧然众议的气候灾难，也不是可怕的政治走向导致混乱和屠杀，而是一种微小的病毒引发了全球隔离，这大概超出几乎所有政治家和科学家的想象，因为即使在对世界的可控性的狂想中，也不曾设想过一场瘟疫能钳制住整个人类。一种尚未预见到放松的钳制。

经年以来，诗人们一直都在以低沉却坚韧的声音谈论和歌唱一种包括所有地区的改变。他们的诗歌并不是关于新冠病毒，而是关于要对可能以不断增长的速度将地球大面积地变得不再宜居的发展模式做出根本性的改变。而彝族诗人吉狄马加以独特的方式懂得这种改变是必要的。一方面，他知道人类的自我教化和世界的进步更新是难分难解地联系在一起的；另一方面，他也明白自己是一长列已经认识到这种联系的诗人和哲学家中的一员。吉狄马加作为一位博学的诗人，点出了一组同行的名字，他们工作在不同时代的各个大洲上，形成了一种接力，即使各自处于艰难境地，也让进步更新的梦想保持鲜活。

他浑然一体的思想轨迹包括了亚当·密茨凯维奇、胡安·鲁尔福、瓦尔特·本雅明这些截然不同的人格。此外，吉狄马加魔法般地召唤出各个地区包含的、必定从自以为是的炫耀力量的僵冷岩石中爆发出来的智慧思想。他的目标是清晰的，正如他在长诗《裂开的星球》中直言：

让我们给饥饿者粮食，而不是只给他们数字。

吉狄马加说得很清楚，给穷人的粮食并不是从天上掉下来的，而必须由人们传递给其他人：

当灾难的信号从地球的四面八方发出
那艘神话中的方舟并没有真的出现

一艘方舟不会是什么超自然力量赠予人类的礼物，它在比喻意义上无疑要由人类自己来创造。这不是一个简单的任务，就像本文一开始就已经指出的那样：到了同人类可以在地球上做到一切这种普遍想法说再见的时候了。另外，至少还要满足其他两个条件。以传统方式生活的人们将自己看作这个世界的客人，他们有义务感激并留心这个世界。这种谦逊和谨慎需要重振。第二个条件更加彻底：必须以下列前提为出发点，即人类仅是刚开始认识地球上各种联系，森林、冰川和大洋深处许多地方的变化过程还未被探知。它们就是所谓的未知地区。如果一直不能探明它们，我们今天所了解的这个世界，会透过几条浮现的裂缝，骤然陷入无法预测的情况当中。换言之，用工匠术语里惯用的专业等级来说：人们不是大师，只能算准学徒。也许，人类只有通过谦虚，才能设计出那艘生存所必需的方舟。

新冠肺炎触发的大流行倘能带来实际的改变，即使代价高昂，那么它引发的恐怖，尽管有诸般问题，但也有它的好处。如果不是这样，那些警告原始森林深处至少还有上万种可能危及人类的病毒的人们可能就要言中了。我并不想危言耸听，但我们知道此前只寄生在动物身上、同人类毫无接触的那些病毒跳到人身上时会发生什么吗?

人们应当满怀信心地师法像吉狄马加这样寻求思想中的温柔的诗人。是诗歌持久而精细的探究产生出别样的可能，使之变得可以想象和容易理解。用吉狄马加的话来表达，意思就是："让昨天的动物猎手，成为今天的素食主义者。"另外还有："这个星球是我们的星球，尽管它沉重犹如西西弗的/石头。"

这样的句子应被理解为一种彻底的要求，即勇敢地追逐看似不可能的革新梦想，不要胆怯地放弃。只有坚持不懈才能从遍布问题的雷区中指引一条出路。与此同时，这些句子里清楚地排斥了彻头彻尾的空想。诗人们没有可以随意使用的政治工具来实施他们的计划。他们没有一支军队可以派遣去强化他们的心愿。他们有的只是他们可以用来作为思想源泉的语言。人们如果想的话，可以尽情畅饮并从中汲取力量，用来撑过威胁下筋疲力尽的日子。因为在诗歌的精神之中证实了这句话：关于人类，还有许多歌等待吟唱。

〈**作者简介**〉

赫尔穆特·A. 聂德勒（1949—），奥地利著名诗人、作家。奥地利笔会负责人，奥地利文学学会副会长，出版诗集、小说集、散文集等80余部。其作品译为英语、汉语、印地语、波兰语和罗马尼亚语等多种语言。

吉狄马加《裂开的星球》随想

◇（保加利亚）兹德拉芙卡·叶夫季莫娃　胡　伟　译

一篇十分复杂、强大而美丽的诗作！吉狄马加的长诗《裂开的星球》是一项极其惊人的艺术成就，融合了深刻的哲理、控制人类发展的法则的深奥知识、博学、对世上所有人的尊敬、源自彝人对故土和传统的深情赞美的诚实和尊严。以及首要的一点，吉狄马加的才华！

这首诗我读了许多次，从中我总能发现对于我们的星球、这“一滴不落的水”的人类感知的新的方面。在吉狄马加的理解中，这颗星球不仅只有过去、现在和将来，诗人评价人类成就的基本维度是人类个体、种族和人民之间的平等。他们在面对“古老而又近在咫尺的战争，没有人能置身于外”时的联合，是保证明天的人们仍将活下去的必要的基础和条件；“这个世界/将被改变/是的！无论会发生什么，我都会执着而坚定地相信——/太阳还会在明天升起”。

吉狄马加确信：“人类只有携手合作/才能跨过这道最黑暗的峡谷。”

诗人掌握了关于人类历史、世界哲学以及可见的社会现象背后运转着起作用的各种力量的广博知识。他对于本民族彝族的传统的尊重和崇敬，是他对别国人民成就的赞美的可靠基础。他对于世界的关注聚焦于“这场战争终于还是爆发了，以肉眼看不见的方式”这一事实。他探究世界不平等的根源，“财富穿越了所有的边界，可是苦难却降临/在个体的头上”。

吉狄马加的观察能力和对于生活领域的洞察力，又被人类的伟大思想家和艺术家们所发展的主张有力地强化，例如帕尔米罗·陶里亚蒂、皮埃尔·保罗·帕索里尼、安东尼奥·葛兰西、胡安·鲁尔福、塞萨尔·巴列霍、斯蒂芬·茨威格、安东尼奥·马查多、谢尔盖·叶赛宁、扬尼斯·里佐斯、尤尔根·哈贝马斯、乔治·奥威尔，以及其他许多人，他们的作品铺设出人类思想和社会进步的新路。

“戈雅就用画笔记录过比死亡本身更/触目惊心的、由死亡所透漫出来的气息”。读过这两句诗以后，有好几周我都反复地想着它们。我相信这些吉狄马加的字句已经成为我血液的一部分。

在我看来，具有最本质的重要性的，是诗人决不放弃、不断搜求和寻找有关人类未来的关键问题的答案的决心。

在这里有人想继续打开门，有人却想把已经打开的门关上。
一旦脚下唯一的土地离开了我们，距离就失去了意义。

诗人的敏锐和智慧，他看见并诚实地展现事实的能力，是显著的：

在这里再没有宗教法庭处死伽利略，但有人
还在以原教旨的命令杀死异教徒。

对我而言，《裂开的星球》是一部真正的百科全书，记载着遍布地球上的、为人类的尊严和自由所进行的斗争。然而，不同于一部百科全书的是，这首诗作是由强大的才华所创造的一个诗歌宇宙。这种才华具有感知未来趋势和发展方向、发现进步和改善的崭新领域的力量。

为了能谈论未来，必须十分清楚地定义现在的情况、今天的生活。这正是诗人所写的，带着痛苦的真诚而写的：

这是救赎自己的时候了，不能再有差错，因为失误将意味着最后的毁灭。

这或许是吉狄马加的才华最令人赞叹的特点——不仅自己知道真相，而且还分享给他的同代人；将真相作为一种警示，或者更确切地说，一种拯救患病的世界的药剂。

在巴西砍伐亚马孙河两岸的原始森林
让大火的浓烟染黑了地球绿色的肺叶

人类为了所谓生存的每一次进军

都给自己的明天埋下了致命的隐患

《裂开的星球》是一首献给地球、人类和全体生物的诗。它是人类为了统一、荣耀和幸福而奋战的长歌；是一位强有力的诗人所创造的诗歌艺术品，是一位艺术家给这个世界所急需的东西——建立在真相基础上的希望，朝着为我们的家园和我们的星球实现有尊严的未来的方向——“明天的日出更加灿烂”的认识。

吉狄马加坚信“我们没有权利无休止地剥夺这个地球，除了基本的/生存需要，任何对别的生命的残杀都可视为犯罪”。

我真心相信吉狄马加是对的，他告诉我们这些全世界的读者们，“让大家争取日照的时间更长，而不是将黑暗奉送给对方”。

今天，此时此地，能否确保我们星球的生存和未来，全在我们自己手上。我们能够做到，我们也必将做到。这就是这位伟大诗人教给我们、教给他的读者的东西。

谢谢你，吉狄马加。谢谢你的诗《裂开的星球》。

感谢你丰富的才华和庄严!

〈作者简介〉

兹德拉芙卡·叶夫季莫娃（Zdravka Vassileva Evtimova-Gueorguieva），女，保加利亚小说家、翻译家，生于1959年。长期从事英、法、德语的文学翻译工作。1998年至2006年，任美国文学杂志《暮色》保加利亚版文学编辑。1999年至今，任英国文学杂志《文本的骨头》保加利亚版编辑。2005年至2007年，任匈牙利布达佩斯文学杂志《当地的思想》保加利亚版编辑。2011年10月，任保加利亚笔会中心秘书长。已出版短篇小说集《苦涩的天空》《其他人》《丹尼拉小姐》《靓身美嗓》《白种人和其他后现代保加利亚故事》《卖国贼的上帝》等。曾获2005年英国BBC世界最佳十部短篇小说奖、2006年手推车奖提名、2008年欧洲图书奖提名等。

关于《裂开的星球》等三首诗译后几句话

◇［瑞典］李　笠

当下这一场肆虐全球并还在蔓延的病毒已经从整体上改变了这个世界。病毒是全人类共同的敌人，生活在这个地球不同地域的人们都真切地感受到了这种巨大的变化。吉狄马加的长诗《裂开的星球》，试图回答当下世界所面临境遇的种种疑问。

诗人问道：

当东方和西方再一次相遇在命运的出口
是走出绝境，还是自我毁灭？左手对右手的责怪，并不能
制造出一艘新的挪亚方舟，逃离这千年的困境。

诗人接着写道：

哦，人类！这是消毒水流动国界的时候
这是旁观邻居下一刻就该轮到自己的时候
……
这是孩子只能在窗户前想象大海的时候
这是白衣天使与死神都临近深渊的时候
这是孤单的老人将绝望一口吞食的时候
这是一个待在家里比外面更安全的时候
这是流浪者喉咙里伸出手最饥饿的时候

《裂开的星球》诗中有一种惠特曼式的语势，情思与忧患意识波浪式推进，跌宕起伏，而诗的结尾则用预言家的口吻说道：

我不知道明天会发生什么，但我知道这个世界将被改变
是的！无论会发生什么，我都会执着而坚定地相信——
太阳还会在明天升起，黎明的曙光依然如同爱人的眼睛
温暖的风还会吹过大地的腹部，母亲和孩子还在那里嬉戏
大海的蓝色还会随梦一起升起，在子夜成为星辰的爱巢

吉狄马加是一位站立于自己民族宽广的肩膀上放眼世界的真性情杰出诗人。他的诗歌牢牢扎根于本民族的文化基壤，有着鹰的犀利，火的热烈。他的创作深受唐代现实主义诗人杜甫的影响，他喜欢杜甫写作中的真诚。他认为，真诚才能动人。他也是这样做的：

妈妈说，如果你能听懂风的语言，
你就会知道，我们彝人的竖笛，
为什么会发出那样单纯神秘的声音。

那风还在吹，我是一个听风的人，
直到今天我才开始隐约地知道，
只有风吹过的时候，才能目睹不朽。

或者像下面的这首十四行：

毕摩说，在另一个空间里，
你的妈妈是一条游动的鱼。
她正在清凉的溪水中，
自由自在地追逐水草。

后来她变成了一只鸟，
有人看见她，去过祖居地，
还在吉勒布特的天空，
留下了恋恋不舍的身影。

从此，无论我在哪里，
只要看见那水中的鱼，
就会去想念我的妈妈。

我恳求这个世上的猎人，
再不要向鸟射出子弹，
因为我的妈妈是一只鸟。

——《献给妈妈的二十首十四行诗》

这本诗集收入的诗人的三首近作，除了《裂开的星球》《二十首十四行》，还有写他的父亲的《迟到的挽歌》。诗人认为诗歌既要关注个体的生命和体验，同时也需要大的视野，关注人类生存状态和历史走向。这三首诗歌，无疑体现了这一创作理念。最后感谢我的两位瑞典诗人朋友Arne Johnsson 和Erik Bergkvist，他们给我的翻译在语言上作了认真的修正和润饰。

2021.1.10于斯德哥尔摩

〈作者简介〉

李笠，诗人、翻译家、摄影家，1961年生于上海。1979年考入北京外国语学院瑞典语系。1988年移居瑞典，在斯德哥尔摩大学专修瑞典文学。1989年出版瑞典文创作的诗集《水中的目光》，以后又出版《逃》（1994

年）、《栖居地是你》（1999年）、《原》（2007年）等瑞典文诗集，并荣获2008年“瑞典日报文学奖”和以瑞典诗人诺奖获得者马丁松作品命名的首届“时钟王国奖”等诗歌奖项。此外，他翻译了大量北欧诗歌，其中包括索德格朗诗选《玫瑰与阴影》，瑞典当代诗选《冰雪的声音》以及2011年诺贝尔文学奖获得者瑞典诗人托马斯·特朗斯特罗姆的诗歌全集，荣获多种翻译奖。除了翻译北欧人的诗歌之外，他还翻译了《西川诗选》《麦城诗选》等中国诗人作品。出版过摄影集《西蒙和维拉》，其五部诗电影曾在瑞典的文化节目《Nike》先后播出。

用诗歌打开希望之门

——吉狄马加葡文版诗集《裂开的星球》序言

◇［葡萄牙］努诺·朱迪斯 姚 风 译

吉狄马加1961年出生在四川一个古老的彝族家庭，这一出身至关重要，当我们阅读他的诗歌，总会听到来自彝族古老民间传统的回声，他是在这些传统中耳濡目染长大的。尽管他后来完成了大学学业，同时从世界其他诗人那里汲取了营养，但是他从来没有摒弃这一神秘的源头，这在他少年时便筑建了他的想象空间，也构成他诗歌创作的基石，我们可以称之为史诗的基石，这一点与聂鲁达的《漫歌集》有相似之处。

吉狄马加寻找以其民族的古老信仰为根基的叙说，并将它纳入一种全球化的视野之中，这一视野让他把当今世界发生的事件与历史对接，在某种意义上，历史总会提供最新的参照，让看起来正在遭受天谴的全球人类进行反思，在过往的某个阶段，人类曾相信历史的终结，因为瘟疫曾经像现在一样肆虐地球。

诗歌，如果说不是一种治疗的话，那么可以替代为一种姑息疗法，在古代它等同于宗教。如同在他写给父亲的挽歌中，我们看到诗人在另一个世界旅行，寻觅一种可以对等荷马或者维吉尔的诗歌所蕴含的内核，与其说这是一种在神圣的程式中业已衰微的仪式，不如说是一次与家族的幽魂重新相聚，这些幽魂收留了绝望的生者，给他们以忠告和庇护。诗人所呈现的并不是一种非理性的信仰，而是从一个失去自信的世界开始，给我们指出一条心灵之路，最终抵达光芒，从而打开一个从可以解释走向不可解释的世界。

吉狄马加试图以诗歌为集体代言，他置身于其诗歌辽阔的空间之中，但并没有重拾旧有的诗歌模式，而是自然地吸收了让惠特曼或《使命》的作者佩索阿成为他们那个年代的预言家的语言。他没有描画乌托邦的场景，在这个世纪，人们曾盲目地相信崭新世界的到来，但这一诺言已难以实现，而人类还没有找到出路，或许最好不要急于找到，因为我们知道美好的意图常常事与愿违，最终酿成杀戮和灾难。

在诗人的笔下，我们的星球已被撕裂，因此他描绘了一种负面的力量，它把人类引向了猜疑和绝望的境地，因此他呼吁以美来抵消负面的力量。诗歌创作本身自有其美，同时也蕴含着明亮的指向，它总会让生命化为战胜死亡这关键一步的动力，但人类只有携手并肩方可迈出这一步。

吉狄马加是当今中国最有代表性的诗人之一，他以特有的方式向我们打开了他的诗歌之门，从而让我们听到这种声音所具有的创造性和独特性。

2020年11月

〈作者简介〉

努诺·朱迪斯，葡萄牙著名诗人、作家、小说家和教授。于2013年获得西班牙索非亚皇后伊比利亚美洲诗歌奖，该奖项由西班牙国家遗产和萨拉曼卡大学授予。在第49届法兰克福书展上，他担任“作为乡村主题的葡萄牙”这个文学领域的高级代表。他的作品曾在西班牙、意大利、墨西哥、法国翻译出版。

第三辑

挽歌或预言

国内名家评论长诗《迟到的挽歌》

死亡与生命的颂歌

——读吉狄马加长诗《迟到的挽歌》

◇晓　雪

今年2月初，当我国各族人民抗击新冠肺炎的战争刚刚打响的时候，诗人吉狄马加及时创作了长诗《死神与我们的速度谁更快——献给抗击新冠肺炎的所有人》，受到读者欢迎，引起广泛关注，被评为我国诗歌界“向世界发出的新时代的中国声音”。

随着新冠肺炎疫情在全世界两百多个国家的蔓延，吉狄马加联想到他多年来关于宇宙、人生，关于宇宙中的地球和地球上的人类，关于人与自然、人与人、人与所有生物的关系及其过去、现在与未来的种种哲理思考和诗性感悟，又于4月5日至16日创作了另一部500行的长诗《裂开的星球——献给全人类和所有的生命》（刊于2020年7月10日出版的第4期《十月》）。从“献给抗击新冠肺炎的所有人”，到“献给全人类和所有的生命”，显然，诗人思考、抒写和歌唱的天地是更辽阔、更高远、更深邃了。他在长诗的开头和结尾重复两次，耐人寻味地提出了这样的“时代之问”：

是这个星球创造了我们
还是我们改变了这个星球？

正是在这样的时候，他想起了33年前去世的父亲和当年彝族乡亲们为他举办的隆重而古老的葬礼，想起许多彝族的神话传说和源远流长的传统文化，于是在写完《裂开的星球》6天之后，他又于4月22日至26日，创作了他在疫情期间的第二部长诗：《迟到的挽歌——献给我的父亲吉狄·佐卓·伍合略且》。

吉狄马加的父亲是贵族出身，彝族的上层子弟，却追求进步，努力学习，家乡一解放就很快加入了中国共产党，成为县里年轻有为的领导干部。1987年12月

25日他病故时只有54岁。他生前对工作认真负责、廉洁奉公，富有创新精神，勤勤恳恳为人民服务，在群众中口碑很好。他的葬礼完全是按照彝族的传统方式举办的。火葬地点选择在群山的高台之上（他自己生前选定），乡亲们把他的遗体从山下运到山上，置放在由九层松木搭成的木架上，由长子吉狄马加将一瓶酒洒倒在遗体上，再用火葬师递过来的火把点燃。整个过程中，毕摩（祭司）都在不停地诵读彝人古老的《送魂经》。送葬的人来自四面八方，在山下享用为死者宰杀的牛羊猪肉以及亲朋好友送来表达慰藉之情的酒。说唱诗人在用彝族古歌赞美逝者艰苦奋斗的一生，亲人们则在深情地哭诉无尽的思念。彝族火葬的方式很像古希腊英雄时代的火葬习俗，荷马史诗中的阿喀琉斯和赫克托尔的葬礼就与彝族的传统葬礼比较相似。

长诗《迟到的挽歌》就是写送别他父亲的葬礼的，但诗人没有更具体细致地描绘葬礼的全过程，也没有去回顾死者的革命经历和先进事迹，而是从死亡写起，写他父亲作为一个彝人如何面对死亡，又如何从“嘴里衔着母亲的乳房”到一步步成为“闪电铜铃的兄弟”“神鹰琥珀的儿子”。“你的身体已经朝左屈腿而睡/与你的祖先一样，古老的死亡吹响了返程/那是万物的牛角号，仍然是重复过的/成千上万次，只是这一次更像是晨曲”。“死亡吹响”的“牛角号”“更像是晨曲”，死亡像是另一个早晨的开始。“你婴儿的嘴里衔着母亲的乳房”，“一根小手指拨动耳环的轮毂”；“你的箭头，奔跑于伊姆则木神山上的/羚羊的化身，你看见落叶松在冬日里嬉戏/追逐的猎物刻骨铭心”；“你攀爬上空无的天梯，在悬崖上取下蜂巢/每一个小伙伴都张大着嘴，闭合着满足的眼睛/唉，多么幸福！迎接那从天而降的金色的蜂蜜”。“你在勇士的谱系中告诉他们，我是谁！在人性的终结之地，你抗拒肉体的胆怯，渴望精神的永生。”“你注视过星星和燕麦上犹如梦境一样的露珠/与生俱来的敏感，让你觉察到将要发生的一切/那是崇尚自由的天性总能深谙太阳与季节变化/最终选择了坚硬的石头，而不是轻飘飘的羽毛。”“你爬在一株杨树，以愤怒的名义/射杀了一只威胁孕妇的花豹。”“无论混乱的星座怎样移动于不可解的词语之间/对事物的解释和弃绝，都证明你从来就是彝人。”“当夜色改动天空的轮廓，你的思绪自成一体/就是按照雄鹰和骏马的标准，你也是英雄。”

他父亲就是这样一位彝人，所以他活着的时候就带儿子去一起选定了自己火葬的地点。他把火葬看作是“另一种生的出口/再一次回到大地的胎盘”。我想起庄子《齐物论》中的话：“天地与我并生，而万物与我为一。”庄子认为人的生、老、病、死都是大自然演化的结果，无须发出苦乐忧悲的感慨。快乐的生活需要劳动我们的身心，生命的逝去是让我们得以安息。这一切都与大自然的演化相生相伴。庄子这种道法自然、顺应自然的人生观和生死存亡为一体的生死观在彝族和我国各民族人民中都是有深远影响的。

长诗写送葬的情景：“亡者在木架上被抬着，摇晃就像是最初的摇篮/朝左侧睡弯曲的身体，仿佛还在母亲的子宫/这是最后的凯旋，你将进入那神谕者的殿堂/你看那透明的斜坡已打开了多维度的台阶/远处的河流上飘落着宇宙间无法定位的种子/送魂经的声音忽高忽低，仿佛是从天外飘来/由远而近的回应似乎又像是来自脚下的空无……”那“神谕者的殿堂”又将是什么样呢？诗人写道：“这不是未来的城堡，它的结构看不到缝合的痕迹/那里没有战争，只有千万条通往和平之梦的动物园/那里找不到锋锐的铁器，只有能变形的柔软的马勺/那里没有等级也没有族长，只有为北斗七星准备的梯子/透明的思想不再为了表达，语言的珍珠滚动于裸体的空白/没有人嘲笑你拿错了碗，这里的星痕不屈服于伪装的枪弹/这里只有白色，任何无意义的存在都会在白色里荡然无存/白色的骨架已经打开，从远处看它就像宇宙间的一片叶子。”

最后送到山顶火葬时，诗人的父亲已经不仅是他个人的父亲，而是“我们的父亲”，让我们同声朗读吧：

哦，英雄！你已经被抬上了火葬地九层的松柴之上
最接近天堂的神山姆且勒赫是祖灵永久供奉的地方
这是即将跨入不朽的广场，只有火焰和太阳能为你咆哮
全身覆盖纯色洁净的披毡，这是人与死亡最后的契约
你听见了吧，众人的呼喊从山谷一直传到了湛蓝的高处
这是人类和万物的合唱，所有的蜂巢都倾泻出水晶的音符
那是母语的力量和秘密，唯有它的声音能让一个种族哭泣
那是人类父亲的传统，它应该穿过了黑暗简朴的空间
刚刚来到了这里，是你给我耳语说永生的计时已经开始

哦，我们的父亲！你是我们所能命名的全部意义的英雄
你呼吸过，你存在过，你悲伤过，你战斗过，你热爱过
你看见了吧，在那光明涌入的门口，是你穿着盛装的先辈
而我们给你的这场盛典已接近尾声，从此你在另一个世界。

这是一首写人类面对死亡的心灵之歌，“是人类和万物的合唱”。它探索“永恒的死亡是什么时候来到人间/逝去的人们又如何在白色的世界相聚”，它表现“万物众生在时间的居所是何其的渺小卑微/只有精神的勇士和哲人方才可能万古流芳”。因此我们说，这既是一首儿子献给父亲的挽歌，也是一首书写死亡与生命的颂歌，与其说是写给一个父亲的，不如说是写给一个民族的，或者说同样也是写给全人类的。

2020年10月4日于昆明

〈作者简介〉

晓雪（1935—），原名杨文翰，白族，云南大理人。1952年8月发表第一篇短文。1956年毕业于武汉大学中文系。毕业论文《生活的牧歌——论艾青的诗》1957年由作家出版社出版，是我国第一部系统评论艾青的专著，也是中华人民共和国成立后的第一部现代作家论。著有诗集、散文集、评论集32部和《晓雪选集》6卷。1996年获意大利蒙德罗国际文学奖特别奖，2003年获第五届中国当代少数民族文学研究突出贡献奖，2010年获中国当代杰出民族诗人诗歌奖，2014年4月获国际诗人笔会授予的中国当代诗魂金奖，2014年11月获纽约东西方艺术家协会授予的终身成就奖，2015年12月获中国艾青研究学术峰会授予的艾青研究突出贡献奖，2016年6月获湄公河文学奖，2017年获百年新诗评论贡献奖和中国新诗百年全球华语诗人诗作评选杰出贡献奖。1979年以来历任中共云南省委宣传部文艺处处长，云南省文联党组副书记、副主席，云南省作家协会主席，中国人民对外友好协会云南分会副会长，中国作家协会第三、四、五、

六、七、八、九届理事，全委会委员、名誉委员，中国当代文学研究会副会长，中国当代少数民族文学研究会会长、名誉会长，中国诗歌学会副会长、名誉会长，中国少数民族作家学会副会长，国际诗人笔会主席团委员，云南文史研究馆馆员等。

生命之火点燃英雄归来的史诗

——读吉狄马加《迟到的挽歌》札记

◇ 叶延滨

近年来，吉狄马加发表了一系列史诗性长诗《我，雪豹……》《致马雅可夫斯基》《大河》《裂开的星球》，诗人站在历史新起点，表现了对全人类命运的关注和中华民族复兴的自觉，引起了国内外诗坛的广泛关注。日前读到吉狄马加最新长诗《迟到的挽歌》，这是一首儿子献给父亲的挽歌，也是一首献给养育他成长的伟大民族的杰作。细读吉狄马加这首长诗，我感到从大凉山峡谷扑面而来的热风，看到一个彝人之子，面对熊熊燃烧的火把，站在母亲土地上深情的倾诉。长诗的结构像一出古希腊的诗剧，拉开大幕，把我们带到了神圣的葬礼现场："你的身体已经朝左屈腿而睡/与你的祖先一样，古老的死亡吹响了返程/那是万物的牛角号，仍然是重复过的/成千上万次，只是这一次更像是晨曲。//光是唯一的使者，那些道路再不通往/异地，只引导你的山羊爬上那些悲戚的陡坡/那些守卫恒久的刺猬，没有喊你的名字/但另一半丢失的自由却被惊恐洗劫/这是最后的接受，诸神与人将完成最后的仪式……"吉狄马加给我们呈现了神圣的彝族葬礼，挽歌唱出一个儿子告别父亲的哀痛，也唱出一曲英雄回归自然的壮美——"诸神与人将完成的最后仪式"！从彝人神圣的火葬现场聚焦，人与自然共在的现场，仪式的原初性，火中回归自然，清晰地呈现人们在这一时刻所面对的生命终极之问：从何而来，向何处去？"古老的死亡吹响了返程"，儿子的悲痛告别转化为一个民族的生存信念，牛角号吹响了起程，晨光引导又一次回归，生与死在这里只是通过火把传递命运的新开始。同样的一首迟到的挽歌展开了彝族英雄归来的史诗。

这是一部彝人史诗："是你挣脱了肉体的锁链？/还是以勇士的名义报出了自己的族谱？"

这部长诗是一个儿子写给一个父亲的，更是写给一个民族的，或者说同样也是写给全人类的。在所有的史诗中，死亡都与英雄相联系，“死亡的通知常常要比胜利的/捷报传得更快，也要更远”。死亡的方式通常是英雄的证书：“可以死于疾风中铁的较量，可以死于对荣誉的捍卫/可以死于命运多舛的无常，可以死于七曜日的玩笑/但不能死于耻辱的挑衅，唾沫会抹掉你的名誉。”正如天下所有的英雄纪念碑都不该属于活人，纪念碑证明生命可以逝去，英雄永远站在我们的身边：“死亡的方式有千百种，但光荣和羞耻只有两种/直到今天赫比施祖的经文都还保留着智者和/贤人的名字，他的目光充盈并点亮了那条道路/尽管遗失的颂词将从褶皱中苏醒，那些闪光的牛颈/仍然会被耕作者询问，但脱粒之后的苦荞一定会在/最严酷的季节——养活一个民族的婴儿。”这些金子般的诗句，敲击着我们的心，唤起我们灵魂中深藏的英雄时代那些奏鸣旋律和鼓角相闻的声浪，诗剧的大幕徐徐拉开，火炬之上，星光之下，一部英雄史诗铺展于天地之间。

这是献给父亲的挽歌，更是唱给彝人英雄的史诗：“哦，英雄！我把你的名字隐匿于光中/你的一生将在垂直的晦暗里重现消失/那是遥远的迟缓，被打开的门的吉尔。”诗句穿越时光，穿透岁月风云的晦暗，将英雄个体生命的历程向纵深延伸，于是一个古老民族延绵的生命找到共同的命运。所有从儿子到父亲的彝人，都有过这样壮丽的诞生：“那是你婴儿的嘴里衔着母亲的乳房/女人的雏形，她的美重合了触及的/记忆，一根小手指拨动耳环的轮毂/美人中的美人，阿呷嫫嫫真正的嫡亲/她来自抓住神牛之尾涉过江水的家族……”诗人吉狄马加在这里大量运用彝族文化中最经典的传说、最优美的神话和最民族的习俗，书写了彝人英雄父亲的成长历程，这个篇章让这部长诗有了无可替代的史诗价值，也为当代的读者走进彝族恢宏神秘的文化提供珍贵的启蒙文本。在诗人笔下，父亲与英雄一体，彝人英雄与神同在。这是一个古老民族人神共在的世界，也是英雄与群山一样伟岸的天地：“哦，归来者！当亡灵进入白色的国度/那空中的峭壁滑行于群山哀伤的胯骨/祖先的斧子掘出了人魂与鬼神的边界/吃一口赞词中的燕麦吧，它是虚无的秘籍/石姆木哈的巨石已被一匹哭泣的神马撬动。”诗句充满了阳刚之气，更有神工鬼斧的造化之功，展示的是彝人眼中的宇宙，也是英雄们休养生息的家园：“那是你匆促踏着神界和人界的脚步/左耳的蜜蜡聚合光晕，胸带缀满贝壳/普嫫列依的羊群宁静如黄昏的一堆圆石……”“众神走过天庭和群山的时候，拒绝踏入/欲望与暴戾的疆域，只有三岁的孩子能/短暂地看见，他们粗糙的双脚也没有鞋。”这些十分精妙的诗句，人神共居的家园只有孩子能看见神灵们的出行，而诗人正是这个古老民族永葆童心的大孩子。在彝人孩子的眼中，诸神和父亲一样不穿鞋赤脚行走，换句话说，赤脚不穿鞋的父辈彝人就是诸神英雄。在这样自然圆润的意象转化中，写出了彝人之子心中的文化自信和民族自豪。在接下的英雄史诗中，诗人写下了彝人英雄的爱情：“火把节是小裤脚们重启星辰诺言的头巾和糖果/是眼睛与自由的节日，大地潮湿璀璨泛滥的床。/你在勇士的谱系中告诉他们，我是谁！在人性的/终结之地，你抗拒肉体的胆怯，渴望精神的永生。”诗人还写了他们建构家园的成长：“从德古那里学到了格言和观察日月的知识/当马布霍克的獐子传递着缠绵的求偶之声/这古老的声音远远超过人类所熟知的历史/你总会赶在黎明之光推开木门的那个片刻/将尔比和克哲溶于水，让一群黑羊和一群/白羊舔舐两片山坡之间充满了睡意的星团……”在将挽歌转化为英雄的赞歌中，诗人笔下神话与现实融合，产生超越目力和视野的魅力：“你是闪电铜铃的兄弟，是神鹰琥珀的儿子/你是星座虎豹字母选择的世世代代的首领。”值得注意的是，有别于一般的英雄史诗，诗人也将时代的印痕刻在诗篇中，从而让现实的痛感与欢乐不再虚无。不再虚无的是古老面对着革新的希望：“那是一个千年的秩序和伦理被改变的时候/每一个人都要经历生活与命运双重的磨砺/这不是局部在过往发生的一切，革命和战争/让兄弟姐妹立于疾风暴雨，见证了希望。”当然古老的习俗也要面对现实阴暗角落烙下的苦痛：“那是习惯的法典，被继承的长柄镰刀/在鸦片的迷惑下，收割了兄长的白昼与夜晚/此刻唯有你知道，你能存活下来/是人和魔鬼都判定你的年龄还太小。”这几行诗虽刺痛眼睛，但正是有这几行诗，让我们看到吉狄马加成为这个民族代言者的坦荡与悲悯。这部分回顾英雄成长的篇章，落笔于从广袤的时空回来，从彝人英雄的古老传说回来，回到诗人逝世父亲身旁：“就是按照雄鹰和骏马的标准，你也是英雄/你用牙齿咬住了太阳，没有辜负灿烂的光明/你与酒神纠缠了一生，通过它倾诉另一个自己/不是你才这样，它创造过奇迹也毁灭过人生。”这四行诗收拢了诗人的神思，回到亲人身旁的诗人，让英雄返归平凡真实，诗人在挽歌舒缓的节奏中释放内心的悲痛。

长诗精彩感人的高潮是此后回到葬礼现场，这是诗剧般的华彩乐章：“哦，英雄！当黎明的曙光伸出鸟儿的翅膀/光明的使者伫立于群山之上，肃穆的神色/

犹如太阳的处子，他们在等待那个凝望时刻/祭祀的牛头反射出斧头的幻影，牛皮遮盖着/哀伤的面具，这或许是另一种生的入口/再一次回到大地的胎盘，死亡也需要赞颂/给每一个参加葬礼的人都分到应有的食物/死者在生前曾反复叮嘱，这是最后的遗愿/颂扬你的美德，那些穿着黑色服饰的女性/轮流说唱了你光辉的一生，词语的肋骨被/置入了诗歌，那是骨髓里才有的万般情愫/在这里你会相信部族的伟大，亡灵的忧伤……”隆重而神圣的葬礼在父亲选好的地点举行，亲友们都前往，因为这是共同的信仰，他们最明澈的世界观：“这也许是另一种生的入口，再一次回到大地的胎盘。”吉狄马加告诉我有关彝族葬礼的情形，他说：“我父亲于1987年12月25日过世，他的葬礼完全是按照彝族的传统方式操办的，火葬的地点选择在群山的高台之上，火葬地点是他活着的时候带我去选定的。按照传统习俗遗体将由众人从山下送到山上，然后置放在有九层松木搭成的木架上，遵从长子为死去的父亲点火的传统，我首先要将一瓶酒倒在他的身上，然后再用火葬师递给我的火把将其点燃，完成这个仪式后方可离开火葬现场，整个过程祭司都会不断地诵读彝人古老的《送魂经》，送葬的人来自四面八方，这时候他们会在山下享用为死者宰杀的牛羊以及亲朋好友送来的表达慰藉之情的酒。彝族的传统社会对葬礼格外重视，人过世后，亲人们要为亡者日夜守灵，知名的说唱诗人还会赞美逝者光辉的一生，亡者的姐妹们还会深情地哭诉无尽的思念。彝族火葬的方式很像古希腊英雄时代的火葬习俗，荷马史诗中的阿喀琉斯和赫克托尔的葬礼就与彝族的传统葬礼非常接近。”我听了诗人的介绍，更深刻地理解了诗人在这里咏赞的是古老民族对原始生命的敬畏，对孕育生命的大自然的感激。特别是在诸种自然力量中，彝族对火的崇拜与热爱：“这是即将跨入不朽的广场，只有火焰和太阳能为你咆哮/全身覆盖纯色洁净的披毡，这是人与死亡最后的契约/你听见了吧，众人的呼喊从山谷一直传到了湛蓝的高处/这是人类和万物的合唱，所有的蜂巢都倾泻出水晶的音符!”葬礼的真实场面构建古希腊诗剧般真实的场景。身处其中的诗人，面对众山环抱，面对亲人和同胞，喷涌而出的挽歌悲壮而雄健。诗人因为对彝族文明的高度领会，对文明原初的生命意识的深刻把握，从而写出了向死而生的精神高度。诗人心中的英雄也因为死亡回归众山怀抱而得以永生，生死场上更因为火葬的仪式，让诗人的眼睛看到人与自然之间的互构共生。挽歌在群山间回响，生命与灵魂都在火光中得到升华。

“哦，英雄！不是别人，是你的儿子为你点燃了最后的火焰。”死亡结束，重生开始，火与光对人类的召唤，正以诗，向我们走来！

2020年10月于北京

〈作者简介〉

叶延滨，作家、诗人，现任中国作家协会诗歌委员会主任，中国作家协会全委会名誉委员。迄今已出版个人文学专著52部，作品自1980年以来先后被收入了国内外500余种选集以及大学、中学课本。部分作品被译为英、法、俄、意、德、日、韩、罗马尼亚、波兰、马其顿文字。代表诗作《干妈》获中国作家协会优秀中青年诗人诗歌奖（1979年—1980年），诗集《二重奏》获中国作家协会第三届新诗集奖（1985年—1986年），其余诗歌、散文、杂文分别先后获四川文学奖、十月文学奖、青年文学奖等50余种文学奖。

读诗人吉狄马加献给他父亲的英雄挽歌

◇ 王家新

9月下旬，刚从青海回来，满脑子里还是日月山、昌耀故地、藏传佛教寺院的印象，我应约到鲁迅文学院为一个中外诗歌节录制朗诵视频，诗人吉狄马加就在那里等着。他送了我一本他的译成立陶宛语、由温茨洛瓦作序的诗集，并特意在诗集扉页画了一幅钢笔画，然后郑重地谈到他在上半年疫情期间的创作，说除了长诗《裂开的星球》，他还写有一首献给他父亲的长篇挽歌。

那时诗人蓝蓝也在场，马加给我们讲了他这首长诗的创作。马加的父亲是1987年过世的，其葬礼完全按照彝族的传统火葬方式，地点在群山的高台之上（这个地点实际上是他生前带着马加去选的），遗体由众人从山下送到山上，置放在九层松木搭成的木架上，遵从长子为死去的父亲点火的传统，马加首先将一瓶酒倒在他的身上，然后用火葬师递来的火把将其点燃，整个过程毕摩（祭司）都在不停地念诵彝人古老的《送魂经》。送葬的人来自四面八方，为这个出身于贵族的彝族英雄。过后，亲人们为亡者日夜守灵，说唱诗人则轮流赞美逝者光荣的一生。马加说，彝族火葬的方式很像古希腊英雄时代的火葬习俗，它延伸到人类文明的初源。马加自己认为这首挽歌从结构整体上看，更像是一出古希腊神剧。这是他作为一个儿子献给父亲的挽歌，也是献给他所属的民族的，乃至写给全人类的。他说他还从来没有过这样强烈深刻的创作体验，灵魂和肉身都通过这首挽歌得到升华。

听马加这样讲，我在心里已很受触动，因为我自己的父亲是两年多前去世的，我也曾写有《父亲的遗容》等充满悲痛、悼念之情的诗，不免心有戚戚焉，我也很想看到这位彝族诗人兄弟是怎样悼念他的父亲的。另外我也有预感，在父亲死后33年，在人类文明和个体生存都遭受到重大威胁的疫情肆虐期间，马加将自己奋力投入生与死的深渊，写下了这首也许盘旋在他心头多年的挽歌，我预感到这会是他整个创作生涯中一部很重要、也很特殊的力作。

果然，打开这首《迟到的挽歌——献给我的父亲吉狄·佐卓·伍合略且》，全诗第一句“当摇篮的幻影从天空坠落”，就震住了我。因为“摇篮的幻影”这个幻觉般的意象，我甚至想起了曼德尔施塔姆悼念母亲的挽歌《这个夜晚不可赎回》：

这个夜晚不可赎回。
你在的那个地方，依然有光。
在耶路撒冷的城门前
一轮黑色的太阳升起。

而黄色的太阳更为可怖——
宝宝睡吧，宝宝乖。
犹太人聚在明亮的会堂里
安葬我的母亲。

没有祭司，没有恩典，
犹太人聚在明亮的会堂里
唱着安魂歌，走过
这个女人的灰烬。

但是从我母亲的上空
传来了以色列先人的呼喊。
我从光的摇篮里醒来，
被一轮黑太阳照亮。

诗中“黄色的太阳”指向犹太民族的象征颜色，诗中间也穿插了古老的摇篮曲形式（“宝宝睡吧，宝宝乖”）。而这是双重的回归，不仅是诗人母亲的，也是悼念者即诗人自己的：“我从光的摇篮里醒来，被一轮黑太阳照亮。”

所以诗人的遗孀娜杰日达曾说诗人在母亲死后就“回到了自己的本源”。

我难忘自己在翻译曼德尔施塔姆这首挽歌时所受到的撼动和启示。而马加的这首悼念父亲的挽歌之所以真实感人，首先也正在于这是他朝向自身生命“本源”的回归。在曼德尔施塔姆那里，母亲之死使天地骤然变色（“黑太阳”），在马加这里，是悲痛而神圣的葬礼火把对生死深渊的照亮。这种回归，不仅是对诗人生命的一种洗涤，也把这首长诗建立在一个更深刻和个人化的基础上。

而且这不是一般意义上的回归，是吉狄马加作为一个彝族诗人从父亲之死、从个人家族史进而朝向他自己更古老的民族生命“本源”的回归。正是从这里，从一个更广阔的文化视野和诗歌视野来看，这首诗有了它不可替代的具体性，也有了它不同寻常的特殊意义。通读全诗后我们也会感到，正是通过这首挽歌的创作，在一种所谓全球化的当下语境中，诗人吉狄马加深化了、强化了他自身的彝族文化身份（“这是最后的接受，诸神与人将完成最后的仪式”），也进一步构建和丰富了他独特的个人话语体系。

作为从20世纪80年代一同走过来的诗歌同行，我对马加的诗歌历程和精神来源是比较熟悉的。这是一位经受过80年代现代主义文学洗礼，具有广阔、敏锐的国际诗歌视野的诗人（我们在一起时，谈得最多的也是外国现代诗歌和翻译）。就“挽歌”（以及“现代史诗”）这一重要诗歌体式或范畴而言，他一定通晓惠特曼悼念林肯的挽歌、聂鲁达的《马楚比楚高峰》、埃利蒂斯的《英雄挽歌》、洛尔迦的《伊·桑·梅希亚思挽歌》、布罗茨基的《献给约翰·邓恩的哀歌》、里尔克的《杜伊诺哀歌》、茨维塔耶娃的《新年问候》、奥登的《悼念叶芝》、迪伦·托马斯的《不要温和地走进那良夜》、马克·斯特兰德的《献给我父亲的挽歌》等现代挽歌经典。可以说，无论他本人自觉或不自觉，这些都构成了马加创作他这首挽歌的背景。而我们也需要把马加的这首挽歌置于这样的文学时空和深广背景下，方可感到它的独特性、具体性、差异性和不可替代的诗学建树：

你的身体已经朝左屈腿而睡
与你的祖先一样，古老的死亡吹响了返程
那是万物的牛角号，仍然是重复过的
成千上万次，只是这一次更像是晨曲。

“牛角号”好理解，死者的身体为什么“朝左屈腿而睡”？这就可能涉及彝族丧葬的秘仪。马加的这首长诗中，这类出自彝族文化传统、信仰、民俗和大凉山一带地理物产的隐喻和语言细节比比皆是，如“烧红的卵石”一样炽热和密布，有些不需要我们去“看注释”（比如“朝左屈腿而睡”，我们即使不了解这方面的葬礼知识，仍能被它所打动：一个孩子在母胎或摇篮中的睡姿不就是这样？）有些则真像谜语一样难解（比如“星座的沙漏被羊骨的炉膛遣返，让你的陪伴者将烧红的卵石奉为神明”）；但不管怎么看，正是通过对彝族古老传统的进入，通过对彝族文化和语言资源的发掘和调集，马加在这首长诗中营造了他个人独特的诗歌修辞体系，也给这首长诗带来了特有的语言魅力。即使单单从人类学的角度来看，它也把这首挽歌提升到一个值得研究的领域。

关于马加的这首长诗的结构和意义以及对民族文化传统和神话元素的运用，耿占春等评论家已做出了深入细致、富有洞见和揭示力的分析，我在这里就不再多作阐述，但我仍想更多地举出一些例证，因为它们不仅见出这首长诗的独特性，更体现了一个诗人对“本源”的辨认和回归，对民族精神之谜的进入：

当山里的布谷反复突厥地鸣叫
那裂口的时辰并非只发生在春天

祖先的斧子掘出了人魂与鬼神的边界
吃一口赞词中的燕麦吧，它是虚无的秘籍
石姆木哈的巨石已被一匹哭泣的神马撬动。

这种伴随着挽歌节奏的回归和进入，正如诗人自己所说“词语的肋骨被置入了诗歌，那是骨髓里才有的万般情愫”。这也是一个古老的民族对一个“大凉山之子”、对一个有志于为民族招魂的诗人最珍贵的赋予。马加是一位有着敬畏之心的诗人，尤其是当他在面对民族的生命哺育、民族的古老戒律和信仰的时候：

如果不是哲克姆土神山给了你神奇的力量

就不可能让一只牛角发出风暴一般的怒吼

正是古老的信仰、神话和文化传统，使一个民族“创造了自我的节日”，甚至在艰辛和惨痛中“抓住神牛之尾涉过江水”。也正是通过对它的回归和进入，诗人不仅重获了自身的文化身份（“脱粒之后的苦荞”），也重获了一种更充沛、甚至更为殊异的诗歌创造力。从诗歌美学上看，马加的这种回归和进入，也使他进一步接近了他的诗歌理想，即在一个现代工具理性社会和消费社会重铸诗歌古老的悲剧之美、史诗之美、崇高之美、英雄之美，乃至神秘之美。他也只有以这种逆流而上的精神姿态和言说方式，才能重新讲述他心目中的一个民族的“英雄时代”。也许，他的理想仍来自他早年所读到的聂鲁达：“因为他的诗歌具有自然力般的作用，复苏了一个大陆的命运和梦想。”

当然，作为一个高度成熟的、具有广阔视野、经历了充分的现代诗艺训练的诗人，马加又是很理性的。他知道自己这种宏大追求的限度何在，他也善于在诗中同时把“进”与“出”结合起来，或者说，他既能把自身中的文化多重性融合为一个整体，又能以一种属于他自己的声音讲述和歌唱：

美人中的美人，阿呷嫫嫫真正的嫡亲
她来自抓住神牛之尾涉过江水的家族。

你在梦里接受了双舌羊约格哈加的馈赠
那执念的叫声让一碗水重现了天象的外形。

这里出现了这首挽歌（乃至马加的全部诗歌）中最为特异、也最需要格外留意的一个形象：双舌羊约格哈加。它是彝族历史传说中一只著名的绵羊，以双舌著称，其咩叫声能够传到很远很远的地方。显然，马加不仅有幸发现了这个形象，这也是他创造的一个令人难忘的隐喻，重要的是，这体现了一种神话学意义上的自我辨认。的确，在很多意义上，他不正是一位以“双舌”来讲述和歌唱的诗人？！彝族的，但又是汉语言文化的；本土的、地方性的，但又是全球视野的；个人的，但又是整个民族的、时代的；等等。这不仅使他的声音能够“传到很远”，还使他以自己特有的经验和方式重新定义了诗人在这个时代的角色。

而这一切是怎样来的呢？马加的回答同样很睿智：“你在梦里接受了双舌羊约格哈加的馈赠。”

这就是“神话”，而现实往往需要以这样的神话来解释。不管怎么说，马加这样的创作，最起码让我们再次想起了诗人古老的使命：把大地转化为神话。

这里也不妨谈谈诗人昌耀，这不仅因为马加和昌耀很有缘分，他曾在青海工作多年，对昌耀的诗高度赞赏，也为昌耀诗歌的推广做了大量工作（比如在昌耀故地创建昌耀纪念馆等），更因为昌耀的中后期创作正体现了“回到青铜”“把大地提升为神话和史诗”的诗学企图。我们知道昌耀早中期的代表作之一为《高车》，其实，昌耀所倾心赞颂的神话般的“高车”，不过是高原上过去常见的平实无奇的大木轮车，但是，诗人却听从了“巨灵的召唤”。当然，这还和青藏高原神奇的神话历史、宗教信仰、民风民俗、地貌气候和多民族交杂的语言文化资源对诗人的养育有很大关系。在坎坷多艰的命运和当下的衰败中，昌耀不仅要执意回到古典的光荣，他还受到青藏高原那片天地的祝福（“我从白头的巴颜喀拉走来。/白头的雪豹默默卧在鹰的城堡，目送我走向远方”）。不仅如此，昌耀在日月山下劳动改造期间被土伯特族家收留并成为其“义子”（后来则成为上门女婿），这种自我与“他者”的血肉交融，也使他这个汉族知识分子发生了重要变化，不仅如燎原所说“获得了一种通灵式的，与大自然进行秘晤私语的诗歌能力”，而且还多了一份神圣感、仪式感，他的诗人身份，多少还有了一种古老祭司、“半神之子”的意味，而这是其他内地的汉族诗人所不具备或很难具备的。

昌耀、马加的这种独特经历和诗学努力，我想对当代中国诗人都应是有启示的。如果说诗是存在的转化和提升（虽然这提升有其限度），如果说一个诗人的创作无非是把自己“嫁接”到一棵更伟大、更恒久的生命之树上，这就需要有效的来自传统的神话依托和文化、文学谱系的参照。说实话，我自己曾经为此有很大的困惑。西方现当代诗人的创作，从T.S.艾略特到新近获诺贝尔文学奖的美国女诗人路易丝·格吕克，依然处在一个对他们来说很有效的由《圣经》、古希腊、罗马神话、古希腊悲剧、荷马史诗、但丁、莎士比亚、塞万提斯、歌德等构成的参照系中（格吕克说她还不到三岁就已经熟悉希腊神话了，那些神话故事中的人物形象、情节、画面，后来都就成了她诗中的基本的参照），而对这套神话和文学谱系的应用，为他们提供了一整套意义构架和隐喻性语言，提供了在当下依然有效的诗的构造和生成方式，也使他们有可能“以文学的历史之舌说话”（艾肯评《荒原》语）。那么我们呢？作为一个当代汉语诗人，我们怎样在今天重建自己的文学参照系？回到单一的语言文化传统并把自己与他者隔绝开来，这显然不通，而在整个人类文明的大背景下达到一种融会贯通，难度又太大，其路程也很遥远。总之，这就是我们真实的困境。

不管怎么说，也只有带着这样的“问题意识”，我们读昌耀的诗、我们读马加的这首挽歌才会有更多的发现，并从中得到一些有益的启示。

最后，回到马加的这首挽歌的创作本身。作为一个同行和朋友，应该祝贺马加兄，为他完成了这部他生命中的力作和感人之作。他进一步显示了驾驭宏大题材的能力，形成了纯熟自如的语感和语调。整首诗显得浑厚而不空泛，饱满而又丰盈。这是一首书写死亡与生命的悲歌兼颂歌，内涵丰富而又显得一气呵成。他为他的民族贡献了一部现代英雄史诗，但又刷新了传统。比起传统意义上的民间英雄史诗，它不仅是现代诗的语言形式，也更多了一些“形而上”的深邃思考，并且也不回避生命的悲剧性和复杂性的一面。他以我们这个时代赋予他的书写方式，回归本源而又达到了他的最终肯定，实现了一首挽歌本身所要求的诗性升华：

无论混乱的星座怎样移动于不可解的词语之间
对事物的解释和弃绝，都证明你从来就是彝人。

就是按照雄鹰和骏马的标准，你也是英雄
你用牙齿咬住了太阳，没有辜负灿烂的光明
你与酒神纠缠了一生，通过它倾诉另一个自己
不是你才这样，它创造过奇迹也毁灭过人生。

一句“你用牙齿咬住了太阳”，使得昂扬的调子中有了切实的语言质地，诗性的升华携带上了自己肉身的经验。（这样的动人想象，也使我想起了洛尔迦著名挽歌中的那个“以满嘴的太阳和燧石歌唱的人！”）而在挽歌的最后部分，更

深沉的内在涌动和一些更令人动容的东西也出现了：

你告诉长子，酒杯总会递到缺席者的手中
有多少先辈也没有活到你现在这样的年龄
存在之物将收回一切，只有火焰会履行承诺
加速的天体没有改变铁砧的位置，你的葬礼
就在明天，那天边隐约的雷声已经告诉我们
你的族人和兄弟姐妹将为你的亡魂哭喊送别。

这里出现了一种精神的加速度，一种行至生死临界点所带来的想象力的跳跃，昂扬、悲怆而又震动人心（“加速的天体没有改变铁砧的位置”）。哀悼的音乐再一次变成了赞颂，其间升起一种先知般的语调和富有巫性的想象力；来自一个古老民族深厚而神秘的文化传承，使得挽歌的作者最终获得了一种如诗人叶芝所说的“灵视”和面对死亡的从容：

送魂经的声音忽高忽低，仿佛是从天外飘来
由远而近的回应似乎又像是来自脚下的空无
送别的人们无法透视，但毕摩和你都能看见
黑色的那条路你不能走，那是魔鬼走的路。

沿着白色的路走吧，祖先的赤脚在上面走过
此时，你看见乌有之事在真理中复活，那身披
银光颂词里的虎群占据了中心，时间变成了花朵
…………
白色与黑色再不是两种敌对的颜色，蓝色统治的
时间也刚被改变，紫色和黄色并不在指定的岗位
你看见了一道裂缝正在天际边被乘法渐渐地打开，
…………
柱子预告了你的到来……

这真是异常动人！伴着大凉山山路上“忽高忽低”的“送魂经的声音”，悲痛和祝佑有如神助般地打开了一个新的世界（如同耿占春在评论中所指出，这是一个“天地神人”共同参与的世界）。令人不无惊异的是，这种面对死亡的从容和“更高肯定”，不仅是生命的攀越和升华，甚至还带着一种别样的亲切（“没有人嘲笑你拿错了碗”“在那光明涌入的门口，是你穿着盛装的先辈”。）至于全诗的最后一句：

哦，英雄！不是别人，是你的儿子为你点燃了最后的火焰。

坚定、悲痛而又充满了一种神圣感。它不仅使一首长诗恰到好处地结束，也令人对生命起敬，对这首挽歌的作者起敬，对一个民族的尊严和神秘传承起敬。它是一场仪式的结束，但也是神话自身的回归。它是我所读到的众多中外挽歌中格外特殊和感人的一个结尾。

2020年10月12日于北京

〈作者简介〉

王家新，中国当代诗人，1957年6月生于湖北丹江口，高中毕业后下放劳动，“文革”结束后考入武汉大学中文系，毕业后从事过教师、编辑等职，2006年起被中国人民大学文学院聘任为教授，2010年起任博士生导师。王家新的创作贯穿了中国当代诗歌四十年来的历程，著有诗集、诗论随笔集、译诗集三十多部，另有中外现当代诗歌、诗论集编著数十部，作品被译成多种文字发表和出版。曾获多种国内外文学奖、诗学批评奖、翻译奖和荣誉称号。

“死亡也需要赞颂”
——吉狄马加《迟到的挽歌》阅读札记

◇ 耿占春

诗人的父亲于20世纪80年代去世，挽歌的迟到意味着言说的暂时空缺。在现代社会，死亡已经成为无法称谓的事物。除寄托哀思或表达伤痛之情，挽歌写作似乎业已成为过往时代的事情。神话与宗教可以视为深植于死亡经验的话语，当这一语境无可挽回地衰落的时候，经验主义的语言几乎没有能力去言说死亡。这种负面经验被省略了，关于它的言说陷入了漫长的沉默。在情绪化之外终究无法将死亡事件彻底精神化。在这一情境中，吉狄马加献给父亲的《迟到的挽歌》就不只是单纯的个人体验，这首具有民族志寓言意味的诗篇，为一种时代性忧思提供了令人感到慰藉的基调。

挽歌的开端在哪里？言说死亡的词语在哪里？挽歌所展现的并非纯粹个人想象力，把结束带向开端，它是一个民族古老的信念——

你的身体已经朝左屈腿而睡
与你的祖先一样，古老的死亡吹响了返程
那是万物的牛角号，仍然是重复过的
成千上万次，只是这一次更像是晨曲。

在诗人年轻的时候，在理性主义语境里，一个人很难听到“古老的死亡吹响了返程”，或“万物的牛角号”吹奏出“晨曲”，也很难看到“光”成为亡灵的引导者。现在，这一神话视野重新开启，终结向着开端返回。毕摩的视野进入了挽歌：“光是唯一的使者，那些道路再不通往异地，只引导你的山羊爬上那些悲戚的陡坡……”有了返程、晨曲和光，才有神话式的言述，有了关于死亡的隐喻与群体象征，对死亡的言说才不致陷入虚空。于是，一场庄严的仪式介入这首挽歌，一场丧礼与葬礼同一首诗一起展现：“这是最后的接受，诸神与人将完成最后的仪式。”仪式不是由人在孤立中完成的，它的参与者首先是诸神，仪式是诸神与人类的一种合作。

仪式首先变成了仪式化的语言：一支挽歌。《挽歌》可以说是一首送魂经，诗人的声音中重叠着一个民族遥远的记忆、信念与祈祷，重叠着毕摩（祭司）念诵送魂经的声音：

> 不要走错了地方，不是所有的路都可以走
> 必须要提醒你，那是因为打开的偶像不会被星星照亮，
> 只有属于你的路，才能看见天空上时隐时现的
> 马鞍留下的印记。听不见的词语命令虚假的影子
> 在黄昏前吓唬宣示九个古彝文字母的睡眠。

送魂经指引着返回的道路，祈祷亡灵被诸神或天上的家族接纳，而他的事迹与声望都是辨认的证据，“那是你的铠甲，除了你还有谁/敢来认领，荣誉和呐喊曾让猛兽陷落”，“所有耳朵都知道你回来了”，送魂声提示着那些需要辨认的事物、印记与符号，“那是祖屋里挂在墙上的铠甲/发出了异常的响动/唯有死亡的秘密会持续”。死亡能够被言说，正是因为它是一个延续着的“秘密”。这就是仪式的基础。仪式意味着生者与亡灵、诸神或祖先之间仍然存在着密切的关联，意味着一个人在生前与死后都没有停止参与一种高于个体生命的精神共同体。仪式有看不见的参与者，在主人、亲属、客人之外，还有祖先与神灵，对于彝族古老的传统而言，还有神山和有灵的万物。死亡不是一个终结。“死亡的秘密”存续于共同体的仪式。

返程的道路或作为仪式过程的叙述有着令人陌生的文化意象，我不确切知道彝族历史中的那只名叫克玛阿果的狗“咬住了不祥的兽骨”的意味，也不知为什么“将烧红的卵石奉为神明”，或“占卜者的鹰爪杯在山脊上落入谷底”意味着什么，它属于毕摩的秘传知识和一种文化共同体的象征符号，现在它是仪式及其秘仪的一部分。就更广泛的情形而言，残存于当今社会的仪式更多的是一种习俗，隐含在仪式展演背后的神话已语焉不详或支离其辞。然而，我们关于物

的观念仍然存在着与彝族仪式及象征符号的某些共通性："那是你白银的冠冕，/镌刻在太阳瀑布的核心，/翅翼聆听定居的山峦/星座的沙漏被羊骨的炉膛遣返……"我们也隐约懂得"光明"与"鹰在苍穹的消失"所具有的象征意义。穿过这些秘仪我们能够确切听懂既属于诗人的祈祷也属于仪式的指向——

是你挣脱了肉体的锁链？
还是以勇士的名义报出了自己的族谱？

仪式时间是死亡也是新生，它是生命的转化与过渡时刻。就个体生命而言，存在着作为终结的死亡；而就个人与祖先、族谱或神灵世系的关系而言，我们体验到一个将会持续下去的生命之谜。而这一秘密，或生命的不朽感，就在共同体的仪式之中延续，这是一种可以重复体验的情感与认知。

仪式时间是神圣的，"据说哪怕世代的冤家在今天也不能发兵"。仪式是一种特殊的神话展演，仪式中隐含着一种神话式的族群叙事，因而，没有仪式就没有对死亡的言说，没有共同体就没有"族谱"和关于它的记忆之链。当个人生命参与到共同体的世界，某种不朽的意识就在作为一种符号化的事实而获得了现世性。在仪式与礼仪中，"参与"的范围不仅包括生者与亡灵、祖先，也包括了群山与苍穹，包括了诸神与万物的世界，"这片彝语称为吉勒布特的土地/群山就是你唯一的摇篮和基座"。就像是一道抵挡了世俗化进程的精神屏障，吉勒布特的群山庇护着一种精神母体，让亡灵向"摇篮"与根基的回归成为可能。

这是千百年来男人的死亡方式，并没有改变
渴望不要死于苟且。山神巡视的阿布则洛雪山
亲眼目睹过黑色乌鸦落满族人肩头如梦的场景
可以死于疾风中铁的较量，可以死于对荣誉的捍卫
可以死于命运多舛的无常，可以死于七曜日的玩笑
但不能死于耻辱的挑衅，唾沫会抹掉你的名誉。

可重复性是仪式的特征，仪式的庄严与价值也在于重演所体现的人类事务的

连续性，“这是千百年来男人的死亡方式，并没有改变”。而在挽歌里也是在仪式中，高于死亡的话语出现了，那就是关于荣誉、尊严与勇气的叙述。而荣誉来自对共同体事业有价值的“参与”。对这个古老的民族而言，荣誉之所以是贤达或贵族追求的最高价值，因为荣誉只能产生于对生命尊严和共同体利益的捍卫。“死亡的方式有千百种，但光荣和羞耻只有两种”，荣誉是一种社会价值，也是一种社会化的个人激情，足以抵消死亡的恐惧。当挽歌历数智者和先贤的时刻，就是死亡的忧惧被荣誉感或英雄般的名字所降低的时刻——

直到今天赫比施祖的经文都还保留着智者和
贤人的名字，他的目光充盈并点亮了那条道路
尽管遗失的颂词将从褶皱中苏醒，那些闪光的牛颈
仍然会被耕作者询问，但脱粒之后的苦荞一定会在
最严酷的季节——养活一个民族的婴儿。

至高的荣誉不惟属于勇士，智者和贤人亦属于英雄的族谱，他们的智慧与美德亦如苦荞，养育着一个民族的婴儿。这样的亡灵被称为“哦，归来者！”或许是仪式中的一个环节，“当亡灵进入白色的国度”，诗人或毕摩吁请：“吃一口赞词中的燕麦吧，它是虚无的秘籍/石姆木哈的巨石已被一匹哭泣的神马撬动。”在神山与天空之间，有着亡灵的归属地“石姆木哈”，在大凉山，它是实在之地，又是一个象征着不朽的空间，它是彝人共享的精神视野，它如同“赞词中的燕麦”一样真实，也同样被赋予了神话叙事的含义。

参与仪式过程的是一个天地人神的四重世界，而非悲伤无助的个人，“群山的哀伤”和负载着亡灵回归的“哭泣的神马”，神界的参与将哀悼与忧郁的时刻转化为万物“苏醒”的颂辞，有如《挽歌》同时就是一首不朽生命的赞歌——

那是你匆促踏着神界和人界的脚步
左耳的蜜蜡聚合光晕，胸带缀满贝壳
普嫫列依的羊群宁静如黄昏的一堆圆石
那是神赐予我们的果实，对还在分娩的人类

唯有对祖先的崇拜，才能让逝去的魂灵安息
虽然你穿着出行的盛装，但当你开始迅跑
那双赤脚仍然充满了野性强大的力量。

彝人的仪式过程中有着我并不熟悉的民族文化象征符号，如“左耳的蜜蜡”，或“缀满贝壳”的胸带，但“蜜”和“贝”的象征含义一定是吉祥的。可以领悟的是，仪式聚集起跨越神界与人界的整体性存在，自然宇宙与人类社会具有了可以感知的连续性，就像创世神话中的女神“普嫫列依的羊群宁静如黄昏的一堆圆石”，比喻跨越了事物的鸿沟，消弭了羊群、圆石、果实之间的界限，使得创世史诗中的女神与“还在分娩的人类”合为一体。仪式深藏着一个民族的智慧，它知道“唯有对祖先的崇拜，才能让逝去的魂灵安息”。唯有存在着祖先的归属地，逝去的魂灵才能盛装出行。

而在如今的时代，没有谁的脚步能够轻易跨越神界的边界，“众神走过天庭和群山的时候，拒绝踏入/欲望与暴戾的疆域，只有三岁的孩子能/短暂地看见，他们粗糙的双脚也没有鞋”。一种警世意味的叙述出于毕摩也出自诗人的洞察：众神的隐退缘于人类社会已陷入“欲望与暴戾的疆域”，神界与人界之间裂开了一道难以逾越的鸿沟。这正是生命变得没有归属感的原因。而对踏上返程的英雄而言，他的名字就是符号中的符号，英雄的名字就是真正的“吉尔”（护身符）——

哦，英雄！我把你的名字隐匿于光中
你的一生将在垂直的晦暗里重现消失
那是遥远的迟缓，被打开的门的吉尔。

仪式意味着一种追忆性的神话叙事，仪式是原始事件与个人传记的伟大重合，这一切都融入一首挽歌。“那是你婴儿的嘴里衔着母亲的乳房/女人的雏形，她的美重合了触及的记忆，一根小手指拨动耳环的轮毂/美人中的美人，阿呷嫱嫫真正的嫡亲/她来自抓住神牛之尾涉过江水的家族。”婴儿是新生的转喻，母亲则重合了民族志的原始记忆，她与女神和一只美丽而会唱歌的鸟变成了同体之物。在仪式过程中，生平转化为神话，传说具体化为个人传记的叙事——

那是你的箭头，奔跑于伊姆则木神山上的
羚羊的化身，你看见落叶松在冬日里嬉戏
追逐的猎物刻骨铭心，吞下了赭红的饥馑
回到幻想虫蛹的内部，童年咬噬着光的羽翼。

那是你攀爬上空无的天梯，在悬崖上取下蜂巢
每一个小伙伴都张大着嘴，闭合着满足的眼睛
唉，多么幸福！迎接那从天而降的金色的蜂蜜。

在仪式话语中，爱、欢乐与自由乃至少年的恶作剧都能够作为英雄的成长史加以叙述，“爱情给肉体的馈赠”，“月琴和竖笛”的纯粹，作为“眼睛与自由的节日”的火把节，“重启星辰诺言的头巾和糖果”，在哀悼丧失之际，尘世、感性、欢乐与艺术进入了最终的生命颂辞。“你在勇士的谱系中告诉他们，我是谁！在人性的/终结之地，你抗拒肉体的胆怯，渴望精神的永生。”在与荣誉紧密相连的勇气之外，音乐作为一种表现和语言被给予了最高的评价：“只有口弦才是诗人自己的语言/因为它的存在爱情维护了高贵、含蓄和羞涩。”月琴和竖笛，尤其是彝人普遍喜爱的口弦，它们创造了声音而不是事物，就像信仰和爱的物质形象，音乐触及人内心深处的信念却又是“不及物”的语言，维护了爱的“高贵、含蓄和羞涩”。在挽歌的追忆话语中，缘于音乐维护了爱，这最高贵的人类价值，音乐–诗歌–诗人，或广义的艺术品质也属于英雄或“勇士的谱系”。

那是你与语言邂逅拥抱火的传统的第一次
从德古那里学到了格言和观察日月的知识
当马布霍克的獐子传递着缠绵的求偶之声
这古老的声音远远超过人类所熟知的历史
你总会赶在黎明之光推开木门的那个片刻
将尔比和克哲溶于水，让一群黑羊和一群

白羊舔舐两片山坡之间充满了睡意的星团。

传记式的叙述转化为神话式的体验：“将尔比和克哲溶于水，让一群黑羊和一群/白羊舔舐两片山坡之间充满了睡意的星团”——在解释这样的叙述话语之前，需要让意识沉迷于其中一个片刻，让意识也“充满睡意的星团”，才不辜负诗的祝福——追忆性的叙述围绕着英雄的成长史展开，在骑射之外，他从智者或贤达（德古）那里学习真理与智慧，从经验中求知，学习箴言（尔比）和说唱诗歌（克哲）技能，尽管有符号的差异，这一英雄成长史十分接近古典教育中的君子六艺，只是更多一些彝族毕摩文化属性，“你在梦里接受了双舌羊约格哈加的馈赠/那执念的叫声让一碗水重现了天象的外形”。历经这一类似于兴于诗、游于艺、成于礼的修习过程，英雄成长为族群的首领：“你是闪电铜铃的兄弟，是神鹰琥珀的儿子/你是星座虎豹字母选择的世世代代的首领。”

然而在彝人这里，英雄与贵族并不意味着物质的特权，而是担当一种更高的责任，身负更沉重的使命，追忆叙事转向成人礼之后的叙述，“母性的针孔能目睹痛苦的构造/哦，众神！没有人不是孤儿”，人的生命固然参与到共同体之中，甚至参与到天地人神完整的存在，但他对置身其中的奥秘并不确然，一如责任与使命的履行。每一个人必须自我塑造，“……每一个民族都有/自己的英雄时代，这只是时间上的差别”，英雄时代不仅指向一个民族历史上的某个阶段，也是每一个时代里卓越者的生存临界点，一如《挽歌》里的父亲在自身命运中再现了这一英雄时代或黄金时代。追忆叙述进入更具个人传记的部分，尽管“你的胆识和勇敢穿越了瞄准的地带/祖先的护佑一直钟情眷顾于你”，也仍然发生了一场事变——

那是浩大的喧嚣，据说在神界错杀了山神
也要所为者抵命，更何况人世血亲相连的手指
杀牛给他！将他围成星座的
肚脐，为即将消失的生命哀号，
为最后的抵押救赎
那是习惯的法典，被继承的长柄镰刀

在鸦片的迷惑下，收割了兄长的白昼与夜晚
此刻唯有你知道，你能存活下来
是人和魔鬼都判定你的年龄还太小。

这是关于父亲生平传记中的一次事变和处理危机的叙述，其中既有真实的血亲复仇仪式，也有与死亡的象征交换及和解仪式："杀牛"抵押救赎，围成星座的"肚脐"，就像在母体或宇宙的中心，发生了兄长的死亡和他的幸存。挽歌的仪式或仪式上的挽歌将一种英雄传记与一种民族志书写融合在一起。"那是你爬在一株杨树，以愤怒的名义/射杀了一只威胁孕妇的花豹，它皮上留下/的空洞如同压缩的命运"，对英雄的颂扬永远包含着对牺牲或死亡的赞颂："只要群山亦复如是，鹰隼滑动光明的翅膀/勇士的马鞍还在等待，你就会成为不朽。"英雄的本质意味着将死亡转化为不朽，在自身践行那些属于英雄史诗或黄金时代的品质：爱，承担责任，自我牺牲，并通过它们克服对死亡的恐惧。

并不是在繁星之夜你才意识到什么是死亡
而拒绝陈腐的恐惧，是因为对生的意义的渴望
你知道为此要猛烈地击打那隐蔽的，无名的暗夜
不是他者教会了我们在这片土地上游离的方式
是因为我们创造了自我的节日，唯有在失重时
我们才会发现生命之花的存在，也才可能
在短暂借用的时针上，一次次拒绝死亡。

让人克服死亡恐惧的最终是"对生的意义的渴望"，它让英雄在"无名的暗夜"里创造出"自我的节日"，并一次次"拒绝死亡"。在这一深具人类学意味的实践中，人并不是孤立无助的，天地人神的"参与"再次成为叙述的焦点，"如果不是哲克姆土神山给了你神奇的力量/就不可能让一只牛角发出风暴一般的怒吼"，无论是神山赋予的力量，还是从牛角发出的怒吼，都意味着万物参与了英雄的行为与命运，或者说，人参与到万物之中，参与并参证万物的秘密与力量——

你注视过星星和燕麦上犹如梦境一样的露珠
与生俱来的敏感，让你察觉到将要发生的一切
那是崇尚自由的天性总能深谙太阳与季节变化
最终选择了坚硬的石头，而不是轻飘飘的羽毛。

传记式的挽歌或追忆，来到了英雄生命的历史转折点，“那是一个千年的秩序和伦理被改变的时候/每一个人都要经历生活与命运双重的磨砺”，追忆的后半部分变成了字里行间的叙述，叙事转向了隐微修辞：“革命和战争/让兄弟姐妹立于疾风暴雨，见证了希望/也看见了眼泪，肉体和心灵承担天石的重负/你的赤脚熟悉荆棘，但火焰的伤痛谁又知晓/无论混乱的星座怎样移动于不可解的词语之间/对事物的解释和弃绝，都证明你从来就是彝人。”传记性的追忆在挽歌中是简略的，却传递出一种辩证叙事：混乱的星座与词语的位移，都昭示了世界秩序与社会伦理的巨变，然而，他又能在巨变的历史中保持着自我，选择了“坚硬的石头”。

你靠着那土墙沉睡，抵抗了并非人的需要
重新焊接了现实，把爱给了女人和孩子
你是一颗自由的种子，你的马始终立于寂静
当夜色改动天空的轮廓，你的思绪自成一体
就是按照雄鹰和骏马的标准，你也是英雄……

穿越了混乱的历史动荡，他仍然契合史诗的尺度，符合“雄鹰和骏马的标准”。追忆性的传记叙述即将告一段落。现在到了最终的时刻。生命的真谛是为死亡做准备，“你在活着的时候就选择了自已火葬的地点/从那里可以遥遥看到通往兹兹普乌的方向”，那是彝族传说中六个部落会盟迁徙出发之地，这意味着死亡的路也是回归的路，死亡是又一次迁徙，是一次可逆的旅程。而离开也是参与，而缺席终将在场，“你告诉长子，酒杯总会递到缺席者的手中”，没有死亡的恐惧，因为无数“先辈”或先贤，已逝者构成了人类存在的不朽之链。“存在之

物将收回一切，只有火焰会履行承诺”。

从追忆性的传记叙述，挽歌回到了仪式时刻的前夜：“你的葬礼/就在明天，那天边隐约的雷声已经告诉我们/你的族人和兄弟姐妹将为你的亡魂哭喊送别。”一场葬礼有如在场与缺席、事件与符号之间不可能的统一。

哦，英雄！当黎明的曙光伸出鸟儿的翅膀
光明的使者伫立于群山之上，肃穆的神色
犹如太阳的处子，他们在等待那个凝望时刻
祭祀的牛头反射出斧头的幻影，牛皮遮盖着
哀伤的面具，这或许是另一种生的入口
再一次回到大地的胎盘，死亡也需要赞颂

仪式是一场集体戏剧，每个参与者是个人也是角色，等待着合适的时刻合适的地点，参与到共同体的仪式之中。一个与逝者同在的社会群体，才能让死亡成为“另一种生的入口”。在这个共同体之中，人既不孤立地活着也不是孤独地离开，生与死都不是一种游离于共同体之外的事件。仪式不仅属于一个世代繁衍的族群，黎明、光、群山、太阳也参与到这一仪式中，苍天、大地与诸神的象征符号，牛头、斧头与面具的符号，都参与仪式的神话叙事，因为“死亡也需要赞颂”。

给每一个参加葬礼的人都能分到应有的食物
死者在生前曾反复叮嘱，这是最后的遗愿
颂扬你的美德，那些穿着黑色服饰的女性
轮流说唱了你光辉的一生，词语的肋骨被
置入了诗歌，那是骨髓里才有的万般情愫
在这里你会相信部族的伟大，亡灵的忧伤
会变得幸福，你躺在亲情和爱编织的怀抱
每当哭诉的声音被划出伤口，看不见的血液
就会淌入空气的心脏，哦，琴弦又被折断！

不是死者再听不见大家的声音，相信你还在！
当那个远嫁异乡的姐姐说：“以后还有谁能
代替你听我哭泣”，泪水就挂在了你的眼角

挽歌中一直隐含着的仪式，现在来到了叙述现场。仪式中有逝者的缺席与在场，他选择了自己的火葬地、安排了葬礼宴饮的食物，甚至仿佛聆听了亲人的哭泣。爱，记忆，和表达爱与追忆的共同仪式，应验着古老的“祭如在”的信念。仪式完成了对逝者的追忆，转向对生与死的思考。主方和客人在这里用“克哲”的舌头——即说唱诗歌形式——“回答永恒的死亡是从什么时候来到人间/逝去的亲人们又如何在那白色的世界相聚/万物众生在时间的居所是何其的渺小卑微/只有精神的勇士和哲人方才可能万古流芳”。仪式上的话语是诉说给逝者的，也是对祖先与诸神的感恩之举。挽歌借用了古老的祭祀仪式、送魂经、巫术、星相学等众多的或许我们已经不明其义的象征符号，然而挽歌并非让死亡停留在神秘主义的暗喻里，更不是还原到某种蒙昧主义的区域内，而是驱逐了蒙在现代社会死亡经验上的那种廉价的谎言，也驱逐了具有不洁净色彩的强制性遗忘，说出了对生命最终的颂辞与感激，也道出了逝者与之前和之后相继到来的无穷生命之间的永恒联系，道出了一种被逐渐遗忘的精神谱系。

送行的旗帜列成了长队，犹如古侯和曲涅又
回到迁徙的历史，哦，精神的流亡还在继续……

葬仪之路变成了向古老的部落迁徙路线的回溯，一个人与一个族群远古的足迹的重叠，却又是一种可逆性的旅程，一种向出发之地的返回。在人类学的意义上，一个族群的起源神话和迁徙神话（也是英雄史诗）是塑造族群认同感的叙事，这一叙事将神话融入历史，把“起源”与“迁徙”融为一体。在这一历史神话的语境中，死亡既是“返程”，又是“迁徙”，《挽歌》保留了死亡的原型意象又赋予了现代含义：一种持续的“精神的流亡”，向着已知的未知——

哦，英雄！古老的太阳涌动着神秘的光芒

那群山和大地的阶梯正在虚幻中渐渐升高
领路的毕摩又一次抓住了光线铸造的权杖
为最后的步伐找到了维系延伸可能的活水
亡者在木架上被抬着，摇晃就像最初的摇篮
朝左侧睡弯屈的身体，仿佛还在母亲的子宫
这是最后的凯旋，你将进入那神谕者的殿堂
你看那透明的斜坡已经打开了多维度的台阶
远处的河流上飘落着宇宙间无法定位的种子
送魂经的声音忽高忽低，仿佛是从天外飘来
由远而近的回应似乎又像是来自脚下的空无
送别的人们无法透视，但毕摩和你都能看见
黑色的那条路你不能走，那是魔鬼走的路。

在仪式的背后是神话叙事，在神话背后是某种原始信仰。对当今社会来说，信仰已晦暗不明，神话叙事支离破碎，仅余程式化的不明其意的仪式尚且残留着。而在吉狄马加的挽歌中，神话仍然是可以讲述的往事与预言，对死亡与亡灵的言说以一种信念为基础。挽歌的出现意味着在死亡、信仰与话语之间存在着并非偶然的联系，在挽歌的最后，万物仍然神话般地参与到一场人类的仪式之中：涌动的光芒，群山和大地上升的阶梯，神谕的殿堂，生命的活水、母体与摇篮，飘荡的种子和呼召的音节——

沿着白色的路走吧，祖先的赤脚在上面走过
此时，你看见乌有之事在真理中复活，那身披
银光颂词里的虎群占据了中心，时间变成了花朵……

死亡有如最终的凯旋。对死亡的言说建立在一种古老的信仰之上，为着一种不朽的信念，对死亡的言说成为必要的。对英雄的颂辞变成了为人类最终福祉的祈祷，不再有敌对的颜色，“不用法律捆绑，这分明就是白色，为新的仪式”，那里也不再可能产生勇武式的英雄，“那里找不到锋利的铁器，只有能变形的柔软

的马勺”，它是一个古老民族富有现代意义的寓言，“只有为北斗七星准备的梯子”，那里是一种永久和平的世界。回归却不再重复。“光的楼层还在升高”，“白色的骨架已经打开，从远处看它就像宇宙间的一片叶子”。仪式最后的时刻到了——

> 哦，英雄！你已经被抬上了火葬地九层的松柴之上
> 最接近天堂的神山姆且勒赫是祖灵永久供奉的地方
> 这是即将跨入不朽的广场，只有火焰和太阳能为你咆哮
> 全身覆盖纯色洁净的披毡，这是人与死亡最后的契约
> 你听见了吧，众人的呼喊从山谷一直传到了湛蓝的高处
> 这是人类和万物的合唱，所有的蜂巢都倾泻出水晶的音符
> 那是母语的力量和秘密，唯有它的声音能让一个种族哭泣
> 那是人类父亲的传统，它应该穿过了黑暗简朴的空间
> 刚刚来到了这里，是你给我耳语说永生的计时已经开始
> 哦，我们的父亲！你是我们所能命名的全部意义的英雄
> 你呼吸过，你存在过，你悲伤过，你战斗过，你热爱过
> 你看见了吧，在那光明涌入的门口，是你穿着盛装的先辈
> 而我们给你的这场盛典已接近尾声，从此你在另一个世界。

葬礼和《挽歌》一起抵达了神圣时刻：在具有象征意义的“九层”松柴之上，在供奉着祖灵的神山之巅，在接近天堂和太阳的地方，火焰将升起。从山谷传出众人的呼喊并非仅仅是一种悲哀，“这是人类和万物的合唱，所有的蜂巢都倾泻出水晶的音符/那是母语的力量和秘密，唯有它的声音能让一个种族哭泣”，这是迎向恩典的哭泣，一如众神参与的盛典，超越了忧郁与哀伤。万物的合唱也是万物的参与，一如人的生与死都参与到天地万物的秘密之中。存在、悲伤、战斗、热爱，都是个人参与不朽的共同体命运的方式，一如呼吸与万物之间的生命交换。而死亡，则是参与到“另一个世界”，一个先辈组成的世界。仪式意味着人类与另一个世界相交接的媒介，通过哀伤的颂辞和英雄史诗式的话语。仪式即将完成，诗人最后即将点燃火焰，这是葬礼上的火焰，也是许多年后语言

的仪式，语言的火焰，即一首挽歌的完成——

哦，英雄！不是别人，是你的儿子为你点燃了最后的火焰。

吉狄马加《迟到的挽歌》是一部关于生与死的民族志寓言，也是一部英雄式的人类学诗篇。这意味着，《迟到的挽歌》不仅颂扬了一位英雄的父亲，而且旨在赞颂一种对待生与死的英雄气质，赞颂一种天地人神共同参与的黄金时代般的生活世界。因而《挽歌》不是悼词，而是从虚无主义的阴影中升起的生命颂歌。《迟到的挽歌》一如诗人点燃了“最后的火焰”，被仪式般的语言说出的死亡终将摆脱人类经验中不可言说的晦暗，被赞颂的死亡转化为被首肯的生命，让人类灵魂拥有了一种不朽的位置。挽歌和隐含在挽歌中的仪式圣化了生与死，将世俗世界与不朽的精神空间链接起来，将悲伤的时刻转向恩典的时刻。或许应该说，精神空间和恩典时刻，并不存在于宇宙的某处，但又充溢在群山与大地上，存在于苦荞、燕麦和蜂巢的每一滴蜜里；不朽的属性存在于人类自身最深邃的渴望中，存在于天地人神共同参与的仪式之中，也存贮于彝人的“尔比”和“克哲”里，即存贮在诗歌的话语中。而《挽歌》的写作，则是语言神话向其自身的永久回归。这也是在祛魅的世界里被放逐的生命意义和人类尊严的回归。

2020年10月于大理

〈作者简介〉

耿占春，20世纪80年代以来主要从事诗学研究和文学批评，主要著作有《隐喻》《观察者的幻象》《叙事美学：探索一种百科全书式的小说》《失去象征的世界》《沙上的卜辞》等。有思想随笔和诗歌写作。曾获第七届“华语传媒奖年度批评家奖”，第四届“当代中国优秀批评家奖”等。现为大理大学中国文艺评论基地特聘教授，河南大学教授。

一首长诗的关键词与精神剖析

——关于吉狄马加《迟到的挽歌》

◇ 霍俊明

吉狄马加新近完成的长诗《迟到的挽歌——献给我的父亲吉狄·佐卓·伍合略且》再一次回到了他诗歌写作的起点和源头，即彝族人的生死观念、族裔信仰、属地性格、精神图谱、地方性知识以及整体性层面对人的本质问题的终极对话和思想盘诘。这首长诗无论是在诗歌结构、语言成色还是在家族叙事、历史想象力、经验以及超验的深度上都具有不言自明的超强精神载力。

实际上，对于一首诗尤其是长诗的解读来说，其途径和方法是多样的，本文则尝试从“关键词”和“精神剖析”互相支撑的角度出发，尽可能立体地呈现这首长诗的内质、结构、语言以及精神姿态和想象方式。

长诗：“终极文本”与“总体性诗人”

诗歌从时间序列上构成了一个人的语言编年史和思想档案，而在所有的文体中最难持续进行的就是诗歌。里尔克说作家天生就应该有三种敌意，即对所处的时代、母语和自己的敌意。这三种古老的“敌意”最终成就的正是总体性诗人。在时间的刻度和未来读者的注视下，一种总体性诗人注定要诞生，这一类型的诗人与长诗之间存在着密不可分的关联，而优异甚至伟大的长诗所最终塑型而出的正是终极文本，比如杜甫的《秋兴八首》、但丁的《神曲》、里尔克的《杜伊诺哀歌》、德里克·沃尔科特的《白鹭》以及《奥麦罗斯》。在中国当代诗人中吉狄马加善于写作长诗是不争的事实——比如《我，雪豹……》《大河》《致马雅可夫斯基》《裂开的星球》《迟到的挽歌》，这显示了吉狄马加对“诗人中的诗人”和“总体性写作”的不断探寻和叩访的勇气、韧力和精神耐力。与此同时，这也是对“碎片化”写作的提醒和反拨。“总体性诗人”都有一个共性，就是它们能够做到真正意义上的“持续性写作”或者“总体性写作”。确实，近年来中国诗人却越来越滥用个人经验，个人成为圭臬，整体性不复存在，取而代之的是一个个新鲜的碎片。总体性诗人的出现和最终完成是建立于影响的焦虑和影响的剖析基础之上的，任何诗人都不是凭空产生、拔地而起的。与此相应，作为一种阅读期待，我们的追问是谁将是这个时代的“杜甫”或者“沃尔科特”？一百年的新诗发展，无论是无头苍蝇般毫无方向感地取法西方还是近年来向杜甫等中国古典诗人的迟到的致敬都无不体现了这种焦虑——焦虑对应的就是不自信、命名的失语状态以及自我位置的犹疑不定。这是现代诗人必须完成的“成人礼”和精神仪式，也必然是现代性的丧乱。显然，任何时代需要的都是“诗人中的诗人”的诞生。这类诗人往往是自我拔河、自我角力、自我较劲。这首先需要诗人去除外界对诗人评价的幻觉以及诗人对自我认知的膨胀意识。这类诗人尽管已经在写作上形成了明显的个人风格甚至带有显豁的时代特征，并且也已经获得了广泛的认可，但是他们对此却并不满足。也就是他们并不满意于写出一般意义上的“好诗”，而是要写出具有“重要性”的终极文本。这也是对其写作惯性和语言经验的不满。由此，我想到的是奥登关于“大诗人”的五个标准：“在我看来，一位诗人要成为大诗人，则下列五个条件之中，必须具备三个半左右才行：①他必须多产。②他的诗在题材和处理手法上，必须范围广阔。③他在洞察和提炼风格上，必须显示独一无二的创造性。④在诗体的技巧上，他必须是一个行家。⑤就一切诗人而言，我们分得出他们的早期作品和成熟之作，可是就大诗人而言，成熟的过程一直持续到老死，所以读者面对大诗人的两首诗，价值虽相等，写作时序却不同，应能立刻指出，哪一首写作年代较早。相反地，换了次要诗人，尽管两首诗都很优异，读者却无法从诗的本身判别它们年代的先后。”（《〈十九世纪英国次要诗人选集〉序》）

从一个更长时效的阅读来看，长诗与总体性诗人往往是并置在一起的，二者在精神深度、文本难度以及长久影响力上都最具代表性。“达尔维什晚期的巅峰之作长诗《壁画》，让我阅读之后深受震撼，这个版本也是薛庆国先生翻译的。达尔维什早期的诗歌基本都是抗议性的诗歌，当然它们也是极为优秀的，但是从人类精神高度的向度上来看，《壁画》所能达到的高度都是令人称奇的。我个人认为正因为达尔维什有后期的那一系列诗歌，他毫无悬念地成为20世纪后半叶最伟大的诗人之一。”（吉狄马加《在时代的天空下——阿多尼斯与吉狄马加对话录》）值得注意的是很多中国诗人以及评论家对长诗所使用的标准往往并不是中国本土的，而是更多来自西方，比如庞德、但丁、艾略特等。这是一种不对等的、失衡的写作心理焦虑，也是汉语长期缺乏自信的一个显影（实际上从古至今汉语诗歌一直比较缺乏“史诗”的传统，尽管很多民族存在着口传意义上的民族创世史诗），更多的人太过于依赖西方中心主义的“史诗”幻觉了。真正的诗人会在现实、命运以及文字累积中（尤其是长诗）逐渐形成“精神肖像”乃至“民族记忆”，尽管这一过程不乏戏剧性甚或悲剧性。长诗对于很多诗人而言更像是“一部行动的情书”（昌耀）。从这个意义上说，实际上只存在着一种想象中的长诗“元诗”范本，每个具体的诗人完成的只是其中的一个局部或者碎片。

坛城与地图：加密的语言与精神标识

吉狄马加《迟到的挽歌》这首长诗所折射出来的彝人地图、大地记忆、家族基因、地方属性、精神姿态以及“英雄时代”的世界观更像是一个坛城，“凝视一座坛城，提升自己的心灵。这种相似性并不止于语言与象征意义上的重合，而是更有深远的内涵。我相信，森林里的生态学故事，在一片坛城大小的区域里便已显露无疑。事实上，步行十里格路程，进行数据采集，看似覆盖了整片大陆，实际却发现寥寥。相比之下，凝视一小片区域，或许能更鲜明、生动地揭示出森林的真谛。”（戴维·乔治·哈斯凯尔《看不见的森林》）质言之，具象和抽象、经验和超验、呈现和表现、表象与幻象、生与死等如此精确又复杂地缠绕在一起。每一个词和每一个意象、场景都构成了精神和类宗教坛城的点和线，它们既是可见的空间又是不可见的世界，而诗人正是站在瞬间和永恒、此岸和彼岸、生和死、词与物的界限或视域来予以考察、辨析、发问和盘诘的。

“坛城”属于加密的表现方式和精神思维，而吉狄马加的这首长诗《迟到的挽歌》同样属于“加密”式的语言方式，“口弦才是诗人自己的语言”。

这首长诗多达二十四个“注释”，如此高密度的“引文”对应了彝人的族群世界、语言体系和精神信仰，“那是你与语言邂逅拥抱火的传统的第一次/从德古那里学到了格言和观察日月的知识”。

“克玛阿果”“吉勒布特”“日都列萨”“阿布则洛”“兹兹普乌”“毕摩”“姆且勒赫”等陌生的“加密”词汇对应了“地名”“传说”“古老部落”“原始宗教”“神山”“女神”“谚语”“箴言”“图腾”“护身符”等更为神秘而不可解的世界。按照古彝文经典《勒俄特俄·雪子十二支》，“草、柏树、蛙、蛇、鹰、熊、人等动植物源出于雪，都是雪的子孙”。在吉狄马加诗歌的词语构成和意象世界中，这一切带有人类童年期记忆的遗留：“回到幻想虫蛹的内部，童年咬噬着光的羽翼”，“谁能解释童年的秘密，人类总在故伎重演”。所以，诗歌要想承担记忆功能的话，诗人面对“母语”就要不断完成对语言的加密和解密的过程。尤其是在世界性图景的扁平思维和诗歌中越来越频繁出现的是表象世界，而像吉狄马加这种加密类型的语言系统和意象谱系已成为极其稀罕的个例，“对事物的解释和弃绝，都证明你从来就是彝人”。

对于族裔和本地居民而言，地图和魂路图还意味着他们的精神依托和记忆标识，尤其是在地方性知识和大地伦理遭遇前所未有挑战的时候，“那是一个千年的秩序和伦理被改变的时候/每一个人都要经历生活与命运双重的磨砺”。在吉狄马加这里，“彝人地图”是属于不灭的记忆和自由意志的，那些地图上近乎可以被忽略的点和线是有表情的，有生命力的，是立体和全息的，是可以一次次重返、抚摸和漫游的。实际上每一个写作者都有自己现实故乡的地图和写作者更为精神化的记忆式地图，这些地图不只是一个个点和一条细线而是实体和记忆结合的产物，是想象的共同体，因为地图上以往的事物已经不复存在，只有精神地图维持了记忆的持续和往昔的景象。这既是地理上的又是精神上的标识——最后的标识，“常常是用来标识与所有作品或生产者相关的最表面化的和最显而易见的属性。词语、流派或团体的名称专有名词之所以会显得非常重要，那是因为他们构成了事物：这些区分的标志生产出在一个空间中的存在”（皮埃尔-布迪厄《艺术的法则——文学场的生成和结构》）。经由吉狄马加诗歌中这些小点以及点和点之间构成的线，我们看到了一个诗人的精神原乡和多年来寻找的返回路径。

“父亲”：原型象征与精神共时体

《迟到的挽歌》是一首显而易见的关于“父亲”的诗，关于死亡的挽歌，关于永恒和重生的原型象征的浩叹，也是一个家族英雄的史诗。

在阅读《迟到的挽歌》这首诗的过程中我不断被这位“父亲”撞击着，这既是一个彝人的“父亲”——“你与酒神纠缠了一生，通过它倾诉另一个自己”，一个诗人的“父亲”，又是精神世界中“我们的父亲”。死亡的父亲尽管肉体已经消失于一场大火之中，但是他的性格、精神、印记都通过基因和记忆的方式得以延续，所以这是能够穿越死亡而得以“永生”的精神共时体的“父亲”。

“父亲”正是经典的原型象征，而原型象征在现代诗中常常以人格模式和情结模式的方式来达成。原型象征是指诗人在写作中直接从神话原型（archetype）或仪式、种族记忆等母题中找到象征体。由此，我一次次想到当年威廉·福克纳所说的一句话：“他的父亲不仅肉体上为他播下种子，而且往他身上灌输了做一个作家必须具备的那种信仰，那就是相信自己的感情是很重要的，父亲另外还灌输给他一种欲望，迫切希望把自己的感情诉说给别人听。”（《舍伍德·安德森》）

“父亲”总会成为诗人、作家们叙述道路中绕不开的关键形象，有时“他”是具体的，有时则带有时代整体的象征，而后者更像是一个个精神寓言所支撑起来的族谱、档案。

那么，什么才是真正意义上的与时代和个体都密切相关的真实的“父亲”？也许，“真实”这个词已经变得越来越可疑，不仅每个人的生活和命运差异巨大，而且每个作家通过文字来再现或虚构的方式颇为不同。由此，我们只能从精神现象学的角度来观看那些多侧面的镜像之中的由碎片、点阵或拟像所建立起来的复数的“父亲”。

在吉狄马加沉暗和光明夹杂的笔调下我们看到了一个无名的父亲被正名的过程，面孔模糊的父亲越来越清晰，他是童年的父亲、沉默的父亲、英雄的父亲。“父亲”因为诗人的记忆和命名能力而成为永生的信条，“遗失的颂词将从褶皱中苏醒”。

“父亲”形象在“集体失忆的黑暗时代”（雅各布森语）变得愈加必要而又无比艰难。必须注意的是吉狄马加既是站在“儿子”和“彝人”的角度来讲述父亲的，同时又是站在“同时代人”“同时代性”位置的正名者和讲述者。他的讲述是从大山、土地、大地的胎盘、黑夜和“垂直的晦暗”开始的——由“父性”形象我们总会直接想到土地、家族以及大地伦理，也从火把、光、雄鹰、羚羊、双舌羊、阶梯和“白色的路”、“白色的世界”讲起，这是一个世代又一个世代“父系”的影像叠加和基因承续。

吉狄马加是站在现实和想象交叉的位置来叙述和重塑“父亲”的，这些空间既是日常空间、地方空间又是想象空间、信仰空间。质言之，在生与死的对视中诗人发现和创设了“第三空间”——

> 树木在透明中微笑，岩石上有第七空间的代数
> 隐形的鱼类在河流上飞翔，玻璃吹奏山羊的胡子
> 白色与黑色再不是两种敌对的颜色，蓝色统治的
> 时间也刚被改变，紫色和黄色并不在指定的岗位
> 你看见了一道裂缝正在天际边被乘法渐渐地打开

在“祖先的斧头掘出了人魂与鬼神的边界”这样的“第三空间”中，物化和精神化、人性和神性、死亡与永生能够被同步观照和探测。由此，经过了综合处理的“父亲”形象在这一常识文本中反复现身。这一“父亲”显然不是吉狄马加一个人的父亲，而是融合了不同个体的差异性经验之后的“我们的父亲”“想象的父亲”“寓言化的父亲”以及命运共同体的父亲。正是借助这一复合体的“父亲”结构，吉狄马加得以一次次如此艰难异常地完成对人、彝人、人性、家族、命运、现实以及历史的综合考察和内在挖掘。“父亲”这一形象的寓意和精神指向显然既是变化的又遵循了古老的精神法则。总之，这是一个无比寻常又不同寻常的“父亲”形象或“父系”的精神谱系，经由“父亲”向家族的上游（“祖父”“祖先”）和下游（“我”“儿子”“孙子”等）两个维度拓展。

死亡与葬仪：“唯有死亡的秘密会持续”

《迟到的挽歌》是关于“父亲”的挽歌——经由彝人的口琴和火葬的大火一起来完成，这必然会涉及死亡与葬仪的母题——

你的身体已经朝左屈腿而睡
与你的祖先一样，古老的死亡吹响了返程
那是万物的牛角号，仍然是重复过的
成千上万次，只是这一次更像是晨曲。

对于死亡的深度关注，吉狄马加如是说：“唯有在失重时/我们才会发现生命之花的存在，也才可能/在短暂借用的时针上，一次次拒绝死亡。”我想到E.M.齐奥朗说的一句深刻而惊心的话：“只有在命悬一线的时候你才真正活着。”

在居住于尼罗-刚果分水岭地带的阿赞德人那里，巫术和降神会仪式也往往借助击鼓和锣来进行，“除了巫医之外，还有其他人也会出席降神会，我们可以把这些人分为观众、鼓手和合唱男孩来分别描述。男人和男孩坐在离鼓很近的树上或谷仓下面，女人则离男人远远地坐在这户人家的另一边”（E.E.埃文思-普里查德《阿赞德人的巫术、神谕和魔法》）。“死亡”成为写作的终极命题，而关于死亡的抒写不只是与生命体验有关，也与原型意识和终极想象有关，“存在之物将收回一切，只有火焰会履行承诺”。自然、事件、宏伟之物和无限之物给了我们面对这一终极时刻的特殊平台，这不单是心灵冲击和检省生命，“最爱生命的时刻，也是我感到最接近死亡的时刻，无以过之。恐怖将我束缚于这个世界，比酒色之欢的丰盛更有过之。若不是身后拖着死亡在生命中载沉载浮，我会找个地方与野兽同群，像它们一样在无意识的怠惰中沉沉睡去。难道我沉迷死亡只是出于植物般的隐秘渴望，是与大自然的葬礼乐章沆瀣一气？更有甚者，那难道不是，拒绝对我们必死的事实视而不见？因为没有什么能比对死亡的思索更讨巧——但只是思索，不是死亡本身”（E.M.齐奥朗《眼泪与圣徒》）。

布罗茨基在长诗《献给约翰·邓恩的大哀歌》中向人们提问：“如果生命可以与人分享，那么谁愿意与我们分享死亡？”而吉狄马加通过长诗《迟到的挽歌》对布罗茨基的提问予以了回答，即这是一首“愿意与我们分享死亡”的诗作。实际上，吉狄马加在其早年的诗作中对凉山地区的彝族人的葬礼写过一首诗《黑色的河流》，这也是其早期的代表作，诗的开头和结尾以复沓的形式抒写了一条死亡的黑色的河流：“我了解葬礼。/我了解大山里彝人古老的葬礼。/（在一条黑色的河流上，／人性的眼睛闪着黄金的光。）”而其近作《迟到的挽歌》则将死亡和葬仪主题提升到了新的高度。

吉狄马加诗歌中的精神气质极其突出，面对“父亲”他必须在文字和母语中完成招魂、作法和祈祷的仪式，然后将文字燃烧从而照亮去往另一个空间的路，“不要走错了地方，不是所有的路都可以走”“只有属于你的路，才能看见天空上时隐时现的／马鞍留下的印记”“黑色的那条路你不能走，那是魔鬼走的路”。

彝族人的死亡、祭奠和招魂是离不开毕摩（巫师）的——“占卜者的鹰爪杯在山脊上落入谷底”，在宗教信仰和巫师仪式中灵魂被认为是人或者物特有的精神属性。斯特拉桑认为一些族群通过宗教等特殊仪式利用物质身体来影响社会运转，“如果一个灵魂永久地凭附在一个人的身上，这个人就变成了一个先知，成为一个反常的，‘不受控制’的角色”（《身体思想》）。在宗教仪式和族裔思维中梦一直占据了非常重要的地位，即使对于普通人来说梦也是具有特殊性的，比如荣格所认为的“梦是心灵最深处、最隐秘处的小暗门，它开向那个宇宙鸿蒙之夜，尚在远无自我意识之时，它曾是心灵，它将成为心灵，远超自我意识将会实现之事”（荣格《心理学对现代的意义》）。所以，“挽歌”更要携带宗教和梦仪的双重功能。

生死观念和葬仪习俗又与具体的生活环境和生存空间、地缘文化密切联系，比如大海、山地、草原、森林、沙漠和平原地区的丧葬差异就很大，至于边缘地区、少数民族以及人口较少民族地区的丧葬习俗就更是多种多样了。这一定程度上是环境与人类意识互动而最终形成的具有差异化的自我中心主义、民族中心主义以及世界观，“人类，无论是个体还是群体，都愿意把自己当作世界的中心。自我中心主义和民族中心主义在全世界似乎是普遍存在的，不过其强度在个体和群体之间是不大相同的”（段义孚《恋地情结》）。

彼得·汉德克的母亲在临终前发出最后的呼救，这是死亡的恐惧以及无比痛苦和无助的严峻时刻，最终彼得·汉德克“也在那些柏树身上又看到了古人那些神奇的树棺”（《圣山启示录》）。吉狄马加在《迟到的挽歌》中不断抒写和渲染的死亡的场景、葬礼仪式以及祭祀仪式实则是对人类原初记忆和“失去的世界”的一次次挽留。在此我们看到了死亡世界和招魂仪式的特异，我们看到了光、羊骨的炉膛、烧红的卵石、白银的冠冕、白色的路……在终极问题面前，诗人、哲学家以及僧侣、教徒在做着同一件事，甚至他们会同时做得非常具有典范性，“我经常想起古埃及的隐士，它们掘了自己的墓，然后在里面没日没夜地哭。若有人问他们为什么哭，他们就说是在为自己的灵魂流泪。在无边无际的沙漠里，一座坟墓就是一片绿洲，一个令人宽慰的所在。为了在空间中拥有一个固定点，你在沙漠里挖了个洞。然后你死去而不至于迷路”（E.M.齐奥朗《眼泪与圣徒》）在喊魂者和安魂曲的层面，我们又会再次来到吉狄马加的“父亲”和“挽歌”面前。

在现代性时间还未真正抵达和全面覆盖之前，生与死的界限以及人与世界的关系是复杂而奇异的，“对于外祖母来说，生者与死者之间并没有什么明确的界限。鬼怪神奇的故事一经她娓娓道来，便轻松平凡”（加西亚·马尔克斯、P.A.门多萨《番石榴飘香》）。然而，随着时代的发展，人与空间的禁忌、生与死的关系都发生了根本变化。

值得强调的是吉狄马加并不是孤闭的“地方主义者”，而是以“土著”“人”“诗人”的三重眼光来看待、审视“死亡”这一特殊的精神结构，从而既有特殊性、地方性又有人类性和普遍性，个人经验、族裔经验进而提升为历史经验和语言经验，“属于世界文学的作品，尽管它们所讲述的世界完全是另一个陌生的世界，它依然还是意味深长的。同样，一部文学译著的存在也证明，在这部作品里所表现的东西始终是而且对于一切人都具有真理性和有效性”（伽达默尔《真理与方法》）。

长诗《迟到的挽歌》的最后一句是：“哦，英雄！不是别人，是你的儿子为你点燃了最后的火焰。”我想说的正是“人与死亡最后的契约”产生的正是诗，也许还是终极的诗。

2020年10月于北京

〈作者简介〉

霍俊明，河北丰润人，诗人、批评家、《诗刊》副主编、中国作家协会诗歌委员会委员、中国现代文学馆首届客座研究员、首都师范大学中国诗歌研究中心兼职研究员。著有《转世的桃花——陈超评传》《于坚论》

《喝粥的隐士》（韩语版）《诗人生活》等专著、诗集、散文集等十余部。曾获国家哲学社会科学优秀成果奖、第十五届北京市哲学社会科学优秀成果一等奖、第十三届河北省政府文艺振兴奖理论批评奖等。曾参加剑桥大学徐志摩国际诗歌节、黑山共和国拉特科维奇国际诗歌之夜、第八届澳门文学节。

“双舌羊约格哈加的馈赠”

——吉狄马加《迟到的挽歌》谫论

◇ 胡　亮

1

“哦，英雄！不是别人，是你的儿子为你点燃了最后的火焰。”[①]——笔者反复考量，决定将《迟到的挽歌》的结句，引来作为这篇小文的起句。这个结句，这个场面，悲恸、沉重、庄严、圣洁，让人掩卷而复掩泪。还有比这更合适的结句吗？当然没有！——这是不可省略、不可替换、不可更改、不可移动的结句。这个结句，还呼应了这首长诗的开篇第五行：“你的身体已经朝左屈腿而睡。”[②]

为什么会是这样一种环形结构？一则，情感具有回旋性；二则，修辞亦具有回旋性。如果仅仅着眼于修辞，这种回旋性，就是钱锺书曾有提及的“圆相”“圆势”或“圆形”。“圆相”，来自古罗马修辞学家。“圆势”，来自德国浪漫派诗人。“圆形”则来自钱锺书的进一步发挥：“近人论小说、散文之善于谋篇者，线索皆近圆形，结局与开场复合，或以端末钩结，类蛇之自衔其尾，名之‘蟠蛇章法’”[③]。情感孵化修辞，修辞赡养情感，两种“圆形”，原是一种“圆形”。因而，前引结句甚至还意味着某种提醒：比如，读者——任何读者——难道不应该马上从头重读这首长诗吗？这是闲话不提。

诗人吉狄马加原名吉狄·略且·马加拉格，他将《迟到的挽歌》献给乃父吉狄·佐卓·伍合略且。这首长诗首尾所叙，正是乃父的火葬仪式——这是极为传统的彝族火葬仪式。乃父生前就已选定这座高山，“姆且勒赫”，位于凉山布

---

① 吉狄马加《迟到的挽歌》，《草堂》2020年第9期，第44页。下引此诗，均见此刊，不再注明。
② 按照彝族习俗，死者睡姿，男性朝左而女性朝右。
③ 钱锺书《管锥篇》第1册，中华书局，1986年，第230页。

拖。高山上建有高台，高台上用九层松木[①]搭有木架。众人将遗体——“全身覆盖纯色洁净的披毡”——抬上木架；死者长子，也就是诗人，将一瓶酒倾倒于遗体，然后接过了火葬师递来的火把：“是你给我耳语说永生的计时已经开始。”毕摩全程诵读古老的《送魂经》，送葬者和守灵者开始享用为死者宰杀的牛羊。知名的游吟诗人即兴赞颂死者，死者的姐妹与子女则深情哭诉或对唱（这种对唱甚至还带有一种并不掩饰的竞赛性）。

诗人叙及的这种火葬仪式，很容易让我们想到古希腊。在《伊利亚特》第二十三卷，亦即倒数第二卷，盲诗人荷马（Homer）——这个符号或可视为集体署名——曾叙及帕特罗克洛斯（Patroclus）的火葬仪式，也有木架——不过是用橡木；也有美酒——阿喀琉斯用双耳杯不断从调缸里舀酒浇酹遗体；也有牺牲——绵羊、弯腿曲角羊、大马及死者的两只爱犬；也有装殓——用金罐盛骨，用油封金罐，外罩一层柔软的亚麻布[②]。这部史诗随后所叙赫克托耳（Hector）的火葬仪式，则与此大同小异。可见流传至今的史诗，与某些少数民族——比如彝族——延续至今的古俗，能够共同揭示“人类文明的初源”，以及“人与自然最原始最直接最浑圆的共生关系”[③]。也就是说，纸上的史诗，与乎民间的古俗，乃是具有很大互证可能的人类学遗存。这样的结论无涉宗教，而指向了前宗教时期的某种原始意识。——下文陆续得出的若干结论，也全都遵循这样一个极为重要的前提。

笔者无意将吉狄马加比于荷马，也无意将《迟到的挽歌》比于《伊利亚特》。真要做一点儿“平行研究”（Parallel Study），也要比于《奥德修斯》而非《伊利亚特》。但是，一个外在的事实，却似乎强化了吉狄马加与荷马之间的缘分：早在2016年，吉狄马加就曾获颁欧洲诗歌与艺术荷马奖（Homer European Medal of Poetry and Art）。

---

① 女性死者则用七层松木。

② 参读《伊利亚围城记》，曹鸿昭译，联经出版公司，1985 年版，第 347—351 页。还可参读《伊利亚特》，罗念生、王焕生译，人民文学出版社，1994 年，第 589—595 页。

③ 吉狄马加致笔者信，2020 年 10 月 1 日。

2

就是在《迟到的挽歌》中，吉狄马加还写到送葬的场面，“送行的旗帜列成了长队，犹如古侯和曲涅又/回到迁徙的历史”。古侯，曲涅，都是古老的彝族部落，迁徙结束后定居于大凉山。彝族最有名的史诗——《勒俄特依》——就占用长得过分的篇幅，也就是整个儿后半部，不厌其烦地详述了这两个部落的源流和系谱。诗人恰是这两个部落的后裔，很多年以前，他就曾如是说过：“我写诗，是因为我知道，我的父亲属于古侯部落，我母亲属于曲涅部落。”[①]由此或可看出，“部落”“父亲”“母亲”，当然还有“群山”，就是诗人最重要的写作或表达内驱力。此种内驱力之于诗人，或如劲羽之于大凉山之鹰。

吉狄马加的父亲辞世于1987年12月25日，彼时，诗人已出版成名诗集《初恋的歌》。诗人虽然很年轻，然则才华嵯峨，头角峥嵘，何以并未及时写出悼诗或挽歌？这个看起来，似乎很奇怪。然则内行的批评家——以及诗人——自然不难洞察：悲恸，大悲恸，对写作来说恰是阻力而非助力。悲恸让写作分神，甚而至于，让写作止步。这个时候，诗，显然就是一种不得体之物。而当悲恸降温，诗就升温，悲恸结晶，诗就结胎，不意这个过程居然耗去三十三个春秋。其间，诗人于1989年喜为人父，于2016年痛失乃母，先后游宦于成都、北京和西宁，近年来复归于北京，结缘于全球，不断参加或组织开展文学活动或诗性政治活动。到2020年，诗人已然年且花甲，可谓饱经沧桑而惯见炎凉，也许这才猛地发现——天地虽宽，父母不待，荣华已备而孤独尤剧……同年4月26日，诗人终于写出《迟到的挽歌》。这个“迟到”，或有迟到的“好处”：诗人必将更加深刻地——当然也就更加深沉地——回忆、理解并赞颂乃父。

3

吉狄马加的大多数作品，看似明白而晓畅，却密布着或大或小的语义暗礁。

---

① 《一种声音——我的创作谈》，《火焰与词语——吉狄马加诗集》，梅丹理（Denis Mair）译，外语教学与研究出版社，2013 年，第 344 页。

《迟到的挽歌》亦是如此，虽然诗人加了二十四个自注，却并不能帮助汉族读者全程通航。如果不持有民族志或民俗学的专业知识，任何个人化的阐释，都只是基于一种“半知视角”而非“全知视角”。汉族中心主义将会蒙住许多读者或学者的左眼，剩下来的右眼——汉文或汉文化的右眼——难以透视那些语义暗礁。于是就有难关，就有险情，就有盲区。而较为深入的吉狄马加研究，当然，还要有彝文或彝文化的左眼。

笔者也只是一个独眼学者，或一个独眼读者，幸好借到了半只左眼——彝族青年诗人阿苏雾里的半只左眼。于是，才有了这样的可能：就从一个维度的语言空间（汉文），读出两个维度的语义空间（汉文化与彝文化）。比如，“天空上时隐时现的马鞍留下的印记”——是指支呷阿鲁及其神马对亡灵的引导；“挂在墙上的铠甲发出了异常的响动”——是指亡灵对遗物的认领；“将烧红的卵石奉为神明”——这种卵石可以去除污秽；“公鸡在正午打鸣”——这是一种凶兆；“杀牛给他”——这是一种最高的礼遇……这种精确的民族志诠释，或民俗学诠释，让笔者窥得了相对更完整更富饶的《迟到的挽歌》。当然，两个语义空间，并非总是有所错位。比如，“黑色乌鸦落满族人肩头”——无论在彝在汉，都是一种非常肯定的死亡预兆。“乌鸦愿人亡，喜鹊愿人旺”，既算得上是彝族谚语，又算得上是汉族谚语。

《迟到的挽歌》并未明确提到支呷阿鲁，只在字里行间，留下了他的身影或气息，却曾清楚写到他的“贞洁受孕”的母亲：“普嫫列依的羊群宁静如黄昏的一堆圆石。”普嫫列依乃参与创世的女神，支呷阿鲁乃彝族的祖先和英雄，他们的故事，见于《起源经》或《勒俄特依》。由此可以看出，或隐或显，《迟到的挽歌》呼应了——或暗引了——若干彝族典籍。比如，诗人所出示的死亡观——“可以死于疾风中铁的较量，可以死于对荣誉的捍卫/可以死于命运多舛的无常，可以死于七曜日的玩笑/但不能死于耻辱的挑衅，唾沫会抹掉你的名誉”——前四个分句，就来自毕摩的经文，后两个分句，则来自彝族的谚语。而《迟到的挽歌》，因受限于相对较为狭窄的取材与命意，可能会与《送魂经》，还有《指路经》，建立起更加紧密的互文性。笔者暂未找到汉译《送魂经》，却曾读过汉译《指路经》，可以断言，前者乃对亡灵的告别，后者乃对亡灵的引导。“你在活着的时候就选择了自己火葬的地点/从那里可以遥遥看到通往兹兹普乌的方向”。传说彝族六个部落（武、乍、糯、恒、布、默）会盟迁徙，出发地只有一个——兹兹普乌；定居地或有多个——包括达基沙洛。兹兹普乌位于云南昭通，达基沙洛位于凉山布拖。诗人的父亲就出生于达基沙洛，而诗人却出生于凉山昭觉。昭觉与昭通，有点像奥德修斯（Odysseus）的特洛伊城与伊塔卡岛——前者是他的征地，后者才是他的故乡。就总体和大略而言，由昭通而昭觉，乃是诗人先祖的迁徙路；由昭觉而昭通，乃是亡灵的回归路。迁徙路与回归路，虽说是两条，其实是一条，不过前者乃是大地之路，后者乃是虚空之路，前者是由出发地到定居地，后者是由定居地到出发地。明乎此，我们就不难明白，何以诗人把死亡称为“返程”，把死者称为“归来者”。《指路经》给出的虚空之路，既不空，也不虚，反而很具体，就像比例尺很大、实用性很强的旅行地图：它逐一提示沿途各地，比如“利木美姑”“斯伍尔甲”“莫木索克”“敏敏沙马”“史阿玛孜”或“昊古惹克”[①]；逐一给出注意事项，比如“春后巨蟒凶”“妇人不择夫”“短尾黑狗凶”“巨熊猖獗地”“魔鬼呈凶地”或“蜇虫满路口”。虚空之路，有两条，一条是去祖界的白色之路（当往），一条是有魔鬼的黑色之路（当避）。《指路经》早有明示，“等待从此后，又见错路口”，“中央道路白，尔要由此去”。《迟到的挽歌》亦有提醒：“不要走错了地方”，“沿着白色的路走吧”。虽说如此，经与诗，毕竟还是两码事。我们不难想象到这样的情景，并且欣慰于这样的结果：诗人一边默诵《指路经》，一边创作《迟到的挽歌》，前者虽有耐心的啰唆，后者终得精心的洗练。

4

《迟到的挽歌》——仅看题目和题材——所带来的阅读期待，对汉族读者来说，其必为悲恸之诗与沉重之诗（亦即九泉之诗），对彝族读者来说，还当是庄严之诗与圣洁之诗（亦即九天之诗）。随着这首长诗的逐渐推进，其底色不断变亮，直到每个字都洋溢着令人艳羡的光辉、豪迈和永恒。吉狄马加遵循《指路经》，把父亲送抵了支呷阿鲁的身旁。既然死亡就是永生——那么，“这是最后

① 安尔收集整理《指路经》。下引此经，不再加注。

的凯旋”，那么，“死亡也需要赞颂”！

诗人对父亲的赞颂开始于这首长诗的第十五节，“哦，英雄”；复见于第二十四节，“你是闪电铜铃的兄弟，是神鹰琥珀的儿子/你是星座虎豹字母选择的世世代代的首领”；复见于第三十一节，“就是按照雄鹰和骏马的标准，你也是英雄”；复见于第三十三节，“哦，英雄”；复见于第三十四节，“哦，英雄”；复见于第三十七节，“哦，英雄”，“你是我们所能命名的全部意义的英雄”。这种从不止步的复沓，永不回头的递进，让这首长诗从悲恸之诗与沉重之诗，不知不觉间就蝶变为庄严之诗与圣洁之诗。

这首长诗愈是临近收尾，对父亲的赞颂，对祖界的赞颂，就愈是难以两分。对此，连诗人也难以两分——当他赞颂祖界，就是赞颂父亲；当他赞颂父亲，就是赞颂祖界。花开两朵，本是一枝。如果继续阅读《指路经》，我们就可以知道，祖界乃不枯不倒之地，不老不少之地，不死不病之地，不热不寒之地，花朵常开、树枝常青而牛羊满地。而诗人对祖界的描绘，如痴如醉，既有朴素的原始之美，又有新异的现代之美——“透明的斜坡”“多维度的台阶”“无法定位的种子”“时间变成了花朵”“树木在透明中微笑”“岩石上有第七空间的代数”“光的楼层还在升高”“这不是未来的城堡，它的结构看不到缝合的痕迹”，“那里找不到锋利的铁器，只有能变形的柔软的马勺”，“那里没有等级也没有族长，只有为北斗七星准备的梯子”。诗人展现出来的瑰丽想象力，跨民族，跨文化，跨学科，或在眼前，或落天外，无疑早就已经逾出了彝族典籍。笔者也就乐于旁逸斜出，就前文讨论过的问题，抽空在这里作个不算多余的补充：诗人极为尊重自己的传统，却又从来不惮于钻出互文性之雾，另辟陌生化之境。故而这首长诗，既能给读者——尤其彝族读者——以亲切感，又能给读者——包括汉族读者——以惊奇感。

上段文字写到后头有点跑马，本段文字必须速返当前正题——是的，笔者恰好想要说明：诗人已把这首长诗，从确定的挽歌，写成了更加确定的颂歌。既是生命的颂歌，也是死亡的颂歌，亦即诗人所谓“人类和万物的合唱”。这样的语义弧线，毫无疑问，早就逸出了汉族读者的阅读期待。按照汉族的传统，其底线，最多只能接受陶渊明式的角色分派：“亲戚或余悲，他人亦已歌。”[①]“亲戚”与“他人”，“或余悲”与“亦已歌”，想来存有相当程度的冲突。否则，这首《挽歌诗》就会显得很滑稽，甚至会挑战汉族的道德观。然而，彝族的道德观——以及生命观和死亡观——或可将前述冲突冰释为更高的和谐。正如我们之所见：吉狄马加就以一人之身，兼领“悲者”与“歌者”，最终将《迟到的挽歌》在颂歌的意义上推向了一个水晶般的峰顶。

5

“儿子”对“父亲”的赞颂或过度赞颂，在汉文化语境，也会得到尺度很大的鼓励或宽容。即便基于这样的前提，吉狄马加对“父亲”的赞颂，也似乎显得有那么一点儿“夸张”。而下文的讨论则要容许笔者暂时追随保守的赫什（Eric Donald Hirsch），像他一样，大喊一声：“保卫作者！”[②]作者的立场是什么？作者的意图是什么？虽然在大多数汉族读者看来，“父亲”等于“父亲”；但是在诗人或彝族读者看来，“父亲”大于“父亲”。也就是说，“父亲”的语义选项，可以加上“英雄”“祖先”甚或“支呷阿鲁”。如此说来，并非无据。来读诗人的一个名作——《自画像》：“我传统的父亲/是男人中的男人/人们都叫他支呷阿鲁。”因此，不是“夸张”，而是“赤诚”和“热烈”。故而《迟到的挽歌》，与其说是献给父亲——单数父亲——的挽歌，不如说是献给民族——亦即彝族——的颂歌。

这个话题必须有所展开，以便引出一个同样重要的结论。“父亲”的语义选项，当然，就会波及“儿子”的语义选项。这次的“儿子”有点儿特殊，是的，他正是《迟到的挽歌》的作者。这是一个单数作者吗？不，复数作者。这是一个家庭之子吗？不，民族之子。“脱粒之后的苦荞一定会在/最严酷的季节——养活一个民族的婴儿。”大多数汉族诗人早已无视自己的民族性，也许，只有少数民族诗人——比如彝族诗人——才有欲望和机会获得这样的“作者身份”。

---

① 《挽歌诗》其三，《陶渊明集》卷五。

② 参读赫什《解释的有效性》，王丁译，高建平、丁国旗主编《西方文论经典》第5卷，安徽文艺出版社，2014年，第527—554页。

6

那么，《迟到的挽歌》是一首抒情诗，还是一首叙事诗呢？依据文体学常识，挽歌也罢，颂歌也罢，都是抒情诗无疑。但是，且慢，这首长诗追忆了父亲的生平：从“婴儿”，到“童年”，从“在悬崖上取下蜂巢”，到“把一只羊推下悬崖”，从“偷窥了爱情给肉体的馈赠”，到“学到了格言和观察日月的知识”，从“射杀了一只威胁孕妇的花豹”，到“让一只牛角发出风暴一样的怒吼”，从“肉体和心灵承担天石的重负”，到“把爱给了女人和孩子”。此外，诗人还为父亲的旅程与返程请来了向导：除了“光明的使者”和“盛装的先辈”，还有并未现身而又无处不在的“支呷阿鲁”。这也让我们想到但丁（Dante Alighieri）的向导：除了地狱向导和炼狱向导“维吉尔”（但丁所尊重的古罗马诗人），还有天堂向导“贝亚德”（但丁所喜爱的早夭少女）。吉狄马加所使用的这种史诗或拟史诗般的叙事学，让这首善始善终的抒情诗，在一个半山腰，差点突变为中规中矩的叙事诗。

《迟到的挽歌》——如前所述——具有显而易见的“史诗可能性”，无论我们的参照物，是彝族史诗《勒俄特依》还是荷马史诗《奥德修斯》。何谓史诗可能性？原始性也，故事性也，音乐性也，现场感也，仪式感也，崇高感也。这首长诗抑或可以被古侯部落的毕摩，或曲涅部落的盲诗人吟唱于四方。在古希腊古罗马，史诗、叙事诗、牧歌、部分抒情诗、悲剧、喜剧和悲喜剧（亦即正剧），联袂写就了一部伟大的“神谱”，以至于再也没有必要仔细区分何谓诗人何谓戏剧家。而后来的文人拟史诗《神曲》，其书名直译恰好就是《神圣的喜剧》。而《迟到的挽歌》，抑或可以轻易改写成一出悲喜剧，或诗人所谓“一出古希腊神剧”。这首长诗，的确具有这样一种力量——把只有眼睛的读者，变成了有眼睛有耳朵有嘴巴有鼻孔有手掌有臀部（围坐于扇形石阶）的观众。这里且引来一个文学史现象作为旁证：特洛伊城被木马计攻陷以后的故事，史诗《伊利亚特》和《奥德修斯》没讲完，悲剧《阿伽门农》接着讲，盲诗人荷马没讲完，悲剧大师埃斯库罗斯（Aeschylus）接着讲。

笔者并非刻意强调《迟到的挽歌》的文体学两难，而是想说，它具有多个不同的声部或多种不同的文体学欲望。这首长诗曾写到一只双舌羊——“约格哈加”，据传就来自诗人的故乡。大凉山，尤其是昭觉，至今流传着这样的说法：“约格哈加站上木火山梁，叫声能够传遍每个地方。”也许，《迟到的挽歌》正是一只双舌羊：既有传统之舌，又有当代之舌或创造之舌；既有抒情诗之舌，又有叙事诗之舌；既有史诗之舌，又有悲喜剧之舌；既有彝文或彝文化之舌，又有汉文或汉文化之舌。而笔者，乐于删繁就简，坚持把《迟到的挽歌》称为“一首长诗”。——2008年，在剑桥大学，英国女诗人安娜·罗宾逊（Anna Robinson）创办《长诗》（Long Poem Magazine），这个杂志认为，长诗（Long Poem）就是长于七十五行的诗。2017年，这位女诗人得到吉狄马加的邀请，来到大凉山，参加了第二届邛海国际诗歌周。吉狄马加怎么称呼安娜·罗宾逊？“英国表妹！”——这个称呼来自吉狄马加，似乎也恰好来自美妙的约格哈加：“英国”，姑且理解为现代性之舌；“表妹”，必然理解为民族性之舌——这个亲热而俏皮的词，包含了只有彝人才能心领神会的某种打趣。

2020年10月8日于遂宁

〈作者简介〉

胡亮，生于1975年，四川蓬溪人。诗人，论者，随笔作家。著有《阐释之雪：胡亮文论集》（北京，2014；台北，2015）、《琉璃脆》（西安，2017）、《虚掩》（合肥，2018）、《窥豹录：当代诗的99张面孔》（南京，2018）、《无果：胡亮文论集》（成都，2020），编有《出梅入夏：陆忆敏诗集》（太原，2015）、《永生的诗人：从海子到马雁》（太原，2015）、《敬隐渔研究文集》（合编，南京，2020）、《关于陈子昂：献诗、论文与年谱》（合编，即出）。获第二届袁可嘉诗歌奖（2015）、第九届四川文学奖（2018）、2018年度十大图书奖（2019）、第三届建安文学奖（2019）。

有关《迟到的挽歌》的几条不连贯的注记

◇ 敬文东

民族性

作为诺苏彝人（彝语意为“黑色的部族”）的后裔，吉狄马加早在他的大学时期，就有十分自觉的民族意识：“啊，世界，请听我回答/我——是——彝——人”（吉狄马加：《自画像》）；而从创作谱系上说，20世纪80年代早期令吉狄马加名满天下的那批作品，至少受到过美国黑人诗人兰斯顿·休斯（Langston Hughes）的影响。前者有《黑人谈河流》，后者有《彝人谈火》。即使不做比较文化学方面的研究，也很容易得知：所有有意义的影响都不可能是狼吞虎咽的，都无不源于被影响者的主动追求；被影响者从心灵营养学的层面将影响者拉向自身，再经过复杂的内心转换、心灵转折或曰内心的生化反应，影响者才能够以营养身份——而非影响者本身的模样——供养被影响者。影响者和被影响者之间结成的关系，更像是食物和食物享用者之间构成的关系。享用者的消化吸收能力越强，食物的营养能力就越劲道；影响者的效用，反倒是取决于被影响者。一个人在下午三点对准某个目标猛击一拳，但这个人别指望自己能够弄清楚：这一拳需要的能量到底来自午饭时的鸡块和火腿呢，还是早餐时的牛奶与面包。因此，《彝人谈火》才显得迥乎不同于《黑人谈河流》。事实上，几十年来，吉狄马加一直在持续不断和力所能及地关注世界各少数族裔的文学创作，但他进行关注的出发点，却是超民族的，这是他对“世界”而不是对大凉山说“我——是——彝——人”的原因。打一开始，吉狄马加就非常清楚，如果仅仅局限于民族性，这种关注就显得毫无意义。果若如此，纯种的彝族诗人吉狄马加根本不需要黑人兰斯顿·休斯，后者的河流和前者的火原本就搭不上关系、攀不上亲戚。纯粹的民族性更有可能意味着文化的内循环；在本质上，文化内循环乃一种反旋涡运动：最外圈的波纹在不断向最内圈逼近，最后，必将无限趋向于圆心而终至于死亡。或许，文化内循环正是被遗忘的诸多文明之所以被遗忘的主要原因之一。

本乎于此，在一篇短文中，吉狄马加才颇为明确地写道："不管你生活在哪个地方，是哪个民族，有很多有普遍价值的东西是人类必须共同遵从的。"[①]他的言下之意大概是：所谓民族性，更有可能是因地理环境等差异生产出的处理相同问题、主题、难题的不同方式，以及各自特殊的应对机制；但无论地理环境等方面的差异有多大，各个部族都必然会为整个人类孕育出一个最大公约数。吉狄马加的上述言论意味着：这个世界自古以来都应该是、事实上都已经是一个最大公约数的世界；他大约会同意特瑞·伊格尔顿（Terry Eagleton）的一个小观点：普遍性必须与民族性相兼容[②]。在另一处，吉狄马加还说："对人类命运的关注，哪怕是对一个小小的部落作深刻的理解，它也是会有人类性的。对此我深信不疑。"[③]梅丹里（Denis Mair）是吉狄马加的诗作的美国译者（很可能是主要的美国译者），在他眼里，吉狄马加"既是一个彝人，也是一个中国人，也是一位世界公民"，还三者兼容，"互不排斥"[④]。在全球化和地球村的时代，任何种类的"地方性知识"（Local Knowledge）[⑤]如果只是一味地固守自身，就注定没有前途；如果不针对最大公约数的世界发言，或者竟然无视最大公约数的世界，专注于文化的内循环，任何语种的诗篇都无异于自寻死路、自掘坟墓。有人说："全球化的两个政治基本问题就是：如何创造世界和如何反思个人。"[⑥]与此类似，全球化的两个诗学基本问题是：诗在如何反思孤独的自我以及孤独的自我在如何面对最大公约数的世界。

---

① 吉狄马加：《一个彝人的梦想》，吉狄马加：《鹰翅和太阳》，作家出版社，2009年，第388页。

② 特瑞·伊格尔顿：《文化的观念》，方杰译，南京：南京大学出版社，2003年，第87页。

③ 吉狄马加：《一种声音》，吉狄马加：《鹰翅和太阳》，同前揭注，第442页。

④ 梅丹里：《译者的话》，吉狄马加：《吉狄马加的诗》，杨宗泽译，四川文艺出版社，2010年，第12页。

⑤ 关于"地方性知识"，可参阅克利福德·吉尔兹（Clifford Geertz）的大著《地方性知识》（王海龙等译，中央编译出版社，2000年）的详细论述。

⑥ 赵汀阳：《坏世界研究：作为第一哲学的政治哲学》，中国人民大学出版社，2009年，第323页。

孤独

孤独更有可能是一个现代性事件，“前不见古人，后不见来者”不能被毫不犹豫地认作陈子昂的孤独，或无可争议地据此认为陈子昂处于孤独状态[①]。现代性定义下的孤独以抑郁症等病灶为途径，吞没了太多可怜的现代人。哲学家赵汀阳对孤独有很深的理解，却也悲观透顶：“现代人的孤独是无法解决的问题，孤独不是因为双方有着根本差异而无法理解，而是因为各自的自我都没有什么值得理解的，才形成了彻底的形而上的孤独。”[②]依靠彝族传统文化中至今有效的万物有灵论，吉狄马加在他的众多诗篇中找到了抵抗孤独的方法。对于万物有灵论，他有过质朴但又颇为抒情的申说：“我相信我们彝民族万物有灵的哲学思想是根植于我们的古老的历史的。我们对自己赖以生存的土地、河流、森林和群山都充满着亲人般的敬意。在我们古老的观念意识中，人和大自然的一切都是平等的。”[③]《迟到的挽歌》是吉狄马加的最新作品，是献给谢世的父亲吉狄·佐卓·伍合略且的长诗；长诗围绕父亲的葬礼辐射开来，气象宏大、法度森严，却又灵巧和富有弹性，像旋涡运动。去世的父亲在通往祖灵的路上，除了为他送行的诸多亲人，还有太多为他生前熟悉的事物与他相伴相随。那些被伟大的彝族经典所道及的物尽皆有灵，那些围绕有灵之物组建起来的事也尽皆有灵，但父亲生前自己为自己选定的火葬地点则最为有灵，那是因为——

从那里可以遥遥看到通往兹兹普乌的方向
你告诉长子，酒杯总会递到缺席者的手中
有多少先辈也没有活到你现在这样的年龄
存在之物将收回一切，只有火焰会履行承诺

---

① 钱穆对陈子昂的不孤独有妙解：“即如李太白：‘举杯邀明月，对影成三人。’一己独酌，若觉有三人同饮，此亦太白一时之心情与意境，亦即其心德之流露。诵其诗，想见其人，斯亦即太白之不朽。又如陈子昂：‘前不见古人，后不见来者，念天地之悠悠，独怆然而涕下。’此与李太白心情意境又异。一人忽若成三人，斯即不孤寂，举世忽若只一人，其孤寂之感又如何。然在此大生命中，必有会心之人，或前在古人，或后在来者。斯则子昂之不孤寂，乃更在太白一人独酌之上矣。”见钱穆：《晚学盲言》下，生活·读书·新知三联书店，2018 年，第 587 页。

② 赵汀阳：《第一哲学的支点》，生活·读书·新知三联书店，2013 年，第 133 页。

③ 吉狄马加：《寻找另一种声音》，吉狄马加：《鹰翅和太阳》，同前揭注，第 371 页。

加速的天体没有改变铁砧的位置，你的葬礼
就在明天，那天边隐约的雷声已经告诉我们
你的族人和兄弟姐妹将为你的亡魂哭喊送别。

诗中被称作“兹兹普乌”的那个地方，据信位于云南省昭通市境内，是传说中彝族六个部落会盟迁徙出发的地方，是彝人子孙回望来路时应该凝目的所在，吉狄马加曾对它有过素朴的歌吟：“我看见他们从远方走来/穿过那沉沉的黑夜/那一张张黑色的面孔/浮现在遥远的草原/他们披着月光编织的披毡/托着刚刚睡去的黑暗……”（吉狄马加：《一支迁徙的部落——梦见我的祖先》）但被吉狄马加歌颂的那个地方，也是谢世的父亲仰望的所在、渴望奔向的目的地。在《迟到的挽歌》中，死者被有灵的事、有灵的物所包围，孤独由此被解除，死亡因此可以被视作对逝者的恩赐。虽然死亡留给亲人的是哀痛，但哀痛仅仅出于生者暂时见不到逝者，而非永不相见。死者生前最后的遗嘱是：“给每一个参加葬礼的人都分到应有的食物。”（吉狄马加：《迟到的挽歌》）食物当然是有灵之物，这份遗嘱因此显得大有深意，也大有分教：给帮助自己解脱孤独的人以食物作为回报，给帮助自己解脱孤独的万物以自身的躯体作为回报，这是死者摆脱孤独的彻底方式。但最彻底的方式无疑是：抵达最接近天堂的神山姆且勒赫。因为那里才“是祖灵永久供奉的地方”；唯有与祖灵在一起，才算“跨入不朽的广场”（吉狄马加：《迟到的挽歌》），从而永享没有孤独的生涯，并且静等尘世间哀痛自己的亲人。

在尼采看来，“现代精神”在本质上，乃是一种彻头彻尾的“虚无主义”（Nihilismus）[①]。赵汀阳则认为：“现代性的一个本质就是使一切廉价化。”[②]所谓孤独，无非是现代人彼此之间视对方为可抛弃物，或多余物[③]。但归根结底，孤独还是源于人对自身的虚无化，尤其是人对自身价值的廉价化；人对自身的廉价化和虚无化，更能鼓励人与人彼此抛弃，视无算的他者为多余物。因为这样的人原本就不值得彼此收藏和珍惜。人的自我矮化也是一桩典型的现代性事件，

① 尼采：《权力意志》，张念东等译，商务印书馆，1991 年，第 229 页。
② 赵汀阳：《论可能生活》，中国人民大学出版社，2004 年，第 153 页。
③ 参阅敬文东：《论垃圾》，《西部》2015 年第 4 期。

A.阿尔托（Antonin Artaud）坚持认为：“文艺复兴时期人文主义不是把人变伟大了，而是把人变得更加渺小。”[①]作为文艺复兴和人文主义的著名产物，哈姆雷特则蔑视道：人“这一个泥土塑成的生命算得了什么”[②]吉狄马加从其创作伊始到眼下这首《迟到的挽歌》，都一直在致力于维护人的尊严；在彝族人民的伟大经典《勒俄特依》看来，人原本就是天神之女和凡间英雄产下的后代，乃是一切有灵者中最为有灵者，绝不可以自轻自贱地将自身虚无化和廉价化。因为那样做，不仅是人对自身的矮化，更是对神灵的亵渎和冒犯；何况神灵从一开始就不允许人自轻自贱，宛若在上帝语义中，自杀是对神的绝对冒犯。当然，自杀是对人的最彻底的矮化和虚无化。在《史诗和人》一诗中，吉狄马加似乎提前为他的英雄父亲看到了祖灵：“我好像看见祖先的天菩萨被星星点燃/……我看见一扇门上有四个字：/《勒俄特依》。”

因此，作为天神的子孙的儿孙以至于子子孙孙，彝人在和祖灵相偎依时，一定是温暖的、安详的和澄明的：

> 亡者在木架上被抬着，摇晃就像最初的摇篮
> 朝左侧睡弯曲的身体，仿佛还在母亲的子宫
> 这是最后的凯旋，你将进入那神谕者的殿堂……

死亡（赶路）

古老的华夏文明只承认一个世界，不存在拯救、彼岸，唯有昙花一现、万不可逆的现世；即使是佛家的六道轮回，也不能被认作有另一个世界存在。成佛意味着超越时空，却不意味着另一个世界。试图修补现世之残缺的儒家人生目的论（所谓立德、立功、立言的三不朽只限于贵族阶层）、道家的飘逸人生观、墨家爱无差等的兼爱说，还有佛家“苦海无边回头是岸”的觉悟理论，只算得上功效有限的解毒剂。无论后来者如何将汉代对抗死亡的“神仙思想”美化为“入世”

---

① 参阅［美］詹姆斯·米勒（James E.Miller）著，高毅译：《福柯的生死爱欲》，上海人民出版社，2003年，第139页。
② 参阅［英］莎士比亚著，朱生豪译：《哈姆雷特》，译林出版社，2013年，第39页。

(this-worldliness) 和“出世”(other-worldliness)[①]，都跟来自彼岸的拯救无关。在汉族人的生命意识中，生命必然通往死亡，死亡是生命的绝对终结，灵魂是不存在的，“人死如灯灭”。《列子》说：“古者谓死人为归人。夫言死人为归人，则生人为行人矣。”[②]对于汉人来说，祖灵是存在的，但没有在灵界等待“行人”成为“归人”的祖先。吉狄马加很早就对祖灵和祖先做出了回应：“总会有这么一天/我的灵魂也会飞向/这片星光下的土地……/那时我彝人的头颅/将和祖先们的头颅靠在一起/用最古老的彝语/诉说对往昔的思念……/用那无形的嘴倾诉/人的善良和人的友爱……”(吉狄马加：《故乡的火葬地》) 大约在三十多年前，吉狄马加在其著名的短诗《母亲们的手》的“题记”中，如是写道：“彝人的母亲死了，在火葬的时候，她的身子永远是侧向右睡的，听人说那是因为，她还要用自己的左手，到神灵世界去纺线。”在《迟到的挽歌》中，父亲的身体“朝左屈腿而睡”。《迟到的挽歌》很肯定地认为：“这或许是另一种生的入口/再一次回到大地的胎盘，死亡也需要赞颂。”在彝人看来，即使是死亡也必将是积极的、向上的、可以被饱飨的。在更早的一首短诗中，吉狄马加这样写道：“我了解葬礼，/我了解大山里彝人古老的葬礼。/ (在一条黑色的河流上，/人性的眼睛闪着黄金的光。)”(吉狄马加：《黑色河流》) 看起来，对彝文明持高度信任的态度，是诗人吉狄马加数十年不曾间断的日常功课。像死去的母亲还要去神灵世界纺线一样，父亲要去神灵世界与祖灵汇合，因此还需要赶路，还需要不断提醒自己：“不要走错了地方，不是所有的路都可以走。”有万物有灵论撑腰，提醒父亲不要走错路的就不仅仅是父亲自己，还有他生前熟悉的一切有灵之物，这些有灵的物、事在暗中夹道欢迎死者，耐心指引死者走在唯一正确的道路上，彝人的伟大典籍《指路经》保证了这一点。因此，《迟到的挽歌》才有如此饱满的诗句：“打开的偶像不会被星星照亮，/只有属于你的路，才能看见天空上时隐时现的/马鞍留下的印记。听不见的词语命令虚假的影子/在黄昏前吓唬宣示九个古彝文字母的睡眠。”

钱穆先生这样论说汉人的人生实况，并不乏令人感动的舐犊之情：“从中国

① 此为余英时的观点，参阅具圣姬：《汉代人的死亡观》，民族出版社，2003 年，第 3 页。
② 《列子・天瑞篇》。

人观念言，百亩之田，五口之家，产业亦可传百世。五口中，上有父母，下有子女，骨肉蝉联，亦已三世。言其身生活，则血统贯注，我生即父母生，子女之生亦即我生。小生命分五口，大生命属一脉。故中国人言身，必兼及家。一家之生命，实无异我一人之生命。而祖孙三世相嬗，至少当在百年之上，或可超百五十年。”[①]但这只是唯有此岸者的生活。在汉人看来，延续父系的血缘是任何一个庶民、黔首必尽的责任和义务，但也只限于活着。[②]彝人活着为祖灵所祝福，死后则汇入祖灵而成为后人的祖灵。对祖先的崇拜让彝人相信，活着不会孤独，死后不会落寞；死不仅是生者对生命的完成，而且是迈向神灵的起点。万物在《指路经》的指引下，指引死者小心翼翼向祖灵赶去；悲伤仅仅属于暂时和死者无法相见的生者，死者则为自己终于可以去往祖灵显得平静、从容和高洁：

> 对还在分娩的人类
> 唯有对祖先的崇拜，才能让逝去的魂灵安息
> 虽然你穿着出行的盛装，但当你开始迅跑
> 那双赤脚仍然充满了野性强大的力量。

米兰·昆德拉认为，一个绝对真理粉碎后，取而代之的，必然是数百个相对真理[③]；叶芝则乐于这样暗示：具有向心力的中心粉碎而“四散”后，替代它的，必然是数不清的偶然和偶然性（叶芝：《基督重临》，袁可嘉译）。奥克塔维奥·帕斯说得更加绝对：人不过是“时光和偶然性的玩物”而已[④]。种种迹象和悲观的言说不断表明，在现代性当家作主的日子里，在全球化吆三喝四的年月，现代人被数不清的偶然性所包围；他们深陷于偶然性，成为命运不确定、方向不确定的偶然人，死亡因此不再成为绝对自然的事件。很容易想见，在遍地偶然人的

---

① 钱穆：《晚学盲言》上，生活·读书·新知三联书店，2018 年，第 105 页。

② 《孟子·离娄上》：“不孝有三，无后为大。”赵岐注：“于礼不孝者三事：阿意曲从，陷亲于不义，一也；家贫亲老，不为禄仕，二也；不娶无子，绝先祖祀，三也。三者中，无后为大。”何炳棣认为，这是对贵族的要求，因为贫民、庶人本来无祀，只有到贵族体制崩解后，此种观念才下替民间（参阅何炳棣：《何炳棣思想制度史论》，联经出版公司，2013 年，第 24 页）。

③ 参阅［法］米兰·昆德拉著，孟湄译：《小说的艺术》，三联书店，1995 年，第 5 页。

④ ［墨西哥］奥克塔维奥·帕斯著，蒋显璟、真漫亚译：《双重火焰——爱与欲》，东方出版社，1998 年，第 113 页。

时代，非自然的死亡必然数目庞大，它往往与现代器物、现代社会的消费特性联系在一起，小小一个手机充电短路，能烧掉一栋大楼，何况肉身凡胎的偶然人；非自然死亡在数量上的暴增，在质量上的惨烈，更凸显了“死之荒谬”[①]。但被“荒谬”所定义的“死”，在更深的层面上源自遍地皆是的偶然性。吉狄马加固执地坚信：伟大的彝文明在偶然人出没的年代依然具有意义。彝文明对于生死的看法在充满因偶然性而死亡的年代，可以起到解毒剂的作用：

马鞍终于消失在词语的深处。此时我看见了他们，
那些我们没有理由遗忘的先辈和智者，其实，
他们已经成为这片土地自由和尊严的代名词……

——吉狄马加：《火塘闪着微暗的火》

英　雄

许慎曰：“英，草荣而不实者。”[②]“雄，鸟父也。”[③]有迹象表明：“英”“雄”二字连言合称为“英雄”，最早见于《黄石公三略》，在此后的汉语文献中被广泛使用。一般情况下，它指称的是那些拥有雄才大略的狠心之人，其中的“狠心”是关键词，与单独的“英”“雄”基本上毫无关系。顾随有言：“不动声色是‘雄’（英雄、奸雄），不著色相（才）是‘佛’。”[④]“佛”在此姑置毋论。“英雄”一词自其出现起，语义就相对稳定，它更倾向于褒义；被目为英雄者——哪怕是枭雄、奸雄——也至少令人羡慕，虽然不一定令人口服心服。在革命话语中，“英雄”一词被破天荒地赋予了新意：它特指那些为人民、为民族、为集体或国家勇于奉献，尤其是勇于和敢于牺牲的人。这些人被认为坚刚不可摧其志，蛮力不可折其腰，这些人还必须“对待同志要像春天般温暖，对待敌人要像严冬一样残酷无情”[⑤]；春天和严冬的辩证法，则是英雄们必须熟练掌握的

① 钟鸣：《涂鸦手记》，上海人民出版社，2009年，第104页。
② 许慎：《说文解字》艸部。
③ 许慎：《说文解字》隹部。
④ 顾随：《中国古典诗词感发》，北京大学出版社，2012年，第33页。
⑤ 雷锋：《雷锋日记》（一九六〇年十月二十一日），解放军文艺社，1963年，第15页。

革命方法论。20世纪80年代初，北岛有两句名诗迅速赢得了读者的共鸣：“在没有英雄的年代里，/我只想做一个人”（北岛：《宣告》）有迹象表明，自北岛以后，“英雄”一词似乎很少在新诗中出现。但在《迟到的挽歌》中，“英雄”却是关键词之一：

哦，英雄！我把你的名字隐匿于光中
你的一生将在垂直的晦暗里重现消失
那是遥远的迟缓，被打开的门的吉尔

每一个民族都有
自己的英雄时代，这只是时间上的差别。
你的胆识和勇敢穿越了瞄准的地带
祖先的护佑一直钟情眷顾于你。

就是按照雄鹰和骏马的标准，你也是英雄
你用牙齿咬住了太阳，没有辜负灿烂的光明
你与酒神纠缠了一生……

哦，英雄！你已经被抬上了火葬地九层的松柴之上
最接近天堂的神山姆且勒赫是祖灵永久供奉的地方
这是即将跨入不朽的广场……

哦，我们的父亲！你是我们所能命名的全部意义的英雄
你呼吸过，你存在过，你悲伤过，你战斗过，你热爱过

哦，英雄！不是别人，是你的儿子为你点燃了最后的火焰。

有专家建议：可以将彝语的“英雄”一词以音译的方式在汉语中发声为“惹阔”；在用汉语写成的《迟到的挽歌》中，发声为“惹阔”者却另有语义：“惹

阔”被光定义，被逝去的祖先定义，被彝人的神鹰和骏马定义，被所有正面并且光明的意义定义，也被彝人视为至高无上的火定义，最后，被万物有灵论定义。《迟到的挽歌》为“英雄”一词赋予了古老的汉语思想和革命话语不曾拥有的语义，但又大规模地扩展了它的语义；黑格尔扬扬自得的“扬弃”（aufheben）一词用在它身上，看起来是非常合适的。这就是说，汉语中古老的“英雄”一词，被彝文明中的“惹阔”拓展了边界，让“英雄”超出了机心、谋略、国族、意识形态、价值观念等结成的窠臼，强化了勇于牺牲和敢于牺牲的价值与意义；却在更大的范围内，直接在现象学的层面上，和自然与生命连为一体，赢得了生态美学的意义。比如，吉狄马加在其诗中如是说：“我完全相信/鹰是我们的父亲。”（吉狄马加：《看不见的波动》）

生态美学是时下被频繁提及和谈及的学术关键词。但也有学者很谨慎地提醒：生态美学似乎有生态、有美学，却没有人。这个提醒虽然善意，却很可能是一个误会。《迟到的挽歌》对汉语“英雄”一词的扩展，意味着不仅将人托付给大自然，托付给人与人之间结成的那种健康的关系，还意味着人必须成为大写的人，高贵的人，容不得人的矮化和价值的虚无化。赵汀阳无意间为此给出了理论上的解释：“超越个人但并不超越人的事才是高贵的。最高的存在比如自然规律或上帝高而不贵，它高于人但不属于人，因此与人的高贵无关。人尊敬与自己同等的人的行为才是高贵的。当人立意高贵地存在，就会创造生活奇迹。最大的生活奇迹就是给人幸福。幸福是来自他人心灵的高贵礼物。”①吉狄马加如此这般地用心于《迟到的挽歌》，也许当得起臧棣的诗句：“用了力，语言能留下的，无非是/一种高贵的疯狂。”（臧棣：《墓志铭协会》）也配得上西渡对诗歌的想象：“有时我们写出的比我们高贵，/但我们写出的也叫我们高贵。”（西渡：《同舟》）

诗

可以想见，唯有颂歌和赞词，才更有理由成为世界各民族的诗歌的真正源

① 赵汀阳：《每个人的政治》，社会科学文献出版社，2010年，第179页。

起[1]，彝族自不例外。彝族经典《六祖史》毫不含糊地说起过："制酒盛壶中，敬献各方神。天神见酒乐，地神见酒喜，松柏见酒青，鸿雁见酒鸣，日月见酒明，天地见酒亮。"[2]吉狄马加也说得很清楚、很恳切："一个诗人最重要的，是能不能从他们的生存环境和自身所处的环境中捕捉到人类心灵中最值得感动的、一碰即碎的、最温柔的部分。"而赞颂，他说："从来就是我的诗歌的主题。"[3]《雅》《颂》被认作汉语诗歌的源头[4]，却因为人生歧路的无所不在，使得以哀悲为叹的怨刺很早就取代了赞词与颂歌，成为古代汉语诗歌的正宗，所谓"诗可以怨"。陈子龙说得最直白："我观于《诗》，虽颂皆刺也——时衰而思古之盛王。"[5]一曲顿足拊胸的《黍离》（亦即"知我者，谓我心忧；不知我者，谓我何求。悠悠苍天，此何人哉"），开启了古代汉语诗歌以哀悲为叹的怨刺之旅[6]。新诗作为典型的舶来品（foreign goods），一向被认为是"有罪的成人"之诗[7]。唯其有罪（或有病），才称得上作为舶来品的新诗，因为新诗的发源地是病态的和有罪的[8]。因此之故，张枣倾向于将书写病态的鲁迅认作新诗的第一人，将满纸自虐气息的《野草》认作新诗的奠基之作[9]。事实上，鲁迅自己就曾将《野草》谓之为"地狱边沿上的惨白色小花"[10]。

和吉狄马加此前的几乎所有诗作相似，《迟到的挽歌》也是一首颂诗，它在万物有灵论的支持下，歌颂万物、神灵、英雄，视孤独为无物，视隔阂为通衢，以至于见孤独杀孤独、遇隔阂灭隔阂的境地：

---

① 参阅［德］格罗塞著，蔡慕晖译：《艺术的起源》，商务印书馆，1984年，第174—213页；参阅［波斯］昂苏尔·玛阿里著，张晖译：《卡布斯教诲录》，商务印书馆，1990年，第144—147页。

② 《六祖史》，转引自朱琚元：《言近旨远的哲理诗篇——论彝文古籍〈训迪篇〉》，中央民族学院彝文文献编译室：《彝文文献研究》，中央民族学院出版社，1993年，第282页。

③ 吉狄马加：《一个彝人的梦想》，吉狄马加：《鹰翅和太阳》，同前揭注，第389页。

④ 参阅钱穆：《中国学术思想史论丛》卷一，生活·读书·新知三联书店，2009年，第129页；参阅龚鹏程：《汉代思潮》，商务印书馆，2005年，第84页。

⑤ 陈子龙：《陈忠裕全集·论诗》。

⑥ 参阅李敬泽：《〈黍离〉——它的作者，这伟大的正典诗人》，《十月》2020年第2期。

⑦ 兰色姆（John Crowe Ransom）语，参阅赵毅衡：《重访新批评》，百花文艺出版社，2009年，第10页。

⑧ 参阅［美］苏珊·桑塔格（Susan Sontag）著，程巍译：《反对阐释》，上海译文出版社，2003年，第60页。

⑨ 参阅张枣：《张枣随笔选》，人民文学出版社，2012年，第120页。

⑩ 鲁迅：《鲁迅全集》第4卷，人民文学出版社，1981年，第356页。

那些穿着黑色服饰的女性
轮流说唱了你光辉的一生，词语的肋骨被
置入了诗歌，那是骨髓里才有的万般情愫
在这里你会相信部族的伟大，亡灵的忧伤
会变得幸福，你躺在亲情和爱编织的怀抱
每当哭诉的声音被划出伤口，看不见的血液
就会淌入空气的心脏，哦，琴弦又被折断！

因为“词语的肋骨被置入了诗歌”，颂诗才拥有它自己的骨头，能笔直地挺立，也因笔直的挺立显得刚健、勇武。自有新诗以来的阴霾、忧郁和病态之气被一扫而空，但又绝不同于新诗曾经经历过的颂诗阶段所拥有的模样，后者因其容貌上的假、大、空而被抛弃，被新诗惩罚。事实上，在一个充满雾霾的时代，颂歌远比“有罪的成人”之诗更需要强大的心性；不用说，这样的心性在遍地偶然性的时代，的确缺乏信念上的支撑。因此，颂歌特别容易陷入矫情和滥情；作为偶然人的诗人们中鲜有问津者，就是再自然不过的事情。“有罪的成人”之诗极有可能是诚实之诗，但它揭示的真相太令人无助，太令人沮丧，甚至让人绝望。从心理上说，没有方向感的偶然人既需要揭示真相的诗（唯有建立在真相上的事实才更可信），更需要鼓舞士气的诗（唯有鼓舞士气的诗才更可靠），一种让人站起来却绝不矫情和滥情的诗（唯有不矫情和滥情才更可爱）。

或许，某些论者会认为《迟到的挽歌》在诗艺上有某些值得商榷的地方，比如，它好像显得不那么现代，不那么洋气。这样的看法并非全无道理。事实上，和古诗不同，新诗一直渴望拥有它的自我意志，这的确是新诗的现代性的主要标志之一；拥有自我意志的新诗愿意与诗人深度合作，虚构新诗和诗人共同认可的抒情主人公，这个抒情主人公则负责对偶然人的生存境况发言。吉狄马加不可能不知道：新诗作为一种典型的汉语文体被发明出来究竟要担负何种任务；但作为一个用汉语写作的纯种的彝族人，吉狄马加固执地背靠本民族的伟大教义，愿意从新诗的现代性的反面进入新诗，将自己的意志变作新诗的意志，将自己更愿意礼赞世界的愿望当作新诗的愿望，由此写出了和纯粹的汉语书写者不一样的汉语新诗。要知道，对人而言，愿望从来就以幸福为核心，给予诗歌以发源地。[①]吉狄马加如此样态的写作乃是对汉语新诗做出的别样的贡献：他以自然流露出的真诚赞美，为“有罪的成人”之诗注入了新鲜的、异质的成分。

汉语需要异民族说汉语的人丰富汉语。

新诗需要异民族写作新诗的人丰富新诗。

2020年7月12日，广元南河

---

① 参阅敬文东：《随“贝格尔号”出游》，河南大学出版社，2010年，第265页。

神的嗓音里有人的哭腔

——吉狄马加《迟到的挽歌》读后札记

◇ 雷平阳

这是一篇吉狄·佐卓·伍合略且先生才能认领的颂辞，当然，这也是作为儿子的吉狄马加才能吟诵的诗篇。在我灵魂出窍以无数个肉身神游的大凉山群峰之上，我分明看见了一个仰天吟诵者和一个来自天空的认领者，他们形象庄严、脱俗，就像是在他们亲手创造的星球上举行“第一天”来临时的仪典。他们采用的词语、铠甲、鹰、月琴、铁器、山顶、松木、火焰、美酒、经书、诗篇、祭品，我们无一例外都见识过，但又不是我们见识过的那些，它们是旧的，是这些物质被发明时最初的“那一个”——仿制品的、大合唱的时代尚未开启，诗歌的道路在恣意地铺开之后又重归原点，并再一次铺开。是的，仿佛击壤歌，仿佛来自天空的古希腊神剧。

吉狄马加的诗歌《迟到的挽歌——献给我的父亲吉狄·佐卓·伍合略且》，写于他的父亲过世33年之后。“迟到”意味着姆且勒赫神山上的那一场葬礼一直没有结束，来自兹兹普乌的召唤声、河流声、迁徙者或流亡者的马蹄声，一直回响在诗人的心上，而石姆木哈的巨石挡住了诗人眼中父亲飞升的魂灵——在世界的一个个终结之地，挽歌总是以“晨曲”的形质响起。全诗由“一颗自由的种子”所支配，分为38节，1、2、3、4节我理解为挽歌的序章，死亡降临时，诸神与人开始准备最后的交接仪式；5、6、7、8四节是关于生的悲怆的骄傲的礼赞；9、10、11、12、13、14、15七节是关于归来者、神的儿子至高无上的死亡——人间的过世、天庭的归来，在大地与天空之间那条肉眼看不见的走廊上，哦，英雄“穿着出行的盛装”；16、17、18、19、20、21、22、23、24、25十节，高于人世的诸神与人的合唱还在继续，但隐于幕后的说唱诗人来到了我们中间，用近似于通灵的毕摩的语言和声音，追忆、独白——呈现着永生者的诞生，童年和少年时代无限接近于虚构的真切的生命元素。纯粹的爱、神启、祖先的护佑、智识在这些段落中，妥善地为我们雕塑出了一位属于另一种文明的首领、英雄、父亲的形象，其合法性出自达基沙诺和家族的天空；26、27、28、29、30、31六节，在作为未来而存在的现在，置身于某一面镜子中，诗人峻急而又崇敬地证见现实中的父亲——幸存、仁义、勇敢、神力、自由的天性，一系列的元素使之在“不可解的词语之间”，革命与战争的时刻，秩序和伦理被改变的时候，守住了彝人的血统、身份，让“英雄”与“父亲”的两个伟大灵魂归束在了一个与酒神纠缠的肉身之中——精神属性近似于半人半神的阿喀琉斯；32节可以视为这篇诗作的“石姆木哈”——神圣的边界，一边是天体向下倾斜的银河河床上奏鸣的仙乐，另一边则是大地向上抬举的峰丛之上不灭的火焰。“缺席者”将这儿选定为“鹰在苍穹消失”的高台，诸神在这儿接引他。33、34两节，吉狄马加在给我的信中说道：“彝族火葬的方式很像古希腊英雄时代的火葬习俗，荷马史诗中的阿喀琉斯和赫克托尔的葬礼就与彝族的传统葬礼非常接近。”他写的葬礼——那个伟大彝人的葬礼却又高出了习俗，在赞颂死亡——另一种生的入口——的同时，死亡创造的奇迹：又一次朝向兹兹普乌的精神迁徙与流亡，竟然得到了天地万物无私的配合，而那神谕者的殿堂也在那一刻，在神秘之光照亮的词语中间，为那火焰中的魂灵隆重开启。诗歌中我们为之惊讶的，用神的嗓子发出的人的哭腔，也终于在此响起。抑或人的眼角上悬挂着泪水。

35、36两节，语言来自普嫫列依或赫比施祖附体的诗人才能描述。“描述神殿”或“创造神殿”曾经让很多伟大的艺术家得以封神，但也令不少的艺术家理尽词穷，终身难以升空。吉狄马加受雇于古老的自然和血统，也领受了这份活计——他是如此的镇定、骄傲、从容，因为彝人的神话、歌诗、状若神殿的家园，以及他所领教的诗学道统，开放的意志，瞬间就为他准备好了闪着白光的建筑材料：复活、银光颂辞里的虎群、时间之花、隐形鱼、微笑的树木、第七空间、和平的颜色、光楼、永恒的安宁、柔软的马勺、北斗梯子、透明的思想、珍珠语言、消失的等级……它们有出处，各有使命，纷纷安顿在神殿相应的位置，同时它们又因建筑师的现代性立场而有别于原生的本体，从而生成了一座与普嫫列依居住的神殿相比多出了更多房间与窗户的神殿，那条环绕神殿的白色道路也因为另有使命而没有尽头，语言之光一直在道路的端头上向前挺进。这当然不是父亲的归去之处，而是出发的地方。抽象的世界已经打开、坐实，魂路图上必有新生的神山，众多的兹兹普乌、尔比、克哲，也是新的，等候他前往、认识、拥有。37、38两节，诗歌重返火葬现场，父亲由火焰递交给太阳，从结构上说，这仿佛朝圣的人围着神山走了一圈又回到原处，最后的叩拜、离开，仪典告一段落，神剧在人世谢幕；但站在写作者的角度，这既是对人性化的诗歌传统的承袭，亦是“我”仍然站在语言的尽头等候另一个我，我不是别人，是父亲和文明的儿子，语言的儿子，还得——“为你点燃最后的火焰”。通向天堂的火焰必须在最后的时刻点燃，不管是为父亲，还是为英雄，火焰才能将之前所有的语言覆盖，直抵挽歌的本质，并让一直存在于诗歌之中的“我”，真实地对着消失的父亲再喊一声：“哦，英雄！”然后，不朽的广场，姆且勒赫神山，陷入空前的寂静，一切用来书写挽歌的字词因为人格加身而闪闪发光。在此可以让父亲、字词一一神化，但吉狄马加非常节制，因为他和他的父亲一样：对事物的解释和弃绝，都只是为了证明他们从来就是彝人。

在我的阅读谱系中，彝人的创世史诗、英雄史诗和迁徙史诗均有所涉及，而且我的故乡与吉狄马加的凉山仅一江之隔，他在现实与诗歌中多次礼拜过的“兹兹普乌”距我的老家昭通欧家营只有几公里的路程——是一个脱离神话之后还可以指认的神祇——我曾多次伫立在那儿，幻想阿普笃慕的大军风暴一样掠过西昭通膏腴般的土地。所以，在阅读这首诗歌的过程中，我明显地存在着两个身份：第一个身份是高贵仪典上沉默而又悲情的聆听者，我是在故乡的土地上聆听一位说唱诗人吟诵他新创的英雄史诗，身边的英雄，天空与大地骄子，所有的句子因他而生，而他也因为自己伟大的个人史而在句子中永生；第二个身份是探险者，我仿佛是那个1903年前往凉山地区的英国传教士伯格理，有着“罗洪呷呷”的彝名，试图让自己内心的神灵与“诺苏”的神灵结为亲戚，但诗歌中或说那片神秘的土地上降临和升起的众神，他们同样以创世和救世的排山倒海般的力量，令我内心的神灵成为“被拯救”的一方，而我也被诗歌所提供的天庭所震慑，每朝前迈出一步，均是高出了群山的精神探险——那人类面对死亡时内心喷涌出来的创造力，人与自然之间因为人的诉求而构建的契约关系及其美学法则，是如此的动人心魄，不是其他神灵可以修改或取代的，我只能服从与领教。当然，在两个身份中，我更喜欢第一个身份，古老的精神属性，现代性的嗓音，虚实同构的语词场域，我感觉中的吉狄马加，俨然是一个2020年代活泼泼的赫比施祖，他在今天的石姆木哈完成了他一生中最重要的说唱作品之一。

2020年10月13日于云南

〈作者简介〉

雷平阳，诗人，散文家，1966年秋生于云南昭通土城乡，现居昆明。出版诗歌、散文集多部，曾获人民文学奖、诗刊年度奖、十月文学奖、华语传媒大奖诗歌奖、钟山文学奖、花地文学排行榜诗歌金奖和鲁迅文学奖等奖项。

回望来处，礼赞生命

——关于吉狄马加近作长诗《迟到的挽歌》

◇ 王士强

吉狄马加的近作长诗《迟到的挽歌》是写给父亲的。他的长诗素有题材重大、开阔深沉的特点，在此之前，有关于中华民族“母亲河”黄河的（《大河》），有关于环境恶化、生态危机的（《我，雪豹……》），有关于肆虐全球的新冠疫情的（《死神与我们的速度谁更快》《裂开的星球》）……它们所处理的问题均较为宏大，有着明显的社会性、民族性、人类性意义。这一次吉狄马加的关切点似乎有些变化，看起来好像没有那么“重大”，他写的是一个人，是“我的父亲”，但实际上并不尽然，其所写并不仅仅是个人、私人意义的，这个“父亲”不只是生理、血缘意义上的，更重要的是家族、民族、精神、文化意义上的。因此，《迟到的挽歌》在吉狄马加的长诗谱系中是有连续性的，其主题也堪称宏大，是吉狄马加对自己何所从来的深情回望，也是对民族根性、文化传统、精神原乡的致敬与重新发现。

《迟到的挽歌》在结构上可谓匠心独运，它以父亲去世为起始，以火葬为结束，有一条隐而不彰的叙事线索，在此过程中展开了对父亲一生及对整个家族、民族历史的整体性观照与重述。整首诗看起来是在写死亡，但更是写新生，写生命的庄严绮丽与生生不息，“古老的死亡吹响了返程”，它已重复过许多次，“只是这一次更像是晨曲”。“这或许是另一种生的入口/再一次回到大地的胎盘，死亡也需要赞颂”，在生与死的维度上来观照生命，才能真正发见其真谛、价值与意义。这里面，包含了一个人出生、成长、恋爱、奋发有为、建功立业、告别人世等诸多阶段，体现着一种英雄主义精神：“那是你的铠甲，除了你还有谁/敢来认领，荣誉和呐喊曾让猛兽陷落”“虽然你穿着出行的盛装，但当你开始迅跑/那双赤脚仍然充满了野性强大的力量”。这种英雄主义由来已久、不可或缺，是民族精神的重要体现。它的本质是一种生命意志、生存意志，体现着与天斗、与地斗、艰难求生、逆境图存的精神，它是与生命的本质力量相联结的，同时也具有了一定的神性特征。当然，“勇士”“英雄”的品格绝不仅仅停留在生存的层面，而必然具有更高的精神层面的追求：“你在勇士的谱系中告诉他们，我是谁！在人性的/终结之地，你抗拒肉体的胆怯，渴望精神的永生。”他们必然有着“对生的意义的渴望”。正是在这样的发展过程中，逐渐形成了不仅属于个体，同时属于群体、部落、民族、种族、物种的心理定式和精神构型。这其中较为核心的一个品质便是自由，如诗中所写，“你是一颗自由的种子”，“那是崇尚自由的天性总能深谙太阳与季节变化/最终选择了坚硬的石头，而不是轻飘飘的羽毛”。自由意志、英雄品格，以及多情、仁爱、信义等构成了其精神结构中熠熠生辉的品质。

这些精神品质具有鲜明的彝民族特征，同时也是中华民族的写照，有典型的中华文化、东方文化特征，甚至在一定程度上，也跨越种族、国家而为全人类所共有，诗中所写也具有了人类学与世界性特征。《迟到的挽歌》中有着众多彝族文化的图腾与印记，这是浸润在吉狄马加血液深处、犹如胎记一般的存在，如其在发表于1985年的《自画像》中所宣示的：“啊，世界，请听我回答/我——是——彝——人”，这是自我身份独特性的宣告，构成了吉狄马加作为彝族诗人、民族诗人的一面。当然，我们知道，他的诗在民族性之外，同时有着明显的中国性（中华文化特征）、世界性（全人类性），而且，它们之间更多的是统一而非矛盾的。吉狄马加在1990年的一篇创作谈中便曾有过这样的自述：“我在创作上追求鲜明的民族性和世界性的统一。我相信任何一个优秀的诗人，他首先应该属于他的民族，属于他所生长的土地，当然同样也属于这个世界。在我们这个世界上，没有也不会存在不包含个性和民族性的所谓世界性、人类性，我们所说的人类性是以某个具体民族的存在为前提的。”他2017年在剑桥大学国王学院徐志摩诗歌艺术节论坛上的演讲也以“个人身份·群体声音·人类意识”为题，可以看到，吉狄马加对个体性、民族性与世界性等的相关问题一直有着深入而辩证的思考，而他自己长期以来的诗歌创作，也是对于上述观念、立场的生动实践。《迟到的挽歌》所写，是个体的，也是民族的，是中国的，也是世界的。

质而言之，长诗《迟到的挽歌》是对生命的礼赞，它是主情的、感性的，包含了世间至为深挚、浓烈的感情，它经过了长时间的沉积、酝酿、发酵才喷薄而出。它又是思辨的、理性的，包含了生存史、民族志、人类学等的多重视野和巨量内容。由此，这首诗具有了一定的史诗性质，它可以说是一个人的史诗，而同时也是一个民族、一种文化的史诗，甚至也是关乎全人类的一首史诗。它是极为具象、个别的，同时又是高度概括、普遍的，吉狄马加似乎同时具有两副笔墨、两种视角，一面是行走在大地上，体贴入微，具体生动，另一面则是飞翔于高空，俯瞰世间，跨越时空，思接千载，视通万里，这两者之间几乎是无缝对接、浑然天成的。这样的能力是与诗人超乎寻常的感受力、洞察力、阐释力密不可分的，也构成了吉狄马加诗歌独一无二、招牌式的风格特点。

《迟到的挽歌》通过富有仪式感的画面叙写了生命的可贵、绮丽、神圣与庄严，它是诗人个体对自己是谁、由何而来的一次反观、回望，也是更为普遍意义上对我们是谁、我们从何处来、我们往何处去的一次叩问、寻索。它并不负责提供现成的答案，但却饶有趣味、启人深思，有着强烈的艺术张力和魅力。

2020年10月于北京

火焰的灼痛与古老的回响

——读吉狄马加长诗《迟到的挽歌》

◇胡　弦

所有对重大问题的有效应答，都不大可能是宏观谈论，它是一种受限的行动，是从具体事件的狭隘性上去触摸无限的。我读许多受限的小诗，它们真切感人，同时也琐碎，在众口各自的表述中，让人无话可说。而怎样打破受限的状态，是大众的诗与个别的诗的分水岭。

受限，说明某种有力的东西在造成束缚，在一首短诗中，一个场域，一个理念，一个隐喻，或者有品质的注视，都具备强烈的表现力和束缚的功能。而长诗不同，长诗在我的理解中，是一连串绵延不绝的带着回声的声音。

是的，接下来我们要谈论的是吉狄马加的长诗《迟到的挽歌》，这是一首他献给自己去世的父亲的歌。父亲之死，包括他的葬礼，本是一个令人悲伤的事件，但在这首长诗中，它打破了束缚，上升为对于一个种族精神秘密的洞察，把一个个人事件上升到了人类的主题。

虽然汉民族的诗歌历史上，并没有创世长诗，但在少数民族的诗歌史中，这种长诗却并不少见。作为一个源头，它会一直影响本民族的诗歌发展，犹如荷马史诗对欧洲的影响那样。古老的叙事时代已经结束了，但源头性的民族史诗，作为源头，一直起着潜叙事的功能——仿佛总有个古老的声音伴随着新诞生的声音。神话并不只靠它的故事留存，它同样活在潜叙事中，其生命力的不衰竭，更多的靠的是它的神性。而对于一首现代的长诗，它携带的神性，会回声一般随时进入当下的诗行，对正在进行的讲述予以观照，补充。它既是背景，又是参与者。而一首现代的长诗，仿佛正是由那些古老的回声，在激荡中经过重新提炼而构成的。

我们的史诗如果没有死去，我们的父亲也因此活着。就像在我们古老的习俗和神话中，死亡总是包含着新生，那么我们面对的这首长诗，它既是现代的，又仿佛是一个脱胎于古老史诗的新生体。

神话和史诗都属于异响，它们构成一个民族最初的声音，也是他们所有语言的背景和基调，它让一个后世的诗人极其自然地从现实穿越到梦幻，虽有超现实的存在，却给人一种如实道来的感觉。写给父亲的诗，不仅仅是哀悼和怀念，更像一曲颂歌，对父亲的赞颂，对英雄的赞颂，对彝族人生活的山川所在之地的神性的赞颂，对一个古老民族带着梦想和神性在现实中一路前行的赞颂，对它的历史和当下的赞颂，它是一曲在灵魂指引下的精神颂歌。正是因为它是颂歌，所以一片鹰的羽毛可以覆盖时间。鹰对时间的覆盖，带有战胜的意味，它是超卓的精神与时间相遇时所发生的胜利的“抽象的具象化”，这是一个卓越的意象。在这样的意象中，古老的死亡才会让位于“返程”，挽歌才更像是晨曲。如果说一个彝人的死亡葬礼是一种仪式，那么这首诗是另外一个仪式，是用文字为死亡和新生的转换建立的另一个仪式：它不仅仅是看见，还是听见，是幻听，是所有看不见的词语献出的声音，就像那铠甲的异动被听见，这才是死亡的真正秘密。此一仪式，由诸神与人共同完成的。死亡，是一个新里程的开启，“我”和葬礼中所有的人，对此是全知的，因为无数的先人已经走过了这样的旅程。正因为有结果的牵引，诗中被压住的悲伤才并非重点。是的，从死亡事件中掇取悲伤，并非这首长诗的首要任务——它有更重要的事要去做，就是重新去体验和把握一颗民族之心，一颗英雄之心，从而使一个民族的精神和情感不至于在时光的嬗变中产生变异，变得模糊或丢失。一首悲伤的颂歌，簇拥着人远行，也是为了让民族的精神重新变得清晰。是的，仪式是古老的，是重复过成百上千次的。牛角号是古老的，由死亡开启的旅程是熟知的，但恰恰是这种看似单调的重复，有需要被反复强化的东西，需要被相信的东西，能够在重复中成为信仰的东西，所以我想，一个民族的信念，就是这样构成，又不断重新予以结构的。

我对彝人如何生活并不了解。但我知道他们生活在多座神山之间，一直以来，都在与伟大和神圣毗邻。许多寻常的自然之物，比如山羊、刺猬，在他们那里各有含义。它们不仅仅是大自然的，还是人的象征的，也许彝人正是在这样的神会中，与大自然取得了最和谐的交流。他们看见的不仅仅是神的，更多的，他们还看见了神性中人的存在，所以，天空中才会有时隐时现的马鞍留下的印记。马鞍，赋予了天空另外的属性。这是个抒情的族群，也是个剽悍的族群，他们对空间的占有有自己独特的方式。

这首诗对归途的阐释，隐含着诗人对人类面对的终极问题——死亡的解答企图。人，怎样面对死亡？如果仅仅是对生命彻底的丧失意识，不免过于消极，因为不同的死亡正是不同的思想方式，死亡作为一个事件，也正是要释放出一些我们需要的东西。诗人并不讳言死亡的可怕，比如死亡的通知常常要比胜利的捷报传得更快，也要更远，比如红血，比如在幻境中，死神已经把独有的旗帜举过了头顶。但是它也被尊重，因为哪怕是背负世代冤仇者也不能在对手死亡的时候发兵。死亡，是如此大的一件事，当亡灵进入白色的国度，肉体的锁链被挣脱，勇士就会去拥抱自己的族谱，神界和人界的界限再次被看见。在一个有效的死亡事件中，诗中所提到的一切事物都是功能性的；荣誉的捍卫，铁的力量，这才是死得其所。也就是在这样的氛围中，挽歌带来的是一种“积累性”影响——由逝者一生的经历和绵延不绝的民族史作为背景而呈现出的样式，这种样式，能保证一种深沉的情感对灵魂的持续作用，也使死亡看上去不那么可怕和艰难。

死亡，一面是仪式叙述，一面是对父亲一生的回顾，而这种回顾正是英雄史诗的当下镜像。在诗中，我们能看到父亲的诞生和成长，他的孩童时代，他少年的顽皮，他学习涉猎，与饥饿作战，恋爱，等等。当他爬上悬崖为小伙伴们去取蜂蜜，攀登的是空无的天梯。天梯，使他在攀爬中蜕变，当小伙伴们幸福地迎接从天而降的金色蜂蜜，一个民族的英雄已经在天空中长大了。在这里，民族所独有的一切塑造了他自己的英雄，火的传统，挫伤的山神，长柄镰刀，以及法典、魔鬼，等等，他要在这中间存活下来，他的生活带有着某种神圣的使命感，他不但是为自己的个体存活下来，更重要的，他是作为一个民族精神的载体存活下来。在他个体的命运中，蕴含着整个民族的命运和精神诞生、养护，以及如何战胜他所处的世代和通往不朽。

但传统的英雄观并不能解决一切，因为父亲不但是一个古老的英雄秩序和伦理中的父亲，他还是一个现代人，经历了革命和战争，在这种环境中，他肩负着另外的使命：成为一个革命者，一个新的英雄。他既是古老的又是全新的，他要学会像火焰那样生活，更要学会像一朵火焰那样践行承诺，经受灼痛，以让彝人的世界不辜负灿烂的光明，重新创造奇迹。

送葬的仪式确实像英雄创造的最后一个奇迹，这里面有毕摩的引领，有光的升高，有一个民族生和死的独有的罗盘，安静躺着的父亲和他英雄的一生以及众人汹涌的情感形成了强大张力。此中，众人的呼喊变成了人类和万物的合唱，“我”的父亲变成了“我们”的父亲。这种对命名的穿越，在不知不觉中完成。

父亲，躺在九层松柴之上，在长诗的最后，“不是别人，是你的儿子为你点燃了最后的火焰”。也就是说，一个父亲完成了他的一生，而另一个父亲，在给自己的父亲点燃火焰的一瞬间，他自己作为一个父亲的形象，突然变得无比清晰。而此时掩卷回顾整首长诗，一个种族滚动的命运，正携带着巨大的力量，从诗行中隆隆驶过。

2020年10月于南京

〈作者简介〉

胡弦，诗人、散文家，著有诗集《沙漏》《空楼梯》，散文集《永远无法返乡的人》等。曾获诗刊社“新世纪十佳青年诗人”称号，《诗刊》《星星》等杂志年度诗歌奖，花地文学榜年度诗歌金奖，柔刚诗歌奖，十月文学奖，鲁迅文学奖等。现居南京，《扬子江诗刊》主编。

族群灵魂深处的歌哭

——评长诗《迟到的挽歌》

◇ 孙晓娅

“我写诗，是因为我的父亲是神枪手，他一生正直、善良，只要他喝醉了酒，我便会听他讲述自己的过去。泪水会溢出我的眼睛。”[①]在吉狄马加心中，父亲是能让猛兽陷落的勇士，是彝人中飒爽的雄鹰与骏马，是一个“真正的人，大写的人”，是永远值得怀念的英雄。吉狄马加2020年创作的长诗《迟到的挽歌》与其说是对父亲深情的悼念和追忆，不如说是灵魂深处的倾诉。长诗通过对彝族葬礼仪式的书写，追忆了父亲英勇的一生，以绮丽超现实的想象，舒卷呈现彝族文化大观。作为彝族诗人，吉狄马加始终为土地和生命而歌，区隔于以往的创作，这首诗复活了被埋葬已久的词，浸润着丰富的族群文化记忆和民族志式的风俗细节。一方面沉浸于死亡命题的书写，另一方面，诗人就像彝族人的祭司毕摩一样，在生与死、神界与人界、实在的群山与失重的语言中自由穿梭，既追忆慨叹亡灵生前的英勇，又探索了一个族群的心灵史。可以说，《迟到的挽歌》不仅是怀念父亲之作，更是一个族群灵魂深处的歌哭，是毕摩书写的现代史诗。

死亡作为另一种生的入口而存在

爱与死是诗人创作的永恒主题。不同于儒家克制情感的慎终追远，也不同于庄子鼓盆而歌的放诞恣肆，彝人对待死亡的态度是自然而坦然的，他们认为死亡并非生命的终结，而是另一种生的入口，是生命状态的另一种延续。在之前的短诗中曾留下吉狄马加对彝人古老的死亡仪式的深情描述：

---

① 吉狄马加：《一种声音——我的创作谈》，《吉狄马加的诗与文》，人民文学出版社，2007年，第409页。

我看见人的河流，正从山谷中悄悄穿过。
我看见人的河流，正漾起那悲哀的微波。
沉沉地穿越这冷暖的人间，
沉沉地穿越这神奇的世界。

——《黑色河流》[①]

在彝人看来，生与死并没有截然的界限，人的生命就像一条河流从生流到死，又从死亡流到冷暖的人间。在《迟到的挽歌》开篇，诗人似是彝人的灵魂穿越者，以多维的视角和超现实的视觉想象，展现了亡灵沿着白色的路回归到白色的国度的仪式过程：

当摇篮的幻影从天空坠落
一片鹰的羽毛覆盖了时间，此刻你的思想
渐渐地变白，以从未体验过的抽空蜉蝣于
群山和河流之上

你的身体已经朝左屈腿而睡
与你的祖先一样，古老的死亡吹响了返程
那是万物的牛角号，仍然是重复过的
成千上万次，只是这一次更像是晨曲

“死亡”并不是浓烈的悲痛，而是幻影的坠落，是轻盈羽毛的飞升，是渐渐地“返程”。在彝人看来，死亡是“诸神与人将完成最后的仪式”，是一种向祖先族谱、群山河流的回归。父亲的亡灵亦是如此，在“光明的使者”或者“领路的毕摩”引导下，进入到“另一种生的入口/再一次回到大地的胎盘”，“亡者在木

① 吉狄马加：《黑色河流》，《吉狄马加的诗与文》，人民文学出版社，2007年，第28页。本文所引吉狄马加其他诗歌均出自此书。

架上被抬着，摇晃就像最初的摇篮/朝左侧睡弯曲的身体，仿佛还在母亲的子宫/这是最后的凯旋，你将进入那神谕者的殿堂”。大凉山深处的两个世界是互相联系、互相沟通着的，一切的魂灵和生命都游走于由一个世界向另外一个世界行进的路途中，生与死并没有截然的界限。诗人也反复地以“哦，归来者”或“哦，英雄”的称呼来召唤父亲的亡灵回归到祖先的群山中：

哦，归来者！当亡灵进入白色的国度
那空中的峭壁滑行于群山哀伤的胯骨
祖先的斧子掘出了人魂与鬼神的边界
吃一口赞词中的燕麦吧，它是虚无的秘籍
石姆木哈的巨石已被一匹哭泣的神马撬动

“石姆木哈”是彝族传说中亡灵的归属地，位于天空与大地之间，也即“白色的国度”。在这个白色国度里，一切都是美的，一切都是善的，这里没有战争，没有嘲笑，有的是微笑的树木，飞翔的鱼类，通往和平之梦的动物园，“任何无意义的存在都会在白色里荡然无存”。白色在彝族文化中有古老的象征意义，代表着纯洁、美好的天堂世界。吉狄马加在一首短诗中就曾赞颂过：“我知道，我知道/死亡的梦想/只有一个色调/白色的牛羊/白色的房屋和白色的山岗/我知道，我真的知道/就是/迷幻中的苦荞/也像白雪一样//毕摩告诉我/你的祖先/都在那里幸福地流浪/在那个世界上/没有烦恼，没有忧愁/更没有阴谋和暗害/一条白色的道路/可以通向永恒的向往。”（《白色的世界》）当父亲的灵魂“挣脱了肉体的锁链”而飘升时，光成为使者引导其踏上“白色的道路”，在这里诗人化身葬礼中的毕摩，再三殷殷地嘱托父亲的亡灵：“不要走错了地方，不是所有的路都可以走/必须要提醒你。”在《迟到的挽歌》中，诗人立足于彝族的文化传统，糅合彝族的神话传说，自由地驰骋绮丽的想象，以极具视觉冲击的超现实诗语细致刻绘了“白色国度”的美好：

沿着白色的路走吧，祖先的赤脚在上面走过
此时，你看见乌有之事在真理中复活，那身披

银光颂词里的虎群占据了中心，时间变成了花朵
树木在透明中微笑，岩石上有第七空间的代数
隐形的鱼类在河流上飞翔，玻璃吹奏山羊的胡子

需要注意的是，纵然“白色的国度”是纯洁、美好而平和的，但彝人并非对死亡持向往态度的，并非对此生消极而更重虚空的彼岸。相反，彝人在死亡终极意义上，深刻洞察到了生命之花的存在：

并不是在繁星之夜你才意识到什么是死亡
而拒绝陈腐的恐惧，是因为对生的意义的渴望
你知道为此要猛烈地击打那隐蔽的，无名的暗夜
不是他者教会了我们在这片土地上游离的方式
是因为我们创造了自我的节日，唯有在失重时
我们才会发现生命之花的存在，也才可能
在短暂借用的时针上，一次次拒绝死亡

在彝人看来，现实中的一切存在都置身于由一个世界向另一个世界迁徙途中，人的生命也不例外。生命是短暂的，人的一生也只是在时针上“短暂的借用”。彝人一次次的拒绝死亡，并非恐惧于肉体的陈腐，实体存在的消失，而是在于“对生的意义的渴望”。吉狄马加对此有清醒的认识，他曾这样说道：“诗人表达宿命的意识并不证明他的悲观，也不是一种颓废，正如自觉到肉体必将消亡的人会更加珍惜生命热爱生活。这种自觉就是诗的出路。”[①]诗人在诗中追忆父亲英勇的一生之后，在葬礼点燃最后的火焰之前，对父亲的亡灵满怀敬意的吟咏道：“你呼吸过，你存在过，你悲伤过，你战斗过，你热爱过”，由此父亲是“全部意义的英雄”。是啊，正是死亡本身让人类感受到了生命的存在，生命的伟大，而更执着于生。

① 吉狄马加：《诗与我们共同面临的时代》，《鹰翅与太阳》，作家出版社，2009 年，第 427 页。

复活被埋葬的词：毕摩的现代史诗

栖息在大凉山深处的彝族是绵延着悠久独特文化传统的古老民族，在彝人眼中，翱翔的雄鹰、奔腾的骏马、连绵的群山、滚滚的江河都烙印并承载着非凡的原始宗教意义，甚至日常生活中的普通器物如苦荞、火焰、斗牛、羊骨等也有着自己的灵魂。作为洞悉了族群隐秘经验的诗人，吉狄马加发现“有一种神秘的力量在感召着我”[①]。这种神秘的力量即彝族族群的集体文化记忆，它发源于远古的深山，裹挟着日日夜夜流淌着祖先血液的“野性的河流”，最终深深地浇灌浸渍在诗人的心田。这是诗人诗作的出发点，亦是回归的家园。无论长篇短制，吉狄马加的诗中均以“我”为抒情原点，洋溢浓郁的自传性。不过，诗中的抒情主人公并非仅限于诗人自己，他发出的是整个彝人灵魂深处最本质的声音。评论家耿占春对此言及：“在个人经验的叙述中绘制了一个民族的历史轨迹，在个人记忆的抒发中撰写了一个民族的传记”[②]，吉狄马加的诗蕴含浓厚的人类学和民族志意义，读者阅读吉狄马加的诗也即意味着对彝族民族志的阅读和理解。诗人在早期诗篇《自画像》一诗中就完成了对自身生命和文化血脉中彝人形象的确认：

我是这片土地上用彝文写下的历史
是一个剪不断脐带的女人的婴儿
……
啊，世界，请听我回答
我——是——彝——人

这振聋发聩的呐喊声是诗人对族群身份的自觉建构和主动归属，但是他从不掩盖和回避一个走出大凉山的彝族知识分子的身份焦虑。“我写诗，是因为我站

---

① 吉狄马加：《一种声音——我的创作谈》，《吉狄马加的诗与文》，人民文学出版社，2007年，第408页。
② 耿占春：《一个族群的诗歌记忆》，《文学评论》2008年第2期。

在钢筋和水泥的阴影之间，我被分割成两半”[①]，长期在现代城市生活的诗人对自己族群怀有深沉的眷念，不过，文化归属的焦虑始终盘踞其心——“好像一根/被遗弃的竹笛/当山风吹来的时候/它会呜呜地哭//又像一束星光/闪耀在云层的深处/可在它的眼里/却含有悲哀的气息/其实它更像/一团白色的雾霭/沿着山岗慢慢地离去/没有一点声音/但弥漫着回忆”（《失去的传统》）。由是，有学者发现吉狄马加的诗始终笼罩这“哀悼”的情绪，与之紧密关联的是身份归属无可确认的焦虑。

较之既往的诗篇，《迟到的挽歌》祛除了这种身份归属的焦虑感，以自然融入的姿态抒写彝人的葬礼这一极具原始宗教仪式和民族志意义的题材。这首诗虽是献给已故父亲的挽歌，但是通篇并未像此前诗作中那样存在一个饱含浓烈情感的抒情主体“我”，诗人走近彝族祭司毕摩，在情感的克制中给读者展现了一场绚烂的火葬仪式。祭司毕摩是彝族部落的心灵守护者，他是人界与神界的通灵者，是彝人的祭司，是彝族文化的承载者。较之于普通彝人，祭司毕摩最重要的能力，便是以独有的语言为中介，其声音“飘浮在人鬼之间”，沟通了白色国度与黑色诺苏[②]、人界与神界，让漂泊的亡灵得到归宿与安息。在现代社会毕摩逐渐消隐时，诗人则主动承担了这种神奇的语言职能，“我要寻找的词/是祭司梦幻的火/它能召唤逝去的先辈/它能感应万物的灵魂//我要寻找/被埋葬的词/它是一个山地民族/通过母语，传授给子孙的/那些最隐秘的符号”（《被埋葬的词》）。《迟到的挽歌》是诗人为复活“被埋葬的词”如是历史和民族的抱负而实验的长诗。

吉狄马加曾在创作谈中坦言：“我写诗，是因为我们在探索生命的意义，我们在渴望同自然有一种真正的交流，这种神的交流当然是来自心灵而不是表面。”同所有彝人一样，吉狄马加也相信万物有灵。在《迟到的挽歌》中，彝族极具原始宗教意义的葬礼仪式就像一出超现实的歌舞剧，不仅仅“你的族人和兄弟姐妹将为你的亡魂哭喊送别”，群山、河流、猎鹰、猎狗、山羊、花豹、太阳、火焰，甚或口弦、披毡、火枪、羊骨等也要扮演一定的角色，为其哀伤、哭泣、颂扬。“火焰”/“光”在彝族文化中有着原型意义，在吉狄马加诗中是出现频度

① 吉狄马加：《一种声音——我的创作谈》，《吉狄马加的诗与文》，人民文学出版社，2007 年，第 408 页。

② 诺苏，即彝语中黑色的民族，是彝族的自称。

最高的意象之一，与之相关的语码或词汇的使用也让《迟到的挽歌》生发出夺目的色彩绚烂感、火焰烧灼感，如广布诗中的白银的冠冕、烧红的卵石、可怕的红雪、灭焰者横陈大地的姿态、咆哮的火焰、黎明的曙光等等。“光是唯一的使者，那些道路在不通往/异地，只引导你的山羊爬上那些悲戚的陡坡”，火焰/光不仅照亮了亡灵归去的道路，成为亡灵的指引者，更是让彝人在最后的火焰中成为另一种生的存在，“存在之物将收回一切，只有火焰会履行承诺”。其次，象征着自由、野性、勇武精神的雄鹰与骏马在《迟到的挽歌》中也飞腾起来。吉狄马加作为“彝族诗坛之鹰”，对彝族精神图腾和民族文化的象征——雄鹰有着深深的守望情结：“我曾一千次/守望过天空/那是因为我在等待/雄鹰的出现/我曾一千次/守望过群山/那是因为我知道/我是鹰的后代”（《彝人之歌》）。在这首诗里，散发野性力量的雄鹰和骏马，成为评述父亲英勇的核心意象。在生前，父亲就是“神鹰琥珀的儿子/你是星座虎豹字母选择的世世代代的首领”；而在经历了革命和战争的疾风暴雨之后，父亲承受住了“火焰的伤痛和天石的重负”，证明了自己从来就是个彝人，而这些“就是按照雄鹰和骏马的标准，你也是英雄/你用牙齿咬住了太阳，没有辜负灿烂的文明”；最后父亲的逝去则是“鹰在苍穹的消失”。即使经历了火葬，父亲的亡灵也会成为不朽，因为“群山亦复如是，鹰隼滑动光明的翅膀/勇士的马鞍还在等待”。此外，还有很多彝族生活中被埋葬的词也复活了，如养活一个民族的苦荞、毕摩手里的羊骨、闪光的牛颈、火把节上的口弦等都具有彝族独特的民族志意义，词语映照着族群的文化记忆。长诗《迟到的挽歌》与其说是诗人敏锐细腻的触摸到了彝人灵魂深处的心理褶皱之后的力作，不如说这些浸润着彝族文化、彝人情感体验的彝族意象符码在汉语的诗性表达中重获了新生，成为当代汉语诗的又一旋律。

“一个诗人要真正成长起来，就必须接受多种文化的影响和养育。我的思维方式常常徘徊在汉语和彝语之间，我的精神游移在两种甚至更多文化的兼容与冲突中”①，吉狄马加有着博大的文化胸襟和开阔的写作视野，他虽然对灿烂的彝族传统文化有着深深的守望，但并未故步自封，而是主动吸纳多元的汉文化和世界文化。创作中那些“来自于用汉文创作的文学经典”和世界文学巨匠都对他产生

① 吉狄马加：《一个彝人的梦想》，《吉狄马加的诗与文》，人民文学出版社，2007年，第383页。

了深远的影响。吉狄马加是用汉语写作的彝族诗人，他对这两种语言、两种文化背景、两种思维都搏斗过、征服过，这锻造了他写作中丰富的痛苦，但也由此开辟了无限的诗性空间。吉狄马加曾感慨道：“我的思维常常在彝语与汉语之间交汇，就像两条河流，时刻在穿越我的思想。我非常庆幸的是，如果说我的诗歌是一条小船，这两种伟大的语言都为这条小船带来过无穷的乐趣和避风的港湾。作为诗人，我要感谢这两种伟大的语言。”[①]之前他的短诗虽有彝族文化色彩，但大多是抽象化、概念化的表达，《迟到的挽歌》则是通过葬礼完全复活了彝族被埋葬的词，是彝族文化大观。或许，一片鹰的羽毛、白银的冠冕、发出异响的铠甲、马鞍的印记、石姆木哈的巨石、哭泣的神马、送葬的黑色彝人、葬礼上的火焰在彝人看来均为平常之事之物，但吉狄马加将其施予汉语的诗性笔墨时却有了强烈的陌生化的语言冲击力量。

长诗中吉狄马加立于多元文化的高地之上，发掘彝人集体无意识的精神符码，在洞悉彝族文化的深层律动之后，将自由驰骋超现实的想象力施墨于汉语诗思中。《迟到的挽歌》不仅复活了族群“被埋葬的词”，也为汉语诗坛谱写出彝人生存语境和文化逻辑，这是彝族现代史诗的另一种建构，亦是吉狄马加继《我，雪豹……》后长诗创作的再出发！

参考文献：

1.吉狄马加：《吉狄马加的诗与文》[M]，人民文学出版社，2007年。

2.吉狄马加：《鹰翅与太阳》[M]，作家出版社，2009年。

3.本尼迪克特·安德森：《想象的共同体》[M]，吴叡人译，上海人民出版社2005年。

4.耿占春：《一个族群的诗歌记忆》[J]，《文学评论》2008年第2期。

5.孙晓娅：《寻找灵魂方向的神鹰——走近吉狄马加的诗歌世界》[J]，广西师范学院学报（哲学社会科学版）2017年5月。

① 吉狄马加：《一个彝人的梦想》，《吉狄马加的诗与文》，人民文学出版社，2007年，第383页。

〈作者简介〉

孙晓娅，女，文学博士，教授，博士生导师，长城学者，现任首都师范大学中国诗歌研究中心副主任。

对话性、英雄书写与神秘力量

——评吉狄马加长诗《迟到的挽歌》

◇ 刘　波

在吉狄马加的长诗新作《迟到的挽歌——献给我的父亲吉狄·佐卓·伍合略且》中，他将写给父亲的挽歌形容为“迟到的”，其意在于时间逻辑上的延后，似乎带有内在的歉意，但“迟到”中不乏情感积淀的准备，所以最后诗人才以长篇悼亡诗的形式完成了对最亲近之人总体命运的谱系性书写。虽然诗人仅是以父亲去世这一个体事件作为切入点，但他并没有停留于表象的悲痛，而是在更为庄严肃穆的氛围中将个体经验转化为对民族文化的整体统摄，即在总体性的视野中为个体死亡进行更深度的地域文明的赋形。这种在精神上追根溯源的言说，暗藏着心灵的对话性，特别是基于对父亲的悼念，他将那些有形的哭泣、眼泪与无形的悲痛化为了内心的体验，让灵魂在这一场关于死亡的仪式中获得洗礼，并最终上升为深层次的文化认同。他渴望在与父亲的隔空对话中召唤出一个新时代的“英雄形象”，那是普遍的个体经历了生死之后在宗教文明的意义上所获得的归宿，诗人将其作为一个文化镜像予以重塑。父亲这一形象被塑造为带着身份想象的个体英雄，具有深邃的象征色彩，他的逝去意味着肉身的结束和精神的归来，这是更高的生命起点，同时也昭示出其特殊的命运感。

与父亲的对话何以带来普遍的回响

如果说死亡是一场具体的事件，那么，在《迟到的挽歌》中，吉狄马加则是以幻化的方式将死亡上升到了天地和众神的宗教境界，生死不仅被置于诗歌中重新审视，而且它本身也构成了独属于特殊地域的文化内涵。它们作用于自然本身，在神和人的共同恩赐中界定了一个亡者的形象，吉狄马加以和亡父对话的方式建构了主体的身份认知，他既在虚实交织中为父亲超度，又在某种生死平衡的意义上维系一种探寻死亡之道的价值观。

悼亡的仪式是从空灵的氛围开始的：“当摇篮的幻影从天空坠落/一片鹰的羽毛覆盖了时间，此刻你的思想/渐渐地变白，以从未体验过的抽空蜉蝣于/群山和河流之上。”当摇篮出现时，死亡并不一定就是终极归宿，它也可以体现为一个新的永生的起点。诗人在挽歌中以父亲的“思想”作为开场白，更显出某种精神性的标识；思想之光的弥漫，似乎先于肉体获得了更为广阔的安放空间。这种离去的形式感看似诗人的构想，实则是久远文明的一种回声，它们被诗人以记忆回放的方式描绘成了一道与天地共生的景观。在此，父亲以“你”的第二人称出现，其思想置于群山和河流之上，这本身就预示着死亡的超越感。在作品后面，诗人同样回应道，“群山就是你唯一的摇篮和基座”，人之形象被放大之后，精神的坐标也随之具有了象征性，它在无限地扩展至更富理想主义色彩的时空观。

如果我们回到死亡本身，这一符号又会变得肉身化，诗人以更具体的场景呈现了“极乐”世界的秩序。“你的身体已经朝左屈腿而睡/与你的祖先一样，古老的死亡吹响了返程/那是万物的牛角号，仍然是重复过的/成千上万次，只是这一次更像是晨曲。”死亡的身体姿势开始被诗人形塑为立体感的画面，他还是要回到祖先的规则中，这种叙述又表征为安魂曲一样的声音经验，最后必须跨越过这些声、光与色彩的混杂流动，才可能会真正自由地上路。诗人之所以在如此低沉又高昂的基调中为父亲唱起了挽歌，他是在与其进行对话中试图勾勒父亲的魂路图，“这是最后的接受，诸神与人将完成最后的仪式”。而接下来的道路，到底是一场灵魂跋涉还是一次身体回归大地的平坦之旅？无论是否以词语作为启程的信号，诗人都在强调父亲需要走他自己的路，这种对方向的强化，是一种价值判断的折射。“不要走错了地方，不是所有的路都可以走/必须要提醒你，那是因为打开的偶像不会被星星照亮，/只有属于你的路，才能看见天空上时隐时现的/马鞍留下的印记。听不见的词语命令虚假的影子/在黄昏前吓唬宣示九个古彝文字母的睡眠。”诗人与父亲的对话开始由死亡回到族裔见证的范畴，这一“策略”源于对民族文化自觉的建构。他之所以运用这一套带有激情浪漫主义的抒情话语，还是在于死亡的具体性和虚幻性之间的落差，它们被诗人还原为词语所铸就的时空流动感。

吉狄马加通过记忆移植了父亲生前的诸多片段和场景，重新排列组合为更具民俗意味的异质性图景，并赋予其内在的生长性，它也是诗人的个体风格与民族的公共经验杂糅而成的新的时代话语机制。这种由个体经验上升到人类共识性和普遍经验的可能，正是吉狄马加近些年致力于创作的根本转向，在全球化的语境中，诗人的自我要求如何切近这一标高，其实还有待于他以具体的实践来检验转向的有效性。这种转向立足于本土的民族特点，在国际化的视野里诉诸更有普适性的诗意资源，这是吉狄马加诗歌在通向本质性美学中所体现出的"强力意志"，他在《我的痛在日本》《我，雪豹……》《裂开的星球》等近些年的诗作中均指向了对更宏大的人类命运共同体的思索，此一行动的诗学本身即表明了诗人在个体、自然、社会与全球化时代遭遇的更复杂的心灵冲击，它们促使诗人从向内的封闭式写作中走出来，重新向外延展自己的人道情怀和宇宙意识。他这种指向未来的写作同样以个人最初的观察与体验为基础，慢慢溢出单一狭隘的边界，逐渐迈向综合性的文化建构。在《迟到的挽歌》中，这一写作初衷仍然渗透在字里行间。虽然吉狄马加是以个人家族经验开启了自我突围之道，但他并未停留于单一个体形象的塑造，而是以此为中介，穷尽对自己民族中独特的死亡文化的全景式扫描。为父亲唱挽歌更像是一次反思民族文化的行动，既是文化伦理的症候式表现，也是诗人秉持的内在信念。他一方面是与父亲进行对话，另一方面，又是在与自我和现实做更深层的人文对接，诗人以重估的姿态寻找到了个人体验与民族文化之间融合的契机，这是责任，也是使命。

当诗人追问"是你挣脱了肉体的锁链？/还是以勇士的名义报出了自己的族谱？"时，其实也是在回应如何驾驭对父亲之死的文化理解，与亡父的对话，在语言创造中呈现为怎样的情感形态，这是诗人更高亢的生命政治的折射。"诗歌对于我来说不仅仅是面对自己灵魂的独语，更重要的，它是我与这个世界进行对话的媒介。"①为父亲书写的挽歌同样也是诗人与这个世界对话的媒介，这一媒介虽然带有悲情色调，但于诗人来说，他在"迟到"后的情感沉淀中已经将其转化为对父亲之死更显厚重与微妙的理解。因此，他切入的角度显得理性，也更智慧，挽歌像是一种安魂曲的本土变体，它所具有的力量越过了单纯的缅怀和凭

① 吉狄马加：《诗歌，是我面对这个世界的方式》，《中南民族大学学报（人文社会科学版）》2020 年第 4 期。

吊，尤其是掺杂着对过往记忆的拆解和再造，就不乏文化寻根的心理期待。在这一背景下，诗人将自己置于重新发现文明的位置上，并赋予了诗歌文本以自我救赎的意味。

当然，从文本内部来看，吉狄马加并无意于在这首挽歌中为父亲作虚妄的辩护，他将个人经验集中于“在路上”送别父亲的过程，中间交织着对彝族古老文明的开掘，这也就相应地为一场告别的仪式增添了文化人类学的色彩，而这种语境的提升，更促成了公共文化经验发声在现实中的回响。如同诗人所倡导的，“在呈现文学民族性的同时，还要极其高明地呈现出文学的人类性”[①]，他在诗歌中“追认”父亲为个体英雄的同时，也从更普遍的意义上明确了主体认知和写作所具有的内生动力，这正是诗人从死亡伦理中所获的特殊启悟。

重构新时代英雄的精神谱系

在直面死亡时，吉狄马加有着更为强烈的现实关切，他在守护父亲灵魂的意义上不断引入民族传统中更为远古的文化潜流，这种生命的象征呈现为多维的面向。在《迟到的挽歌》中，其意义就表现为对英雄形象带有强力意志的召唤。虽然诗人在词语创造中已经注入了力量，那种富有气势的昂扬之力容纳了更多对生命与文化的及物性反思，也可以说是一种内省的意志在主宰或掌控着英雄自由前行的进程。这都是诗人塑造新的英雄形象的努力，他在文化层面展示了更明确的道义感，那就是对死亡的文化探讨。

当我读到“死亡的通知常常要比胜利的/捷报传得更快，也要更远”时，不由自主地就想到昌耀的长诗《慈航》。昌耀虽然也是在宗教的意义上完成了对生命轮回的阐释，但那句不断被重复的话，如同偈语般构成了对爱战胜死亡意志的强调——“在善恶的角力中/爱的繁衍与生殖/比死亡的戕残更古老/更勇武百倍”。相似的句式好像基于某种共通的精神结构，而从昌耀的写作中传承下来的诗学脉络，可能对吉狄马加也有内在的影响，这不仅在语调用词上体现为更深沉的精神角力，而且在思维方式上也显出了富于历史连续性的互文意识。正是在那

---

① 吉狄马加：《在文化觉醒中面向未来》，《文艺争鸣》2015 年第 4 期。

种宗教意识的精神感召下，诗人对死亡才会以“挽歌+颂歌”的方式予以重构，他假借对亡灵的超度重置了一种关于英雄主义的呼唤：既要恪守古老的法则，又要在更开放的层面寻找诗性正义，而且对这些真相的选择必须立足于强大的精神场域。就像诗人称父亲为“英雄”的前提，是他必须完成英雄称号得以成立的使命，包括他的死亡都遵循着英雄的标准。因此，他的言说不可能被悬置于无来由的“词语狂欢”中，英雄的谱系性需要落实在更具体的行动与实践里，这一原则让诗人在对英雄荣誉的本质化表述上，也不得不依据古老的行事逻辑。“这是千百年来男人的死亡方式，并没有改变/渴望不要死于苟且。山神巡视的阿布则洛雪山/亲眼目睹过黑色乌鸦落满族人肩头如梦的场景/可以死于疾风中铁的较量，可以死于对荣誉的捍卫/可以死于命运多舛的无常，可以死于七曜日的玩笑/但不能死于耻辱的挑衅，唾沫会抹掉你的名誉。”英雄可以死于命运既定的安排，但不能“死于耻辱的挑衅”，这是一种死亡的道义，也在考验着英雄的德行。“死亡的方式有千百种，但光荣和羞耻只有两种”，父亲进入英雄行列的资格，是他在通往善行和义举的路上获得了更多的光荣，这才是英雄本应具有的存在状态。

在此，吉狄马加是否要以史诗的方式为父亲立传？这对于诗人来说是一个内在的挑战，他试图以更具宗教感和民族色彩的书写为父亲确立新时代的英雄形象，但是，在词语的激烈变奏中，挽歌的悲悼之意被置换成了文化建构和精神重塑的场面。“哦，英雄！我把你的名字隐匿于光中/你的一生将在垂直的晦暗里重现消失/那是遥远的迟缓，被打开的门的吉尔。”接下来，在一连串“那是”所指向的回顾与召唤中，父亲被还原为一个从婴儿时代一路成长的单纯的英雄形象。诗人对父亲的重塑带着一股原始的力量，貌似按时间线性发展顺序娓娓道来，又不断地变换着方位和角度，以映射出主体所接受的不同的感知力。在冒险之后他懂得分享和给予：“那是你攀爬上空无的天梯，在悬崖上取下蜂巢/每一个小伙伴都张大着嘴，闭合着满足的眼睛/唉，多么幸福！迎接那从天而降的金色的蜂蜜。”在知晓人性正义之后他懂得了助人之道：“那是你爬上一株杨树，以愤怒的名义/射杀了一只威胁孕妇的花豹，它皮上留下/的空洞如同压缩的命运，为你预备了亡灵/的床单，或许就是灭焰者横陈大地的姿态/只要群山亦复如是，鹰隼滑动光明的翅膀/勇士的马鞍还在等待，你就会成为不朽。”在具象和抽象的双重书写中，诗人为父亲的英雄形象加持了一种敬畏感和责任意识，这也是他塑造个体英雄的当下伦理。即便我们感受到的是陌生的甚至带有异域色彩的语调，但那些闪耀着精神光环的句子仍然能打动我们，它们有着厚重的质地，这些带着总结意味的陈词，更多时候是在提醒我们：英雄的品格必须匹配于那些更高层次的善行和意念。

自新时期以来，在诗歌中对典型人物形象的塑造一直是比较模糊的，在有些诗人看来，诗歌似乎天然地就拒绝塑造更为具体的人物，这也导致我们很难在诗歌中确立完整的英雄形象。就像《致马雅可夫斯基》中向另一位苏俄“伟大的诗人”致敬一样，吉狄马加在《迟到的挽歌》中所塑造的父亲这一英雄乃实写，并非虚构，这一点确实指涉了当下时代“英雄书写”所遭遇的困境。诗人从家族个体英雄的塑造上追溯了其谱系性的精神源头，有着至为明晰的超越感。“你是闪电铜铃的兄弟，是神鹰琥珀的儿子/你是星座虎豹字母选择的世世代代的首领。”如果说这种定位还有一定的虚幻性，那么，在神的召唤中，他的形象与其所在民族的历史有了更具体的关联：“每一个民族都有/自己的英雄时代，这只是时间上的差别。/你的胆识和勇敢穿越了瞄准的地带/祖先的护佑一直钟情眷顾于你。”这是从神灵和祖先那里获得的恩赐，而且这也延伸到了更浩大的时空中，并与现实构成了某种张力关系。“唯有对祖先的崇拜，才能让逝去的魂灵安息”，父亲的英雄之称并不需要诗人特意强加，在民族和祖先的召唤中，他早已触及了英雄所达至的目标，并在亡灵上路的时刻获得了英雄的荣耀。

如果说父亲作为个体的英雄只是他以毕生爱与善的行动完成对这一荣誉的呼应，那么，他所代表的这个民族的刚毅形象，正逐渐扩大他在历史长河中的永恒性与影响力。英雄挽歌看起来只是一个书写的基调，正是在这一基调中，诗人试图“以对父亲/父辈的确认，来确认民族/人类/世界意义的‘英雄’”[①]，但这双重“确认”又呈现为一条相对清晰的精神脉络，而无法被更具体的形象所取代，所以，父亲英雄形象的完成不是诗歌上的“例外状态”，他在诗人/儿子笔下延续了过去生活书写的常态。

---

① 杨碧薇：《新英雄：寻觅、归来与建构——从吉狄马加〈迟到的挽歌〉谈起》，《草堂》2020年第9卷。

在颜色对比和语言创造中召唤神秘的力量

在对英雄的形塑中，吉狄马加已经通过那些带有强力意志的词语确证了一个特殊的语境，那就是在民族和宗教的预设中聚焦于带有神秘感的主体性。诗人的诗歌风格不时地包含超现实主义色彩，这可能意味着他的书写要针对那些富于超验意味的领域发出更原初的呼唤。在《迟到的挽歌》中，由死亡所带来的整体气息，已经注定了诗人所采取的修辞和运用的书写方式必须基于更深层次的传统，甚至不乏某种启蒙的意味。

也许就是在对死亡的探索中，他不得不以词语的变形来展开那些超越具体经验的问题书写，这是另一种诗意的辩证法。比如诗歌中对黑色与白色的区分，显然就明确了整首诗的神秘基调，“哦，归来者！当亡灵进入白色的国度/那空中的峭壁滑行于群山哀伤的胯骨/祖先的斧子掘出了人魂与鬼神的边界”，白色所代表的明晰已经渗透到了亡灵的国度，它映照出了更神秘的力量。“逝去的亲人们又如何在那白色的世界相聚/万物众生在时间的居所是何其的渺小卑微/只有精神的勇士和哲人方才可能万古流芳”，白色象征着一种精神光谱，它是纯洁的，也承担着更重要的汇聚性功能。诗人对父亲的指引以白色作为标志，“沿着白色的路走吧，祖先的赤脚在上面走过”，而对于黑色呢？诗人同样有他的比较：“白色与黑色再不是两种敌对的颜色，蓝色统治的/时间也刚被改变，紫色和黄色并不在指定的岗位/你看见了一道裂缝正在天际边被乘法渐渐地打开，/那里卷轴铺开了反射的页面，光的楼层还在升高/柱子预告了你的到来，已逝的景象掩没了膝盖/不用法律捆绑，这分明就是白色，为新的仪式。”在诗人这里，白色作为“终极之色”，在各种颜色的交织融汇中似乎也演变成了一种身份符号，而它在这首诗中呼唤神秘的力量，也让诗人架构了属于自我的精神体系性。诗人在献给妈妈的一首诗《当死亡正在来临》中，也曾写到过黑白两色：“就在黑色覆盖了白色的时候，/妈妈就已经进入了另一个世界。”[1]这是平静而悲伤的比较，覆盖预示着生命的流变，颜色是至为真切的体现。“这里只有白色，任何无意义的存在

① 吉狄马加：《献给妈妈的二十首十四行诗》，《作家》2017年第1期。

都会在白色里荡然无存/白色的骨架已经打开，从远处看它就像宇宙间的一片叶子。”又一场幻化的场景在白色的视觉呈现中徐徐展开，诗人注入的看似反抗的力量，其实又何尝不是针对死亡所建构的主体意志呢？

死亡与挽歌所构成的组合，相对于吉狄马加在这首长诗中所倾注的自然情感，要显得更具超越性，它并不构成必然的悖论，而是在整体的结构中获得了相对完满的投射。“那是一个千年的秩序和伦理被改变的时候/每一个人都要经历生活与命运双重的磨砺/这不是局部在过往发生的一切，革命和战争/让兄弟姐妹立于疾风暴雨，见证了希望/也看见了眼泪，肉体和心灵承担天石的重负/你的赤脚熟悉荆棘，但火焰的伤痛谁又知晓/无论混乱的星座怎样移动于不可解的词语之间/对事物的解释和弃绝，都证明你从来就是彝人。”在诗人笔下，那些大词如何构成我们所需要的诗意？它可能要在话语内部完成，但在遭遇具体的现实美学时，又不得不以越界的方式获得主体的能动性。对于吉狄马加来说，其诗歌中普遍存在的神秘美学乃至于“神话维度”，本身就内化在了他的诗学追求中，“因为诗歌神奇的创造，最终毕竟是对生命的热爱和呈现，而对神话和人类原始精神母体的敬畏绝不是迷信”[①]，这一审美认知的确立，一方面是由其少数民族特殊的题材和氛围所营造的，另一方面，也是他独特的词语构成方式所完成的。他有着强烈的“第三代”诗人对语言发明的冲动，这种创造力且形成了他后来趋于深邃的表达机制。“哦，英雄！当黎明的曙光伸出鸟儿的翅膀/光明的使者伫立于群山之上，肃穆的神色/犹如太阳的处子，他们在等待那个凝望时刻/祭祀的牛头反射出斧头的幻影，牛皮遮盖着/哀伤的面具，这或许是另一种生的入口/再一次回到大地的胎盘，死亡也需要赞颂”，诗人借助这些宗教图腾开启了另一扇通往“再生”之路的大门，它可能源于神秘力量的各种变体，被赞颂的死亡也由此获得了合法性。

吉狄马加信任更古老和朴素的真理，他在与立陶宛诗人托马斯·温茨洛瓦的对话中谈道：“诗歌就是语言的事业，每个诗人在写作时都在做一种语言的冒

---

① 吉狄马加：《诗人仍然是今天社会的道德引领者——答英国诗人格林厄姆·莫特》，《诗歌月刊》2020 年第 4 期。

险，离开了语言，离开了语言的创新，诗歌也就不复存在了。”[①]所以，即使在赞颂死亡的挽歌中，他也必须在语言创造的层面完成及物性的哀悼，“透明的思想不再为了表达，语言的珍珠滚动于裸体的空白”，这是与生命、死亡同步的创造，它指向了更具审视意味的主体。“哦，英雄！你已经被抬上了火葬地九层的松柴之上/最接近天堂的神山姆且勒赫是祖灵永久供奉的地方/这是即将跨入不朽的广场，只有火焰和太阳能为你咆哮/全身覆盖纯色洁净的披毡，这是人与死亡最后的契约”，在这即将结束的仪式中，诗人并未屈从于死亡的压力，相反，他将死亡看作了与神秘力量从对峙到融合的重要介质。就是在那些充满强力的词语中，所有的组合都同构于一场力量悬殊对比的内在循环中，诗人以反求诸己的方式维护了父亲作为英雄的使命与责任。

在与神秘力量的共处中，诗人服从诗歌最古老的法则，“对传统文明保持完全的信赖”[②]，这让他能从词语、声音与内在节奏中把握更为隐秘的想象。从对抗性到对话性的潜在转换，让吉狄马加在形式上诉诸的是一种召唤结构：这一方面进一步解放了诗歌的自由体式，另一方面，也呼应了其所依存的民旅传统里对英雄送别的虔诚之意，“哦，我们的父亲！你是我们所能命名的全部意义的英雄/你呼吸过，你存在过，你悲伤过，你战斗过，你热爱过/你看见了吧，在那光明涌入的门口，是你穿着盛装的先辈/而我们给你的这场盛典已接近尾声，从此你在另一个世界”。葬礼结束了，挽歌也接近了尾声，从此父子虽然阴阳两隔，而对于更宏阔久远的永恒生命价值来说，这其实是一次新生。诗人在这种召唤结构里延伸了另一重行动的方向，留下了远古文明所拥有的持续性和力量感，这种保持纯粹性的精神和审美自觉，同样也符合诗人灌注其中的情绪和节奏。一旦我们从中获得美学的共鸣，那些神秘力量同样也可能会随着召唤纷至沓来，这又可能属于另一种心境的呈现了，需要诗人在更高的历史维度上发挥主体想象与语言创造的潜能。

2020年10月于湖北

---

① 吉狄马加、托马斯·温茨洛瓦：《用语言进行创新仍是诗人的责任和使命——吉狄马加与温茨洛瓦对谈录》，刘文飞译，《世界文学》2019 年第 2 期。

② 西渡：《守望文明——论吉狄马加的诗》，《青海社会科学》2011 年第 5 期。

〈作者简介〉

刘波，男，1978年生，湖北荆门人，文学博士，三峡大学文学与传媒学院教授，北京师范大学博士后，中国现代文学馆特邀研究员。曾获得中国当代文学研究优秀成果奖、扬子江诗学奖·评论奖等。

新英雄：寻觅、归来与建构

——从吉狄马加《迟到的挽歌》谈起

◇ 杨碧薇

一、寻觅者：词语，或自由

词语的猎人吉狄马加，手握彝语之箭，不懈地找寻汉语的猎物。在新近的诗作《迟到的挽歌》里，他从轻的事物写起，先是“一片鹰的羽毛”，继而瞄准一只小小的“蜉蝣”。经猎人的目光扫视，这只蜉蝣幻化成动词形式，轻捷又不失灵敏地展现出人的思想状态，“此刻你的思想/渐渐地变白，以从未体验过的抽空蜉蝣于/群山和河流之上”。借助动词化的蜉蝣之跳板，这短短三行诗，便开启了由轻和小跃向重和大的旅程，吉狄马加那册厚重、壮丽的史诗长卷再次向我们摊开。

众多的词语中，他偏爱有力量的。“那是你白银的冠冕，/镌刻在太阳瀑布的核心”，这两句就是银与金的碰撞，散射出煌煌光华；更何况白银冠冕与太阳瀑布的交相辉映，那般光明璀璨，正是诗人灿烂心象的视觉化呈现。其实，吉狄马加曾多次书写的鹰与豹，正是力量感的代表。在铺排着力量的诗句中，还点缀着一些舒缓、温柔的词语。他写蜂蜜，是“从天而降的金色的蜂蜜”；写苦荞，是“脱粒之后的苦荞一定会在/最严酷的季节——养活一个民族的婴儿”。如果说白银与太阳、鹰与豹都是父系的词语，那么蜂蜜和苦荞就来自母系，后者有着温存持久的坚忍，用它们的甜与苦默默地平衡着诗歌的风暴，使诗歌在持续的进击中保持充沛的力。父词和母词的套嵌，共同织起了长诗的经纬；无论是在今年的《迟到的挽歌》《裂开的星球》还是更早的《我，雪豹……》里，这些经纬都疏密有致、缓急得当，保证了长诗不发脆、不泄气。

正如《迟到的挽歌》所示，“听不见的词语命令虚假的影子”，“词语”这个词本身在吉狄马加的诗里就占据着重要位置，在《母语》一诗中，他将自己视为“寻找词语的人”。综观其诗歌创作，“词语”都从未远离他的视线：“从词语深入到词语”[1]（《朱塞培·翁加雷蒂的诗》）、“你词语的烈焰，熊熊燃烧”[2]（《支呷阿鲁》）、“每一次自我的放逐，词语的/骨笛，都会被火焰吹响”[3]（《谁也不能高过你的头颅》……“词语”的频繁出现，以及对“词语”的异常敏感，须回到吉狄马加的双语背景上去考辨。他的故乡通用汉彝两种语言，在他上学时，彝语并不是学校的教学语言，所以他接受汉语教育，在家则用彝语和家人交流[4]。在双语思维下，选择“他者”语言中的一个词语，意味着认领“他者”的一种观念。吉狄马加在汉语中择取一个词，一定是因为它最符合彝语中相对应的某个观念，此即胡亮所言：“这并非汉族所熟知的汉语，而是在彝文化里面反复浸泡过的汉语。从某种意义上讲，这是彝语的灵魂，注入了汉语的肉身。”[5]因此，选择什么样的词语，就是建构一个什么样的世界。对词语的萃取是一个探索、建构的过程，也是吉狄马加回应汉语新诗的基本方式。在汉语新诗中，词是最小的意义单位，对词的重视表明吉狄马加对这一现代文体的认领，也表明他从语言的根部进入了新诗：“词语的肋骨被/置入了诗歌。”通过新诗，他要建构的，是一个跨民族、跨文化、天下大同的世界，而词语作为必不可少的建筑材料，亦是最可靠的中介物。

他诗歌里的另一个高频词汇“自由”也佐证了建构的愿望。对词语的选择首先指向语言的自由，“只有你能说出属于自己的语言”[6]（《谁也不能高过你的头颅》），这是对诗的掌控力的渴慕，朝向诗的自由。诗的自由并非诗人对诗可以为所欲为，也不是诗对诗人的束缚，而是诗与诗人的合作，是二者之间的信任与和谐。早在《自由》一诗里，吉狄马加就描述过对这一自由的向往：“一个喝醉了酒的/哈萨克骑手/在马背上酣睡”，而这匹马“悠闲地走着，没有目的”[7]，骑手和

---

① 吉狄马加：《吉狄马加的诗》，北京：人民文学出版社，2018 年，第 142 页。
② 吉狄马加：《吉狄马加的诗》，同前，第 245 页。
③ 吉狄马加：《吉狄马加的诗》，同前，第 247 页。
④ 参阅吉狄马加、托马斯·温茨洛瓦：《用语言进行创新仍是诗人的责任和使命》，刘文飞译，《世界文学》2019 年第 2 期。
⑤ 胡亮：《“一万句克哲的约会”——吉狄马加〈不朽者〉初窥》，《扬子江文学评论》2020 年第 2 期。
⑥ 吉狄马加：《吉狄马加的诗》，同前，第 248 页。
⑦ 吉狄马加：《吉狄马加的诗》，同前，第 108 页。

马有着彼此的信任，所以他们才能放心地把自己交付给对方，从而获得无目的而又合目的的自由。从某种程度上说，这种自由就是审美，就是美的。“你自由的诗句，正发出叮当的响声”[①]（《致阿蒂拉·尤若夫》），《迟到的挽歌》也是一首朝向自由之诗，诗人说：“如果不是地球的灰烬，那就该拥抱自由的意志/为赤可波西喝彩！”这曲“挽歌”还是一首“开创之歌”，它致力于突破死亡的封锁，重新阐释生命，拥抱生命的自由意志。和《纪念爱明内斯库》《致马雅可夫斯基》等书写自由的诗歌一样，这首诗亦向我们揭示出吉狄马加诗歌的核心秘密：在他诗歌的本质里，包含着自由的诉求。新诗对形式的反叛，对格律的抛弃，就是基于自由的选择。废名曾说：“我们只要有了这个诗的内容，我们就可以大胆地写我们的新诗，不受一切的束缚，不拘格律，不拘平仄，不拘长短；有什么题目，做什么诗；诗该怎样做，就怎样做。”[②]形式的自由，其实是为了精神的自由：“一个能跳脱出体制与惯性的拘押，而自由思考的人，方是可能最先接近诗与真理的人——诗是选择‘不’的选择；而现代诗的自由，不仅是解放了的语言形式的自由，更是自由的人的自由形式，以免于成为类的平均数，并重新获取独立自由的本初自我。”[③]然而，自由这一基本伦理，在当代汉诗这里已被极大地遗忘；相当一部分诗人的书写，都是亦步亦趋的，日常性遮蔽了向上的维度，对自由的追求亦被束之高阁。反观《迟到的挽歌》，它已然树立起某种典范，它在词语（语言）、文体、生命的维度寻求自由，充分证明了诗是获得自由的一种方式。

二、归来者：红与黑的变奏

在《迟到的挽歌》里，父亲的离去并没有让吉狄马加感到沮丧。对吉狄马加来说，离去不代表失去，相反，他从“离去”里认出了“归来”。“哦，归来者！……/那是你匆促踏着神界和人界的脚步”——归来意味着重生，意味着生死的界限被打破，对生死的固有理解也随之瓦解。

---

① 吉狄马加：《吉狄马加的诗》，同前，第215页。

② 废名：《新诗应该是自由诗》，废名、朱英诞《新诗讲稿》，北京：北京大学出版社，2008年，第13页。

③ 沈奇：《浅近的自由——说新诗是种“弱诗歌”》，《文艺争鸣》2019年第2期。

两种颜色生动地诠释了吉狄马加的生死观。一种是黑色。黑色是肃穆的，它使人战栗并沉思："当黑色变成岩石，公鸡在正午打鸣/那是死神已经把独有的旗帜举过了头顶。"同时，黑色也是庄重的，"黑色的英雄结上爬满了不落的星"①（《彝人梦见的颜色》），它囊括了一个民族的历史，苦难、深沉与尊严。吉狄马加毫不掩饰自己对黑色的偏爱："但还是黑色，/更接近我的灵魂。"②（《不朽者·七十三》）另一种颜色就是红。红首先与火有关。彝人尚火，吉狄马加曾在《彝人谈火》里写到"给我们血液，给我们土地"③。"给我们"的句式，透露出一个信息：火是（至上而下的）赐予者，没有它，就没有生命和生活，所以火是高于人的，人应该对火保持崇敬。在"红=火=血液=生命"的等式中，火的颜色就是生命的颜色，它带来希望，也给予诗歌生命力，"只有火焰/能让我的词语获得自由"④（《火焰与词语》）。吉狄马加一开始就知道，红与黑不是割裂的，它们是一个整体；二者的融合，就是生与死的融合。通过红与黑的变奏，生与死的界限被取消了，死不再是生的对立面，而是生命的一部分；生命生生不息，死不过是生的另一次开始。生命是一个可流动的完备整体，故而死去的人也终将归来。勘破了生死秘密的死者成为强者、归来者和不朽者。

具体到《迟到的挽歌》里，全诗从父亲的死亡写起，"你的身体已经朝左屈腿而睡/与你的祖先一样，古老的死亡吹响了返程"。如果只停留在这里，读者会以为诗人只是要描述一次悲伤的告别，并对父亲的一生进行详细的总结，总之，会把它视为一首终结之诗。事实刚好相反，诗人并没有详述父亲的生平，而是将一些片段与颂赞相糅合，用"那是"开头的排比段落，将父亲生平与民族文化、历史记忆相连缀。这也就是说，这首诗对具体的（个体的）父亲进行了虚化处理，以去日常化的手法将个体归属于群，父亲命运与民族历史相胶着，它们就是一体，这个"整体"才是诗人要重点书写的对象。择其中一段"那是"起头的段落分析：

---

① 吉狄马加：《吉狄马加的诗》，同前，第 68 页。
② 吉狄马加：《吉狄马加的诗》，同前，第 326 页。
③ 吉狄马加：《吉狄马加的诗》，同前，第 5 页。
④ 吉狄马加：《吉狄马加的诗》，同前，第 138 页。

那是你在达基沙洛的后山倾听风的诉说
听见了那遥远之地一只绵羊坠崖的声音
这是马嚼子的暗示，牧羊的孩子为了分享
一顿美餐，合谋把一只羊推下悬崖的木盘
谁能解释童年的秘密，人类总在故伎重演。

这一段是对父亲生平的回顾。它前面已有以“那是”起头的三个段落，分别回顾了父亲的襁褓、幼年、童年时期；它的下一段“那是谁第一次偷窥了爱情给肉体的馈赠”显然是回顾青年时期，因此这一段应是写父亲的少年时期——他正在告别童年，走向青年。从“倾听风的诉说”到“把一只羊推下悬崖的木盘”可视为实写，最后一句“谁能解释童年的秘密，人类总在故技重演”则是虚写，把父亲的个人际遇上升到对人类共性的探讨中。虚写的加入，还在客观上造成一种间离效果，拉伸了诗歌的时空，营造出既熟悉又陌生、既亲近又遥远之感。这种间离有效地调和了诗歌所包含的个人情绪与公共体验，让读者感觉虽在写“虚”，但诗歌的质地真实可靠。

接下来，诗歌开始迈向综合的探讨，在饱满的抒情表层下，蔓延着复调的辩论。诗人论及的话题有：个体、民族、生命、文明等。对父亲的辨认，也从抒情的内视角转移到观察的外视角。诗中的“父亲”不再只是“我的父亲吉狄·佐卓·伍合略且”，更有了两个新身份，一是个体/民族/生命/文明的媒介与象征，二是“众人之父”。在“父亲”身份的裂变和发展中，全诗也对基本母题之一“死亡”进行了升调处理：死亡不再是生命的终结，而是隶属于生，有着延续与上升的结构。这正是吉狄马加诗歌的基本结构：圆形、向上。死亡本身并没有死，它带来了归来者；或者说，也只有死亡才能成全归来。当一切归来时，失落的意义将再次缔结。

三、新英雄：文本和意义的双重建构

从“寻觅”到“归来”，吉狄马加再次谱写了一首英雄史诗。“英雄”的形象也随之凸显：“哦，英雄！古老的太阳涌动着神秘的光芒。”然而，这又是一个不同于英雄史诗时代的英雄。在英雄史诗时代，文明是从无到有，一切有待于建构。那时所谓英雄，就是参与到了对价值尺度的建构和确立中。而在后现代时期，经过了现代性的“祛魅”（韦伯语），古典时期的价值秩序早已被捣毁，核心价值消失，一切坍塌成废墟，“不确定性、多元性、含混性、解构性、无历史性、无深度性、主体性的丧失、拼贴和碎片化”[①]成为常态。汉语新诗也深刻地受到这一转向的影响。中国的新文学（包括新诗）诞生之初，就有着解构父辈的强烈动机，对旧文学的破坏是新文学发展的强大原动力。20世纪80年代以降，随着存在主义、个人主义、消费主义等风潮的席卷，解构的力量在新诗领域更是得到了空前的张扬。以解构为本、为任的诗写机制一直延续到现在，在当下的新诗生态中也占据着显要位置。与之大相径庭的是，吉狄马加从开始写作至今，就一直是一名建构主义者，其理想在于建构，而非拆毁。他认可父辈，追溯父辈，《迟到的挽歌》更是以对父亲/父辈的确认，来确认民族/人类/世界意义的“英雄”：“哦，我们的父亲！你是我们所能命名的全部意义的英雄。”

写到这里，我想起严歌苓的小说《床畔》。《床畔》亦是一首英雄赞歌，探讨了“英雄”的价值在时代发展中的流变。小说中，连长张谷雨在建设成昆铁路时为救战士负伤，成为植物人，他是那个时代当之无愧的英雄，因为他倾力守护的是一个时代的价值，即自我奉献、勇于牺牲。但《迟到的挽歌》里的英雄形象，与以往的“英雄”有所不同。这个“英雄”不只是古老价值的守护者，还是时代价值的开创者，所以，这是一个“新英雄”。如果说前古典时期的英雄是价值的建构者，确立了价值的方向（《荷马史诗》如是），那么古典时期的英雄就是价值的维护者，体现了价值的意志（《床畔》亦为此延续）。而“新英雄”宛如时代的“超人”，致力于价值拆毁后的重建。吉狄马加在今年的另一首长诗《裂开的星球》里也呼唤着价值型构：

这是我们的星球，无论你是谁，属于哪个种族
也不论今天你生活在它身体的哪个部位
我们都应该为了它的活力和美丽聚集在一起

① ［美］伊哈布·哈桑著，刘象愚译：《后现代转向》，上海：上海人民出版社，2015年，译序，第13页。

拯救这个星球与拯救生命从来就无法分开

他敏锐地意识到，在当下，我们身处历史的剧变中，“这是巨大的转折，它比一个世纪要长，只能用千年来算”（《裂开的星球》）。在此关键时刻，人类这个命运共同体却存在着前所未有的分歧。所以诗人“更应该承担起引领人类精神的崇高使命，要把捍卫自由、公平和正义作为我们共同的责任，……我们要用诗歌去打破任何形式的壁垒和隔离，要为构建一个更加公平、合理和人道的世界做出我们的贡献”①。最终，《迟到的挽歌》也由哀悼转向了创造。其实，创造才是这首诗真正的写作动机！在诗中，吉狄马加这般建构另一个世界：

这不是未来的城堡，它的结构看不到缝合的痕迹
那里没有战争，只有千万条通往和平之梦的动物园
那里找不到锋利的铁器，只有能变形的柔软的马勺
那里没有等级也没有族长，只有为北斗七星准备的梯子

伊哈布·哈桑（Ihab Hassan）认为，“创造意义是一种预见性行动”②。这些充满创世情怀的诗句让我们看到，吉狄马加在用诗歌回应这个时代最迫切的需求。从词语的寻觅者到生命的归来者，从时代的新英雄到未来的创建者，吉狄马加的诗学路径始终是清晰可辨的。他为民族代言：“啊，世界，请听我回答/我——是——彝——人”（《自画像》），他也一样热忱地关心人类，期待着“这是人类和万物的合唱，所有的蜂巢都倾泻出水晶的音符”。正如西渡所说，“吉狄马加的诗在一个以冲突为特征的时代体现了生活在自身文明中心的诗人与这一文明之间高度的和谐。这种和谐在今天稀有地印证了个体生存经验与文明母体的浃洽”③，当吉狄马加颂赞道“哦，我们的父亲！你是我们所能命名的全部意义的英雄”时，我们没有理由不相信这些赞美之辞的真诚与可靠：他在对自我/民族身

① 吉狄马加：《致读者》，《裂开的星球——献给全人类和所有的生命》，微信公号“十月杂志”，2020年6月26日。

② ［美］伊哈布·哈桑：《后现代转向》，同前，第330页。

③ 西渡：《守望文明——论吉狄马加的诗》，《青海社会科学》2011年第5期。

份的构建中认领了当代汉诗里罕见的整体性思维，他再一次向人们表明，“诗歌是歌颂，不是仇恨；是赞叹，不是抱怨和愤怒；是追求同一性，不是追求貌似多元的分裂与割据”[①]。靠着这样的信心，《迟到的挽歌》建构起永恒价值与时代精神的双重之美。

2020年7月2日于北京

〈作者简介〉

杨碧薇，云南昭通人。文学博士，北京大学艺术学博士后。中国作家协会会员，中国文艺评论家协会会员。著有诗集《诗摇滚》《坐在对面的爱情》，散文集《华服》，学术批评集《碧漪或南红：诗与艺术的互阐》。在《南方周末》《汉诗》开设批评专栏，重点研究新诗、新诗与当代艺术。曾获十月诗歌奖、深圳读书月年度十大好诗奖、胡适青年诗集奖、《观物》年度青年诗人奖·北京诗歌节银质奖章。

① 敬文东：《颂歌，一种用于抵抗的工具——吉狄马加论》，《民族文学》2011年第6期。

挽歌或预言：评吉狄马加《迟到的挽歌》

◇李　壮

一、火焰

哦，英雄！不是别人，是你的儿子为你点燃了最后的火焰。

——吉狄马加《迟到的挽歌》

《迟到的挽歌》的结尾，是儿子为父亲点燃了“最后的火焰”。在字面上、在上下文的语境中，这火焰的含义是无疑义的，它是一种纯粹物理性、功能性的存在，是火葬程序的道具和产物，而这程序本身已是被明白无误地指明过了的（“你已经被抬上了火葬地九层的松柴之上”）。然而，更加细心的读者会发现，这里所使用的说法是“最后的火焰”（而非“葬礼的火焰”之类），而“最后的”是一个仪式化、象征化、具有宽阔阐释空间的词。这里出现的，并不是具体的、单向通行的、指向明确的修辞，在这首长诗的结尾，能指与所指间看似毫无疑义的榫合出现了微妙的滑动，词的错位——或者说，词的增殖——因而产生：在现实的火焰之中，抽离出象征的火焰，那是永恒生命的火焰、精神力量和种族记忆的火焰。现实的火焰通向灰烬，而象征的火焰通向光。

事实上，火作为实与虚、具体与抽象的中介物出现，在吉狄马加的诗作中有大量先例。“你是禁忌，你是召唤，你是梦想/……你都会为我们的灵魂/穿上永恒的衣裳”（《彝人谈火》）；“假如有一天猎人再也没有回来/它的篝火就要熄了/只要冒着青烟/那猎人的儿子/总会把篝火点燃”“篝火是整个宇宙的/它噼噼啪啪地哼着/唱起了两个世界/都能听懂的歌”（《猎人岩》）。正如耿占春所说：“火是一个故事的要素，一个原型，在同一个故事的反复讲述中，变成了彝人流传至今的一个信念……火处在两个世界之间，火是两个世界通用的语言，就像毕摩的话语那样，在此意义上，诗的修辞形式也是处在两个世界之间的话语。诗歌话语以神秘的方式与彝人世界的物质元素相似，作为一种不可见之物的中介而出现。在诗歌中也在彝人的世界里，火成为生命的象征。”①

因此，焚化也是升华，寂灭也是创生，结局也是开始，“最后的”同时也正是“最初的”。而与此同时，在《迟到的挽歌》中，核心“中介物”变得规格更高、体量更大（这与长诗本身的容积是对应的），它从一个意象、一个装置，升格成一个场景、一个时刻——“中介物”不再是简单的火，而是扩大为火登场的总体性背景，即一场葬礼，一次聚集，一场生命仪式。

二、仪式

而我们给你的这场盛典已接近尾声，从此你在另一个世界。

——吉狄马加《迟到的挽歌》

其实，这一整场的葬礼及由此而生的缅怀追忆，都是如此徜徉在虚实交错、二律背反式的轮回对话结构之中：在终结的倒数里，“你给我耳语说永生的计时已经开始”，就像“亡者在木架上被抬着，摇晃就像最初的摇篮/朝左侧睡弯曲的身体，仿佛还在母亲的子宫”。而就这场葬礼本身而言，“我们给你的这场盛典已接近尾声”，然而与这尾声相关联的不是出口而是入口，“在那光明涌入的门口，是你穿着盛装的先辈”。在错位和反转中，逻辑重又获得颠倒的——同时也更宽阔通畅的——接续，整首诗在内部不断进行着莫比乌斯环式的高速运转，随之产生的是一种光影交叠、“反重力”式的（“唯有在失重时/我们才会发现生命之花的存在，也才可能/在短暂借用的时针上，一次次拒绝死亡”）、极富仪式感的话语“气场”。

《迟到的挽歌》里强烈的仪式感，有时会具体呈现为修辞表征。例如这首长诗结尾的称谓处理。在这首诗的最后一句里，“英雄”所对应的是“你的儿子”。或者说，“儿子”所对应的不是先天对位的“父亲”（血缘意义的、现实意义上的

---

① 耿占春：《一个族群的诗歌记忆——论吉狄马加的诗》，《文学评论》2008 年第 2 期。

关系对象），而是“英雄”（文化意义上的关系对象）。在这种“称谓谱系”的错位和重新榫接中，父亲的葬礼不再是私人意义上的“事件”，而是变成了一场充满象征意味的“仪式”。这场仪式的主题词，往小里说，是“民族性”（彝族的历史和彝人的文化在此被彰显、被召回），往大里说，则是“命运感”（父与子、生与死、始与终，这是人类共通且永恒的母题乃至命运）。

事件不会是事件本身，而同时一定是意味深长的仪式。就像此刻的动作浓缩着漫长历史中族群的行动，就像一个人的名字关联着无数祖先的名字，就像一座山连接着另一座山。文化的、审美的关联性记忆，在仪式化的语境中不断自我增殖。同样不断增殖的，还有那些繁星般坠落又浮起的意象、那些充满超现实意味的词的交合：“树木在透明中微笑”“岩石上有第七空间的代数”“隐形的鱼类在河流上飞翔”“玻璃吹奏山羊的胡子”“变形的柔软的马勺”“所有的蜂巢都倾泻出水晶的音符”……最终，“乌有之事在真理中复活”，而“银光颂词里的虎群占据了中心”。

三、身体

> 你的赤脚熟悉荆棘，但火焰的伤痛谁又知晓
>
> ——吉狄马加《迟到的挽歌》

仪式化的、充满“反重力”能量的话语场，使得《迟到的挽歌》里迸溅飞射的绚丽想象和纷繁意象，没有仅仅变成头脑风暴或语言游戏，而是被安置在有根的、异常深远的民族文化背景之中（关于吉狄马加诗歌与彝族文化、地方性知识及多元文明视野间的关系，评论界已有足够多的论述，在此不再展开）。但吉狄马加笔下的“仪式化”和“仪式感”，从来不是凭空高蹈的。相反，它建立在极其坚实的经验基础之上，甚至直接呈现为具体的身体触感。

诗人对“死亡”（以及它所接通、引证的“永生”）的感知，是从具体的感官层面铺展开来的。总起全诗的，是一种充满身体现实感的视觉体验（“此刻你的思想/渐渐地变白”，不同的色彩在《迟到的挽歌》中反复出现，亦出现在《黑色狂想曲》《彝人梦见的颜色》等其他诗作中）和重力体验（“以从未体验过的抽

空蜉蝣于/群山和河流之上”），随后是一个极其真实的肉身姿态：“你的身体已经朝左屈腿而睡”——在另一首诗作《母亲们的手》中，吉狄马加则写到过“永远朝着右睡的女人”，题记里对火葬姿态的“左右”问题专门有所提及：“彝人的母亲死了，在火葬的时候，她的身子永远是侧向右睡的，听人说那是因为，她还要用自己的左手，到神灵世界去纺线。”身体不是灵魂暂时的寓所，不是注定随其物理性而湮灭的事物，而是另一种沟通人的世界与神的世界的介质：祖先的脚印将会形成真实的指引（“沿着白色的路走吧，祖先的赤脚在上面走过”），而人们对精神世界的辨认，也依然需要借助于物质世界那些充满肉身性的比喻，来作为参照坐标：“天空布满了羊骨/的纹路。”

在这里，我们看到了一种东方式的对生命的亲近（同时也是敬畏），它逸出了心物二元论的启蒙理性谱系、也摆脱了现代主义式权力话语的虚无感。在吉狄马加笔下，我们看到的身体，既不是笛卡尔式的、也不是福柯式的。所谓笛卡尔式的身体，是精神意识支配下的身体。在“我思故我在”的经典推论之下，笛卡尔将柏拉图以来的心物二元论传统发展至极致，不是感官、不是身体，而是自己的理性，才能为我们的存在提供可依凭的证明。[①]理性（“思”）是至上的，身体的感受，成为理性逻辑的投射、证词或效应推导装置。而福柯眼中的现代肉体，则是作为一种社会建构、一个权力事件、一个历史成果或文化产物而出现：权力的征服，体现在对话语——进而是对身体——的形塑之中，肉体作为被规范、被征服的驯顺的对象，全面坠入了“权力之网”[②]。吉狄马加笔下出现的，却是东方式的、彝人式的身体：在死亡这种最极致化的擦洗之中，诗人让身体觉醒，让那原始的、（在死亡的刷新中）充满古老青春能量的肉身，向着最本真的世界不断敞开。这“本真的世界”，既是给肉体的，也是给灵魂的，正如诗中那祖先英灵居住的国度，乃是位于大地与天空之间。围绕在“最后的火焰”周围，所有的死者与生者聚在一起，他们去听、去看、去品尝，在半空中浮动展开的，乃是一条未被污染的生命通道。

我想起诗人在旧作《毕摩的声音》中描述过的彝族祭司的声音：“这是谁的

---

① 见［法］笛卡尔《谈谈方法》，商务印书馆，2000年。
② 见［法］米歇尔·福柯《规训与惩罚》，三联书店，2003年。

声音？它飘浮在人鬼之间/似乎已经远离了人的躯体/然而它却在真实与虚无中/同时用人和神的口说出了/生命与死亡的赞歌。”毕摩的声音，与诗中出现的、辩论解说生死问题的“克哲”（古老的彝族说唱形式），以及言说自我的“口弦”（一种古老的以口腔进行共鸣的乐器），属于同一谱系。这一谱系，连通了生与死、肉体与灵魂的维度，也连通了精微的私人成长记忆（童年的羊肉和蜂蜜、血亲冲突、射杀猛兽等）与宏大的历史转轨折痕（革命和战争，“那是一个千年的秩序和伦理被改变的时候”）。

说到底，死亡本身便是一件关乎身体的事情。而“死亡像一个族系的节日，它让人们汇聚。死亡也像一种古老的、反复演出的民族戏剧。死亡是同一个故事的再次重演。死亡是一个仪式。族群的每一成员都是参与者。每个人都分摊个人不能独自承受的死亡”[①]。《迟到的挽歌》展示的，是身体的临界时刻——在消失与长存之间，在一个人与一群人之间，在真实的领域与象征的领域之间，在此刻与永久之间。那是独属于父亲的铠甲，“除了你还有谁/敢来认领”；然而与此同时，“所有耳朵都知道你回来了”，并且“死亡的秘密会持续”，“昨天的死亡与未来/的死亡没有什么两样”——“但被死亡创造的奇迹/却会让讲述者打破常规悄然放进生与死罗盘”。

在此意义上，这首诗是“迟到的挽歌”，也是“提前等候的预言”。那种重演和参与，在口的讲述和耳的倾听里完成的、对不能独自承受之物的分摊，不仅指向彼时彼地的、以英雄之躯向左屈腿而睡的父亲，也指向了诗歌——指向了词语及其言说本身。

〈作者简介〉

李壮，青年评论家、青年诗人。1989年12月出生于山东青岛，现居北京，供职于中国作家协会创作研究部。有文学评论及诗歌发表于《中国现代文学研究丛刊》《当代作家评论》《南方文坛》《上海文学》《人民日报》《文艺报》《人民文学》《诗刊》《星星》《扬子江诗刊》等刊物，

① 耿占春：《一个族群的诗歌记忆——论吉狄马加的诗》，《文学评论》2008年第2期。

作品入选多种选本并被《新华文摘》全文转载。曾获《诗刊》陈子昂诗歌奖2018年度青年理论家奖、新时代诗论奖、第十一届丁玲文学奖、第五届长征文艺奖文学评论奖等。出版诗集《午夜站台》、评论集《亡魂的深情》。

作为民族情感载体的“父亲”

◇ 张凯成

在中国当代诗歌史上，有关“父亲”的书写构成了一种特殊的景观。其中较为典型的是20世纪80年代的诗歌，其时的诗人们大都在摆脱相对禁锢的写作语境后，通过寻找精神意义上的“父亲”，来探索新的写作空间。比如多多笔下的试图“把我重新放回到一匹马腹中去”的“父亲”（《我读着》）、海子诗中与“母性生力”相互对抗的“父亲”（《河流·长路当歌·父亲》）等，“父亲”在不同诗人的观念中有着多元的艺术呈现。就具体的写作来看，此处的“父亲”显然超越了传统的血亲关系，而成为诗人们精神的对应物，抑或一种特殊的情感载体。吉狄马加最新写作的长诗《迟到的挽歌——献给我的父亲吉狄·佐卓·伍合略且》（以下简称《迟到的挽歌》）同样把目光聚焦于情感意义上的“父亲”，但区别于一般层面的感情再现，该诗通过富于民族性的表达与书写，构筑出了作为民族情感载体的“父亲”。

长诗《迟到的挽歌》由对“死亡”的描绘拉开序幕——“当摇篮的幻影从天空坠落/一片鹰的羽毛覆盖了时间，此刻你的思想/渐渐地变白，以从未体验过的抽空蜉蝣于/群山和河流之上”——在回应标题之“挽歌”的同时，也铺叙出了全诗的“挽歌气质”。在“挽歌气质”的感召下，全诗不时闪现“祖先”“祖屋”“族谱”“家族”“部族”等怀想性词语。如诗句“与你的祖先一样，古老的死亡吹响了返程”①将“你”与“祖先”连接起来，表现出了对“古老的死亡”的思考，诗人认为这种“死亡”是“万物的牛角号，仍然是重复过的/成千上万次，只是这一次更像是晨曲”；诗句“所有的耳朵都知道你回来了，不是黎明的风/送

① 如无特别说明，本文所引诗句均出自吉狄马加长诗《迟到的挽歌——献给我的父亲吉狄·佐卓·伍合略且》。

来的消息，那是祖屋里挂在墙上的铠甲/发出了异常的响动”则通过再现“祖屋”这一特殊的空间，表达了诗人对“你”之征战风姿的怀念；而在诗句“是你挣脱了肉体的锁链？/还是以勇士的名义报出了自己的族谱？”中，诗人通过疑问的方式，确认了“你”与“族谱”之间的深刻关联……可以看到，诗人将怀想性词语与人称主体词“你”相互结合，不仅有力地表达出了对“父亲”（“你”）的深切怀想，而且还经由彝民族元素的自觉汇入，把一般意义上的血缘情感上升为了深刻的民族情感，构筑出了民族性的表达空间。

与怀想性词语相呼应，长诗《迟到的挽歌》中还出现了许多带有特殊民族标识的词语，从而有力地传达出了诗人内心强烈的民族情感，即对彝族的真挚热爱。这些词语既包含了彝族历史传说中的人或动物（如“赫比施组”“普嫫列依”“克玛阿果”“阿呷嫱嫫”等），又包括了现实中的彝族地区（如“吉勒布特”“日都列萨”“达基沙洛”等），同时还有着彝族传统的艺术形式（如“克哲”“尔比”等）。这些不断出现的词语，将诗人的情感抻入彝族这一特定的民族空间，而不再飘浮于少数民族这一总体性的“想象共同体”之中。同时，这些“彝族词语”除了单维的语言功能之外，还有着特殊的文化功能，即把彝族的传统文化与历史精神呈现在读者面前，有力地促进了彝族历史文化的传播，进而使得诗人对于“父亲”的情感摆脱了一般性的价值再现，具备了深刻的民族意味。

除了“词语的反复”外，作为民族情感载体“父亲”还经由“我”“我们”等人称的书写，确立了内在的主体性。如在诗句“你在勇士的谱系中告诉他们，我是谁！在人性的/终结之地，你抗拒肉体的胆怯，渴望精神的永生”中，作为“父亲”的“你”通过“我是谁！”这一肯定式的表达，与“勇士”之间进行了精神意义上的对话，进而将自我嵌构在“勇士的谱系”中。这里的“勇士”战胜了“肉体的胆怯”，获取了“精神的永生”。可以看出，“你”的身份通过“我”这一人称词得到确认。又如诗句“你知道为此要猛烈地击打那隐蔽的，无名的暗夜/不是他者教会了我们在这片土地上游离的方式/是因为我们创造了自我的节日，唯有在失重时/我们才会发现生命之花的存在，也才可能/在短暂借用的时针上，一次次拒绝死亡”则更为鲜明地塑造了“我们/他者”的结构体，这里的“我们”由作为“父亲”的“你”所引发，并同“他者”之间形成对抗关系。正是经过精神的对抗，“我们”得以创造“自我的节日”，在获得“自我”的同时，也使得“父亲”

具备了内在的主体性。而“父亲”的主体性一旦确立，其所生发的民族情感则摆脱了“被动性”的价值赋予，随即具有“生成性”的特质，由此拓展了全诗的表达空间。

此外，从写作形式上看，长诗《迟到的挽歌》的诗节呈现了“由短至长”的节奏感，即前面的诗节基本采用了3—6行的“短行”方式来进行写作，诗人的情感随着诗节的流动而缓缓展开。但到了长诗的“尾声”部分，“短行”被“长行”所替代（其中最长一节达到30行），这便制造出了情绪的紧张感与急促感，而诗人的情感则得到集中迸发。到了该诗的末尾，诗人仅用一句“哦，英雄！不是别人，是你的儿子为你点燃了最后的火焰”进行收束，仿佛喷薄而下的情感瀑流在此被戛然截断，这在给读者带来巨大视觉冲击的同时，也对诗人的全部情感进行了总体性的确认。可以看出，诗人通过独特的诗歌形式增加了情感的层次，同时也增强了全诗的表现力。

总体上说，吉狄马加的长诗《迟到的挽歌》既表达了他对现实中父亲的深刻怀念，又通过作为民族情感载体的“父亲”的塑构，表现出了对精神意义上的“父亲”的独特书写。该诗的末尾“你的儿子为你点燃了最后的火焰”正通过“点燃”这一动作，再次强调诗人内心丰富的民族情感，并实现了与彝族这一“精神之父”的内在对话。

2020年10月于武汉

〈作者简介〉

张凯成，华中师范大学文学院博士后。

个人化的英雄史诗

——读长诗《迟到的挽歌》

◇ 寇硕恒

在诗歌评论家陈超看来，20世纪90年代初期的诗坛有两种主要的声音：一种是颂体调性的农耕式庆典诗歌，诗人以华彩的拟巴洛克语型书写“乡土家园”，诗歌成为遣兴或道德自恋的工具，对具体的历史语境缺乏起码的敏感。另一种是迷恋于“能指滑动”，“消解历史深度和价值关怀”的中国式的“后现代”写作。这两种写作倾向消解了诗歌对于历史和生存的关注，变成了单向度的即兴小札。由此，陈超提出了“个人化历史想象力”的概念，要求“诗人从个体主体性出发，以独立的精神姿势和个人的话语方式，去处理我们的生存、历史和个体生命中的问题。在此，诗歌的想象力畛域中既有个人性，又有时代生存的历史性”[①]。也就是说诗歌创作可以通过对个体生命的丰富性、复杂性和矛盾性的展现，实现对历史的更高意义上的回归。而吉狄马加的长诗《迟到的挽歌》无疑就践行了这样的诗歌创作标准。

《迟到的挽歌》副标题为“献给我的父亲吉狄・佐卓・伍合略且”，是诗人写给父亲的悼念之歌。与一般意义上的“挽歌”不同，这首诗并没有将着力点放在代际关系或者无言之爱的渲染上，而是将父亲的生与死同彝族的历史文化相勾连，开辟了一个人神共处的诗歌抒情空间。父亲的生平被以一种英雄史诗的方式呈现出来，借由这一个人化的英雄史诗，完成对民族历史文化的重新审视。

整首诗从“摇篮”的意象开始，自上而下地触及父亲的死亡：“当摇篮的幻影从天空坠落/一片鹰的羽毛覆盖了时间，此刻你的思想/渐渐地变白，以从未体验过的抽空蜉蝣于/群山和河流之上。”“鹰”作为吉狄马加诗歌中的常见意象，

---

① 陈超：《先锋诗歌20年：想象力维度的转换》，转引自《个人化历史想象力的生成》，北京：北京大学出版社，2014年，第10页。

在死亡的降落过程当中充当了媒介物的角色。而“摇篮”意象在诗歌接近末尾的地方将再次出现，喻指安放亡者的木架。诗人借此组织了一个闭环的诗歌结构，以葬礼为切入点，展现彝族文化中死亡所具备的特殊含义。

当“古老的死亡吹响了返程”，光会引导灵魂走上专属的道路，父亲将带上铠甲以及白银的冠冕，挣脱肉体的锁链。在彝族的文化当中，死亡所代表的并不是终点，而是一个特殊的仪式，亡者由此进入另一个世界。“对于彝人来说，死亡不是个人的事情，它是公共的和族群的……死亡是一个仪式。族群的每一成员都是参与者。每个人都分摊个人不能独自承受的死亡。集体戏剧将死亡转换为神圣的宗教仪式。”[①]死亡不仅指向灵魂的世界，同时也规约着生者的行为，“这是千百年来男人的死亡方式，并没有改变/渴望不要死于苟且”“死亡的方式有千百种，但光荣和羞耻只有两种”。

在神山环抱的传说当中，“祖先的斧子掘出了人魂与鬼神的边界”，但是当“众神走过天庭和群山的时候”，“三岁的孩子能/短暂地看见，他们粗糙的双脚也没有鞋”。这是一个人与神共处的世界，死亡也由此显得没有那么痛苦和哀伤。诗人通过这一人神共处的抒情空间，观照彝族文化中的死亡观念，承续独特的文化情感。

从“衔着母亲的乳房”的婴儿到采集蜂蜜、放牧羊群的少年，从初识爱情的青年到始为人父的壮年，诗人用了很大的篇幅来描写父亲一生的经历。他不仅要适应不同人生阶段的不同角色，还要承袭先辈所积累的文化财富。也正是在这漫长的一生当中，父亲一次次接触死亡，并在与生的对照中揣测死的意义：“不是他者教会了我们在这片土地上游离的方式/是因为我们创造了自我的节日，唯有在失重时/我们才会发现生命之花的存在，也才可能/在短暂借用的时针上，一次次拒绝死亡。”

“那是一个千年的秩序和伦理被改变的时候/每一个人都要经历生活与命运双重的磨砺/这不是局部在过往发生的一切，革命和战争/让兄弟姐妹立于疾风暴雨，见证了希望/也看见了眼泪。”父亲在革命和战争中面对的“疾风暴雨”也正是一个民族所面对的“疾风暴雨”，个体的希望和眼泪所见证的正是“千年的秩

---

① 耿占春：《一个族群的诗歌记忆——论吉狄马加的诗》，《文学评论》2008 年第 2 期，88 页。

序和伦理”的改变。至此，父亲的生与死不仅关涉族群灿烂的历史文化，也与波诡云谲的时代现实息息相关。作为个体的父亲被放置到宏阔的诗歌空间当中，在历时性和共时性并存的叙述里完成整体性的历史书写。

一部个人化的英雄史诗，背后所勾连的是一个民族关于生和死的全部思考，也是一个民族“千年秩序和伦理”改变的历史。《迟到的挽歌》虽则始终着笔于父亲的个体生命经历，却始终“寻找、观照、承续彝族的传统历史、文化与情感”[①]。“肉体和心灵承担天石的重负/你的赤脚熟悉荆棘，但火焰的伤痛谁又知晓/无论混乱的星座怎样移动于不可解的词语之间/对事物的解释和弃绝，都证明你从来就是彝人。”不管面对怎样的改变和风雨，父亲“彝人”的身份认同始终没有改变。而诗人对父亲人生经历的详细追述，对彝族文化中死亡观念的深刻挖掘，无疑也是在寻求一种身份认同。

在接近结尾的部分，诗人一连使用了四个“哦，英雄”，并直言“你是我们所能命名的全部意义的英雄”。父亲的形象和彝族传说中的英雄形象渐渐融合，“在那光明涌入的门口，是你穿着盛装的先辈/而我们给你的这场盛典已接近尾声，从此你在另一个世界”。葬礼接近尾声，一首诗也即将抵达终点，而在整首诗的最后一行出现的是诗人自己，为父亲“点燃了最后的火焰”。这里所标明的父与子的关系，不仅仅是一种血缘承袭，更昭示了民族历史文化的承袭。通过将自身放置到由父到子的传承序列上，诗人实现了从身份归属、民族归属最后到文化归属的自我定位。

2020年10月于北京

〈作者简介〉

寇硕恒，1991年生，河北保定人，毕业于首都师范大学中国诗歌研究中心，诗歌编辑。曾获第三届大地文学奖评论奖，第十届河北省文艺评论奖。

---

① 罗振亚：《方向与高度——论吉狄马加的诗歌》，《当代作家评论》2018 年第 2 期，169 页。

最后的高音

——读吉狄马加《迟到的挽歌》

◇草 树

2020年《草堂》诗刊第9卷发表了吉狄马加的长诗《迟到的挽歌》。这首诗是献给父亲的挽歌，与其说是一首追悼的挽歌，不如说是一首生命和死亡的颂歌。诗人的父亲早在1987年12月25日去世，时隔三十三年，诗人年近花甲，再次挽悼父亲，这中间经历了怎样的精神历程？一首伟大的诗，总是来自时间的沉淀和结晶。时间的坩埚消除情绪的泡沫，长期的观照让事物渐渐澄明。父亲离世，人生的靠山倒塌了。大地上的孤儿，失去存在的映照最为重要的一极，如何重建，对于一个诗人来说，挽悼或许是最好的形式。“挽歌”迟到，其语气透露的，多少有些愧疚，但是此“挽歌”，已不单是对父亲的挽悼，在某种意义上，诗人是要借此语言契机，接续民族传统断裂的部分，以精神之光和丧亲之痛的双重的内驱力，为传统的空白命名。

传统的延续犹如一代又一代人的绵延。对于一个家族来说，父亲去世了，父亲即进入传统。一个又一个人，组成一个民族，一个又一个家庭，组成一个国家。文明的衰落，总是伴随着传统的断裂，在这个断裂处，是巨大的沉默，是一种“不在”，空白，语言在此处缺席。词语断裂处，无物存在，文明的链条就缺失了一环，这缺失处是存在的深渊。现代人的精神危机，孤独、恐惧，正是失去了左右前后的依傍。吉狄马加这一重大的语言行动，当然不单是在父亲死去多年后再次表达一份追思，而是要从这离“我”最近的传统的一环、沉默的一环，去接续伟大的文明，而对于诗人来说，命名空白，让沉默转化为语言，就熔铸了文明的最新一环，那么文明之链、时光之链，就不至于在我们这一代人面前出现一个断层。

没有什么比一场葬仪更适合这样一次命名行动，其葬仪的气息、细节和声音营造了氛围，只等待一个契机，就能以丧父之痛的情感催化剂，去催生一次卓越的语言行动。为等待这个语言契机出现，诗人等待了三十三年，这是怎样的灵感突降的时刻？不论它具有怎样的偶然性，其必然发生的理由在于，诗人一直在倾听——倾听九层松柴堆上“朝左屈腿而睡”的父亲，倾听那一刻的寂静。悲痛的言辞，化作了毕摩（祭司）的高音。当此时，没有一个具有穿透力的高音，不能超越于松柴堆下的庸常，不能穿越生与死的维度，没法让业已沉默的“语言”再次苏醒。

*

当代诗歌的语调，从朦胧诗以后，其调性普遍降低了身段，即便那个时代借着诗的高音进入英雄榜单的诗人，无论北岛、杨炼，还是欧阳江河，都小心翼翼将抑制不住的高音压低了。现代诗经历过20世纪八九十年代的反传统、反崇高的诗歌美学和语言观念革命以后，诗在很大程度上，被看作一种对话性的存在，不再是广场上的宣言、山顶上的疾呼，而是客厅的谈话，甚至卧室的低语。因此，在当代诗歌写作场域，在诗的高音区工作是危险的，将会引来无数异样的目光。高音通常不可避免地夹带着浪漫主义的余音和英雄主义的色彩，在当下极容易被视为“不合时宜”。吉狄马加在当代诗人中是一个卓异的存在，他的写作几乎一直是在高音区。或者几乎可以说，他是当代诗歌最后一个高音。

高音对诗歌来说，除了浪漫主义和英雄主义的传统滋养之外，它首先建立在一种整体性的写作之上。吉狄马加1961年6月出生于四川凉山的彝族地区，那里森林密布，江河纵横，彝族的习俗，彝族人热爱歌唱的传统，使他完成了诗歌写作的早期教育。一个诗人的语言路径选择几乎是宿命，而童年和出生地在一定程度上起着决定性作用。随着诗人游宦于四川、青海、北京，视野的开阔和阅历的丰富，也不断促使他对写作进行调校。“如果没有大凉山和我的民族，就不会有我这个诗人。”吉狄马加在《致自己》一诗中这一宣称，很有点像德里克·沃尔科特那著名的诗句：“我只是一个热爱海洋的红种黑人/我受过良好的殖民地教育/我体内拥有荷兰人，黑人和英国人的血统/我要么谁也不是，要么我就是一个民族。”当然吉狄马加没有那种殖民文化背景下的愤懑和骄矜，他的语调饱含谦逊、感恩，但是在文化认同和自我确认的精神维度上，两者是一致的，我们不妨把《迟到的挽歌》看作诗人对本民族文化一次非凡的溯源，并伴随着个人化的命名。或许正因为这样，吉狄马加和沃尔科特一样，习惯在高音区工作。就像沃尔科特的诗经常追溯到英国维多利亚以前的诗歌先贤，比如约翰·克莱尔①，吉狄马加同样深受欧美文学的影响，具有世界性的语言视野，他对死亡的定义有着某种丁尼生的气质——

这片彝语称为吉勒布特的土地
群山就是你唯一的摇篮和基座
当山里的布谷反复突厥地鸣叫
那裂口的时辰并非只发生在春天
当黑色变成岩石，公鸡在正午打鸣
日都列萨的天空落下了可怕的红雪
那是死神已经把独有的旗帜举过了头顶
据说哪怕世代的冤家在今天也不能发兵。

这是千百年来男人的死亡方式，并没有改变
渴望不要死于苟且。山神巡视的阿布则洛雪山
亲眼目睹过黑色乌鸦落满族人肩头如梦的场景
可以死于疾风中铁的较量，可以死于对荣誉的捍卫
可以死于命运多舛的无常，可以死于七曜日的玩笑
但不能死于耻辱的挑衅，唾沫会抹掉你的名誉。

山谷里布谷鸟的鸣叫，天空下起可怕的红雪，公鸡在中午打鸣，这些来自古老习俗和文化中的声音构成诗的声音底座，由群山和“彝语称为吉勒布特的土地”支撑诗的高音，它几乎有着一种内在的必然性——不如此不能抵达“山神巡视的阿布则洛雪山”，不能与死亡戒律令人敬畏的神圣性相称——“据说哪怕世

---

① 约翰·克莱尔（1793—1864）是英国19世纪浪漫主义时期诗人，他的诗歌创作侧重于对自然的描写。克莱尔发表过四部诗集，其中第一部《乡村生活和自然景色的描写》获得巨大轰动，因为这部诗集他获得了“北安普顿的诗人”的美誉（Northamptonshire Poet）。其作品以植物、动物、家乡以及爱情等主题见长，21世纪伊始，由于生态批评的发展，克莱尔再次走入批评家和读者的视线。

代的冤家在今天也不能发兵。”但是“渴望不要死于苟且”，“可以死于疾风中铁的较量，可以死于对荣誉的捍卫/可以死于命运多舛的无常，可以死于七曜日的玩笑/但不能死于耻辱的挑衅，唾沫会抹掉你的名誉”。这种果决的定义，不论源于彝族古老文化的英雄主义传统，还是带着诗人个人化的浪漫主义精神，其语调展现的强度，高音表现的沉稳，丝毫不亚于丁尼生[①]的《尤利西斯》。当然丁尼生以戏剧独白形式言说的是尤利西斯式的英雄主义，“把停下来的地方当终点，是多么地沉闷啊/未被擦亮就生锈，而不是在使用中生辉！”它和本诗表现的精神强度何其相似乃尔。

高音区的工作最大的危险在于缺少气息的支持，因进入相对狭窄的音域而失去丰富性，从而使高音表现的浪漫主义或英雄主义变得苍白和单薄。从这些铿锵的诗句中，我们能够感觉诗的高音的力量。我曾试图以“语调之摆”[②]去尝试言说、当然不是测定一首诗的声音成色，按照“语调之摆”源于物理学单摆和复摆的定义，作为抒情主体或“语调之摆”的质块，吉狄马加在这里既是单数也是复数，既是个人也是一个民族，既是个人性的也是非个人化的，其能够让诗歌的高音达至日常的上限而不至于进入复摆运动，让它归于一种日常的单摆运动，来回于传统和当下两端，盖因传统的声音是从他的血液涌现而不是观念性或地方性知识的装饰，因此他的高音是有“底气”的，也因应于一个具体的语境——“你已经被抬上了火葬地九层的松柴之上”，“你的身体已经朝左屈腿而睡”，其令人吃惊的简洁，是因为在诗人看来，习见的火葬仪式已为人熟知——尽管对其他民族的读者来说是如此陌生，且“挽歌”本身的语言言说，相当于再一次或者说语言的火葬仪式中的祭司的言说，既是针对亡灵，也是针对诸神和在场的悼念者，这个言说对象决定了诗的调性。诗人将“哀歌”转为“颂歌”，有着一个渐进的过程，并非一开始就进入了高音的递进，在开篇确定诗的调性后，诗旋即转入中低音区，甚至在中低音区徘徊良久。“古老的死亡吹响了返程/那是万物的牛角号，仍然是重复过的/成千上万次，只是这一次更像是晨曲。”经过三十三年的时间的沉淀，悲痛化作了结晶，死亡凝成智慧，此“晨曲”已经远不是菲利普·拉金

---

① 阿尔弗雷德·丁尼生（Alfred，Lord Tennyson，1809—1892），是英国维多利亚时代诗人。
② 参见草树《语调之摆》，2020。

的《晨曲》[①]——满怀恐惧和宿命的消极，而是带有不无超越性的浪漫主义和英雄主义气质，甚至比艾米莉·狄金森那种落寞的英雄主义更强悍。艾米莉·狄金森在“诗第1260号”开篇写及死亡，“因为死亡是最后的/不管它最初是什么，/所以愿这个瞬间悬挂/在必死性之上”，哈罗德·布鲁姆称“读者如果对自已大声吟读这首诗，也许在一定程度上感受到狄金森超自然的力量，而这种力量在某种程度上也正是蔑视幼稚的安慰”[②]。

*

浪漫主义和英雄主义在这个时代的诗人观念里普遍被纳入反讽的对象，随之而来的是诗的音高普遍的降低。但是任何一种先锋文学运动，总是伴随着代价的付出，比如20世纪八九十年代反传统、反崇高，反对北岛式强悍的英雄主义高音和杨炼式的虚浮的浪漫主义高音，其付出的代价是传统的断裂和精神气脉的衰弱。当然后现代主义去中心化的思潮和现代性诗歌美学的建立，更多侧重于胡戈·弗里德里希[③]之谓“否定性范畴”的建设，而不意悬搁了我们的传统已久。浪漫主义诗歌的浮夸，经过现代主义的矫正，它已经作为一种清澈的理想主义精神，化作文化的血脉，任何时代的人，都不能拒绝这样的精神气脉，不能以一竿子打倒一船人的简单粗暴加以摈弃，英雄主义作为一个人的精神维度的建设，同样不能缺席。事实上，正是二者有力地支持了《迟到的挽歌》的高音——或者说作为诗人的吉狄马加的高音的合法性。

当代诗人杨键对死亡有着更为个人化的定义，《悼祖母》说，“二叔是祖母死亡的第一座墓穴，/他说‘你奶奶的这些破家具没有用了。’//堂兄是祖母的第二座墓穴，/他说，‘这些东西有什么用？赶紧烧掉’。//这意味着/祖母在1960年饿死以后继续在死去。”[④]在杨键看来，一个人在亲人的记忆中死去，才是

① 菲利普·拉金（Philip Larkin，1922—1985），英国诗人。他反现代主义，高度强调个人性，冷眼看世界，被认为是逃避主义者、一个挖苦者，态度鲜明。就是他那样的态度，赢得了一部分英国人的心。1984年秋天，他被授予“桂冠诗人”（Poet Laureate-ship），但他却拒绝了这一荣誉。

② ［美］哈罗德·布鲁姆著，黄灿然译：《如何读，为什么读》，译林出版社，2011年，第94页。

③ 胡戈·弗里德里希，德国批评家，“否定性范畴”参见其著作《现代诗歌的结构》。

④ 参见杨键诗集《古桥头》，上海文化出版社，第292页。

真正死去了，否则她仍然活在亲人的记忆中。无独有偶，《权力的游戏》中那个夜王在人鬼大战正酣时径直奔向鱼梁木下的史塔克·布兰，因为他的观念是，杀死人类的记忆，人类才真正消亡了，而布兰正是人类的先知和记忆。杨键朴素的死亡哲学，给予了我们启示：传统不是死去了，而是活在我们的记忆中，就像死去的亲人一样。吉狄马加无意于为父亲树碑立传，也许在他看来，跟着父亲亡灵的脚步，将彝族文化传统的源流进行一次追溯，以个人化的历史想象力将古老的经文或口头传说的声音转化为一种视域性存在，当此时，正是他作为一个诗人履行使命的机遇，他记载的是一个民族的记忆，灵感之光照亮荒野，那个松柴堆上的死者的巨大的沉默，也借此进入“语言的倾听和观看”——

哦，归来者！当亡灵进入白色的国度
那空中的峭壁滑行于群山哀伤的胯骨
祖先的斧子掘出了人魂与鬼神的边界
吃一口赞词中的燕麦吧，它是虚无的秘籍
石姆木哈的巨石已被一匹哭泣的神马撬动。

那是你匆促踏着神界和人界的脚步
左耳的蜜蜡聚合光晕，胸带缀满贝壳
普嫫列依的羊群宁静如黄昏的一堆圆石
那是神赐予我们的果实，对还在分娩的人类
唯有对祖先的崇拜，才能让逝去的魂灵安息
虽然你穿着出行的盛装，但当你开始迅跑
那双赤脚仍然充满了野性强大的力量。

众神走过天庭和群山的时候，拒绝踏入
欲望与暴戾的疆域，只有三岁的孩子能
短暂地看见，他们粗糙的双脚也没有鞋。

父亲没有死去，不是离去而是一个归来者。诗人命名的“白色国度”无异于一个无地点的天堂，他仿佛追随祖先和神灵先行来到了这个精神的归依地，就像但丁随维吉尔来到了天堂。这种神灵附体般的言说，唯有付诸高音，才能唤醒亡灵，区分于碌碌庸众，胜任毕摩的使命。在这个高音中，“石姆木哈的巨石已被一匹哭泣的神马撬动”——想想，一批神马一边哭泣，一边撬动着石姆木哈的巨石，有着一种怎样的悲剧的崇高，而“普嫫列依的羊群宁静如黄昏的一堆圆石”的安宁，使这个高音也撬开了它缭绕的空间。“只有三岁的孩子能/短暂地看见，他们粗糙的双脚也没有鞋。”莫非彝族信仰中的诸神和柏林穹顶上的天使[1]有着相同的属性？大凉山的孩子和柏林的孩子仿佛具有同样通灵的眼睛，这源于诗人彝族生活的现实，还是一种移花栽木的视角？如果是前者，那么一首诗的高音就在这个看似十分中国的区域，获得了辽远的异国回声。

“崇拜”和“赞词”一类词语，为当代诗人高度警惕，一方面过去时代的偶像崇拜和歌颂体带来的主体性消解，有着令人极为不快的记忆，一方面日常书写的低音区的语言行为无法挪动这样的词语过重的身体，只有面对祖先和亡灵，在一种庄重肃穆、气场强大的氛围中，它们才有可能在诗的声音中自洽，而且往往必须仰仗高音的能量。作为诗人和政治家，吉狄马加当然深谙语调的艺术，他不是一个想象的放纵者，事实上首先是一个谦逊的倾听者—— 一个诗人没有对民族血液脉动的长期倾听，不可能蓄积如此丰沛的中气，而当开口之时，便是如此雄辩而令人信服——他赖以取信于读者的全部秘密就在于，将血液里幽微而辽远的声音转化为一种视域性存在，与其说是一部彝族《神曲》指南，不如说是极富民族特色的个人化命名，又因其具有的普遍性而实现了非个人化。

*

不久前，我回家参加一次葬礼。这是湘中地区的一个小乡村，过去这一带丧事中的祭仪，可以说在很大程度上延续了一个代代相传的传统，但是最近二十年，一切都改变了。灵堂外的空坪上扎了一个戏台，戏班子两个职业哭灵人跪在

---

① 参见《柏林苍穹下》，是由维姆·文德斯执导，布鲁诺·甘茨、奥托·山德尔等主演的剧情片，于1987年9月23日在法国上映。

前台，一男一女，披麻戴孝。他们后面跪着好几排穿孝服的人，有死者的儿子儿媳、孙子孙女、玄孙玄孙女。大灯照耀，乐师伴奏，以花鼓戏的悲腔哭诉死者的一生——而当我仔细倾听时，那悲声里的语词竟也是千篇一律的。每哭一句，后面就递上百元大钞，那女人拿着钞票，告诉亡灵这是儿子这是儿媳这是孙子，您要保佑他们如何如何，接着就是锣鼓响起，一声号哭……

在我的记忆中，湘中地区的乡村过去的丧仪，长者唱读祭文，一个悲凉的高音中，古老的语调依稀犹存，但是现在形式仿佛相似，内容被完全替换了。那是一种虚假的高音，消费的高音。哭泣本是一种最纯粹的“语言”，声到高处，有着撕心裂肺的力量，但是这些来自人性自然流露的语言，也被这个物质主义的时代替换了内涵，停在灵堂的棺木本是悲痛的源头，巨大的喧嚣使死者的沉默陷入更深的寂静，更遑论什么语言学作为。

对于吉狄马加来说，丧亲之痛只是一首诗的起兴：那个九层松柴上的死者在漫长的时间里，在空无处，再一次在记忆里出现，其沉默，或语言的空白，终于迎来非凡的命名行动。高音所及，缭绕在凉山古老的姆且勒赫神山之巅，直达天堂。在一个精神孱弱的时代，在某种意义上，现在比以往时代更需要这样的高音——不是对人，而是对亡灵和神灵，以它重铸精神的廊柱，以便在父亲倒下和离去的地方，重建存在的辉煌背景，以映照人类孤独的此在——

> 你在活着的时候就选择了自己火葬的地点
> 从那里可以遥遥看到通往兹兹普乌的方向
> 你告诉长子，酒杯总会递到缺席者的手中
> 有多少先辈也没有活到你现在这样的年龄
> 存在之物将收回一切，只有火焰会履行承诺
> 加速的天体没有改变铁砧的位置，你的葬礼
> 就在明天，那天边隐约的雷声已经告诉我们
> 你的族人和兄弟姐妹将为你的亡魂哭喊送别。

汉语诗歌传统中，似乎一直以来就鲜少高音。伟大的屈原悲怆怨愤的高音，仿佛覆盖整部文学史，“路漫漫，其修远兮，吾将上下而求索”。杰出的接续者，

也只有激越、超卓如李白，能够持续在高音区“工作”：“五花马、千金裘，呼儿将出换美酒，与尔同销万古愁。”死亡之于李白，只是其浪漫主义抒情的一个词语，这万古不能消解的哀愁，唯有在酒中消解，忘怀。在吉狄马加这里，死亡是本体，是语言，是彝族文明的一部分——它当然也将汇入华夏文明的大河。如果将文明比拟为一条大河，那么每一个家族就是一条细细涓流，每一个人都有独特的起源，每个人都是一个文明的小小容器，容纳元语言的本体与个人交汇的声音，成为一个独特的语言学事件，就像每个人的出生一样，又正如每个父亲的死，提供了一次重大的语言机遇。从丧父追溯传统，带着天然的情感，有着早已绘制的航道，不是作为一个全知全能者的指认，而是一个有血有肉的人的体认。欧阳江河的《泰姬陵之泪》被敬文东戏拟为“词语的直线运动”，盖因诗人在那大理石的门廊后听见母亲的哭泣，并不知晓她是谁，门外传来父亲的咳嗽声，也不知道来者何人，因为那是伊斯兰文明的走廊上出现的父亲母亲的声音，是穆斯林或印度人的父亲母亲。吉狄马加则大不然，即便父亲躺在九层松木柴堆上，寂静中他依然能听出父亲的咳嗽，或母亲的哭泣。有趣的是，当代诗人陈先发也曾试图从丧父之涓滴进入汉文明的河口，当然他的《写碑之心》没有从一场庄严的葬仪开始，因而语调从低沉而至沉郁，逐步攀上一个高音，但其高音的穿透力，也足以令“孔城河”的泡沫消融——所不同的是，陈先发更多付诸解构主义的语言学清淤疏浚，强大的反讽力量缓冲了悲痛。吉狄马加则重于建构，基本在高音区工作，二者接续传统的语言路径，异曲而同工。

*

你在梦里接受了双舌羊约格哈加的馈赠
那执念的叫声让一碗水重现了天象的外形。

彝族历史上著名的约格哈加，一只双舌绵羊，据说能把声音传到很远的地方，这似乎给了诗人以诗歌声学的启迪。这“双舌”为诗歌的复调，提供了先验的示范。或许是元诗意识，或许是古老的彝族传统，给予诗人巨大的灵感，双舌羊执念的叫声如同语言的召唤，而一碗水重现天象的外形几乎类似于语言之途形象的涌现。我们在这里看到一种陌生而精湛的语言学机理的诠释，但是它同时又指向空白地带的命名机制的生成秘密。这既是诗学乐器本身的发声，也是语言之起源的瑰丽景观——

那是你与语言邂逅拥抱火的传统的第一次
从德古那里学到了格言和观察日月的知识
当马布霍克的獐子传递着缠绵的求偶之声
这古老的声音远远超过人类所熟知的历史
你总会赶在黎明之光推开木门的那个片刻
将尔比和克哲溶于水，让一群黑羊和一群
白羊舔舐两片山坡之间充满了睡意的星团。

语言和存在，借着熊熊的火焰合二为一，难分彼此，二元论的脑袋在这里被“尔比和克哲”共溶的溶液悉数浇醒——克哲和尔比，据作者附注，前者是彝族一种古老的说唱诗歌形式，后者是彝族古老的谚语和箴言，两者与水形成的溶液与其说喂养了一群黑羊和一群白羊，不如说推动着语言文明不断发展——那一群黑羊和白羊“舔舐两片山坡之间充满了睡意的星团”，难道不是语言学的唤醒？舔舐即唤醒，即延续“马布霍克的獐子传递着缠绵的求偶之声”的语言学功能，以爱为根基，以“从德古那里学到了格言和观察日月的知识”为古典世界观，从而生成语言取景框，语言起源的景观因此而瑰丽无比，而“你”，这个“总会赶在黎明之光推开木门的那个片刻”做出这一语言行动的人，不单是一个亡灵所为，更像作为诗人和长子的“我”的自我客观化，投身于亡灵而为之，诗也借此形成双重的对话——既是对父亲的颂词，也是自我在诗歌本体意义上的对话。

双舌羊约格哈加给元诗提供了一个精湛的意象，两只舌头内含于同一个口腔，分别隶属于诗学本体言说和语言言说，象征着语言和存在的发声在同一个口腔进行的可能性，为元诗的复调特征，提供了有力的民俗学支持。因此，吉狄马加的诗的声音，得到了古老民间智慧的启迪，其高音是复调的甚至多声部的，有那些穿着黑色服饰的女性说唱的声音，有远嫁异乡的姐姐的哭诉的声音，有主客以“克哲”之舌头辩论的声音，有送行的旗帜寂静的猎猎声……这种语言本体的发声，有力支撑着抒情主体的高音，消解了悲痛而使挽歌理所当然奔向颂歌的光辉之途。我们也不妨说正是诗学本体的声音，为这样一个高音赋予了语言之曙光，“词语的肋骨被/置入了诗歌，那是骨髓里才有的万般情愫/在这里你会相信部族的伟大，亡灵的忧伤/会变得幸福”，这种超自然的力量给予存在以信念，熔铸了前所罕见的超强度的精神合金。

*

《迟到的挽歌》的高音与埃利蒂斯[①]《英雄挽歌——献给在阿尔巴尼亚战争中牺牲的陆军少尉》具有某种同构性，但凡出生于20世纪60年代的诗人，不会没有对埃利蒂斯难忘的阅读记忆。激情四溢的埃利蒂斯，真正与希腊爱琴海的清澈和明媚相称，那种超现实主义的丰饶和明丽，即便带上几分悲怆和沉郁，也支持一个高音在读者的大脑中长期缭绕不去。《英雄挽歌》挽悼在阿尔巴尼亚战争中牺牲的一个陆军少尉，以高昂的笔调和超拔的想象，描绘了战争前后的人类文明的图景，并一再吟叹，没有直接将其指认为英雄，盖因标题已经表明，为他写的颂词已经出具证据，在某种意义上，这个陆军少尉不是单数而是复数，这和吉狄马加之反复吟叹“哦，英雄”在结构上有着一致性，“那是母语的力量和秘密，唯有它的声音能让一个种族哭泣/那是人类父亲的传统，它应该穿过了黑暗简朴的空间/刚刚来到了这里，是你给我耳语说永生的计时已经开始/哦，我们的父亲！你是我们所能命名的全部意义的英雄”，在这里，“我们的父亲”也变成复数，加入人类父亲的传统。

对于太阳的礼赞，两者都趋向一个创世般的高度，而无关尘世任何意义上的指涉，语言的全部能量都致力熔铸它的美——

当黎明的曙光伸出鸟儿的翅膀
光明的使者伫立于群山之上，肃穆的神色
犹如太阳的处子，他们在等待那个凝望时刻——吉狄马加

① 曼德尔施塔姆，俄罗斯白银时代诗人。

在太阳最早居留的地方

在时间像个处女的眼睛那样张开的地方——埃利蒂斯

不同的是埃利蒂斯面对牺牲的少尉的伤口，向太阳发出天问般的声音，“太阳啊，你不是无所不能吗/鸟啊，你不是欢乐不息的时辰吗/光明啊，你不是云的闯将吗”，在吉狄马加这里，太阳熔铸了一个光辉的时刻，光是毕摩的权杖，是天梯，是楼层，引领亡灵的天堂之路，其壮丽辉煌，直追但丁《神曲·天堂篇》。

吉狄马加并非一个单纯的少数民族诗人，在彝族的传统中长大，长期生活在汉语的语境里并用汉语写作，具有开阔的国际文化视野，因而支撑他的高音强度的，是彝族文明、华夏文明和世界文明，包括现代科技文明的语言之光。曼德施塔姆在沃罗涅日流放期间，有人要求他给其所属的文学运动阿克梅主义下一个定义，他的答复是：“对世界文化的眷念。”我们也看到吉狄马加不是一个偏狭的民族主义者，他的诗熔铸了世界文明之光。比如：“那是你攀爬上空无的天梯，在悬崖上取下蜂巢/每一个小伙伴都张大着嘴，闭合着满足的眼睛/唉，多么幸福！迎接那从天而降的金色的蜂蜜”以及“这是人类和万物的合唱，所有的蜂巢都倾泻出水晶的音符”，如此瑰丽的想象，令人想起曼德尔施塔姆的早年名作《从瓶中倒出的金黄色蜂蜜……》和《从我手中拿去一点蜂蜜》[①]，蜂蜜从隐喻甜美时间到类比于小小太阳，直至化作浩瀚的崇高。而“白色与黑色再不是两种敌对的颜色，蓝色统治的/时间也刚被改变，紫色和黄色并不在指定的岗位”，这种颜色的敏感又令人想起特拉克尔[②]诗歌……“那里找不到锋利的铁器，只有能变形的柔软的马勺”，俨然就是超现实主义大师萨尔瓦多·达利画笔下的勺子，或《永恒的记忆》的回声，“变形的柔软的马勺”和达利的勺子、手表，在引力透镜下，其柔软变形只是一种直观，或许我们不妨说吉狄马加的超现实主义仅仅是超越了宏观视野下的表象，而进入到爱因斯坦相对论或量子力学的微观视野，这些源于诗人的超验想象所及，在那里只是一种“日常”。

---

① 曼德尔施塔姆，俄罗斯白银时代诗人。

② 特拉克尔，奥地利表现主义诗人。

吉狄马加的高音在《迟到的挽歌》中因着一个扎实的诗意发生点而显得浑厚、雄健，这个诗意发生点，就是姆且勒赫神山九层松柴上向左侧卧的父亲，如此明确，一如苏轼《水调歌头·明月几时有》“转朱阁，低绮户，照无眠”的明确支撑了“明月几时有，把酒问青天”的高音——清越而不无苍凉；一如埃利蒂斯“他躺在烧焦的斗篷上/头盔空着，血染污泥，/身旁是打掉了半截的胳臂/他那双眉中间/有口苦味的小井，致命的印记”的明确支撑了“水晶般的钟声在远处震荡，低回/明天明天，明天是上帝复活节!”——哀伤的喜悦，悠远而安宁。吉狄马加的高音或是最后的，因为只有挽歌和一场独特的火葬仪式能够与其相称，如同哈罗德·布鲁姆评价惠特曼的声音之“繁花般的丰饶”[①]，它的全部支撑首先源于诗人个人举起的火把——

哦，英雄！不是别人，是你的儿子为你点燃了最后的火焰。

2020.11.12

〈作者简介〉

草树，本名唐举梁，20世纪60年代生于湖南。1985年大学毕业，大学期间开始诗歌写作，90年代中断，先后从事技术、管理和房地产开发工作，有作品发表于《诗刊》《十月》《草堂》等刊物，2012年获第二十届柔刚诗歌奖提名奖，2013年获北京文艺网首届国际华文诗歌奖、首届当代新现实主义诗歌奖，著有诗集《马王堆的重构》《长寿碑》等四种。现为湖南师范大学文学院客座教授，讲授诗歌写作。

① ［美］参见哈罗德·布鲁姆著，黄灿然译：《如何读，为什么读》，译林出版社，第85页。

思想的光芒，语言的魔力，精神的焰火

——从《迟到的挽歌》谈谈吉狄马加诗歌的艺术魅力

◇ 沙辉（彝族）

不可否认，吉狄马加的诗歌具有某种厚植于民族传统精神文化下的“超越性”或者说魔力。超越性具体体现在他的思想与精神世界上，即他的思想性与精神世界让他的诗歌作品具有了某种超越性，而与一般的诗人自然区分开来；他的诗歌独有的魔力则不仅体现了他的思想与精神世界，同时也体现了他的诗歌作品高超的艺术性，比如语言和修辞自身带有的那种张力和深沉、深邃、广博。如果没有了这样的超越性和魔力，吉狄马加的诗也就不成为公认了的吉狄马加的诗。当然，我深信不疑地认为，这一切都源于他所根植的博大精深的母族文化以及他的人类性视野和自身异于常人的深层思考与体悟，以及将深层思考、体悟和创作实践相结合的身体力行。一言以蔽之，吉狄马加诗歌创作的成功，是他一直在以正确的方式走在正确的路上的结果。每次阅读吉狄马加的诗歌，我都会有一种别样的“诗歌阅读感受”（具体地说是一种“震颤”）穿透我最隐秘而平时轻易不会得到触碰的身心之处，这种感受根本不同于阅读其他诗人——其他“重量级”、著名、当红诗人——作品的感受，不是那种简单的愉悦、脑洞大开的快感，不是那种同作者一道“完成”一种高超的语言智力游戏、成功走出或说穿越作者的语言迷宫之后的获得感，也不是那种豁然开朗、恍然大悟般的精神“妙悟”，也不仅仅是思想得到“开光”一般领悟甚至是同作者一道受到“神启”般完成其中语词的“精妙”、艺术表达的“精微”，以及深切感受到博大精深的精神内涵、深邃的思想和精神陶冶给自己带来的有关思想和精神的获得。老实说，我感觉那是一种与吉狄马加作为诗歌“同道”兼同族的彝族二者结合之下产生出来的一种简直是入迷着魔的阅读感受，让人如此透彻地受到心灵的颤动、精神的震撼浸礼和滋养。

对于吉狄马加诗歌阅读体验和我所认为的作为诗人的吉狄马加的成就，我曾通过撰写一篇长文《吉狄马加和吉狄马加诗歌：一个时代的民族记忆》进行阐述。而今阅读他的新作《迟到的挽歌》，再次让我非常明晰地感受到：吉狄马加的诗歌如茫茫精神暗夜里淬炼着时空冷暖的不灭星光，如茫茫一片蓝色的海天之间一簇沐浴着风雨而涌动着的焰火。概括地说，就是我认为吉狄马加的诗歌可以成为人类茫茫精神星海中一团让人望见“亮光”的涌动着的焰火。并让我再一次确认，作为一个世界性的中国少数民族代表性诗人，他和他的诗歌作品的一些特征和成就，除了我在《吉狄马加和吉狄马加诗歌：一个时代的民族记忆》里所写的，其“独一无二”性具体体现在如下三个方面并可以让我在此再阐述：深沉而博大的胸怀下擦燃的思想的光芒、语言的魔力；醇正而恒定的诗人的抒情性品质；天人合一精神追求下关于生与死命题的思考和始终如一的注目。

深沉而博大的胸怀下擦燃的思想的光芒、语言的魔力

在我看来，吉狄马加和吉狄马加的作品，是具有诗歌英雄主义的。何为诗歌英雄主义？我们在准确理解它之前先来看看什么是英雄主义，“英雄主义是指为完成具有重大意义的历史任务而表现出来的英勇、坚强、首创和自我牺牲的精神和行为。其特点是：反映当时的历史潮流和社会正义，敢于克服超出通常程度的困难，主动承担比通常情况下更大的责任”。结合“为完成具有重大意义的历史任务而表现出来的英勇、坚强、首创和自我牺牲的精神和行为”“反映当时的历史潮流和社会正义”“主动承担比通常情况下更大的责任”这样的“定义”以及吉狄马加一生的诗歌创作历程和成就及精神追求图谱来看，可以说吉狄马加是具有这样的“英雄本质”“英雄情结”和“英雄行为”的。他在20世纪80年代响彻世界、响彻历史的一句“啊，世界，请听我回答：我——是——彝——人”，何其慨而慷，正式拉开了彝族诗歌复兴的序幕，并让彝族诗歌的复兴“开启了彝族诗歌走向世界、把一个古老的诗歌民族带进世界视野里的全新时代”[①]“真正开始把一个古老的山地民族的伟大文明推到了世界的聚光灯下”[②]。还有他其他的诗

① 《吉狄马加和吉狄马加诗歌：一个时代的民族记忆》，《当代文坛》2016 年第 6 期。

② 《彝族诗歌发展概要》序言：《承续传统，面向未来》；《彝族诗歌发展概要》，四川民族出版社，2020 年。

歌创作和所取得的成就，以及近年来创作的一系列史诗性长诗《我，雪豹……》《致马雅可夫斯基》《大河》《裂开的星球》《迟到的挽歌》等，诗人总是“站在历史新起点，表现了对全人类命运的关注和中华民族复兴的自觉”①，一次次“引起了国内外诗坛的广泛关注”②……然后，我还想强调的一点是，彝族原本就是一个崇拜英雄的民族，彝族的“德古”③“冉阔”④等等这样一些生活中司空见惯的词汇本来就是具有强烈感情色彩并经常被长者、族群和彝族传统精神作为正能量的象征用来育人塑性的，吉狄马加作为成长于如此环境并从彝族文化传统深入汲取精神养分的诗人，这样的影响想必是耳濡目染并且深远的。

关于英雄主义思想，在吉狄马加这首作为一个儿子献给父亲的深情怀念之作，作为他借此向养育他成长、作为精神脐带的先辈和民族，向所有正义的生命致以崇高敬意的长诗《迟到的挽歌》里的内容，我们也可见一斑：“那是你的铠甲，除了你还有谁/敢来认领，荣誉和呐喊曾让猛兽陷落”“死亡的方式有千百种，但光荣和羞耻只有两种”“虽然你穿着出行的盛装，但当你开始迅跑/那双赤脚仍然充满了野性强大的力量。”“哦，英雄！我把你的名字隐匿于光中”“就是按照雄鹰和骏马的标准，你也是英雄/你用牙齿咬住了太阳，没有辜负灿烂的光明”“哦，英雄！古老的太阳涌动着神秘的光芒”……这不仅是一首挽歌，更是一首颂扬真善美、传递生命至上理念的赞美诗，“是一个儿子写给一个父亲的，更是写给一个民族的，或者说同样也是写给全人类的”⑤，是一首英雄主义的诗，一首歌颂生命的真善美和伟大、传扬一切顽强向上之正能量的诗。在演讲以及一些文字中，诗人不止一次宣扬、宣讲诗歌的伟大意义和重要作用，认为诗人是一个时代的良知，诗歌是一个民族精神世界的密码，“他的作品始终致力于表现人类命运的深度”⑥。在吉狄马加看来，诗歌是传递真善美和正能量的最佳途径之一。

吉狄马加的诗歌，无一不闪耀着思想的光芒。这一首《迟到的挽歌》，映射着对于生与死、黑暗与光明、肉体与灵魂、真实与虚无、永恒与短暂的辩证思考的光芒，是具象与幻象、时间与空间等多重手法与思想的奏鸣、人生哲学思考的

---

①② 叶延滨：《生命之火点燃英雄归来的史诗——读吉狄马加〈迟到的挽歌〉札记》。
③ 德古：彝语，指彝族传统社会中的智者和贤达，是德高望重、具有威望的民间纠纷调解师。
④ 冉阔：彝语，即勇敢的人、英雄。
⑤ 叶延滨：《生命之火点燃英雄归来的史诗——读吉狄马加〈迟到的挽歌〉札记》。
⑥ 叶延滨：《生命之火点燃英雄归来的史诗——读吉狄马加〈迟到的挽歌〉札记》。

艺术性展现。思想的深度和精神的宽广度自然拔高了诗歌艺术的质量成色和高度。

必须承认，语言是具有魔力的，语言可以使一个人“生”（在精神上绝处逢生），也可以使一个人“死”（在“魔咒”中使人痛不欲生）。只是语言的魔力的表现形式，可以是“众口铄金”，可以是可畏人言，也可以是诗的语言或诗的语言一般的语言，还可以是催眠师般的语言魔术、诅咒师的语言魔方。语言的魔力的层级由语言的“精致度”“密度”和“连绵度”几个方面联合作用所达到的层级而决定。三寸不烂之舌的游说，军队出征前的演讲，誓师大会上的动员，道与释，巫术，咒语，仪式，思想，安魂曲，莫不与语言有关，或者说，它们无一不是建立在语言的基础上的。

语言的魔力，不仅在如上所说之处展露无遗，还在如彝族的送魂经、丧礼上各种仪式中体现得淋漓尽致。熟悉彝族葬礼的人都知道，告慰亡灵、抚慰亲属的最佳形式最有效方法，是彝族人在葬礼上特别是“寿终正寝”之人（寿终正寝何尝不是一种生命永逝的遗憾？）的葬礼上举行繁复的告别仪式，包括边哭边细数死者一生的喜怒哀乐和苦难史、功绩史并且或许哭诉上三天三夜也不会重复一句的“哭丧”，包括每两人一组按主客身份进行“对辩”、具有一定表演性质和挑逗对方之性质的比赛——“瓦子嘞”[①]，包括面朝一方排列成一队集体念诵送魂指路经时的“固玛嘎玛”[②]，等等，无不是以语言作为工具告别亡灵的方式。关于这样的语言活动，在我看来，它最大的意义在于集体分散和转移注意力，以达到驱散、转移和冲淡“死亡”给人带来的哀伤、给家属带来的哀痛及心理阴影、心理创伤之目的。语言是驱赶、驱散人内心的哀伤和孤独之类的一剂良药（孤独本身就是缺乏语言的伴随的具体体现）。彝族丧礼上所有有关于语言的仪式差不多都是指向这样的原始、原初的“死几纳几”“死几纳莎”[③]之意义和目的，并且早已经形成了一整套的伦理体系、语言体系和仪式体系（在此意义层面上来分

① 瓦子嘞：彝人“送亡灵”的一种形式。“瓦子”即这一活动的名称；“嘞”是动词，即“举行”“开展”（“瓦子”这一仪式）的意思。

② 固玛嘎玛：“固”和“嘎”都是指“路”“路径”，“玛”就是教育、指示；“固玛嘎玛”指为亡灵指点、指示回归祖界的路径，即送魂指路。有时也称为“策格”。

③ 死几纳几、死几纳莎：两个词同义。都是告慰亡灵、抚慰亲属之意。

析，彝族“毕摩”“苏尼”[1]这些神职人员的存在意义，也是抚慰人类心灵的，也是“生死主题”之介入者）。如果深入讨论这一系列的体系，则是三天三夜也未必能够讨论得完的。在这一系列的体系中，还有一个值得在这里一提的习俗是，当相关亲戚因某种原因未能参加葬礼，则会在之后的日子里来到家属家中进行迟到的吊唁，以此来尽到自己宽慰家属的“义务”，在彝语上称为“死确”[2]。并且这样的“迟到的吊唁”时间基本上不受限制，短则几天之内，长则数月或者更长甚至若干年后都是可以的。但起码的一点，是可以只象征性地拿点物质的东西前去，不过得准备有“几箩筐”安慰亡灵亲属的语言，否则是无效的、适得其反的。

这就是语言具有“抚慰生死”之魔力的一些例证。

而我觉得，诗歌或诗歌语言，在很多时候就具有类似的“魔力”。我从不怀疑诗歌是具有抚慰心灵的功能的，并且诗歌一开始是神职人员的一种“专利”，古老宗教式仪式中的重要支撑部分。

《迟到的挽歌》作为一首悼念父亲的迟来的挽歌和一首回顾父亲“光辉的一生”、颂扬生命至高无上的赞美诗、颂词，甚至也算是一曲安魂曲，同时艺术化地“详叙”了父亲生前和去世的一些特别的过程和场面，而在阅读中，我们在诗歌作品的语词上、意境上、节奏上、长度上很容易地感受到它类似于“送魂指路经”一般的韵味——那绵长而具有魔力一般的语词，它本身简直就是一部“经书”，念之读之，那种好似向冥冥中不断念念有词而连绵不绝的念诵给我们带来全身心的肃穆，让我们深入感受语言自身那种摄人心魄一般的魔力：

当摇篮的幻影从天空坠落
一片鹰的羽毛覆盖了时间，此刻你的思想
渐渐地变白，以从未体验过的抽空蜉蝣于
群山和河流之上。

---

① 毕摩、苏尼：毕摩为彝族原始宗教中的祭司；苏尼为驱鬼师。
② 死确：可以直译为“迟到的奔丧”。这里的“死”即汉语本义的死亡（彝语汉语在“死”的发音和意义是完全一致的），彝语“确”的本义为“破坏”，这里可以理解为“破坏”掉死亡给家属带来的哀痛，即抚慰之意。

你的身体已经朝左屈腿而睡
与你的祖先一样，古老的死亡吹响了返程
那是万物的牛角号，仍然是重复过的
成千上万次，只是这一次更像是晨曲。

光是唯一的使者，那些道路再不通往
异地，只引导你的山羊爬上那些悲戚的陡坡
那些守卫恒久的刺猬，没有喊你的名字
但另一半丢失的自由却被惊恐洗劫
这是最后的接受，诸神与人将完成最后的仪式。

不要走错了地方，不是所有的路都可以走
……

而这，又何尝不是作者念念有词“念颂”出来或者让我们念念有词“念诵”出来的、向天而吟的一曲迟来的、与父亲亡灵进行“最后的”道别的“送魂经”呢？！

醇正而恒定的诗人的抒情性品质

在当今之中国诗歌界，吉狄马加是有“定力”的一个诗歌创作者。

何出此言？一是，众所周知，中华人民共和国成立以来，中国诗歌的发展高峰与影响力不是一成不变的，而是起伏不定。在轰轰烈烈的伟大80年代以后，诗歌之潮大幅度回落，许多诗人甚至许多功成名就的诗人纷纷“转行”不再弄墨舞笔，或者“转型”丢弃了诗歌写作进行其他文体写作。而吉狄马加，自80年代初开始诗歌创作以来，一直笔耕不辍至今，持续保持了旺盛的创作热情并且成绩斐然。二是，由于受到西学东渐等西方思潮影响，中国作家诗人曾一度唯“西方”马首是瞻，丢弃中国传统而进行意识流、后现代之类的“潮流”写作、实验写作，吉狄马加虽然也学习借鉴西方以往和当下的优秀作家诗人的成功经验，但他一直以来以中国的、民族的甚至是地域的传统文化作为自己文化精神背景和基座，坚持民族性、现代性、世界性有机自然融合。三是，特别是21世纪以来，更是时兴跨文体、跨文本写作，并且以小说、散文、诗歌等通吃的写作方式为荣，作为诗歌“信徒”，吉狄马加一如既往坚持走在诗歌的大道上，专注于从事诗歌创作和关乎诗歌的活动，文学创作上差不多不是诗歌就是有关于诗歌的演讲稿、评论文之类，即使所从事的行政工作也从不离开文化方面。四是，当下的中国诗歌是以去抒情、叙事话、口语化的写作一统江山，并且当下流行将诗歌、小说、散文等进行杂糅、面团一般糅合的“打破文体限制”写作，而吉狄马加一直以来以饱满的热情、激情和纯正严肃的态度进行诗歌创作，并且一直保持着诗歌固有的“抒情”元素，一以贯之保持着中国诗歌醇正的抒情传统。从某种意义上而言简直可以称得上是中国诗歌界最后的“抒情诗人”。

说到诗歌的抒情性，我一直以为“抒情性”应该是诗歌的基本属性之一，过去如此，现在也应该坚持，虽然它的表现形式可以是外显的，也可以是内在的和隐秘的。当下五花八门的“探索诗”“实验诗”，还有跨文体写作的诗歌，还有大行其道的叙事诗、口语诗，我以为不见得能够成为中国诗歌未来的“正途”“大道”。我坚信中国诗歌的出路在于探索出内里是“中华美学精神”、中华民族传统文化精神和抒情性的这样的路子，而不是彻底否定和丢弃抒情，或者西方化、其他什么化。中国的诗歌为什么越来越不受大众的认可，这里面的原因固然是多方面的，比如精神消费越发多元化、肤浅化、娱乐化等等，但是，我认为中国诗歌越来越“面无表情”是一大原因。对此，有人曾一针见血地指出，我们这个时代的人所缺的是阐述的能力、表达的能力，以及那种写出情感深度的能力。其他创作如此，诗歌创作更是如此。诗歌是触碰情感的那一根弦，不说抒情是诗歌唯一的“天职”，起码也应是它的“天职”之一，这是诗歌区别于其他文体的根本所在。脱离了基本的抒情性、诗歌“里子”里的抒情元素，从某种意义上来说，诗歌就不再是诗歌了，只是一种分行文字，“四不像”了。抒情原本就是一种人文情怀、生命情怀的体现和载体，将诗歌“去抒情”化就是将诗歌“去温度”化，就是将诗歌“知识化”“复杂化”和“事实化”“客观化”，而后工业化之下的后现代主义，一个重要特点就是“知识化”“复杂化”和“事实化”“客观化”，诗歌“去抒情”化就是受后工业化、后现代主义直接影响的结果，而这从心理学和美学以及“人性化”等层面来说，不是大众所喜欢的诗歌“原来的样子”和“本质”，于是乎诗歌越来越走向圈子化也就不难理解了。以为很“现代”的那些口语诗人、叙事诗人、所谓的先锋实验诗人（按张清华等人的观点，当下已不复存在真正的先锋写作[①]），他们认为“那些把抒情作为最高美学任务的诗人”“他们把人的复杂性完全抹掉了”[②]甚至认为“抒情者具有一种上帝视角”[③]，是失真的，是未能进入“复杂”生活的本质和深层的，“在那些抒情诗人的写作中，不能出现反讽、戏剧化和面具化”[④]。而在我看来，“出现反讽、戏剧化和面具化”，就是当下许多诗人趋之若鹜进行诗歌杂糅、诗歌跨文体写作的真实写照。而深入生活“坚硬的内核”非叙事和口语不能达么？现代社会生活的“复杂性”非得叙事、口语才能抵达？虽然我不否认叙事、口语化和跨文体诗歌写作的探索意义和所取得的一些成就，但我始终认为彻底否定和丢弃诗歌的抒情性，那不是中国诗歌非常正确的道路：没有情感、感受不到鲜活的情感正是这些诗歌的“死穴”，也必将是这些诗歌行之不远的桎梏。

吉狄马加却可谓是中国诗歌界真正意义的最后的抒情诗人，他在坚守着中国诗歌的“正道”和“醇正”，通读他的诗歌作品之后你会发现，他的作品无不或隐秘或明显是抒情性的。比如《迟到的挽歌》就是，抒情的基调铺满全诗，使其具有了一种撼人心魄的震撼力，并且使其深沉、深情、高远，相关情绪久久回绕，余音不绝，这样的诗歌质地和品相不是一般作者所能建构的。如果有读者说未能从吉狄马加的诗歌和抒情中感受得到如此这般的深沉、深情和震动、震撼，那么我只能说，他绝对一点不了解吉狄马加和吉狄马加身后独特而具有古老文明史的那个民族深厚的文化背景和深远的精神传统。

让我们从倒数第二节的部分诗句和只有一句话的最后一节再次感受一下这首诗歌的抒情性：

> 哦，英雄！你已经被抬上了火葬地九层的松柴之上
>
> ……
>
> 你听见了吧，众人的呼喊从山谷一直传到了湛蓝的高处

---

① 张清华说：“先锋写作基本上在世纪之交已经终结了”，“时代的转换使先锋写作失去了存在的环境和条件”。见《“新世纪诗歌 20 年”的几个关键词》，《文学报》2020 年 2 月 27 日第 2 版。

②③④ 《深入坚硬的“内核”，走向“25 岁”》，《作家书讯》2020 第 8 期。

这是人类和万物的合唱，所有的蜂巢都倾泻出水晶的音符
那是母语的力量和秘密，唯有它的声音能让一个种族哭泣
……
哦，我们的父亲！你是我们所能命名的全部意义的英雄
你呼吸过，你存在过，你悲伤过，你战斗过，你热爱过
你看见了吧，在那光明涌入的门口，是你穿着盛装的先辈
而我们给你的这场盛典已接近尾声，从此你在另一个世界。

哦，英雄！不是别人，是你的儿子为你点燃了最后的火焰。

天人合一精神追求下关于生与死命题的思考和始终如一的注目

中国的传统文化博大精深，而许多国学泰斗如季羡林认为中国文化用一句话来概括，就是天人合一。中国文化强调天人合一，这是哲学的、美学的基础和总纲，也是一切中国艺术的基础和总纲。

过去是永恒存在的，未来也是永恒存在的，甚至“当下”也是永恒存在的，所不同的，只是过去的永恒必将属于每一个人，而未来和“当下”的永恒并不属于每一个生命个体，甚至稍纵即逝，这就是永恒的悖论、无奈和遗憾。诗人是最直接地面对和思考精神及肉体的“生死问题”的人。可以说，世界上的所有大诗人，几乎无一不对于肉体的死亡、对于生与死的问题进行经常、特别的关注与抒写。因为这一课题是人类的一个母题，一个终极性的问题。一个成熟的作家，他会把自己的创作置之于“历史的视角”进行观照，艾略特就说过，一个诗人二十五岁之后的写作一定要带有历史意识。

只要稍稍熟悉吉狄马加诗歌的人都应该会感受到，对于肉体和精神的“生死问题”这个母题，吉狄马加是长期、一贯性地关注并进行抒写：这原本就是诗人的一个价值观的体现，是对于人的尊重和生命价值的捍卫的体现；同时，这也正体现了他和他作品的严肃性以及他的思考、他的诗歌固有的哲学属性。我曾经听他作词的那首歌曲《谷克德》，乍一听到那句“生离与死别，总有一天会来到”的歌词时就骤然间泪流满面（他之前还写过一首题为《这一天总会来临》的

诗）。可以说，这是一个大诗人对于人世间最敏感和心照不宣的事物的最敏锐的观照与回应，也是他对于生与死的问题进行长期、一贯性的关注与抒写中灵感的瞬间爆发，是他思想里蕴含着强烈的生命意识的具体体现。如果你再稍稍有心一些，就可以知道，写作长诗《迟到的挽歌》，或许也是诗人对于生与死的问题进行长期、一贯性的关注与抒写时灵感的又一次集中式爆发。何以见得？你看他在写于较早前的《一种声音——我的创作谈》里如是说："我写诗，是因为我很早就意识到了死……我写诗，是因为我们在探索生命的意义……我写诗，是因为我的父亲死了，我非常怀念他……"[①]这是创作谈，并且是"一种声音"——经常萦绕在耳畔的一种声音，这样的语言自然是干货，不带水分的，并非为艺术而艺术出来的东西。只要稍微熟悉吉狄马加诗歌的人，都会发现在吉狄马加的诗歌里，"死"和"死亡"之类，并不是太难找的语词。说实话，对我而言，正是因为吉狄马加对于如此相关主题长期、一贯性的关注和抒写，更加让我肃然起敬和确认他是一个了不起的诗人——在我有限的阅读范围内，吉狄马加是我阅读到的唯一如此恒定和惯常地思考和抒写这一主题的诗人。我想，向虚无索要真实，向短暂索取永恒，向流逝攫取意义，这是所有追求纯粹之精神的大师们的旨归。仅凭这一点，我们也可以明了吉狄马加就是一个严肃的作家、一个思考性的作家、一个深沉的作家。蒋登科也曾如此评论："吉狄马加诗作体现了生命意识与使命意识，民族精神与人类意识的融合。"[②]他的作品，都是他致力于思考的大脑和紧贴于大地之上的宽广胸怀相互引爆"共鸣"之后自然发出的声音，都是他站立在自己"厚实"的大地上进行深思并与世界产生广泛而深刻的思想对接之下的产物。

诗人是情感世界的"揭秘者"，是人类隐秘精神世界的挖矿人。所以在"外人"看来，诗人有时候难免似巫师一般神秘和"不可理解"。诗人特别是大诗人是对人类较为隐秘而不可言说的事物进行阐述和阐释者；那些伟大的诗人莫不是将人类心照不宣的一些"隐学"变为了"显学"的。在我看来，吉狄马加也是一个不断把人类的"存在"与"死亡"这一对哲学命题推向深入、推向高处，从而使之不断"显学"化的一个严肃性、思考型诗人。

---

① 吉狄马加：《火焰与词语——吉狄马加诗集》，外语教学与研究出版社，2013 年第 1 版。
② 蒋登科：《民族精神：作为母体与参考》，《当代文坛》1994 年第 4 期。

在这样的精神背景下来分析和阅读《迟到的挽歌》，我觉得这是一种“快捷地”深入理解它、理解它的深层内涵的一种方式。而我要说的是，《迟到的挽歌》并未迟到，相反，这是经过了诗人那么多年的“酝酿”和萦绕于胸之后的一次“井喷”，是一首“自然之作”诗；《迟到的挽歌》并未迟到，因为，对于生命的礼赞，永远是一件至高无上的神圣之事，对于生命的致敬、对于生命的挽歌，词典里永远找不到“迟到”一词，因而永远不存在“迟到”一说。

结　语

陈寅恪曾说过这样的话：欧阳修写《新五代史》，用一本书的力量，使得一个时代的风尚，重返醇正。我眼中的吉狄马加，也是一直以本文如上所说的三个维度和自己不断的精神追索、孜孜以求以及不倦的抒写，保持了中国诗歌相关层面和中国诗歌“一个时代风尚”的醇正，或让其重返醇正。

2020.11.16凌晨初稿，2020.11.21晚定稿

参考书目：

1.《火焰与词语——吉狄马加诗集》，2013年第1版，外语教学与研究出版社。

2.《当代文坛》，2016年第6期。

3.《作家书讯》，2020年全年各期。

〈作者简介〉

沙辉，彝族，70后，中国作家协会会员，中国少数民族作家学会会员，四川省作家协会会员，凉山州文艺评论家协会副主席，盐源县作家协会主席。鲁迅文学院第十八期少数民族文学创作班学员。在《中国诗歌》《民族文学》《星星》《散文诗》《当代文坛》等发表诗歌和评论作品。

著有“心”三部曲诗集《漫游心灵的蓝天》《心的方向》《高于山巅隐于心间》，散文诗集《神灵的跨越》，评论集《给未来以历史的回音》及人物访谈录等作品待出版。

静穆、韵外之致与大气象诗歌

——吉狄马加长诗《迟到的挽歌》赏析

◇李　犁

要进入《迟到的挽歌》的情境，就要默读诵读反复读，然后你的眼前就会出现一个送葬的队伍，白色的服装白色的飘带以及白色的灵魂，像一团蠕动的白雪，在牛角号吹出的白色音符中，向山顶缓缓地挪移。森林和河流静默着，山羊们呆立在陡坡上，刺猬在一旁匍匐，只有雄鹰在天上盘旋，像在佑护着这个队伍，而太阳渗出白色的光照耀在裹着银色的逝者的身上……

这完全是我读《迟到的挽歌》这首诗产生的幻境，诗里没有这么具体的细节，作者吉狄马加也没有把重点放在还原送葬的现场和仪式上，他只是在倾诉对父亲深深的热爱和怀恋，同时也把父亲作为彝族男人的典型和英雄，以及神话中的主人来敬仰和颂扬。但是作为一首诗，它确实完成或曰创造了一个独立的时空，一个能将人的灵魂笼罩的况境，让人忘记了语言词汇，甚至也忘记了诗本身，记住并感觉进入到一个四周肃静，又神秘神圣得有点让人敬畏而毛骨悚然的空间，我把这看成是诗歌吟咏出的一个四维世界，它可能孤悬于空中，又能人神相通，让人无限地冥想，又不敢越雷池半步，其气场和氛围犹如教堂。

这就是诗的魄力和魅力，来自吉狄马加的天眼和原始的创造力。他在这里是巫师，是创造者，也是吟唱者和聆听者。我们在诗中接受它的洗礼，发呆、审世又审己，思绪往返于现象与幻象、人间与神界，灵魂真的被清肃，像空空的雪谷，净冷又灵异，自由又畏葸，小惊惧与大预感，让人有一种被淘洗并触到了命运的真谛的感觉，心里时空时满，有千言万语却又一时愣在那里。这种情境从审美上来说，就是静穆，就是吉狄马加的笔力抵达的境界，并创造出一个圣灵和神明的氛围，让人谨言慎行，对生命和大自然本身，以及与它们有关的与生俱来又无法说清的神秘感和崇高感保持敬畏并无条件地遵循：

哦，归来者！当亡灵进入白色的国度
那空中的峭壁滑行于群山哀伤的胯骨
祖先的斧子掘出了人魂与鬼神的边界
吃一口赞词中的燕麦吧，它是虚无的秘籍
石姆木哈的巨石已被一匹哭泣的神马撬动。

……

哦，英雄！我把你的名字隐匿于光中
你的一生将在垂直的晦暗里重现消失
那是遥远的迟缓，被打开的门的吉尔。

那是你婴儿的嘴里衔着母亲的乳房
女人的雏形，她的美重合了触及的
记忆，一根小手指拨动耳环的轮毂
美人中的美人，阿呷嫤媄真正的嫡亲
她来自抓住神牛之尾涉过江水的家族。

那是你的箭头，奔跑于伊姆则木神山上的
羚羊的化身，你看见落叶松在冬日里嬉戏
追逐的猎物刻骨铭心，吞下了赭红的饥馑
回到幻想虫蛹的内部，童年咬噬着光的羽翼。

那是你攀爬上空无的天梯，在悬崖上取下蜂巢
每一个小伙伴都张大着嘴，闭合着满足的眼睛
唉，多么幸福！迎接那从天而降的金色的蜂蜜。

我之所以截取较长的段落放在这，就是让读者在吟诵中试一试是否感觉灵魂出窍。只要你读进去了，是不是感觉三尺以上有神灵在盯着你？让你不得不审视

自己，小心翼翼地从内心里捡出灰尘。这就是自然、神话、宗教，还有梦幻与心愿，以及超验的美在提纯在日常生活，《迟到的挽歌》在诗化和净化着实境和人心，于是悲歌升华为圣歌，亡灵得到了重生，诗不仅有了社会学和心理学的功能和价值，更有了沉静又绝净、敬穆又超验的美感。

所以，静穆是一种有深度的大美，它的阔远、静淼、庄严是诗人用文字构建的大意境，然后又涂染到读者的心理和生理，让整个身心都陷在寂然、肃然，以及与现实拉开距离后的超然和戚戚然里，甘愿被这种情愫吞噬和纯化，从容地品享着情感风暴来临之前的片刻沉寂，让百般的生活体味在心头浮起，如烟如人的气息。诗因而有了大况味，那是一种对生活清晰的刻骨领会，但又难以攥住和状言，只能任这种感受向远处扩散。就像钟声响过，余音无尽，并久久缭绕在心头。

这就是诗的意味，更是韵味。在这里，一是指《迟到的挽歌》散发出的气味，厚而纯，淡而久；二是指这味道醉心迷魂，百闻不厌；三是说诗已尽，而味无穷。犹如宋代范温说的："概尝闻之撞钟，大音已去，始音复来，悠扬婉转，声外之音，其是之谓矣。"这第三种最重要，重要的关键处就是"声外之音"，也就是说吉狄马加写出了诗歌的"韵外之致""味外之旨"。这是韵味的最高级之处，是说诗的意蕴和余韵能超越时间和空间，把人带到远处。因此《迟到的挽歌》唤醒了人的情感、思想和想象，启发人展开无限的漫想：从此在到彼岸、从个人到族群、从族群到所有人类，以及从生到死、从结束到新生、从真实到虚幻、从日常具象到神话、从个体经验到民族寓言、从终点再返回人类的起点……

需要强调的是，这漫想不是无边无涯，也不四处满溢，而是遵循着《迟到的挽歌》的韵致和味道，意旨和节奏建制的秋千，往复回环。这不是重复，而是要找到逝者与活人、自然与神性、现实与想象、诗与思、我与你的共通点。每一次的来去，都是对生命的舔舐，对诗的意味的咀嚼和更进一层的深刻体悟：

> 可以死于疾风中铁的较量，可以死于对荣誉的捍卫
> 可以死于命运多舛的无常，可以死于七曜日的玩笑
> 但不能死于耻辱的挑衅，唾沫会抹掉你的名誉。
>
> 死亡的方式有千百种，但光荣和羞耻只有两种

直到今天赫比施祖的经文都还保留着智者和
贤人的名字，他的目光充盈并点亮了那条道路
尽管遗失的颂词将从褶皱中苏醒，那些闪光的牛颈
仍然会被耕作者询问，但脱粒之后的苦荞一定会在
最严酷的季节——养活一个民族的婴儿。

……

如果不是地球的灰烬，那就该拥抱自由的意志
为赤可波西喝彩！只有口弦才是诗人自己的语言
因为它的存在爱情维护了高贵、含蓄和羞涩。

这不仅是对死亡的吟唱，更传达出人类共同的价值观，那就是荣誉高于一切，还有为自由和正义牺牲的奋不顾身，对养活民族婴儿的耕作和苦荞的深情和感恩，以及口弦吹出爱情的浪漫、高贵、含蓄和羞涩……在反复的吟唱中，苦辣咸甜等各种滋味在舌尖上盘旋，一会儿浓，一会儿淡。心肠也一会儿坚挺，一会儿柔软。意义也随之加深加重，久久不散。

这就是诗歌捅开了人类的共同感觉，心灵不但一起摇撼，并甘愿被诗的空灵美淘洗，像进入了一尘不染的庙宇或圣殿，接受圣洁的覆盖，在无限的情味中抚摸和深思自己的前世与今生，从而不再去深究难懂的彝族秘语和习俗（正是因为这些镌刻着彝族魂灵的特殊符号，才让《挽歌》变得深邃神秘并通灵起来），只是一味地体验再体验，在忘言与神游中让自己日常里分离的魂灵跟随诗中的英雄返乡。诗因而有了气韵和气象。

而气韵和气象的根源在于气。《迟到的挽歌》最不缺也最充盈的就是气，这首诗就是吉狄马加生命之气和自然之气的吸纳与奔泻。气在诗中犹如神龙，虽不见其首尾，但它的翻滚腾跃，奔涌沉潜，都显现也决定了《迟到的挽歌》的气势、脉络、力量、宏阔，从这个角度来说，诗就是河流，作者的元气就是水下的蛟龙，水的缓急跌宕就是诗的形态和节奏，它来自龙也就是诗人气息的吐纳。气就是生产力，就是激情，气的走势造就了诗歌逶迤的美感。而美感的深度、节拍

和多样化就是韵味，韵味背后的驱动力、强度以及决定了它是否生动的就是气，它们合在一起就是诗的气韵。《迟到的挽歌》中的气不仅强，且似滔滔之水。用一个术语就是气责，除了奔流之意，还有充足，且越来越旺盛之意。但它不是决堤之水，不四处漫溢，而是在智性甚至是冥冥中神性的规范下哗哗直下，因为有理智的河道挡着，河流就更加汹涌，且深而厚实。只要用心深吟前面举例那些诗句就会感到其中的磅礴之力度和速度，而且河水急遽，裹挟了太多诗人意识之外的东西，就是出乎诗人构思之外，在写作之时突然莅临的意象、意念、意志、意思，让诗更加丰腴，也更突出和显露了逝者的情怀、品格、操守和性情。这意料之外的灵感让《迟到的挽歌》的气质更深沉壮丽，优雅亲切。同时因气流之浩荡，诗的流势很苍茫，整体上呈现出雄浑之美。所有这些，让吉狄马加这首写死亡的诗，不但没有悲哀和衰败感，反而多了生命之气的上升和蓬勃，也让逝者的形象更加强悍，不仅是英雄，更是永远飘扬的旗帜；不仅是侠骨柔肠的人，更是令人仰望的天上的星辰和神。因此诗和人都具有了浑融性和多样性。

气责又直接影响和加速了吉狄马加的表达，让语言一直处于叠加状态。你不确定哪些事物会纷至沓来，很多不相关的词汇被强行捆绑到一起，语义在加速加码加重，几乎每个句子都具有了复繁性，整体表述呈现出波粒二重性。就是有时像粒子在单发，有时像波浪席卷而过。这就是诗人胸中强大的气流，即不可遏制的激情奔泻时的气势和霸气，那些不相干的事物被刮到了，就搅拌在一起奔流。

因此我们明白了，那些起初读着感觉别扭的地方，正是被气责强制掠夺到一起的事物，它们的结合看似不合常规，但合情合诗。这逆着常人思维突飞猛进的做法，会更刺激神经，造成反差的美，像把不同的玻璃碎片聚在一起，光芒虽不规则，但景观有了特异性，让作品即灵动又灵异，即浑厚又神秘。这在绘画上叫"险"，写诗上就是创造，在吉狄马加这，我称之为霸悍诗学。正因如此，《迟到的挽歌》有了宽度、深度、高度，而所有这些主观的客观的、气责气韵、意味情味、诗里诗外浑融在一起，就注定了《迟到的挽歌》是一首大气象的诗歌，一首人性与神性、经验与超验，既有人间温情又切合了天道大道、接近于史诗素质的长诗，它考验了吉狄马加的气质禀赋、情怀格局、品格操守、精神意志，是近年来吉狄马加系列长诗中最感人，能见心跳和呼吸、最有生命力和创造力的一首大诗。

本文从接受者的感受出发，分析了创作主体的心理特质和生命之气对诗歌写作及审美风格的推动和影响，侧重解析了《迟到的挽歌》所具有的审美特质和所达到的美学高度，由于篇幅有限，有关这首大诗的现实意义和历史价值，留给更多的评论家和时间来评说。

〈作者简介〉

李犁：本名李玉生，辽宁抚顺人。属牛，性格像牛又像马。2008年重新写作，评论多于诗歌。出版诗集《大风》《黑罂粟》《一座村庄的二十四首歌》，文学评论集《烹诗》《拒绝永恒》，诗人研究集《天堂无门——世界自杀诗人的心理分析》；其中诗论集《烹诗》获第三届刘章诗歌奖，另有诗歌与评论获若干奖项。中国诗歌万里行组委会副秘书长，为辽宁新诗学会副会长，《深圳诗歌》执行主编，《猛犸象诗刊》特约主编。

第四辑

回忆与原宥

国外名家评论长诗《迟到的挽歌》

一个儿子的祈祷

◇［法国］伊冯·勒芒　树　才　译

我是一个男人的儿子
他的未来从天而降

我写下这两行诗，是在我父亲去世很久之后。很久。在爱的连绵的火焰中，需要时间，来准备这些词语。需要很多时间。对我，是三十年；对吉狄马加，是三十三年。用三十三年来酝酿一首长诗，一次朝向绝对神秘的长途跋涉。在母亲般的大地上消失之后，我们的父亲去了哪里？我的父亲，入土为安；他的父亲，到了天上。而在两位互不相识的父亲之间，两个儿子，两个诗人，试着搭建桥梁。

我父亲下葬那一天，我还是个孩子。一个十二岁的孩子。为了不跌入墓穴，我抬头仰望星辰。是这种强烈的情感，从我身上催生了诗歌的欲望。需要一些词语来慰藉。吉狄马加的父亲去世时，他不再是一个孩子。然而，仍然是他从前曾经是的那个孩子在那里写下这首诗，而我在这里读它，在我房间的窗前，这《迟到的挽歌》，正如吉狄马加所说，祈祷着现在被倾听。我们就像始终是两个孩子，他们互相理解，超越了语言和边境的限制。

在这首挽歌中，一些诗句的片段，我是凭着本能感知的。一些音乐的片段，我们可以无限重复，为了更好地品味它们的回声。

一片鹰的羽毛覆盖了时间

爬上那些悲戚的陡坡

不是所有的路都可以走

可以死于七曜日的玩笑

只有三岁的孩子能短暂地看见

倾听风的诉说

重启星辰诺言

抗拒肉体的胆怯

不是死者再听不见大家的声音，相信你还在！

我引用一些片段，并单独挑出这句诗。它滋润我，慰藉我，它在两个世界之间竖起一架梯子，这两个世界有时擦拭手掌，温暖我们，通过一首诗，通过这首长诗，它在门前倾听。在地平线上创造一条裂缝，凭着语言的神秘。

在这首长诗中，吉狄马加需要很多词语，同他的父亲告别，同他的父亲的父亲告别，依此类推，直到祖先——那个将要诞生的孩子。

很多词语，仿佛吉狄马加对他的父亲说了又说，以他的母亲的名义，以他的兄弟的名义，以他的姊妹的名义，以他的人民的名义；很多词语，也许只为了对他说出一句话：父亲，你不会被遗忘！只要这首诗存在，你就一直活着。

他把这首长诗放置在天空之下，被它的读者读到，所有这些读者，不同的语言的读者，尽管吉狄马加不懂这些外语。就像一个圣灵降临节始终穿越那永远连结我们的东西，生/死这一绝对的神秘，它们同在。为了感谢这首《迟到的挽歌》，我写下另外两句诗，同吉狄马加一起来叩响另一个世界的门：

死亡经过我们的生命
就像这个旅行者

赋予我们的房屋以意义

2020年秋于布列塔尼

〈作者简介〉

伊冯·勒芒 （Yvon Le Men），法国著名诗人。1953年生于布列塔尼地区。自1974年出版第一本诗集《生命》后，他便成为一个全职诗人。他在小城拉尼翁发起了“诗歌的时光”诗歌交流活动，邀请了众多国际知名诗人。迄今他已出版数十部诗集、访谈、小说、唱片和童话作品，他的诗歌单纯、朴素、真挚、撼动人心。他多次获得诗歌奖项，包括“戈蒂埃诗歌奖”。程抱一这样夸赞他：“在所有法国诗人中，勒芒是最富于中国诗味的。”2019年他获得龚古尔诗歌奖。

吉狄马加《迟到的挽歌》随感分享

◇［保加利亚］兹德拉芙卡·叶夫季莫娃　胡　伟　译

吉狄马加的诗《迟到的挽歌》是一个令人赞叹的诗意概念，映照出彝族人民的精神演变和哲学财富。我读过这首诗后，感觉好像生活在那“黑色变成岩石”的雄伟的群山上，同彝人一起攀上“那些悲戚的陡坡”。最重要的是，读了《迟到的挽歌》，我发现彝族人民在对于荣誉和尊严、对于英雄的热爱上那种轻描淡写同我自己靠得那么近，以至于我确信吉狄马加证明了一点：一位优秀诗人所创造的诗歌是人类心灵间最短的距离。

我的观点是，《迟到的挽歌》是国家和人民间的一座精神桥梁，横在我们——保加利亚人和彝族人民之间。

我感觉彝族的勇士们好像我的兄弟，我能够懂得他们是如何珍视生活的丰富性，我钦佩他们对于生命、死亡和英雄主义间的联系的理解。“这是千百年来男人的死亡方式，并没有改变/渴望不要死于苟且。”这不是一个男人一生的智慧；这是彝人对于时间、历史和男人的尊严的丰富理解。这首诗让我想到，曾生活在人类的黎明中的彝族的男人、女人和孩子，已经将他们的勇气、荣誉和坚强意志传递给了后代，那些后代的彝人将继续生活直到永远。代际间强大的联系是至关重要的：

你的胆识和勇敢穿越了瞄准的地带
祖先的护佑一直钟情眷顾于你。

令这首诗如此有力的是具体细节的微妙融合、上佳的比喻（马鞍留下的印记；肉体的锁链；死神已经举起了独有的旗帜；混乱的星座移动于不可解的词语之间，没有人不是孤儿，还有许多其他的比喻）和对于人类思想感情的洞见。这种弹性的合金是基础，吉狄马加在上面建立起哲学内容的坚固结构，那种令他的诗歌如此过目难忘的生活哲学。

具体的形象引发了诗意的氛围，关于人类本质和生命的深刻的哲学结论从中诞生：“每一个民族都有/自己的英雄时代，这只是时间上的差别。众神走过天庭和群山的时候，拒绝踏入/欲望与暴戾的疆域。死亡的通知常常要比胜利的/捷报传得更快。”在我看来，《迟到的挽歌》这首诗最重要的成就在于，吉狄马加通过他对诗歌的精通和鲜明的风格，以准确和诚实的方式，呈现出了彝族人民思考和生活的样子，而我们，这些读者，对这些骄傲而坚韧的男人女人们感到了深深的尊敬。

我想要带我在索非亚大学的学生去吉狄马加在《迟到的挽歌》中描写的那些地方：那些教会你强壮、大胆和诚实的群山。我想让我的学生去见吉狄马加，一位伟大的诗人，一个智慧而庄重的人，一个诗歌宇宙的建造者，在这个宇宙里“我们创造了自我的节日，唯有在失重时/我们才会发现生命之花的存在，也才可能/在短暂借用的时针上，一次次拒绝死亡”。

2020年10月于保加利亚

火焰之诗

◇［法国］塞尔日·佩里　树　才　译

我读到吉狄马加这首诗时，中国正是中秋节，因此月亮引领了我这篇文章。对一位努力在男人和事件中间寻求感应的诗人来说，这真是一种缘分。确实，这首诗写到的，就是死于1987年12月25日的一个男人，那一天对我们西方人来说，就是冬至。因此，在圆满的月亮和继续发光的太阳之间，这篇文章是在这些星球的照看之下写成的。

吉狄马加的《迟到的挽歌》，是一首祭祀之诗。变成了叙事的真实之诗。讲述死亡的语言，同时叙说了一个爱的仪式，一个备受尊敬的生命的火葬仪式，他是作者的父亲，他度过一生如同一首诗。

一首诗是一种祭祀行为，它是言语的典礼，也是语言的仪式……它是通过词语所发生的神圣的时刻。我只能想象，那座九层松木塔是用动词做成的一个长句。

在诗中，吉狄马加向我们讲述了一种对生死的超越。尤其是，一种万物有灵的整体观，我认为，它就是遇见生命的艺术，让生命甚至在死亡中也会说话的艺术。

吉狄马加是伟大的彝民族的诗人。就像一个元音的喀喀声。

吉狄马加父亲的火葬是一个诗性的典礼。透过这种仪式，是整个人类被邀请到松木塔的周围。就像在吞噬英雄遗体的火焰面前，我们听见了古老祖先的神话之根。

因此，我们的古老祖先一直在中国活着。诗就是这座炫目的九层松塔。把火引到父亲吉狄·佐卓·伍合略且的身上时，世界之诗被唤醒。吉狄马加为我们描述了一首行动之诗。为了读懂这首诗，因此需要闭上眼睛，倾听高山的歌声。

这首诗叙述一位受人尊敬的父亲之死，它是对重生的一种赞颂。但它也是一种隐喻，对立之物在其中相遇，并在升向天空的烟雾中得以超越。

这首诗是火焰，它滋养死亡的大火。诗歌只告诉我们：我们是火焰，我们终将归于火焰。

吉狄马加的诗，让我们听见他父亲的呼吸，这声音从未止息。这场同一位彝人之死的对话，也是同生命的对话。是他的诗在为全世界吟唱这场对话。

2020年10月7日于图卢兹—巴黎

〈作者简介〉

塞尔日·佩里，法国当代著名诗人。1950年生于图卢兹。母亲是一位裁缝，父亲是西班牙内战时期的一位政治难民。童年时，他就喜欢上了西班牙和法国诗歌。洛尔迦、聂鲁达、维庸、兰波等诗人的诗作，他从小就会背诵。他同诗人马查多的联系就更加紧密。他是一位行动诗人，也搞抽象艺术，还写小说，对诗歌进行哲学思考。在法国和其他国家，他已出版一百多部著作。他发明了一种“棍诗”，把诗作写在一条条手臂大小的树干或枝条上，显得既朴素又神秘。首都师范大学中国诗歌研究中心收藏了他当年赠予的一根“诗棍”。2001年获伊凡·戈尔诗歌奖。2017年获阿波利奈尔诗歌奖。

吉狄马加《迟到的挽歌》中的诗意地方

◇ ［墨西哥］古斯塔沃·奥索瑞奥　胡　伟　译

吉狄马加的诗《迟到的挽歌》，是一处诗意的地方。我这样说是因为在我看来，在这首诗之内并由它本身，以独特的分量、形象、在场和缺席，建起了一个充满象征和意蕴的特殊空间；一个奇异和惹人注目的空间，一个轮廓分明的空间但绝不依靠我们习以为常的标志物，远离基本点，也远远离开引证，从近到远，这个空间是这首诗本身变成的一个地方。这个特殊地方的建筑始自下面的诗句：

当摇篮的幻影从天空坠落
一片鹰的羽毛覆盖了时间，此刻你的思想
渐渐地变白，以从未体验过的抽空蜉蝣于
群山和河流之上。

在群山和河流之上，开发出一片远离时间的独特风景——被偷走的时间——抒情的声音以在微观与宏观之间创造了深刻联系的、强有力的句子开启了他的诗篇：一只鹰的羽毛覆盖了所有的时间。这些全部都发生在将时间理解为空间的一种后果之上：在彝文化里有一个极为有趣的想象形式，岁月的流逝是由太阳经过群山的次数来衡量的，也就是，将时间在世界上的物质性考虑进去。

美籍华裔地理学家段义孚，在他的专著《空间与地方》（1977）中认为，当空间通过感官知觉被转换——眼睛、耳朵和触摸——它就会变成一处地方，一种特殊的建筑，不仅仅是在世界上占据一个位置，还可以解释为一种内含意蕴的空间体验。从这个意义上讲，地方是空间的代表和客观建筑：在吉狄马加的诗中，可以发现诗意的地方既表示在诗里又被诗本身修建和筑造。因而这首诗为读者创造了一个极为独特的体验：它把读者带得非常远，越过吉勒布特和日都列萨，经过山峰与河流，在另一个无数时间涌现的时间里，在一个文化的地方和诗意的所在。

第一个例子，我们可以提及这些诗中主要通过空间的隐喻化而建筑的地方。在这个意义上，我们可以回想起亨利·马勒蒂内在文章《空间与诗歌》中的话：

“诗歌的词语将空间有机地连贯成一块向那个地方开放的领域，穿过并超越任何一个地方。它来自地址不详之处，‘唯一毫无错讹的才华’，来自永不止息的开放，没有这种开放一切都不会发生。像存在一样似是而非、除了这种佯谬以外没有组织结构的诗歌，它找到了原型。”

于是，我们可以分辨出马勒蒂内所讲的这种原型的基础，正如《迟到的挽歌》诗中所言：

不要走错了地方，不是所有的路都可以走
必须要提醒你，那是因为打开的偶像不会被星星照亮，
只有属于你的路，才能看见天空上时隐时现的
马鞍留下的印记。听不见的词语命令虚假的影子
在黄昏前吓唬宣示九个古彝文字母的睡眠。

这里我们可以发现，旅途通过空间发生、求索一处地方，那个命中注定独一无二、不可替代的地方。这个地方，这个由一个人自己的道路建筑的地方——这个人在马背上抵达此处——正是一处文化的地方，那里有九个彝族文字回响在旷野中。于是这个地方就可以理解为一种文化所占据的空间：一种母性的文化，一种可以通过认知我们人类自身环境中存在的东西来抵达的文化。同样地，这种文化把它的名字送给了这个地方，例如诗中的下面这一段：

这片彝语称为吉勒布特的土地
群山就是你唯一的摇篮和基座
当山里的布谷反复突厥地鸣叫
那裂口的时辰并非只发生在春天
当黑色变成岩石，公鸡在正午打鸣

日都列萨的天空落下了可怕的红雪
那是死神已经把独有的旗帜举过了头顶
据说哪怕世代的冤家在今天也不能发兵。

此处很明显，这首诗慢慢地建立起了具体的地方，并且还用一个具体的时间将它扎紧——就像扎紧马背上的鞍子似的。按照俄国理论家米哈伊尔·巴赫金的话来讲，这将是一个“时空体”，一个被强力弯折的时间和空间。在吉狄马加的诗中，吉勒布特是一个时空体，一个被语言建立的地方，语言通过它高大的群山、鸟儿的叫声、时光的流逝、红雪的飘落建起了它的山志学，这是一个死神的时间降临的地方。因而，他的诗找到了起源，一个同时间相连且同样独特的地方。在这个联合体内，你可以听见，比如说，风的故事：

那是你在达基沙洛的后山倾听风的诉说
听见了那遥远之地一只绵羊坠崖的声音

或者还是一个你能分辨出不仅在诗中建立起来，而且通过诗歌本身建立起来的空间的地方。从这个意义上讲，我们可以理解让·欧米努在“诗意空间的现象学”中关于构建“情感空间”的说法：

“‘有人居住’的空间是一种缓慢而有机的创造的结果（这就是为什么我们可以谈论扎根的原因）。你不可能被动地待在那里保持不变：我们所保持的流动的相容性——协调性——要求一种永久的生产活动或精神的创造。你在那里等待，在那里惧怕，在那里热爱，在那里记忆被唤起，焦虑或仇恨被突出。简单讲，诗意空间是一张创造存在的邀请函。”

在《迟到的挽歌》中，我们可以清楚并明确地看到存在是如何被构建的。例如下面的诗句：

只要群山亦复如是，鹰隼滑动光明的翅膀
勇士的马鞍还在等待，你就会成为不朽。

这种存在可以理解为主观性借助空间而占据优势。主观的永生在这首诗中被理解为空间本身的永生，因为主观、空间和时间是紧密联系的。因而，这是一个激发和动员了想象的空间，一个绘制了详尽地形图的地方，以及一个死亡不断遭受挑战的地方：

你在勇士的谱系中告诉他们，我是谁！在人性的
终结之地，你抗拒肉体的胆怯，渴望精神的永生。

然而，与此同时，这首诗还作为一个创造的空间出现。通过语言的特殊运用、彝文化的不断征引、一处充满独特想象的非凡空间的诗意而象征的创造，酝酿出了创造空间的基础。选择原始的空间并通过诗歌阐述它，这为我们提供了诗歌内在的历史性结构。诗歌主体于是变成它自己历史的承载者，因为它创造了自己在世界上的地方，也就是诗歌本身：

你在活着的时候就选择了自己火葬的地点
从那里可以遥遥看到通往兹兹普乌的方向

就在这个地方——在诗中——在这里你可以打败死亡。通过继承一种语言和一种文化、爱与亲情、音乐与风，这个地方可以被超越，正如它在诗歌本身被超越一样。这样，《迟到的挽歌》让我们不仅认可了一个地方—— 一个文化、语言、空间、诗歌的地方——而且穿过了这个地方抵达了别处，不同点就在于诗读到末尾的时候：

在这里你会相信部族的伟大，亡灵的忧伤
会变得幸福，你躺在亲情和爱编织的怀抱
每当哭诉的声音被划出伤口，看不见的血液
就会淌入空气的心脏，哦，琴弦又被折断！
不是死者再听不见大家的声音，相信你还在！

由于这个原因，我们也会想起空间隐喻化的观点。就像段义孚回想的那样，根据亚里士多德式的观点，这种隐喻暗示着“通向别处”，这个修辞技巧由此建立了一个“另外的空间”。吉狄马加的诗构建了另外的独特空间：挽歌跨越的文化空间，死亡挑战的精彩处所。简言之，一处人类与诗歌的地方。

墨西哥诗人和散文家奥克塔维奥·帕斯，在谈到诗歌中的空间时，说了如下的话：

“诗歌难道不是一个有少数标志像作为意义源泉的表意符号那样被投射其上的活跃空间吗？空间，投射，意符，这三个词暗指由展示一个接收并支撑一种书写的地方、一个此处所组成的行为：重组并寻求构成一种图案，一种意义的核心。当我把诗想象成活跃空间上符号的结构时，我想的不是书页：我想的是1938年一个夜晚看起来像一片火焰中的岛屿的亚速尔群岛，是阿富汗山谷里牧民黑色的帐篷，是悬停在一座睡眠中的城市上的蘑菇状降落伞，是一个城市院落里一个微小的红蚂蚁坑，是雨季过后印度湿漉漉的胸膛上繁衍铺排、消失又重现的月光。一群事物：表意符号。我想到一曲闻所未闻的音乐，送给眼睛的音乐，一曲见所未见的音乐。”

《迟到的挽歌》中的诗句里肯定有这种送给眼睛的音乐。举例来说，下列靠近诗歌末尾的诗意总结，在自我同文化地方的联系上，几乎呈现了无上的庄严：

哦，英雄！你已经被抬上了火葬地九层的松柴之上
最接近天堂的神山姆且勒赫是祖灵永久供奉的地方
这是即将跨入不朽的广场，只有火焰和太阳能为你咆哮

在这个意义上，这首诗建构了由高度和低凹、高高耸立的山峰和深不可测的黑暗所组成的自己的空间。这首诗是一波振荡、一段旅程；在它的末尾我们可以看见姆且勒赫的高度并凝视火焰的咆哮，而这首诗在即将结束时，提醒我们，这一切都是一首挽歌，诗永远在和语言的力量打交道：

那是母语的力量和秘密，唯有它的声音能让一个种族哭泣
那是人类父亲的传统，它应该穿过了黑暗简朴的空间

刚刚来到了这里，是你给我耳语说永生的计时已经开始
哦，我们的父亲！你是我们所能命名的全部意义的英雄
你呼吸过，你存在过，你悲伤过，你战斗过，你热爱过
你看见了吧，在那光明涌入的门口，是你穿着盛装的先辈
而我们给你的这场盛典已接近尾声，从此你在另一个世界。

哦，英雄！不是别人，是你的儿子为你点燃了最后的火焰。

因此，在语言力量里有在本身内部建造一处地方的可能性，就像吉狄马加在《迟到的挽歌》中所做的那样，因为我们前面是一处地方的基础：一处语言、文化、痛苦、高尚、传统、疏远、音乐、风、跨越、死亡、生活的地方，一个诗意的地方。

2020年10月于普埃布拉

〈作者简介〉

古斯塔沃·奥索瑞奥（Gustavo Osorio），1986年出生，墨西哥诗人、翻译家、文学评论家，是墨西哥新生代的重要诗人之一。现执教于墨西哥普埃布拉自治大学文学系，文学博士。2008年获得人文系诗歌奖。其作品曾被译成多种语言，有多种诗集和诗歌理论集在西语世界出版。曾译介保罗·穆顿、科瓦梅·道斯的诗歌至墨西哥。古斯塔沃还是两本墨西哥诗歌杂志编委会的重要成员。

吉狄马加：把握人类之根

◇［委内瑞拉］弗莱迪·纳涅兹　胡　伟　译

1. 诗歌、回忆与原宥

吉狄马加（1961年生于中国四川）以他今年11月（本文作于2020年——译者注）在第16届委内瑞拉国际书展上推出的作品《从雪豹到马雅可夫斯基》令委内瑞拉的读者为之惊叹。它已经宣告了一种声音能够在诗意的思考——典型的东方传统——与存在于西方现代诗中、更令人陶醉的精微表达的模糊边缘之间徐徐展开。结果无他，是一片没有罅隙或文化边界，而又不免有阴影和反差的诗意领土。不止于此：这些独特性使之成为一处具有和谐的间断面的景色。无须赘言，诗人吉狄马加来自超乎扁平的东方－西方二分法之上的另一特性。他诗中的少数民族根源持续不断地产生出种种邂逅，这些不期而遇超越了西方通常所设想的文化身份：自我专注、孤立和闭塞。恰恰相反，他的回归本源是一种横穿整体、以持久动作和诗意叙说的不确定性将它搜集起来的障眼法。吉狄马加从他彝族祖先的遗产中，坚信自己应当明确指出多样的存在而不是去否认它。诗篇从他引以为豪的祖国在统一中内含的多样性开始：

我的祖国　在神话中成长
那青铜的树叶
发出过千百次动人的声响
我的祖国　从来
就不属于一个民族
因为她有五十六个儿女
而我的民族　那五十六分之一

却永远属于我的祖国

毕竟，人类不是随意丢弃到这世界上的，总要出生在一定的地方，是本地的直觉知识为这段旅程赋予了意义。在读吉狄马加作品的时候，我深受鼓舞地说，每一段旅程都是一个人消散于无限中的预兆。每一个地方仿佛都被构建成一种语言，通过描述我们来展示不可名状的界限：只有了解了我们所有人，才能了解关闭和开启了千万部人类史诗的零点。在《从雪豹到马雅可夫斯基》的文本里，至少有一点是清楚的，只有朝着原宥了人类症候的源头才能开启这段旅程。一个人怎样才能向着原宥去旅行呢？如果我们同意回忆是那条道路，就没有理由怀疑诗歌是踏上旅途唯一可能的方式。

2. 从家乡到远方

本篇短文所讨论的两首诗，展现了吉狄马加的复调声音，发表在疫情肆虐全球的时候。《迟到的挽歌》与《裂开的星球》表现为彼此完全不同的两首诗，但又像同一处风景的拓扑学那样，被所有回忆和所有关于未来的概念都必然引发的自然脉冲清楚地表达。为了辨别它们，我只能仓促地将《迟到的挽歌》分类为关于家庭的诗，其中的对话是向内的，仅对缺失的事物作出沉思冥想式的呈现。至于《裂开的星球》，相比之下，它明晰的外向性使其成为一首城邦时代的诗，我的意思是：关于所有人的地方的诗。然而，那不是一个既存的城邦，可以在真实或想象的制图中找到：它是一篇为在生命受到威胁的地方紧急建立集体身份所作的宣言。如果是这样，我们的面前就再一次出现两条征途，通往相同的目的地：人类的本原。

3. 《迟到的挽歌》

吉狄马加通过《迟到的挽歌》让我们参与到一首当代的史诗里，没有忽略文体类型的叙事风格，其中的图景成功地超越并不时放射出一切历史的线性，保证它拥有更强大的韵律和富有表现力的可能性。我们知道，因为作者告诉我们说，这就是父辈的故事：一位离去的英雄，他的功绩长久地置于他对当今时代的忠贞之中。父亲在这里确证的是家族谱系的现在时：口述的时代，同梦想的时代和诠释的时代相同，都是瞬息之间。我们也知道，这种叙事隐藏着什么：生活的历险是每一位父亲留给儿子的遗产。这种循环的瞬间是这首诗里的典型主题，其中的含义正是重叠、反复和回归。新的东西总有过往：

你的身体已经朝左屈腿而睡
与你的祖先一样，古老的死亡吹响了返程
那是万物的牛角号，仍然是重复过的
成千上万次，只是这一次更像是晨曲。

这首诗是这样开始的：湿润而壮丽，充满生气勃勃、直刺耳膜的图景。它们是词语吗？不完全是，或者至少应当说比词语更多。这首诗就像梦幻的耳语，建立了私密的氛围，升起尘世家园的高墙，并且一点点地，用黑暗去填充它，这黑暗令它更加切近。我们说过，这首诗是关于家园的诗，就是说，关于父亲，关于让这首诗不再持续、而是休眠在它清晰而坚定地献出的证词中的祖先们中：

那是你匆促踏着神界和人界的脚步

吉狄马加《迟到的挽歌》代表了一种方向的转变，甚至是精神上的拨乱反正，由此坦承自身的不合时宜。我愿意将这首诗当作一种现代人的隐喻来读，一个惯于离家出走而奔向未来的现代人，对于不再拥有任何传统或起源已经习以为常。吉狄马加似乎在坚定地说，我们都曾有过辉煌的成就，而他对风俗和他祖先神秘的密码的致敬也是一封请柬，邀请现代性栖居下来，从自身古老的存在中重新发现自己。诗歌，在任何语言里，都只在说一件事：人类远比自己所记得的更古老，用吉狄马加的话来说，“光是唯一的使者”。这首有力的挽歌将多情的怀旧诗同叙事的推动力相结合，挖掘出一个时代和经口口相传得以保留的祖先的风貌。千年和沸腾的回忆似乎提升了吉狄马加的词语，这些词语有时似乎会停步，有时则会得到激发，这取决于他用自己的笔触描绘的面孔。让我们读一下：

那是你的铠甲，除了你还有谁
敢来认领，荣誉和呐喊曾让猛兽陷落
所有的耳朵都知道你回来了，不是黎明的风
送来的消息，那是祖屋里挂在墙上的铠甲
发出了异常的响动
唯有死亡的秘密会持续。

祖先生气勃勃的到访不过是吹动物体的轻风。无须更多的东西。在家园的寂静中，在回忆的暂停里，神圣是简朴的，简朴是巨大的，而唯一有价值的美德是懂得如何聆听这简朴。看起来这也是这首诗要求我们完成的仪轨：倾听运动的根系闪光的所在，那种植物性的永久。

虽然你穿着出行的盛装，但当你开始迅跑
那双赤脚仍然充满了野性强大的力量。

发生在这首诗里的是一处仍然拥有魔力的真实村庄的场景，它的脚并没有离开土地，没有从它的灵魂中吓走众神。彝族源自中国西部的古羌人，遍及云南、四川、贵州和广西等省、自治区，将他们的出生之地完好地保留在语言中。语言是充满活力的反抗因素，在吉狄马加的诗学中，它作为一种演化不时让人们想起沃尔特·惠特曼的泛神论和聂鲁达《漫歌》中英雄主义的、有泥土气息的形象。吉狄马加点亮了他部落的火光，将我们聚集在他身边来审视我们自己的火焰。吉狄马加的故乡是第一个人的故乡。这样的片断用任何语言都可以读懂，你可以找到相似的神话，因为古人似乎都听见过相同的诗的耳语：

那是你与语言邂逅拥抱火的传统的第一次
从德古那里学到了格言和观察日月的知识
当马布霍克的獐子传递着缠绵的求偶之声
这古老的声音远远超过人类所熟知的历史

像彝族这样的民族——这里我还想到了居住在委内瑞拉格兰萨瓦纳的佩蒙人——所保留的，是梦想与现实间隐含的完整性。为了这个缘故，他们的名字和他们同词语的关系对我而言都是同源的。在词语中有一段自我缀合的命运，一个相应运动的宇宙：

哦，英雄！我把你的名字隐匿于光中
你的一生将在垂直的晦暗里重现消失

而后，在同自己的会面结束之前，他宣布：

让兄弟姐妹立于疾风暴雨，见证了希望
也看见了眼泪，肉体和心灵承担天石的重负
你的赤脚熟悉荆棘，但火焰的伤痛谁又知晓
无论混乱的星座怎样移动于不可解的词语之间
对事物的解释和弃绝，都证明你从来就是彝人。

这是一个重生的自我认知的谱系。这首挽歌既为了生者，也为了休憩在人类之根的逝者而作。

4. 《裂开的星球》

诗人的家位于这个世界上，世界有多大，他的住所就有多大，而他的社会角色是让世界一直宽广无边：远离企图皱缩它、量化它、归类它并且核实它的材质的数字和理由。从苏格拉底开始，在西方传统里，诗歌反抗精确科学的斗争导致了对诗歌的放逐。远早于《理想国》中著名的柏拉图式谴责之前，一切都始于巴门尼德的被遗忘。诗人失去了城市，却获得了传播他使命的道路：保护词语的混沌众神的基因。这与中国的情形不同，举例来说，在那里诗人和艺术家在漫长的时间里都曾出任过统治者。当定义吉狄马加第二首诗的时候，我们提到的城邦，对于中国诗人而言是一个怪异的区域。唐朝将治国提升至美学层面，美学不只是一种治国类型，还成为一种诗歌本体论。存在即意料之外的发生。当代中国诗歌似乎同样在无法控制而友善的道家，与立足俗世秩序的儒家之间找到了交点。吉狄马加，一位玄学诗人，深知理政的艺术，因为他本人曾经负责行政工作，并积极参与国内外的作家活动。今天，唐朝继续从世界上浩浩洪流中一切犹存的和已逝的事物的感伤里，以及世界仍是人类秩序意义上的世界的忧虑中，向我们诉说。于是中国诗人笔下的城市、公众，都超越了政府事务却又没有全然逃避它们。诗人们用这种方式，在人类灵魂中实现了一种平衡的功能，而没有让人们同政治纽带拉开距离。天空与大地之间的事务召唤着吉狄马加，让他超脱家庭的私密、个人的历史，甚至超脱他本民族的范畴而趋向一种纯粹的人类身份。这同西方散布的普世主义、组成宇宙的世界多样性的破坏毫不相干。在《裂开的星球》里，吉狄马加超越了国界和文化成见，告知人类一桩紧急的要务：生存受到威胁。

让我们再次明确一下：如果《迟到的挽歌》是从本原角度写下的史诗，那么《裂开的星球》便是在垂死的世界文明的晨曦中升起的一篇宣言。它是对于处在多样性当中的人类的紧急呼叫，呼吁建立新的共同体。这首诗本质上是一次集体行动，哪怕它的目的与我们早已指明的别无二致：让世界继续广大无垠。这意味着依旧适于一切现存的东西栖居，不是作为本质而是作为力量。权威的唯美主义者纠缠不休的所谓政治诗并不存在，存在的是诗歌的政治特性，后者不过是诗歌创造新的真理从而创造出新的世界的能力罢了。这首诗在将特异化为普通、将普通变成欣然接受的意义上，是共产主义的一种尝试。我们已经说过，吉狄马加来自一个让他介入群体现实——他的冲突事项——并产生政治自觉的诗歌传统，这种自觉就是：高度的集体化。如果这首诗出现在一种语言里，它不会与世隔绝，而是让这种语言同其他语言更接近，最终的结果，是同它自身的使用者更近。吉狄马加质疑的城邦，是加拿大理论家马歇尔·麦克卢汉提出的这个“地球村”：技术上紧密相连、同时又在某种缥缈的普世性幻象中脱节并截肢的世界。对于吉狄马加来说，真实而必要的联系是在星球自觉的层面，这意味着很多：一种属于一切在这伟大的、已经开口说“够了”的自然体系里出生和逝去的万物的意义。《裂开的星球》的生态学特点，始于它用所有的表达来谴责被腐蚀生命的自负所毒化的人性。新型冠状病毒肺炎的大流行不言自明地标出了这首诗的韵律，这首诗是面对芸芸众生的灵魂的一次演说。无形的病毒，按西方的人类中心说的傲慢标尺来讲是细微而原始的，它对万兽的君主、火焰与数字的驯兽师、自我中心的故事讲述者将了一军。吉狄马加不需要直白地言说，他讲的比喻只为了那些仍然还有耳朵、还能够变换自己心跳的人。我们的诗人的信念在他们身上，为了他们，他写下这首博学而简约的诗歌。让我们读一读这篇宣言的一些片段：

尽管荷马吟唱过的大海还在涌动着蓝色的液体，海豹的眼睛里落满了宇宙的讯息。

这或许不是最后的审判，但碗状的苍穹还是在独角兽出现之前覆盖了人类的头顶。

《裂开的星球》，从它明显有《启示录》风格的题目上看，它追求的是激怒沉睡的灵魂，刺痛懒散的生命，通过它的美丽唤起那些战斗的、愿意活得彻底的人们。它不是一首悲观的诗；唯一的悲观场景是人类的沉默，这种沉默被诗意文笔富于表现性、震撼人心的力量所打败：

天空的沉默回答了一切。

吉狄马加是一个在家园寻找父亲的儿子，但在城市里他又是一位父亲，提醒我们，为了诞生我们需要比看见生命做得更多：诞生是用凝望、用词语、用行动去创造生活，同我们之前的人们一起，为了那些尚未出生的人们。诸如种族主义、法西斯主义、种族灭绝、种族文化灭绝、生态灭绝、不公不义等问题，一言以蔽之，要正视而不要逃避。在世界尽头，委婉语让大多数人的哭喊归于静默。诗人必须摆脱力量的逻辑所统治的语法，摆脱将注意力从矛盾上转移、为野蛮行径涂脂抹粉的矫揉造作的艺术虚辞。这就是为什么他要像戈雅一样呼喊并描绘的原因：

这是一场古老漫长的战争，说它漫长

那是因为你的对手已经埋伏了千万年
在灾难的历史上你们曾经无数次地相遇
戈雅就用画笔记录过比死亡本身更
触目惊心的、由死亡所透漫出来的气息

正如我们在这一段里所看到的那样，我相信这是一种自觉的意志，作家、革命者和艺术家们的名字涌现出来构成了他的理想群体：当代的勇士们，被城邦放逐的诗人们，被学院排斥的思想者们，冲破文化的教规、敢于说出丑实为美而美实为丑的艺术家们。一个派别，一位熟练却又是未来主义的、冒险而审慎的自由论者。吉狄马加关于普遍艺术史的知识——这里我想起了他收录在《雪域雄鹰》里的、写给费德里科·加西亚·洛尔迦的优美诗句——展现出一种优秀的敏锐。他个人的万神殿由所有最崇高的灵魂组成，它们曾路过这个世界并提醒人类，人虚幻而脆弱，仿佛生态系统里最渺小的昆虫：

我们是虚弱的，肉眼无法看见的微生物
也许就会让我们败于一场输不起的隐形的战争
从生物种群的意义而言，人类永远只是其中的一种
我们没有权利无休止地剥夺这个地球
……
哦，人类！这是消毒水流动国界的时候
……
这是大地、海洋和天空致敬生命的时候
……
这是人性的光辉和黑暗狭路相逢的时候
这是相信对方或质疑对手最艰难的时候
这是语言给人以希望又挑起仇恨的时候

这首诗的高潮让我想起1822年，解放者西蒙·玻利瓦尔赢得博亚卡大捷并解放了厄瓜多尔之后，在《我在钦博拉索山前的狂想》中所写下的那种明显的

调子，一种呐喊，同吉狄马加的呐喊相似，在广袤宇宙的伟大面前呼吁人类的谦逊。无怪乎美洲的安第斯诗人，例如塞萨尔·巴列霍，会同他邂逅，同他一起寻求没有委琐偏狭和自怜自哀的生活：

我精神上真正的兄弟，世界的塞萨尔·巴列霍，
你不是为一个人写诗，而是为一个种族在歌唱。
让一只公鸡在你语言的嗉子里吹响脊柱横笛，
让每一个时代的穷人都能在入睡前吃饱，而不是
在梦境中才能看见白色的牛奶和刚刚出炉的面包。
哦，同志！你羊驼一般质朴的温暖来自灵魂，
这里没有诀窍，你的词根是206块发白的骨头。

葛兰西、马克思、本杰明、聂鲁达、帕索里尼，同样加入了他的人类意义的统一战线，并不是作为人，而是作为将现代人从致幻剂导致的昏睡中惊醒这一漫长任务里的朋友和同事。吉狄马加没有放低他的调子，他好像在每一节诗里都喊着"失眠"！一篇诗体的宣言，一篇反对愚昧的演讲，一首关于伤害良知的行为以及适用于今天移动着这个星球的缰绳的死亡政治的道德诗。如果再也没有人听，如果我们都过分满足于那些主宰我们死亡方式的人，那么城邦的诗人、大地的诗人，就会寻求天堂中的、彝族创世女神的耳朵：

哦，女神普嫫列依！请把你缝制头盖的针借给我
还有你手中那团白色的羊毛线，因为我要缝合
我们已经裂开的星球。

这首诗的否定性是吉狄马加在道德方面所建立起的巨大的赞成的前奏。如果城邦屈服了，那是因为在这之前我们每个人都屈服了。因为以前缓慢损失的只会一下子丢光。一篇反对强权的宣言同样是一个人力量的体现：

如果可能，在他们醒来时盗走政客的名字

不能给撒谎者昨天的时间

……

让听不懂的语言在联合国致辞

……

让尚未出生的

与今天和解

让所有的生命因为快乐都能跳到半空

……

让大家争取日照的时间更长，而不是将黑暗奉送给对方

任何这样讲的人都已经离开了他的家园、他的孤独、他的避难所，用家园、孤独和公共的避难所——也就是这个已经一无所有的世界——来折磨他自己。他能够滔滔不绝地谈论同时又被打断。吉狄马加又一次在迷失的人群面前剖析自己。然而，他的声音，听起来像一种回声，一个证明着他对于人类不可思议的爱的灵魂：

据说诗人有预言的秉性

但我不会去预言，因为浩瀚的大海没有给天空

留下痕迹

世界上的诗人有一种合乎道德规范的仪态，但这是孤寂的、个体的仪态吗？吉狄马加的道德准则是大家团结如一人，是把自己奉献给他人。他者的问题又一次在他的诗里从似是而非中，而不是从矛盾中得到了解决。让我们来读一下这动人的结尾：

是的！无论会发生什么，我都会执着而坚定地相信——

太阳还会在明天升起，黎明的曙光依然如同爱人的眼睛

真正的诗人能在一切事物中感受到极度的痛苦和快乐，感受到诗。

5. 像雪与火

我们的故事，关于读者和诗人的故事，没有开端也没有结束。在我们的现场没有名字的是世界的光谱。对于吉狄马加而言，对立的地方（家园与城邦、祖国与人类）只能理解为一种表现物，一种古老的舞蹈——像雪与火那样——其神秘的意志是让你的故乡更加宽广、更加未知。从冰与火的相遇产生出让世界宜居的河流。这难道不是诗人普遍的工作吗？他的工作是将相反的东西带到一起来。任何人在母语里写下或发明出河流，都会让零散的人类乡村变得可以通行。他写下一首关于整体的诗，将他的历程、他的身份和民族都纳入思考。正如华莱士·史蒂文斯所说：每一位诗人必须好好做一名村民。让我们赞美吉狄马加的词语和他的存在吧。

〈作者简介〉

弗莱迪·纳涅兹（Freddy Ñáñez），诗人，散文家和编辑，现任委内瑞拉玻利瓦尔共和国副总统、国家新闻传播旅游部长兼国家电视台台长。出版诗集《所有的瞬间》《低调》《所有事物的名称》，出版选集《阴暗地下》《干旱明信片》和《转》。曾获得委内瑞拉国家图书奖、国家艺术与文学奖、胡安·贝罗斯国际诗歌奖。

附录

裂开的星球

——献给全人类和所有的生命

◇ 吉狄马加

是这个星球创造了我们
还是我们改变了这个星球?

哦，老虎！波浪起伏的铠甲
流淌着数字的光。唯一的意志。

就在此刻，它仍然在另一个维度的空间
以寂灭从容的步态踽踽独行。

那永不疲倦的行走，隐晦的火。
让旋转的能量成为齿轮，时间的
手柄，锤击着金黄皮毛的波浪。

老虎还在那里。从来没有离开我们。
在这星球的四个方位，脚趾踩踏着
即将消失的现在，眼球倒映创世的元素。
它并非只活在那部《查姆》[①]典籍中，
它的双眼一直在注视着善恶缠身的人类。

---

① 《查姆》：彝族古典创世史诗之一。

不是我们每一个人都有明确的罪行，当天空变低，鹰的飞翔再没有足够的高度。

天空一旦没有了标高，精神和价值注定就会从高处滑落。旁边是受伤的鹰翅。

当智者的语言被金钱和物质的双手弄脏，我在20年前就看见过一只鸟，从城市耸立的

黑色烟囱上坠地而亡，这是应该原谅那只鸟还是原谅我们呢？天空的沉默回答了一切。

任何预兆的传递据说都会用不同的方式，我们部族的毕摩[①]就曾经告诉过我。

这场战争终于还是爆发了，以肉眼看不见的方式。

哦！古老的冤家。是谁闯入了你的家园，用冒犯来比喻
似乎能减轻一点罪孽，但的确是人类惊醒了你数万年的睡眠。

从一个城市到另一个城市，从一个国家到另一个国家，
它跨过传统的边界，那里虽然有武装到牙齿的士兵，
它跨过有主权的领空，因为谁也无法阻挡自由的气流，
那些最先进的探测器也没有发现它诡异的行踪。

这是一场特殊的战争，是死亡的另一种隐喻。

它当然不需要护照，可以到任何一个想去的地方，

---

① 毕摩：彝族原始宗教中的祭司、文字传承者。

你看见那随季而飞的候鸟，崖壁上倒挂着的果蝠，
猩红色屁股追逐异性的猩猩，跨物种跳跃的虫族，
它们都会把生或死的骰子投向天堂和地狱的邮箱。

它到访过教堂、清真寺、道观、寺庙和世俗的学校，
还敲开了封闭的养老院以及戒备森严的监狱大门。
如果可能它将惊醒这个世界上所有的政府，死神的面具
将会把黑色的恐慌钉入空间。红色的矛将杀死黑色的盾。

当东方和西方再一次相遇在命运的出口
是走出绝境，还是自我毁灭？左手对右手的责怪，并不能
制造出一艘新的挪亚方舟，逃离这千年的困境。

孤独的星球还在旋转，但雪族十二子总会出现醒来的先知。
那是因为《勒俄》[①]告诉过我，所有的动物和植物都是兄弟。

尽管荷马吟唱过的大海还在涌动着蓝色的液体，海豹的眼睛里落满了宇宙的讯息。

这或许不是最后的审判，但碗状的苍穹还是在独角兽出现之前覆盖了人类的头顶。

这不是传统的战争，更不是一场核战争，因为核战争没有赢家。
居里夫人为一个政权仗义执言，直到今天也无法判断她的对错。
但她对核武器所下的结论，谢天谢地没有引来任何诽谤和争议。

这是曾经出现过的战争的重现，只是更加地危险可怕。
那是因为今天的地球村，人类手中握的是一把双刃剑。

---

① 《勒俄》：彝族古典史诗，流传于大小凉山彝族聚居区。

多么古老而又近在咫尺的战争，没有人能置身于外。
它侵袭过强大的王朝，改写过古代雅典帝国的历史。
在中世纪，它轻松地消灭了欧洲三分之一还多的人口。
它还是殖民者的帮凶，杀死过千百万的印第安土著。

这是一次属于全人类的抗战。不分地域。
如果让我选择，我会选择保护每一个生命，
而不是用抽象的政治去诠释所谓自由的含义。
我想阿多诺[①]和诗人卡德纳尔[②]都会赞成，因为即便
最卑微的生命任何时候都高于空洞的说教。

如果公众的安全是由每一个人去构筑，
那我会选择对集体的服从而不是对抗。
从武汉到罗马，从巴黎到伦敦，从马德里到纽约，
都能从每一家阳台上看见熟悉但并不相识的目光。

我尊重个人的权利，是基于尊重全部的人权，
如果个人的权利，可以无端地伤害大众的利益，
那我会毫不留情地从人权的法典中拿走这些词，
但请相信，我会终其一生去捍卫真正的人权，
而个体的权利更是需要保护的最神圣的部分。

在此时，人类只有携手合作
才能跨过这道最黑暗的峡谷。

---

① 阿多诺：西奥多·阿多诺（1903—1969），德国哲学家、社会学家。
② 卡德纳尔：埃内斯托·卡德纳尔（1925—2020），尼加拉瓜诗人、神甫、革命者。

哦，本雅明[①]的护照坏了，他呵着气在边境那头向我招手，
其实他不用通过托梦的方式告诉我，茨威格[②]为什么选择了自杀。

对人类的绝望从根本上讲是他相信邪恶已经占了上风而不可更改。

哦！幼发拉底河、恒河、密西西比河和黄河，
还有那些我没有一一报出名字的河流，
你们见证过人类漫长的生活与历史，能不能
告诉我，当你们咽下厄运的时候，又是如何
从嘴里吐出了生存的智慧和光滑古朴的石头？

当我看见但丁的意大利在地狱的门口掩面哭泣，
塞万提斯的子孙们在经历着又一次身心的伤痛。
人道的援助不管来自哪里，唉，都是一种美德。

打倒法西斯主义和种族主义在这个世纪的进攻。
陶里亚蒂[③]、帕索里尼[④]和葛兰西[⑤]在墓地挥舞红旗。

就在伊朗人民遭受着双重灾难的时候
那些施暴者，并没有真的想放过他们。
我怎么能在这样时候去阅读苏菲派神秘的诗歌，
我又怎么能不去为叙利亚战火中的孩子们悲戚？

那些在镜头前为选举而表演的人
只有谎言才让他们真的相信自己。

---

① 本雅明：瓦尔特·本雅明（1892—1940），德国哲学家、马克思主义文学理论批评家。1940年自杀。
② 茨威格：斯蒂芬·茨威格（1881—1942），奥地利小说家、剧作家。1942年2月自杀。
③ 陶里亚蒂：帕尔米罗·陶里亚蒂（1893—1964），意大利共产党创始人之一、国际共产主义者。
④ 帕索里尼：皮埃尔·保罗·帕索里尼（1922—1975），意大利共产党诗人、电影导演。
⑤ 葛兰西：安东尼奥·葛兰西（1891—1937），意大利共产党创始人、马克思主义理论家。

不是不相信那些宣言具有真理的逻辑，
而是要看他们对弱势者犯下了多少罪行。

此时我看见落日的沙漠上有一只山羊，
不知道是犹太人还是阿拉伯人丢失的。

毕阿什拉则[①]的火塘，世界的中心！
让我再回到你记忆中遗失的故乡，以那些最古老的植物的名义。

在遥远的墨西哥干燥缺水的高地
胡安·鲁尔福[②]还在那里为自己守灵，
这个沉默寡言的村长，为了不说话
竟然让鹦鹉变成了能言善辩的骗子。

我精神上真正的兄弟，世界的塞萨尔·巴列霍[③]，
你不是为一个人写诗，而是为一个种族在歌唱。
让一只公鸡在你语言的嗉子里吹响脊柱横笛，
让每一个时代的穷人都能在入睡前吃饱，而不是
在梦境中才能看见白色的牛奶和刚刚出炉的面包。
哦，同志！你羊驼一般质朴的温暖来自灵魂，
这里没有诀窍，你的词根是206块发白的骨头。

哦！文明与进步。发展或倒退。加法和减法。
——这是一个裂开的星球！

在这里货币和网络连接着所有的种族。巴西热带雨林

---

① 毕阿什拉则：彝族古代著名毕摩（祭司）、智者、文字传承者。
② 胡安·鲁尔福（1917—1986），墨西哥小说家、人类学家。
③ 塞萨尔·巴列霍（1892—1938），秘鲁印第安裔诗人、马克思主义者。

中最原始的部落也有人在手机上玩杀人游戏。

贝都因人在城市里构建想象的沙漠，再看不见触手可摘的星星。
乘夜色吉卜赛人躺在欧洲黑暗的中心，他们是白天的隐身人。

在这里人类成了万物的主宰，对蚂蚁的王国也开始了占领。
几内亚狒狒在交配时朝屏息窥视的人类龇牙咧嘴。

在这里智能工程，能让未来返回过去，还能让现在成为将来。
冰雪的火焰能点燃冬季的星空已经不是一个让人惊讶的事情。

在这里全世界的土著妇女不约而同地戴着被改装过的帽子，穿行于互联网的
迷宫。但她们面对陌生人微笑的时候，都还保持着用头巾半掩住嘴的习惯。

在这里一部分英国人为了脱欧开了一个玩笑，而另一部分人为了这个
不是玩笑的玩笑却付出了代价。这就如同啤酒的泡沫变成了微笑的眼泪。

在这里为了保护南极的冰川不被更快地融化，海豚以集体自杀的方式表达
抗议，拒绝了人类对冰川的访问。凡是人迹罕至的地方，杀戮就还没有开始。

在这里当极地的雪线上移的时候，湖泊的水鸟就会把水位上涨的消息
告诉思维油腻的官员。而此刻，鹰隼的眼泪就是天空的蛋。

在这里粮食的重量迎风而生，饥饿得到了缓解，马尔萨斯[①]在今天或许会

修正他的人口学说，不是道德家的人，并不影响他作为一个思想者的存在。

在这里羚羊还会穿过日光流泻的荒原，风的一丝震动就会让它竖起双耳，

死亡的距离有时候比想象要快。野牛无法听见蚊蝇在皮毛上开展的讨论。

在这里纽约的路灯朝右转的时候，玻利维亚的牧羊人却在瞬间

选择了向左的小道，因为右边是千仞绝壁令人胆寒的万丈深渊。

在这里俄罗斯人的白酒消费量依然是世界第一，但叶赛宁[②]诗歌中怀念

乡村的诗句，却会让另一个国度的人在酒后潸然泪下，哀声恸哭。

在这里阿桑奇[③]创建了“维基解密”。他在厄瓜多尔使馆的阳台上向世界挥手，

阿富汗贫民的死亡才在偶然间大白于天下。

在这里加泰罗尼亚人喜欢傍晚吃西班牙火腿，但他们并没有忘记

在吃火腿前去搞所谓的公投。安东尼奥·马查多[④]如果还活着，他会投给谁呢?

在这里他们要求爱尔兰共和军和巴斯克人放下手中武器，

---

① 马尔萨斯：托马斯·罗伯特·马尔萨斯（1766—1834），英国教士、人口学家、经济学家。
② 叶赛宁（1895—1925）：俄罗斯抒情诗人。1925 年 12 月自杀。
③ 阿桑奇：朱利安·阿桑奇（1971—），“维基解密”创始人。
④ 安东尼奥·马查多（1875—1939）：西班牙现代著名诗人、“九八年一代”主将。

却在另外的地方发表支持分裂主义的决议和声明。

在这里大部分美国人都以为他们的财富被装进了中国人的兜里。
摩西从山上带回的清规戒律，在基因分裂链的寓言中系统崩溃。

在这里格瓦拉和甘地被分别请进了各自的殿堂。
全球化这个词在安特卫普埃尔岑瓦德酒店的双人床上被千人重复。

在这里国际货币基金组织和世界银行的脚迹已经走到了基督不到的地方。

但那些背负着十字架行走在世界边缘的穷人，却始终坚信耶稣就是他们的邻居。

在这里社会主义关于劳工福利的部分思想被敌对阵营偷走。
财富穿越了所有的边界，可是苦难却降临在个体的头上。

在这里他们对外颠覆别人的国家，对内让移民充满恐惧。
这牢笼是如此的美妙，里佐斯[①]埋在监狱窗下的诗歌已经长成了树。

在这里电视让人目瞪口呆地直播了双子大楼被撞击坍塌的一幕。
诗歌在哥伦比亚成了政治对话的一种最为人道的方式。

在这里每天都有边缘的语言和生物被操控的力量悄然移除。
但从个人隐私而言，现在全球97.7‰的人都是被监视的裸体。

在这里马克思的思想还在变成具体的行动，但华尔街却更愿意与学术精英们合谋，

① 里佐斯：扬尼斯·里佐斯（1909—1990），现代希腊共产党诗人、左翼活动家。

把这个犹太人仅仅说成是某一个学术领域的领袖。

在这里有人想继续打开门，有人却想把已经打开的门关上。
一旦脚下唯一的土地离开了我们，距离就失去了意义。

在这里开门的人并不完全知道应该放什么进来，又应该把什么挡在门外。
一部分人在虚拟的空间中被剥夺了延伸疆界和赋予同一性的能力。

在这里主张关门的人并不担心自己的家有一天会成为牢笼。
但精神上的背井离乡者注定是被自由永久放逐的对象。

在这里骨骼已经成为一个整体，切割一只手还可以承受，
但要拦腰斩断就很难存活。上海的耳朵听见佛罗里达的脚趾在呻吟。

在这里南太平洋圣卢西亚的酒吧仍然在吹奏着萨克斯，打开的每一瓶可乐都能听见纽约股市所发出的惊喜或叹息。
网络的绑架和暴力是这个时代的第五纵队。哈贝马斯[①]偶然看到了真相。

在这里有人纵火焚烧5G的信号塔，无疑是中世纪愚昧的返祖现象。
澳大利亚的知更鸟虽然最晚才叫，但它的叫声充满了投机者的可疑。

在这里再没有宗教法庭处死伽利略，但有人还在以原教旨的命令杀死异教徒。
不是所谓的民主政治都宽容弱者，杰弗逊[②]就认为灭绝印第安人是文明

---

① 哈贝马斯：尤尔根·哈贝马斯（1929—），德国哲学家、当代西方马克思主义主要代表人物之一。
② 杰弗逊：托马斯·杰弗逊（1743—1826），美国第三任总统、美国独立宣言主要起草人。

的一大进步。

在这里穷人和富人的比例并没有根本的改变，但阶级的界限却被新自由主义抹杀。

当他们需要的时候，一个跨国的政府将会把对穷人的剥夺塑造成慈善行为。

在这里不是所有的国家都能生产一颗扣子，那是为了扣子能游到凡是有海水的地方。

所有争夺天下的变革者最初都是平等的，难怪临死的托洛茨基相信继续革命的理论。

在这里推倒了柏林墙，但为了隔离又构筑了更多的墙。墙更厚更高。

全景监狱让不透明的空间再次落入奥威尔[①]《1984》无法逃避的圈套。

在这里所谓有关自由和生活方式的争论肯定不是种族的差异。

因疫情带来的隔离、封城和紧急状态并非是为了暧昧的大多数。

哦！裂开的星球，你是不是看见了那黄金一般的老虎在转动你的身体，

看见了它们隐没于苍穹的黎明和黄昏，每一次呼吸都吹拂着时间之上那液态的光。

这是救赎自己的时候了，不能再有差错，因为失误将意味着最后的毁灭。

当灾难的信号从地球的四面八方发出
那艘神话中的方舟并没有真的出现
没有海啸覆盖一座又一座城市的情景

① 奥威尔：乔治·奥威尔（1903—1950），英国小说家、社会评论家，其名著为小说《1984》。

没有听见那来自天宇的恐怖声音
没有目睹核原子升起的蘑菇云的梦魇
没有一部分国家向另一部分国家正式宣战
它虽然不是20世纪两次世界大战的延续
但它造成的损失和巨大的灾难或许更大
这是一场古老漫长的战争，说它漫长
那是因为你的对手已经埋伏了千万年
在灾难的历史上你们曾经无数次地相遇
戈雅就用画笔记录过比死亡本身更
触目惊心的、由死亡所透漫出来的气息
可以肯定这又是人类跃入了险恶的区域
把一场本可以避免的灾难带到了全世界
此刻一场近距离的搏杀正在悲壮地展开
不分国度、不分种族、无论是贫穷还是富有
死神刚与我们擦肩而过，死神或许正把
一个强健的男人打倒，也可能就在这个瞬间
又摁倒了一个虚弱的妇女，被诅咒的死神
已经用看不见的暴力杀死了成千上万的人
其中有白人，有黑人，有黄种人，有孩子也有老人
如果要发出一份战争宣战书，哦！正在战斗的人们
我们将签写上这个共同的名字——全人类！

哦！当我们以从未有过的速度
踏入别的生物繁衍生息的禁地
在巴西砍伐亚马孙河两岸的原始森林
让大火的浓烟染黑了地球绿色的肺叶
人类为了所谓生存的每一次进军
都给自己的明天埋下了致命的隐患
在非洲对野生动物的疯狂猎杀

已让濒临灭绝的种类不断增加
当狮群的领地被压缩在一个可怜的区域
作为食物链最顶端的动物已经危机四伏
黄昏时它在原野上一声声地怒吼
表达了对无端入侵者的悲愤和抗议
在地球第三极的可可西里无人区
雪豹自由守望的家园也越来越小
那些曾经从不伤害人类的肉食者
因为食物的短缺开始进入了村庄
在东南亚原住民被城市化赶到了更远的地方
有一天他们的鸡大量神秘地腹泻而死
一个叫卡坦[①]的孩子的死亡吹响了不祥的叶笛
从刚果到马来西亚森林对野生动物的猎杀
无论离得多远，都能听见敲碎颅脑的声响
正是这种狩猎和屠宰的所谓终极亲密行为
并非上苍的旨意把这些微生物连接了起来
其实每一次灾难都告诉过我们
任何物种的存在都应充满敬畏
对最弱小的生物的侵扰和破坏
都会付出难以想象的沉重代价。

人类！你的创世之神给我们带来过奇迹
盘古开天辟地从泥土里走出了动物和人
在恒河的岸边是法力无边的大梵天[②]
创造了比天空中繁星还要多的万物

---

① 卡坦：卡坦·布马鲁，生于泰国西部，2004 年 1 月 5 日 6 岁时死于 H5N1 禽流感，是首批死于这种新型病毒的人类患者之一。
② 大梵天：印度教的创造之神，梵文字母的创制者。

在安第斯山上印第安创世主帕查卡马克[1]
带来了第一批人类和无数的飞禽走兽
在众神居住的圣殿英雄辈出的希腊
普罗米修斯赋予人和所见之物以生命
他还将自己鲜红的心脏作为牺牲的祭品
最终把火、智慧、知识和技艺带到了人间
还有神鹰的儿子我们彝人的支呷阿鲁[2]
他让祖先的影子恒久地浮现在群山之上
人类！从那以后你的文明史或许被中断过
但这种中断在时间长河里就是一个瞬间
从青铜时代穿越到蒸汽机在大地上的滚动
从镭的发现到核能为造福人类被广泛利用
从莱特兄弟[3]为自己插上翅膀，再到航天
飞机把人的梦想一次次送到遥远的空间站
计算机和生物工程跨越了世纪的门槛
我们欢呼看见了并非想象的宇宙的黑洞
互联网让我们开始重新认识这个世界
时间与阶级、移动与自由、自我与僭越、速度与分化
恐慌症与单一性、民族国家与全球图景、剥夺与主权
整合与瓜分、面包与圆珠笔、流浪者与乌托邦
预测悖论与风险计算、消除差异与命运的人质
正是因为这一切，我们才望着落日赞叹
只有渴望那旅途的精彩与随之可能置身的危险
才会有足够的理由相信明天的日出更加灿烂
但是人类，你绝不是真正的超人，虽然你已经

① 帕查卡马克：南美古印加人创世之神，被称作“制作大地者”。
② 支呷阿鲁：彝族神话史诗中的创世英雄。
③ 莱特兄弟：指美国飞机发明家威尔伯·莱特和奥维尔·莱特两兄弟，1903 年 12 月 17 日，他们完成了人类历史上第一架飞机的成功试飞。

足够强大，只要你无法改变你是这个星球的存在
你就会面临所有生物面临灾难的选择
这是创造之神规定的宿命，谁也无法轻易地更改
那只看不见的手，让生物构成了一个晶体的圆圈
任何贪婪的破坏者，都会陷入恐惧和灭顶之灾
所有的生命都可能携带置自己于死亡的杀手
而人类并不是纯粹的金属，也有最脆弱的地方
我们是强大的，强大到成了这个世界的主宰
我们是虚弱的，肉眼无法看见的微生物
也许就会让我们败于一场输不起的隐形的战争
从生物种群的意义而言，人类永远只是其中的一种
我们没有权利无休止地剥夺这个地球，除了基本的
生存需要，任何对别的生命的残杀都可视为犯罪
善待自然吧，善待与我们不同的生命，请记住！
善待它们就是善待我们自己，要么万劫不复。

哦，人类！这是消毒水流动国界的时候
这是旁观邻居下一刻就该轮到自己的时候
这是融化的时间与渴望的箭矢赛跑的时候
这是嘲笑别人而又无法独善其身的时候
这是狂热的冰雕刻那熊熊大火的时候
这是地球与人都同时戴上口罩的时候
这是天空的鹰与荒野的赤狐搏斗的时候
这是所有的大街和广场都默默无语的时候
这是孩子只能在窗户前想象大海的时候
这是白衣天使与死神都临近深渊的时候
这是孤单的老人将绝望一口吞食的时候
这是一个待在家里比外面更安全的时候
这是流浪者喉咙里伸出手最饥饿的时候

这是人道主义主张高于意识形态的时候
这是城市的部落被迫返回乡土的时候
这是大地、海洋和天空致敬生命的时候
这是被切开的血管里飞出鸽子的时候
这是意大利的泪水模糊中国眼睛的时候
这是伦敦的呻吟让西班牙吉他呜咽的时候
这是纽约的护士与上帝一起哭泣的时候
这是谎言和真相一同出没于网络的时候
这是甘地的人民让远方的麋鹿不安的时候
这是人性的光辉和黑暗狭路相逢的时候
这是相信对方或质疑对手最艰难的时候
这是语言给人以希望又挑起仇恨的时候
这是一部分人迷茫另一半也忧虑的时候
这是蓝鲸的呼吸吹动着和平的时候
这是星星代表亲人送别亡人的时候
这是一千个祭司诅咒一个影子的时候
这是陌生人的面部开始清晰的时候
这是同床异梦者梦见彼此的时候
这是貌合神离者开始冷战的时候
这是旧的即将解体新的还没有到来的时候
这是神枝昭示着不祥还是化险为夷的时候
这是黑色的石头隐匿白色意义的时候
这是诸神的羊群在等待摩西渡过红海的时候
这是牛角号被勇士吹得撕心裂肺的时候
这是鹰爪杯又一次被预言的诗人握住的时候
这是巴别塔废墟上人与万物力争和谈的时候
就是在这样一个时候，就是在这样的时候
哦，人类！只有一次机会，抓住马蹄铁。

是这个星球创造了我们
还是我们改变了这个星球？

当裂开的星球在意志的额头旋转轮子
所有的生命都在亘古不变的太阳下奔跑
创世之神的面具闪烁在无限的苍穹
那无处不在的光从天宇的子宫里往返
黑暗的清气如同液态孕育的另一个空间
那是我们的星球，唯一的蓝色
悬浮于想象之外的处女的橄榄
那是我们的星球，一滴不落的水
不可被随意命名的形而上的宝石
是一团创造者幻化的生死不灭的火焰
我们不用通灵，就是直到今天也能
从大地、海洋、森林和河流中找到
它的眼睛、骨头、皮毛和血脉的基因
那是我们的星球，是它孕育了所有的生命
无论是战争、瘟疫、灾难还是权力的更替
都没有停止过对生命的孕育和恩赐
当我们抚摸它的身体，纵然美丽依旧
但它的身上却能看到令人悲痛的伤痕
这是我们的星球，无论你是谁，属于哪个种族
也不论今天你生活在它身体的哪个部位
我们都应该为了它的活力和美丽聚集在一起
拯救这个星球与拯救生命从来就无法分开
哦，女神普嫫列依[①]！请把你缝制头盖的针借给我
还有你手中那团白色的羊毛线，因为我要缝合

① 普嫫列依：彝族创世神话中的女神之一，是创世英雄支呷阿鲁贞洁受孕的母亲。

我们已经裂开的星球。

裂开的星球！让我们从肋骨下面给你星期一
让他们减少碳排放，用巴黎气候大会的绿叶
遮住那个投反对票的鼻孔，让他的脸变成斗篷
让我们给饥饿者粮食，而不是只给他们数字
如果可能，在他们醒来时盗走政客的名字
不能给撒谎者昨天的时间，因为后天听众最多
我们弥合分歧，但不是把风马牛都整齐划一
当44隐于亮光之中，徒劳无功的板凳会哭闹
那是陆地上的水手，亚当·密茨凯维奇[①]的密钥
愿睡着的人丢失了一份工作，醒后有三份在等他
那些在街上的人知道，谁点燃了左边的房
右边的院子也不能幸免，绝望让路灯长出了驴唇
让昨天的动物猎手，成为今天的素食主义者
每一个童年的许诺，都能在母亲还在世时送到
让耶路撒冷的石头恢复未来的记忆，让同时
埋葬过犹太人和阿拉伯人先知的沙漠开花
愿终结就是开始，愿空荡的大海涌动孕期的色韵
让木碗找到干裂的嘴唇，让信仰选择自己的衣服
让听不懂的语言在联合国致辞，让听众欢呼成骆驼
让平等的手帕挂满这个世界的窗户，让稳定与逻辑反目
让一个人成为他们的自我，让自我的他们更喜欢一个人
让趋同让位于个性，让普遍成为平等，石缝填满的是诗
让岩石上的手摁住滑动的鱼，让庄家吐出多边形的规则
让红色覆盖蓝色，让蓝色的嘴巴在红色的脸上唱歌
让即将消亡的变成理性，让尚未出生的与今天和解

---

① 亚当·密茨凯维奇（1798—1855）：波兰诗人、革命家、波兰文学最重要的奠基人。

让所有的生命因为快乐都能跳到半空，下面是柔软的海绵。
这个星球是我们的星球，尽管它沉重犹如西西弗的石头
假如我们能避开引力站在苍穹之上，它更像儿童手里的气球
不是我们作为现象存在，就证明所有的人都学会了思考
这个时代给我们的疑问，过去的典籍没有，只能自己回答
给我们的时间已经不多，那是因为鼠目寸光者还在争吵
这不是一个糟糕的时代，因为此前的时代也并非就最好
因为我们无法想象过去最遥远的地方今天却成了故乡
这是货币的力量，这是市场的力量，这是另一种力量的力量
没有上和下，只有前和后，唯有现实本身能回答它的结果
这是巨大的转折，它比一个世纪要长，只能用千年来算
我们不可能再回到过去，因为过去的老屋已经面目全非
不能选择封闭，任何材料成为高墙，就只有隔离的含义
不能选择对抗，一旦偏见变成仇恨，就有可能你死我亡
不用去问那些古老的河流，它们的源头充满了史前的寂静
或许这就是最初的启示，和而不同的文明都是它的孩子
放弃3的分歧，尽可能在7中找到共识，不是以邻为壑
在方的内部，也许就存在着圆的可能，而不是先入为主
让诸位摒弃森林法则，这样应该更好，而不是自己为大
让大家争取日照的时间更长，而不是将黑暗奉送给对方
这一切！不是一个简单的方法，而是要让参与者知道
这个星球的未来不仅属于你和我，还属于所有的生命
我不知道明天会发生什么，据说诗人有预言的秉性
但我不会去预言，因为浩瀚的大海没有给天空留下痕迹
曾被我千百次赞颂过的光，此刻也正迈着凯旋的步伐
我不知道明天会发生什么，但我知道这个世界将被改变
是的！无论会发生什么，我都会执着而坚定地相信——
太阳还会在明天升起，黎明的曙光依然如同爱人的眼睛
温暖的风还会吹过大地的腹部，母亲和孩子还在那里嬉戏

大海的蓝色还会随梦一起升起，在子夜成为星辰的爱巢
劳动和创造还是人类获得幸福的主要方式，多数人都会同意
人类还会活着，善和恶都将随行，人与自身的斗争不会停止
时间的入口没有明显的提示，人类你要大胆而又加倍小心。

是这个星球创造了我们
还是我们改变了这个星球？

哦，老虎！波浪起伏的铠甲
流淌着数字的光。唯一的意志。

2020.4.5—4.16

迟到的挽歌

——献给我的父亲吉狄·佐卓·伍合略且

◇ 吉狄马加

当摇篮的幻影从天空坠落
一片鹰的羽毛覆盖了时间，此刻你的思想
渐渐地变白，以从未体验过的抽空蜉蝣于
群山和河流之上。

你的身体已经朝左屈腿而睡
与你的祖先一样，古老的死亡吹响了返程
那是万物的牛角号，仍然是重复过的
成千上万次，只是这一次更像是晨曲。

光是唯一的使者，那些道路再不通往
异地，只引导你的山羊爬上那些悲戚的陡坡
那些守卫恒久的刺猬，没有喊你的名字
但另一半丢失的自由却被惊恐洗劫
这是最后的接受，诸神与人将完成最后的仪式。

不要走错了地方，不是所有的路都可以走
必须要提醒你，那是因为打开的偶像不会被星星照亮，
只有属于你的路，才能看见天空上时隐时现的
马鞍留下的印记。听不见的词语命令虚假的影子
在黄昏前吓唬宣示九个古彝文字母的睡眠。

那是你的铠甲，除了你还有谁
敢来认领，荣誉和呐喊曾让猛兽陷落
所有的耳朵都知道你回来了，不是黎明的风
送来的消息，那是祖屋里挂在墙上的铠甲
发出了异常的响动
唯有死亡的秘密会持续。

那是你白银的冠冕，
镌刻在太阳瀑布的核心，
翅翼聆听定居的山峦
星座的沙漏被羊骨的炉膛遣返，
让你的陪伴者将烧红的卵石奉为神明
这是赤裸的疆域
所有的眼睛都看见了
那只鹰在苍穹的消失，不是名狗
克玛阿果[①]咬住了不祥的兽骨，而是
占卜者的鹰爪杯在山脊上落入谷底。

是你挣脱了肉体的锁链？
还是以勇士的名义报出了自己的族谱？

死亡的通知常常要比胜利的
捷报传得更快，也要更远。

这片彝语称为吉勒布特[②]的土地
群山就是你唯一的摇篮和基座

① 克玛阿果：彝族历史传说中一只名狗的名字。
② 吉勒布特：凉山彝族聚居区一地名，彝语意为刺猬出没的土地。

当山里的布谷反复地鸣叫
那裂口的时辰并非只发生在春天
当黑色变成岩石，公鸡在正午打鸣
日都列萨[1]的天空落下了可怕的红雪
那是死神已经把独有的旗帜举过了头顶
据说哪怕世代的冤家在今天也不能发兵。

这是千百年来男人的死亡方式，并没有改变
渴望不要死于苟且。山神巡视的阿布则洛[2]雪山
亲眼目睹过黑色乌鸦落满族人肩头如梦的场景
可以死于疾风中铁的较量，可以死于对荣誉的捍卫
可以死于命运多舛的无常，可以死于七曜日的玩笑
但不能死于耻辱的挑衅，唾沫会抹掉你的名誉。

死亡的方式有千百种，但光荣和羞耻只有两种
直到今天赫比施祖[3]的经文都还保留着智者和
贤人的名字，他的目光充盈并点亮了那条道路
尽管遗失的颂词将从褶皱中苏醒，那些闪光的牛颈
仍然会被耕作者询问，但脱粒之后的苦荞一定会在
最严酷的季节——养活一个民族的婴儿。

哦，归来者！当亡灵进入白色的国度
那空中的峭壁滑行于群山哀伤的胯骨
祖先的斧子掘出了人魂与鬼神的边界
吃一口赞词中的燕麦吧，它是虚无的秘籍

---

① 日都列萨：凉山彝族聚居区一地名，传说是彝族火把节的发源地。
② 阿布则洛：凉山彝族聚居区布拖县境内的一座神山。
③ 赫比施祖：凉山彝族历史上最著名的毕摩（祭司）之一。

石姆木哈[1]的巨石已被一匹哭泣的神马撬动。

那是你匆促踏着神界和人界的脚步
左耳的蜜蜡聚合光晕，胸带缀满贝壳
普嫫列依的羊群宁静如黄昏的一堆圆石
那是神赐予我们的果实，对还在分娩的人类
唯有对祖先的崇拜，才能让逝去的魂灵安息
虽然你穿着出行的盛装，但当你开始迅跑
那双赤脚仍然充满了野性强大的力量。

众神走过天庭和群山的时候，拒绝踏入
欲望与暴戾的疆域，只有三岁的孩子能
短暂地看见，他们粗糙的双脚也没有鞋。

哦，英雄！我把你的名字隐匿于光中
你的一生将在垂直的晦暗里重现消失
那是遥远的迟缓，被打开的门的吉尔[2]。

那是你婴儿的嘴里衔着母亲的乳房
女人的雏形，她的美重合了触及的
记忆，一根小手指拨动耳环的轮毂
美人中的美人，阿呷嫱嫫[3]真正的嫡亲
她来自抓住神牛之尾涉过江水的家族。

那是你的箭头，奔跑于伊姆则木[4]神山上的

---

① 石姆木哈：凉山彝族传说中亡灵的归属地，它的位置在天空和大地之间。
② 吉尔：彝语中的护身符，在凉山彝族，不同的家族中都有自己的吉尔。
③ 阿呷嫱嫫：彝族传说中一种鸟的名字，此鸟以脖颈细长灵动美丽而著称。
④ 伊姆则木：凉山彝族聚居区布拖县境内的一座神山。

羚羊的化身，你看见落叶松在冬日里嬉戏
追逐的猎物刻骨铭心，吞下了赭红的饥馑
回到幻想虫蛹的内部，童年咬噬着光的羽翼。

那是你攀爬上空无的天梯，在悬崖上取下蜂巢
每一个小伙伴都张大着嘴，闭合着满足的眼睛
唉，多么幸福！迎接那从天而降的金色的蜂蜜。

那是你在达基沙洛[①]的后山倾听风的诉说
听见了那遥远之地一只绵羊坠崖的声音
这是马嚼子的暗示，牧羊的孩子为了分享
一顿美餐，合谋把一只羊推下悬崖的木盘
谁能解释童年的秘密，人类总在故伎重演。

那是谁第一次偷窥了爱情给肉体的馈赠
知晓了月琴和竖笛宁愿死也要纯粹的可能
火把节是小裤脚[②]们重启星辰诺言的头巾和糖果
是眼睛与自由的节日，大地潮湿璀璨泛滥的床。
你在勇士的谱系中告诉他们，我是谁！在人性的
终结之地，你抗拒肉体的胆怯，渴望精神的永生。

在这儿父字连名指引你，长矛和盾牌给你嘴巴
不用发现真相，死亡树皮上的神祇被刻在右侧
如果不是地球的灰烬，那就该拥抱自由的意志
为赤可波西[③]喝彩！只有口弦才是诗人自己的语言
因为它的存在爱情维护了高贵、含蓄和羞涩。

---

① 达基沙洛：凉山彝族聚居区布拖县一地名，此地为诗人父亲出生的地方。
② 小裤脚：特指凉山彝族聚居地阿都方言区的彝人，因男人着裤上大下小而被形象地称为小裤脚。
③ 赤可波西：彝族历史上最著名的口弦（一种古老的以口腔进行共鸣的乐器）出产地。

那是你与语言邂逅拥抱火的传统的第一次
从德古[①]那里学到了格言和观察日月的知识
当马布霍克[②]的獐子传递着缠绵的求偶之声
这古老的声音远远超过人类所熟知的历史
你总会赶在黎明之光推开木门的那个片刻
将尔比[③]和克哲[④]溶于水，让一群黑羊和一群
白羊舔舐两片山坡之间充满了睡意的星团。

你在梦里接受了双舌羊约格哈加[⑤]的馈赠
那执念的叫声让一碗水重现了天象的外形。

你是闪电铜铃的兄弟，是神鹰琥珀的儿子
你是星座虎豹字母选择的世世代代的首领。

母性的针孔能目睹痛苦的构造
哦，众神！没有人不是孤儿
不是你亲眼看见过的，未必都是假的
但真的确实更少。每一个民族都有
自己的英雄时代，这只是时间上的差别。
你的胆识和勇敢穿越了瞄准的地带
祖先的护佑一直钟情眷顾于你。

那是浩大的喧嚣，据说在神界错杀了山神
也要所为者抵命，更何况人世血亲相连的手指

---

① 德古：彝族传统社会中的智者和贤达。
② 马布霍克：凉山彝族聚居区布拖县境内的一座神山。
③ 尔比：彝语的谚语和箴言。
④ 克哲：彝族中一种古老的说唱诗歌形式。
⑤ 约格哈加：彝族历史上一只著名的绵羊，以双舌著称，其鸣叫声能传到很远的地方。

杀牛给他！将他围成星座的
肚脐，为即将消失的生命哀号，
为最后的抵押救赎
那是习惯的法典，被继承的长柄镰刀
在鸦片的迷惑下，收割了兄长的白昼与夜晚
此刻唯有你知道，你能存活下来
是人和魔鬼都判定你的年龄还太小。

那是你爬在一株杨树，以愤怒的名义
射杀了一只威胁孕妇的花豹，它皮上留下
的空洞如同压缩的命运，为你预备了亡灵
的床单，或许就是灭焰者横陈大地的姿态
只要群山亦复如是，鹰隼滑动光明的翅膀
勇士的马鞍还在等待，你就会成为不朽。

并不是在繁星之夜你才意识到什么是死亡
而拒绝陈腐的恐惧，是因为对生的意义的渴望
你知道为此要猛烈地击打那隐蔽的，无名的暗夜
不是他者教会了我们在这片土地上游离的方式
是因为我们创造了自我的节日，唯有在失重时
我们才会发现生命之花的存在，也才可能
在短暂借用的时针上，一次次拒绝死亡。

如果不是哲克姆土[①]神山给了你神奇的力量
就不可能让一只牛角发出风暴一般的怒吼
你注视过星星和燕麦上犹如梦境一样的露珠
与生俱来的敏感，让你察觉到将要发生的一切

① 哲克姆土：凉山彝族聚居区布拖县境内的一座神山。

那是崇尚自由的天性总能深谙太阳与季节变化
最终选择了坚硬的石头，而不是轻飘飘的羽毛。

那是一个千年的秩序和伦理被改变的时候
每一个人都要经历生活与命运双重的磨砺
这不是局部在过往发生的一切，革命和战争
让兄弟姐妹立于疾风暴雨，见证了希望
也看见了眼泪，肉体和心灵承担天石的重负
你的赤脚熟悉荆棘，但火焰的伤痛谁又知晓
无论混乱的星座怎样移动于不可解的词语之间
对事物的解释和弃绝，都证明你从来就是彝人。

你靠着那土墙沉睡，抵抗了并非人的需要
重新焊接了现实，把爱给了女人和孩子
你是一颗自由的种子，你的马始终立于寂静
当夜色改动天空的轮廓，你的思绪自成一体
就是按照雄鹰和骏马的标准，你也是英雄
你用牙齿咬住了太阳，没有辜负灿烂的光明
你与酒神纠缠了一生，通过它倾诉另一个自己
不是你才这样，它创造过奇迹也毁灭过人生。

你在活着的时候就选择了自己火葬的地点
从那里可以遥遥看到通往兹兹普乌[①]的方向
你告诉长子，酒杯总会递到缺席者的手中
有多少先辈也没有活到你现在这样的年龄
存在之物将收回一切，只有火焰会履行承诺
加速的天体没有改变铁砧的位置，你的葬礼

① 兹兹普乌：位于云南省昭通境内，是传说中彝族六个部落会盟迁徙出发的地方。

就在明天，那天边隐约的雷声已经告诉我们
你的族人和兄弟姐妹将为你的亡魂哭喊送别。

哦，英雄！当黎明的曙光伸出鸟儿的翅膀
光明的使者伫立于群山之上，肃穆的神色
犹如太阳的处子，他们在等待那个凝望时刻
祭祀的牛头反射出斧头的幻影，牛皮遮盖着
哀伤的面具，这或许是另一种生的入口
再一次回到大地的胎盘，死亡也需要赞颂
给每一个参加葬礼的人都分到应有的食物
死者在生前曾反复叮嘱，这是最后的遗愿
颂扬你的美德，那些穿着黑色服饰的女性
轮流说唱了你光辉的一生，词语的肋骨被
置入了诗歌，那是骨髓里才有的万般情愫
在这里你会相信部族的伟大，亡灵的忧伤
会变得幸福，你躺在亲情和爱编织的怀抱
每当哭诉的声音被划出伤口，看不见的血液
就会淌入空气的心脏，哦，琴弦又被折断！
不是死者再听不见大家的声音，相信你还在！
当那个远嫁异乡的姐姐说："以后还有谁能
代替你听我哭泣？"泪水就挂在了你的眼角
主方和客人在这里用"克哲"的舌头决定胜负
将回答永恒的死亡是从什么时候来到人间
逝去的亲人们又如何在那白色的世界相聚
万物众生在时间的居所是何其的渺小卑微
只有精神的勇士和哲人方才可能万古流芳

送行的旗帜列成了长队，犹如古侯[①]和曲涅[②]又
回到迁徙的历史，哦，精神的流亡还在继续
屠宰的牛羊将慰藉生者，昨天的死亡与未来
的死亡没有什么两样，但被死亡创造的奇迹
却会让讲述者打破常规悄然放进生与死罗盘
那里红色的胜利正在返回，天空布满了羊骨
的纹路，今天是让魂灵满意的日子，我相信。

哦，英雄！古老的太阳涌动着神秘的光芒
那群山和大地的阶梯正在虚幻中渐渐升高
领路的毕摩又一次抓住了光线铸造的权杖
为最后的步伐找到了维系延伸可能的活水
亡者在木架上被抬着，摇晃就像最初的摇篮
朝左侧睡弯曲的身体，仿佛还在母亲的子宫
这是最后的凯旋，你将进入那神谕者的殿堂
你看那透明的斜坡已经打开了多维度的台阶
远处的河流上飘落着宇宙间无法定位的种子
送魂经的声音忽高忽低，仿佛是从天外飘来
由远而近的回应似乎又像是来自脚下的空无
送别的人们无法透视，但毕摩和你都能看见
黑色的那条路你不能走，那是魔鬼走的路。

沿着白色的路走吧，祖先的赤脚在上面走过
此时，你看见乌有之事在真理中复活，那身披
银光颂词里的虎群占据了中心，时间变成了花朵
树木在透明中微笑，岩石上有第七空间的代数

① 古侯：凉山彝族著名的古老部落之一。
② 曲涅：凉山彝族著名的古老部落之一。

隐形的鱼类在河流上飞翔，玻璃吹奏山羊的胡子
白色与黑色再不是两种敌对的颜色，蓝色统治的
时间也刚被改变，紫色和黄色并不在指定的岗位
你看见了一道裂缝正在天际边被乘法渐渐地打开，
那里卷轴铺开了反射的页面，光的楼层还在升高
柱子预告了你的到来，已逝的景象掩没了膝盖
不用法律捆绑，这分明就是白色，为新的仪式。

这不是未来的城堡，它的结构看不到缝合的痕迹
那里没有战争，只有千万条通往和平之梦的动物园
那里找不到锋利的铁器，只有能变形的柔软的马勺
那里没有等级也没有族长，只有为北斗七星准备的梯子
透明的思想不再为了表达，语言的珍珠滚动于裸体的空白
没有人嘲笑你拿错了碗，这里的星辰不屈服于伪装的炮弹
这里只有白色，任何无意义的存在都会在白色里荡然无存
白色的骨架已经打开，从远处看它就像宇宙间的一片叶子。

哦，英雄！你已经被抬上了火葬地九层的松柴之上
最接近天堂的神山姆且勒赫[①]是祖灵永久供奉的地方
这是即将跨入不朽的广场，只有火焰和太阳能为你咆哮
全身覆盖纯色洁净的披毡，这是人与死亡最后的契约
你听见了吧，众人的呼喊从山谷一直传到了湛蓝的高处
这是人类和万物的合唱，所有的蜂巢都倾泻出水晶的音符
那是母语的力量和秘密，唯有它的声音能让一个种族哭泣
那是人类父亲的传统，它应该穿过了黑暗简朴的空间
刚刚来到了这里，是你给我耳语说永生的计时已经开始
哦，我们的父亲！你是我们所能命名的全部意义的英雄

---

① 姆且勒赫：凉山彝族聚居区布拖县境内的一座神山。

你呼吸过，你存在过，你悲伤过，你战斗过，你热爱过
你看见了吧，在那光明涌入的门口，是你穿着盛装的先辈
而我们给你的这场盛典已接近尾声，从此你在另一个世界。

哦，英雄！不是别人，是你的儿子为你点燃了最后的火焰。

2020.4.22—4.26